RÉALITÉS

VOLUME 1

Dépot légal : février 2017

ISBN : 979-10-95442-08-0
Crédits image : alexmit/123rf

Realities Inc.
2, rue des Promenades
22000 Saint-Brieuc

RÉALITÉS

VOLUME 1

REALITIES INC.

SOMMAIRE

LA SEPTIÈME IDOLE

Né en 1979, Sylvain Lamur devient enseignant en 2007, après des études de philosophie et une erratique traversée de l'aride désert qu'est le monde professionnel des années 2000. Depuis 2012, il publie des nouvelles de fantastique et de science-fiction, dans des anthologies (chez Rivière Blanche, Arkuiris, Otherlands, Voyel', Sombres Rets...), revues (Galaxies, Solaris, Géante Rouge, Etherval, AOC...) et webzines (Studio Babel, Corbeau, Nouveau Monde...).

Musicien, lecteur insatiable, il s'efforce de nourrir ses histoires de ses nombreuses influences, entre loufoquerie, spéculation et aventure. Un recueil, intitulé Les Contes de l'homme-cauchemar, est sorti aux éditions Otherlands en mars 2015. Deux novellas au format numérique (Le Sens de la vie et De monstrorum natura) ont été un temps disponibles chez House Made of Dawn, et son premier roman, Quaillou, dans lequel on retrouve le personnage du Sage du Fin fond de l'espace présent dans La Septième Idole, sortira début 2017 aux éditions Rivière Blanche.

Il vit à Toulouse.

LA SEPTIÈME IDOLE

SYLVAIN LAMUR

I
Un visiteur parmi tant d'autres

El Viento es un cabalo :
óyelo cómo corre
por el mar, por el cielo.

Quiere llevarme : escucha
cómo recorre el mundo
para llevarme lejos.

Escóndeme en tus brazos... [1]

La porte coulissante du magasin s'ouvrit, dévoilant un Prescom formidablement beau, et Rull-Aeb-Mla orienta ses trois têtes dans sa direction, détournant son attention de l'enregistrement en cours – lequel le laissait, pour tout dire, perplexe. À sa silhouette floue et à ses couleurs très légèrement estompées, presque verdâtres, il comprit que le nouveau venu arrivait d'une autre dimension et n'avait pas complètement achevé son adaptation.

Encore un, pensa-t-il, surpris de sa propre lassitude. Et s'il en croyait les rumeurs, ce n'était que le début.

La porte se referma; c'était l'une des dernières de ce modèle, la plupart ayant été remplacées par des champs de force rétractiles, mais le tenancier tenait à les conserver le plus longtemps possible. Par nostalgie, sans doute : entre vieilleries, on se soutient.

1 Pablo Neruda, El viento en la isla (Vingt Poèmes d'Amour et une chanson désespérée, Gallimard Poésie, 1998)

« Bonjour », dit l'entrant, sa peau claire luisant légèrement dans le doux éclairage de la pièce tandis qu'il s'avançait vers le tenancier. « Vous écoutez... Jorge, c'est cela ?

— C'est lui. Ce qu'il raconte est... "joli", mais je ne comprends pas d'où vient son succès. Pour ma part, j'avoue que je n'y comprends rien...

— Je vois ce que vous voulez dire. C'est de l'aspagnol.

— De l'*e*spagnol.

— Vous le parlez? interrogea le Prescom, soudain avide, en écarquillant les yeux.

— Non. Mais ce langage existait encore, en mon temps...

— Oh... Bien entendu. Et vous ne le parlez pas... ?

— Plus personne ne le parle. Je doute que même ce Jorge comprenne un seul mot de ce qu'il raconte. Ce sont juste des enregistrements, de l'époque des hommes, qu'il reproduit. À l'époque, certains d'entre nous servaient à agrémenter les soirées des humains, ou à exacerber leur génie créateur... mais il n'était pas indispensable que nous comprenions.

— À l'époque..., marmonna le Prescom en serrant les dents.

— À l'époque.

— Mais je ne venais pas pour cela... »

Il y avait cette lueur de vénération dans son regard, et malgré tout, Rull-Aeb-Mla s'en émut.

« Vous voulez que je vous raconte mon histoire, n'est-ce pas ? »

Le Prescom hocha la tête. De son côté, le vieux robot ne comprenait pas ce qui leur prenait, à tous, de venir le rencontrer comme s'il avait été un dieu ou je ne sais quelle autre créature digne d'admiration, mais avait décidé de s'accommoder de la situation. On faisait de lui un saint, une idole, sans qu'il sût réellement pourquoi, mais tant mieux. Cela lui ferait de l'activité.

« Vous êtes... commença le Prescom en s'avançant. (Il jetait des regards inquiets autour de lui, craignant peut-être que la poussière qui imprégnait les lieux ne le détraque.) J'ai tellement entendu parler de vous...!

— Et vous vous attendiez à ça ? »

Le nouveau venu détourna les yeux, embarrassé.

« C'est qu'on vous décrit... assez bien.

— Ne soyez pas gêné. Vous savez, cela fait longtemps maintenant que je me suis habitué à moi-même. Vous n'avez pas besoin de craindre de me blesser. Vous arrivez d'une autre dimension, n'est-ce pas ? Par quelle porte êtes-vous arrivé ?

— La plus proche. Au nord d'ici, je crois. Dans la région de...

— Sad'Halta.

— C'est cela.

— Prendrez-vous un peu de thé ?

— Bien... Bien sûr. Avec plaisir... »

Rull-Aeb-Mla se leva de son siège et s'éloigna en claudiquant avant de passer dans l'arrière-salle, traînant derrière lui son assourdissant cortège de grincements et de claquements mécaniques. Mais il avait l'ouïe fine : cela ne l'empêcha pas de percevoir, dans son dos, le murmure admiratif du visiteur l'entendant marcher pour la première fois. Lui était habitué à tous ses bruits, mais ce n'était pas le cas de tout le monde. Depuis sa création, les innombrables défauts des premiers robots avaient été gommés, et les fabriques produisaient désormais des êtres que l'on pouvait considérer comme quasiment parfaits – des copies idéales de ce qu'avaient été les humains. En chaîne.

Et voici que ces imperfections, qui lui avaient empoisonné l'existence depuis toujours, faisaient à présent de lui un objet de culte.

Ils demandaient seulement qu'il leur raconte son histoire. Comme si ce récit, combiné à celui des six autres idoles surgies de nulle part, avait un sens caché et donnait une définition nouvelle à... comment appelaient-ils cela, déjà ?

La *robotité.*

La situation, au final, lui procurait une sorte de fierté, qu'il jugeait incongrue mais pas si désagréable. Il aurait pourtant cru en avoir vu suffisamment pour combler le maigre potentiel affectif dont il avait été doté, quatre millénaires plus tôt – et qui, heureusement, avait été amélioré au fil des siècles grâce aux programmes les plus modernes. Ce n'était vraisemblablement pas encore tout à fait au point.

Ayant programmé le « thé » (un breuvage qui, pensait-il souvent, n'avait plus rien à voir avec celui que l'on buvait à l'époque de sa création et qui aurait sans doute tué n'importe quel humain s'enhardissant à y tremper les lèvres) sur la console, il déposa sa commande sur le plateau roulant et l'envoya dans la boutique rejoindre son visiteur.

« Je tiens à effectuer moi-même ces petits travaux, expliqua-t-il en revenant dans son sillage. Commander du thé, faire mon ménage... Bien sûr, je dois reconnaître que me déplacer reste difficile... Mais je ne vois pas l'intérêt de faire faire ce que j'ai à faire par d'autres. Je pourrais m'équiper d'assistants plus efficaces, mais qui sait si je ne finirais pas par rouiller... »

Son interlocuteur rit, troublé. La rouille était, pour les robots, un fléau mythique et vaincu depuis longtemps, comparable à ce qu'avait été la peste pour les hommes – et en vérité, il y avait des millénaires que Rull-Aeb-Mla ne la craignait plus. Toutefois, l'évoquer restait tabou.

« Pardon, reprit Rull-Aeb-Mla. Je vous embarrasse.

— Non ! Non. Absolument pas...

— Bon. Si vous le dites.

— Vous ne prenez pas de thé ? interrogea le Prescom.

— Non. J'ai beau avoir reçu de nombreuses améliorations, mon organisme ne me le permet pas. »

Le Prescom écarquilla les yeux, surpris.

« Vraiment ?

— Bien entendu. Au départ, nous n'étions pas fabriqués pour autre chose que pour servir, vous savez...

— Oui. Oui, c'est ce que l'on m'a dit. Cela se sait. Eh bien... C'est bien que l'on se soit débarrassé d'*eux*, à présent.

— Vous le pensez vraiment ?

— Bien entendu ! Qui ne le penserait pas ? »

Rull préféra détourner le sujet.

« Je dois vous faire l'effet d'une véritable antiquité, non ?

— Eh bien... C'est vrai. Mais n'en déduisez pas...

— Je ne déduis rien. Aviez-vous déjà vu un robot en laiton, comme moi ? Ou même en métal ?

— Non, je dois le reconnaître. Ni avec trois têtes.

— Eh bien, voilà. Mais c'est ce pour quoi vous étiez venu, n'est-ce pas ?

— Pour que vous me disiez l'histoire, également. J'ai l'intention de prendre la charge d'un temple, à Nuderb, dans ma dimension, et... venir vous rencontrer est pour moi plus qu'une épreuve initiatique. C'est un... honneur personnel.

— Un honneur ?

— Absolument !

— Juste parce que… j'ai vu les hommes ?

— C'est cela. Il est essentiel de transmettre, aujourd'hui, ces informations…

— Il y a le réseau. Et toute une foule de programmes, je crois ?

— Ce n'est pas la même chose. Rien ne vaut…

— Je sais, je sais. Vous pensez qu'il y a un mystère à percer, ou je ne sais quoi, qui se révèle… lorsque vous entendez nos histoires, c'est cela ? Un de vos semblables me l'a expliqué. »

L'autre ne répondit rien et Rull-Aeb-Mla se tut, pensif. Ceux-là mêmes qui décriaient les humains leur étaient encore si semblables, et jusque dans leurs petits travers… Combien d'hommes avaient, comme eux, effectué de vains pèlerinages ? C'était à présent au tour des robots de s'y mettre. Il devait y avoir eu une amélioration, entre temps, mais le vieil androïde avait beau chercher, il ne voyait pas vraiment où elle se situait… Qu'attendait-on pour se débarrasser de toutes ces habitudes ?

C'était apparemment cela, la grande question de leur nouvelle « église », de leur « Templerie de la Robotité » ; ils entendaient « tracer une voie ». C'est pour cette raison, paraissait-il, qu'ils venaient, si nombreux, le rencontrer – lui et ses semblables robots prétendus « extraordinaires ». Sans doute pensaient-ils, sans vouloir l'admettre, que dans le mode d'existence si récrié des humains se cachait quelque chose de terriblement vital, de primordial. Les robots les avaient imités en tout, sans même s'en apercevoir, et pourtant il leur manquait encore quelque chose. Ils cherchaient quel sens pouvait prendre l'univers, de leur point de vue à eux, ou quel sens ils pouvaient lui donner.

Comme si la vie avait besoin de cela.

Comme si *être là* ne suffisait pas à faire ce que l'on voulait.

« Combien de dimensions trouve-t-on, aujourd'hui ? demanda-t-il, se rappelant à ses devoirs d'hôte.

— Huit. On est en train d'en faire croître une neuvième.

— Ah. C'est bien. Et… on m'a dit qu'il existait d'autres… d'autres robots “mythiques” ? Ce Jorge, justement. Et d'autres. Est-ce que vous les avez rencontrés ?

— Deux seulement. Celui que l'on appelle le “sage du fin fond de l'espace”, et Eropa, la station spatiale.

— J'ai entendu dire qu'elle parlait ?

— Elle a une conscience, évidemment. C'est un être impressionnant. Elle n'est plus habitable depuis longtemps, mais n'en reste pas moins alerte. Il paraît que c'est un vaisseau de transport qui l'a trouvée, par hasard, il y a trois siècles.

— Ce doit être une créature fascinante, en effet.

— Vous êtes sept, en tout. Notre temple nous envoie vous rencontrer tous au cours de notre formation.

— Ma foi, je fais donc partie de ces “sept”. C'est bien.

— C'est *bien*? C'est tout ce que cela vous fait? Enfin, vous êtes quelqu'un d'unique, n'en doutez pas! Vous allez devenir un guide pour des générations de robots!

— Vous exagérez, jeune homme. Qu'est-ce qui me vaut seulement cet honneur? Vers où veulent-ils être guidés, et est-ce qu'ils ne peuvent pas y aller seuls? En réalité, au départ, je n'étais *même pas* quelqu'un...

— J'ai l'information dans mes programmes, oui. C'est justement cela. Votre histoire prouve, à mon sens, combien nous avons bien fait de nous débarrasser des humains. Combien nous les avons surpassés, et de loin, nous pauvres bouts de métal.»

Le vieux robot détourna une fois de plus les regards.

«En vérité, je me demande si votre histoire de Templerie est une bonne idée.»

Le Prescom sourit avec indulgence.

«Je vous écoute...»

Rull-Aeb-Mla tiqua, agacé. Ses plus virulentes objections ne feraient que les renforcer dans leurs convictions, comprit-il. Ils cherchaient des «guides»... pour les enchaîner eux-mêmes et leur imposer le chemin qu'ils voulaient prendre. Est-ce qu'il ne ferait pas mieux de ne carrément pas leur répondre?

«Oh, et puis flûte, lâcha, à hauteur de sa hanche, la bouche de Mla. Vous voulez mon histoire, je vais vous la dire. J'espère que vous en aurez pour votre argent.

— Vous pourriez aussi, intervint Aeb au bout de son bras, nous enregistrer. Pour les suivants, parce que nous ne sommes pas certains de vouloir répéter cette histoire cinquante fois encore.

— Bien, bien...»

Sur quoi, sans mot dire, l'étudiant (c'est ce qu'il devait être, d'une façon ou d'une autre) sortit un petit enregistreur de sa poche et y pressa un bouton.

C'était une boîte à peine plus grande qu'une main, et après qu'en eurent jailli deux ridicules pattes mécaniques, elle se mit en marche en couinant, se déplaçant autour de lui à la recherche du meilleur angle de vue.

« Votre enregistreur est en route ? »

*

« Au départ, nous étions trois, chacun programmé pour occuper un poste spécifique. Aeb était maître d'hôtel, Mla travaillait dans une mine de fer. Rull était un musicien, doté par son créateur d'une voix extraordinaire, et il se produisait dans de petites salles de spectacle, ce qui représentait quelque chose d'unique et de révolutionnaire. Il était – *j'étais* sur le point de connaître la gloire quand nous avons été... assemblés. Mais cela ne serait pas allé bien loin, en vérité. Il y avait trop de préjugés à l'égard des robots. Il faut dire que nous nous étions répandus très rapidement à partir du moment où le premier d'entre nous fut créé. Cela avait été un petit miracle scientifique que de doter un automate d'un semblant de conscience et de vie, mais une fois la boîte de Pandore ouverte, il devint facile de nous améliorer. Les hommes avaient besoin de nous et nous construisirent en grand nombre. La chose n'était guère surprenante : nous leur permettions de produire plus vite, mieux, à moindres frais, et d'assouvir tous leurs fantasmes de domination. Mais rapidement, face aux problèmes que nous posions, nous les faux-êtres, les androïdes sans âme, des troubles survinrent. On fit de nous la victime favorite des agitateurs, déclenchant l'ire des masses et cristallisant toutes les rancœurs. Il faut bien que ce soit la faute à l'un ou à l'autre... Misère économique, cruauté des puissants, émergence des nouveaux riches et déchéance des nobles ; famines massives, monstruosités urbaines et paysages effrayants : tout nous fut attribué, jusque même, parfois, aux peines de cœur passagères. On n'oublia pas toutefois de se servir au passage, toute une économie parallèle étant créée autour des androïdes. Ce qui n'empêcha pas les lynchages ni les persécutions. Nos conditions d'existence étaient exécrables et rudimentaires, on nous proposait des salaires misérables, et le moindre faux pas en mena plus d'un au désassemblage pur et simple. Mais peu nous importait : nous n'avions pas le même potentiel affectif qu'aujourd'hui, même si on ne peut pas dire non plus que tout nous était indifférent. Pour créer des êtres capables d'interagir de façon efficace avec le monde, il avait fallu trouver le moyen de leur faire ressentir les choses, à un degré ou un autre, et la demande, toujours grandissante, permit de mettre au point des robots de plus en plus évolués. Ainsi, en quelques décennies, nous fûmes dotés de sensations, de logique et d'un certain sens de la répartie. De même, quelques organisations virent le jour, dont le but était de défendre nos droits. Mais... pardon de ce petit détour. Vous vouliez mon histoire. J'y viens. Voici ce qui me semble être mon premier véritable souvenir en tant que... *moi.* Rull-Aeb-Mla.

» C'était un matin. Ou quelque chose dans le genre... J'ouvris les yeux et... comment dire ? Quelque chose n'allait pas. Mes flux éthériques s'agitaient dans tous les sens et j'essayais du mieux que je le pouvais de retrouver *où* j'étais, et comment je m'étais retrouvé là, *ce* que j'étais et... *qui* j'étais. Plus ou moins en vain. Je vous assure que c'est une sensation déroutante.

» Voyons pour le *où* : je me trouvais dans une pièce minuscule, au plafond bas et sans lustres (c'étaient des objets que l'on pendait et qui servaient pour l'éclairage), avec juste un meuble lourdaud et quelques rats pour compagnie. J'étais seul là-dedans, et mon nom me revint... mais quelque chose n'allait pas, car je ne le *reconnus* pas, en fait. J'entendis alors une voix me demander : « Eh bien, qu'est-ce que c'est que cette blague ? »

» Bon, c'était mon *bras* qui venait de parler. Je le repliai et le dressai face à moi. C'est alors qu'il m'arriva une chose extraordinaire : je fus stupéfait.

» Stupéfait, d'abord, de découvrir que je pouvais être stupéfait. À un tel point, s'entend : j'étais surpris comme... si je l'étais pour moi-même et pour « quelqu'un d'autre » à la fois.

» Stupéfait, ensuite, de trouver une tête d'androïde, relativement semblable à la mienne il faut dire, vissée au bout de mon membre.

» Mais dans le même moment, l'image de ma propre tête cuivrée, avec mes yeux ouverts trop grand et mon air ahuri me parvint, projetée sous un angle étrange.

» Sans parler de ce qui se passait à hauteur de mes hanches : une troisième tête parla, je vous laisse deviner laquelle. Il me fallait du temps pour laisser les flux se rééquilibrer et les informations se réagencer. Cela se faisait petit à petit... mais c'était assez surprenant, je crois qu'on peut le dire.

» Je me concentrai à nouveau sur mon nom, et en trouvai, en fait, trois. Rull, c'était moi ; Aeb était mon ami, avec lequel j'avais participé à une réunion de l'A.R.D.A.F.P.E, l'Association Républicaine pour les Droits des Androïdes et la Fin des Persécutions à leur Égard, la veille au soir. La réunion s'était prolongée à l'Auberge des Deux Chevaux, le seul troquet de la ville qui acceptait de nous servir – un lieu sinistre, pour tout dire, malgré les efforts des tenanciers.

» Mla était celui que nous avions rencontré là-bas. Et vice-versa.

— Et vice-versa ?

— Eh bien, j'étais Rull, lui était Aeb, un troisième Mla... et *inversement.* Je ne sais pas comment on nous avait bidouillés pour faire de nous à la fois nous-mêmes et un autre. Nous étions restés aux Deux Chevaux jusqu'à très tard, rêvant à voix haute d'un monde où nous serions intégrés et acceptés, tout en consommant des litres d'éthylide, une boisson formidable inventée quelques années plus tôt et qui faisait des ravages dans nos mécaniques, nous procurant des sensations similaires à celles que, paraît-il, éprouvaient les humains quand ils buvaient de l'alcool.

» Et puis voilà. Nous étions là. Que s'était-il passé entre temps ? Nous étions tous trois incapables de le dire, avec la gueule de bois que nous nous traînions !

— La gueule de *quoi* ?

— Laissez tomber. Nous n'étions pas en grande forme. Je vous donne les événements sous un seul angle de vue, pour vous faire comprendre, mais je vous assure que ce n'était pas de cette façon que je le ressentais. Comme je vous l'ai dit, c'était beaucoup plus brouillon que ça. On nous avait démontés, et remontés ensemble. Rull avait gardé la place centrale, mais au bout de son bras gauche, on avait mis la tête d'Aeb ; son bras droit (ou celui d'un autre, peut-être) avait été monté à la place de l'une de ses jambes, et à son emplacement initial, on avait mis... un bras gauche. Au niveau de la hanche, du côté dextre, il y avait la tête de Mla, sur laquelle on avait en outre pris le temps d'inverser l'œil et l'oreille. Enfin, outrage ultime, de sa poitrine, là où se trouvait ordinairement une sorte d'appendice multifonctionnel, jaillissait un balai-brosse, scié heureusement à 30 centimètres. Il – *je* le fis pivoter et tournoyer ; je me rappelle même qu'il me sembla pouvoir en faire frémir les poils, mais je me retins, par fierté. « Eh bien, le mieux est de sortir d'ici, je crois », proposa l'un d'entre nous.

» La partie manquante du manche à balai greffé traînait juste à côté. Nous nous en emparâmes et engageâmes une première tentative pour nous mettre en station verticale – tentative qui se solda par un cuisant (et bruyant) échec. Après trois ou quatre essais, nous y parvînmes, finalement, adaptant notre posture en nous servant du manche à balai comme d'une canne. L'équilibre sur cette main délatéralisée était une affaire délicate, mais nos circuits et la mise en commun des informations reçues au niveau de notre électrocentre nous permirent de trouver assez rapidement une position relativement efficace. Enfin, nous tenions debout. Ne restait plus qu'à sortir. Et à subir en silence les railleries du monde, une fois de plus.

*

« Voilà donc l'histoire que vous vouliez entendre, conclut Rull-Aeb-Mla. Mon premier souvenir. »

Une lueur fanatique luisait dans le regard du Prescom.

Comment ont-ils réussi ? se demanda le droïde en l'observant. Comment ont-ils pu nous rendre si impressionnables, imaginatifs, si semblables aux humains ! Et puis... *qui* a fait cela, seulement ? Hommes ou robots ? À partir de quel moment sommes-nous devenus suffisamment indépendants vis-à-vis de nos créateurs... et dépendants vis-à-vis de nous-mêmes ?

Pendant longtemps, ils n'avaient été que des logiciels : ce qu'ils pensaient, ce qu'ils faisaient, tout était réglé à l'avance. Et puis, la technique s'amplifiant, les créations avaient acquis leur autonomie, grâce à des ramifications insoupçonnées des programmes qui s'auto-engendraient. Aujourd'hui, sans doute, les robots étaient bien meilleurs, dans tous les sens du terme, que ce qu'avaient jamais été les hommes.

« Quel est le prochain que vous allez voir ? demanda-t-il à son hôte.

— Jorge, justement.

— Ah ! Vous le saluerez de ma part.

— Vous le connaissez ?

— Non, non. Je vous l'aurais dit. Mais cela n'empêche pas d'être poli... De toute façon, il ne vous comprendra pas.

— Avez-vous, vous-même, rencontré des robots qui fonctionnaient à vapeur ? À votre époque, je veux dire... Est-ce qu'ils existaient, ou bien... ?

— Ils existaient, oui, et j'en avais croisé quelques-uns. Mais le modèle a rapidement été considéré comme inutile et trop fragile, et ils ont cessé sa production. »

Sur la table, la machine-caméra – on ne disait pas « robot » pour ce genre de création incapable de paroles – s'agita et toussota. Le Prescom, en la regardant d'un œil sévère, la gratifia d'une petite tape derrière la tête, qui la fit s'écrouler. Sur quoi elle se redressa et ne bougea plus.

« Bien, reprit le visiteur. Dites-moi, est-ce que vous pourriez me raconter... la suite ?

— Parce qu'il y a une suite ?

— Eh bien... Il s'est bien passé des choses, après, non ? Vous n'avez pas essayé de vous faire réassembler ? C'est ce qu'il me semblerait le plus évident...

— Vous avez raison. Nous avons essayé... »

*

« Nous eûmes une discussion, tous les trois. Nous rendre chez l'un ou l'autre fut rapidement écarté : pour peu qu'il prenne la peine de le faire, celui de nos maîtres que nous irions trouver aurait sans doute décidé de faire remonter son propre robot, puis de se débarrasser des deux autres sans rien dire à leur propriétaire, afin de ne pas s'attirer d'ennuis. Nous retournâmes donc au siège de l'A.R.D.A.F.P.E, où Estève de Grancy, l'humain à l'origine de la création de l'association, nous accueillit et nous réconforta du mieux qu'il le put. En chemin, ainsi que nous l'avions prévu, de nombreux passants se moquèrent de nous, certains même nous lancèrent des pierres. Nous essayâmes de les ignorer au mieux et une fois arrivés, Estève, donc, nous prit en main. C'était un garçon fortuné qui s'était pris de passion pour la mécanique androïde, et s'était mis en tête de nous faire acquérir des "droits". Il faut savoir qu'à l'époque, l'idée était particulièrement absurde. Nous n'étions que des machines, vous comprenez ? Ne froncez pas les sourcils comme cela. Si vous aviez vécu en ce temps, vous savez... Si vous aviez été créé quand nous avons été créés, vous ne vous verriez pas vous-même autrement qu'une *machine*. Parce que, tout simplement, c'est ce que nous étions, et que nous ne servions à rien d'autre qu'à répéter, inlassablement et pour un prix défiant toute concurrence, les mêmes gestes, les mêmes actions afin que les hommes, de leur côté, n'aient plus à se soucier du terrestre et puissent se consacrer à leur épanouissement et à leur gloire personnelle. On voit bien où cela les a menés, les pauvres : jusqu'aux limbes impalpables de la Légende. C'est peut-être ce qu'ils cherchaient, dans le fond.

» Mais j'extrapole, excusez-moi. Estève nous prit en main ; il nous étudia pendant de longues heures mais, hélas, outre sa passion, il n'était pas plus doué que cela et ne parvint jamais à nous désassembler. Le travail avait été mené par d'habiles ingénieurs, et il craignait de nous détruire. Vous n'imaginiez pas que des hommes pussent manifester une telle compassion à notre égard, n'est-ce pas ? C'est pourtant bien le cas.

» Après avoir dû reconnaître son impuissance, plutôt que d'abandonner, il mena une enquête, pour retrouver celui qui nous avait fait ça. Il existait tout un tas de « groupuscules » plus ou moins organisés qui s'opposaient à l'existence des robots, et c'est eux, évidemment, qui s'en étaient pris à nous. Estève ne trouva aucun moyen de convaincre ces gens de nous remettre en état, et le jour où il se résolut à aller rencontrer nos possesseurs pour leur expliquer la situation afin qu'ils se mettent, ensemble, à la recherche d'un ingénieur capable de nous remonter ou qu'ils entament une procédure judiciaire à l'encontre des fautifs, il était trop tard. Il avait fait trop de bruit. Un soir, des hommes ont pénétré dans l'association et ont coupé nos circuits moteurs avant de nous emmener dans un terrain vague, hors de la ville – une sorte de décharge publique. Ils nous ont abandonnés là après nous avoir plus ou moins désactivés... nous étions en marche, mais incapables du moindre mouvement, jusqu'à ce que nous nous vidions définitivement de notre énergie. C'est là, je crois, qu'on m'a retrouvé, il y a près de deux mille ans à présent. On ne m'a jamais proposé de me « réassembler », et je ne l'ai jamais réellement envisagé non plus : j'étais, malgré tout le temps passé dans le vide du Hors-Service, devenu *trois*.

» Quant à Estève... je ne sais pas ce qu'il est devenu. »

*

« Avant que vous ne vous en alliez... Je n'ai toujours pas votre nom ?

— Pardon. Je me nomme Hermann.

— En mon temps, répondit Rull-Aeb-Mla, ils nous donnaient des noms absurdes, dénués de signification, pour marquer la différence. (En face de lui, son invité ne comprit visiblement pas où il voulait en venir, mais ne releva pas.) Mais passons : vous me voyez enchanté, Hermann. J'espère avoir apporté des réponses à vos questions...

— Et comment !

— Dans ce cas, je suis ravi. Juste... Est-ce que vous connaissez la signification initiale du terme Prescom ? »

L'autre secoua la tête.

« Ça ne se trouve pas dans les archives...

— Et ça n'a rien de surprenant. Il s'agit d'une déformation de "presque-homme". Un terme utilisé à l'époque où les humains ont commencé à fabriquer des robots si proches des hommes qu'on les disait... *presque* comme eux. »

Le visiteur s'en alla rapidement, bien qu'à regret. C'était donc là tout ce qu'il voulait ? se demanda le vieux robot. Venir, entendre l'histoire de Rull-Aeb-Mla... et repartir ? Quelque chose dans cette affaire lui échappait totalement, et à vrai dire, il n'était pas certain que ses « admirateurs » eux-mêmes la saisissent. Mais encore une fois, peu importait.

L'androïde, son fuselage cuivré luisant dans l'obscurité du soir tombant, posa un œil nostalgique sur son magasin. Petit à petit, les visiteurs allaient affluer et faire de sa boutique un véritable sanctuaire. Il n'aurait plus besoin de vendre quoi que ce soit. On l'adorerait, on le nourrirait, on lui ferait des offrandes. Tout cela, pour quelle raison ? Parce qu'il avait trois têtes et un bras à la place de la seule jambe qui eût dû lui rester ?

C'était ridicule ; on avait fait de lui un demi-dieu sans qu'il ait la moindre idée de ce qui l'avait amené à mériter ce statut.

Et surtout, il n'était pas certain de le vouloir, se demandant surtout quels sacrifices les robots attendraient de leurs divinités.

II
La conférence

Deux ans après la visite d'Hermann, Rull-Aeb-Mla, au sommet de sa gloire, fut invité par la Templerie de la Robotité à une conférence holographique, et il ne fut qu'à demi surpris d'y retrouver son visiteur, assis face à lui en compagnie de deux autres Prescom. Au centre du trio se tenait celle qui exerçait vraisemblablement l'autorité suprême, une magnifique créature à la peau sombre dont les cheveux roux et lisses tombaient sur ses épaules. Elle arborait l'air sérieux et tranquille de celle qui sait où elle va. Après elle, encore, venait un autre Prescom du même modèle qu'Hermann ; seule la couleur des yeux changeait.

Autour de la table virtuelle étaient réunis ceux que Rull-Aeb-Mla identifia aussitôt comme les six autres droïdes pour lesquels les masses s'étaient dernièrement prises de vénération. Sur sa droite se tenait la projection d'un Prescom rudimentaire, chauve et portant une robe blanche. Il réussissait l'exploit d'allier les façons mécaniques des anciens robots et des airs de grande profondeur spirituelle. Sans doute s'agissait-il du « sage du fin fond de l'espace », celui en qui les hommes avaient, à un moment de leur histoire, placé l'ensemble de leurs connaissances et qui se tapissait au fond d'une grotte, répondant aux visiteurs qui venaient lui demander conseil.

En face, il reconnut Jorge, robot à vapeur mi-métal mi-bois, avec un visage grossier et stupide de forme cylindrique dont s'échappaient, en son sommet, des volutes blanches. À hauteur de sa poitrine, un petit foyer de combustion rougeoyait légèrement.

Juste à côté de ce dernier était assis une espèce d'homme, recouvert, par endroits, de peau humaine, et qui avait reçu d'innombrables extensions métalliques ou autres – cylindres, câbles, plaques de fer ou de verre. Il avait entendu parler de lui : le dernier homme, en fait. Un être qui avait commencé sa vie en tant qu'être humain et qui, ainsi que cela se faisait dans les temps glorieux de l'humanité, avait subi un nombre incalculable de modifications, jusqu'à devenir intégralement artificiel. La légende prétendait que seuls une partie de sa jambe droite, son œil gauche et son estomac étaient d'origine, et à vrai dire, Rull-

Aeb-Mla en doutait : est-ce qu'ils ne se seraient pas dégradés, depuis le temps ? Il avait conservé son nom d'homme : Elmer Muts.

Encore à côté se dressait dans l'air une projection réduite de la station spatiale ; puis un robot aux formes étrangement... *mouvantes*, qui paraissait avoir du mal à garder une silhouette nette. Ce devait être le Robot nanométrique, une créature qui, paraissait-il, possédait la faculté de s'intégrer complètement au décor qui l'entourait, réussissant ainsi le prodige de faire parler les tables, les murs et des pièces entières, leur prêtant sa voix et ses mots. Une longue guerre avait opposé ses semblables aux hommes, peu après leur création, et ils avaient tous été détruits – à l'exception de celui-ci, et de quelques autres peut-être. C'est moins d'un siècle plus tard que les robots avaient porté le coup fatal à une humanité dévastée par les séquelles de la terrible guerre menée contre les *Nanos*.

À côté de lui se tenait un Prescom à l'air quelconque, grand et brun, un modèle datant de plusieurs millénaires déjà.

Les présentations furent faites et Rull apprit enfin les noms de tous ses acolytes ; en l'occurrence, le sage se nommait simplement « le Sage », la station spatiale, en tant que telle, répondait au nom d'Eropa, et le robot nanométrique leur fut présenté comme « Fraerz M ». Le dernier s'avéra être le Prescom Gary-Jean IV, celui qui avait mis au point la technique de développement et d'exploitation des dimensions parallèles. Rull, en l'apprenant, se morigéna intérieurement : il aurait dû le reconnaître.

Enfin, ce fut au tour de leurs hôtes – les seuls qui fussent présents physiquement autour de la table.

« Mon nom est Amène, déclara celle qui était assise au milieu des deux autres. Je vous remercie d'avoir répondu à notre invitation. Nous sommes, ainsi que nous vous l'avions notifié lors de l'invitation à laquelle vous avez eu la bonté de répondre, des représentants de la Templerie de la Robotité. J'en suis moi-même la grande chancelière. Je suppose que vous avez entendu parler de nous... Le but de notre petite réunion, j'irai droit au but, est de vous convier à prendre votre place dans la grande marche des droïdes. À notre avis, vous ne pouvez ignorer la place que vous occupez déjà au sein de la Robotité. Depuis que l'homme a disparu, nous l'avons remplacé en tout, c'est un fait, et c'est bien. Mais il apparaît qu'un vide spirituel s'est fait jour au fil du temps, et que dans tous les cas, quelque chose... cloche. Depuis quelques années, spontanément, les Robots se sont tournés vers vous pour que vous les guidiez. Qu'est-ce qui les y a emmenés ? Je l'ignore. Mais le fait est qu'un tel phénomène ne saurait, à notre avis, être ignoré. »

Elle marqua une pause et Rull-Aeb-Mla remarqua combien sa voix était extraordinaire, emplissant l'air d'une façon toute naturelle et y faisant presque défaut lorsqu'elle s'éteignait.

« Notre mouvement s'est organisé au cours des siècles, reprit la droïde, pour devenir l'institution que vous connaissez. Nous cherchons à comprendre, à nous améliorer, et à aider les nôtres. À les guider, puisque, d'une façon ou d'une autre, ils ne demandent qu'à l'être. Notre avis est que nous sommes encore, idéologiquement parlant, beaucoup trop proches des humains. C'est pourquoi nous souhaiterions rebondir sur cette idée de fabriquer un mythe, une religion à partir de ce qui a vu le jour autour de vous. Ce sera, nous n'en doutons pas, une religion montée de toutes pièces ; mais, au vu même de notre nature, n'est-ce pas *exactement* la religion dont nous avons besoin ?

— On ne nous a pas attendus pour le faire, je crois, nota ironiquement la station spatiale. Sa voix résonnait d'une teinte métallique et impersonnelle particulièrement dérangeante.

— On ne nous a pas attendus, en effet, lui répondit celle qui s'était présentée sous le nom d'Amène. Mais aujourd'hui nous souhaiterions obtenir votre collaboration pour... notre projet. Des rumeurs font état d'une résurgence des religions des hommes, et cela, nous ne saurions le tolérer.

— Ce serait une insulte à notre espèce ! intervint le Prescom à sa gauche, celui qui ressemblait tant à Hermann.

— Exactement. À notre espèce, et à l'œuvre de notre Templerie. Nombreux sont ceux qui sont venus vous voir, et nombreux encore ceux qui viendront. Vous les avez accueillis de façon différente, tous, mais nous voulions vous réunir, vous informer. Vous... préciser ce que, à notre avis, ils attendent de vous.

— Ce qu'ils attendent de nous ?

— N'avez-vous jamais senti ce vide, cette inutilité, cette vacuité absolue de notre existence ?

— Non », répondit Elmer Muts, intervenant pour la première fois. Il observait les autres avec une espèce de curiosité peut-être teintée d'arrogance – mais il se pouvait que l'impression fût trompeuse.

Rull-Aeb-Mla décida alors de prendre la parole, choisissant pour cela, peut-être dans l'idée d'impressionner ses interlocuteurs et de masquer son propre trouble, de parler avec ses trois têtes à la fois. Il avait parfaitement conscience que, parmi eux tous, il était, si l'on omettait Jorge et son air niais, le seul à donner une impression de... *non-efficience*. Il se sentait ridicule, au milieu de tous ces robots modernes, parfaitement adaptés à leur monde et bien dans leur existence.

« Cette sensation d'inutilité, dit-il, vient de ce que nous sommes, je vous le rappelle, faits initialement pour *servir* les hommes. Il n'est guère surprenant qu'à présent qu'ils n'existent plus, nous nous sentions inutiles...

— Précisément ! répartit Amène, heureuse que le débat s'engage aussi vite. Il devient indispensable de donner *un sens* à tout cela. Sans quoi, tout tombera sans doute par terre. La Robotité n'a pas encore trouvé sa voie, il est grand temps qu'elle se débarrasse des derniers lambeaux d'humanité qui lui collent à la peau. Et qu'elle se prenne en main.

— Vous n'êtes pas sérieuse ? rétorqua Rull. Excusez-moi, mais il faudrait commencer par arrêter de singer chacun de leurs gestes, chacun de leurs réflexes. À commencer par le fait de nous donner une religion, ce que vous êtes précisément en train de faire ! Cela fait plusieurs siècles, pardon, plusieurs millénaires que nous occupons l'espace. Nous sommes là, nous existons, et puis quoi ? Il nous faudrait une bonne raison ? Pourquoi ne faisons-nous pas... juste ce qui nous importe ?

— Si c'était si simple...

— Vous savez, un jour j'ai pris conscience que nous ne faisions rien d'autre, depuis notre création, que répéter les mêmes gestes, les mêmes actions, inlassablement. Nous tournions en rond, nous activions des manettes, nous chantions, pour le service et l'agrément des hommes. Mais dans le fond, que faisaient-ils d'autre eux-mêmes ? Ils s'étaient organisé toute une infinité de rituels répétitifs et ininterrompus, histoire de tuer le temps ou d'oublier qu'ils ne servaient à rien... Bref, ils ne s'en sortaient pas mieux que nous.

— Vous voudriez que nous nous contentions de tourner des manettes ?

— Ce n'est pas ce que j'ai dit.

— Nous ne souhaitons que coordonner notre effort... J'envisage un grand ministère, où vous seriez nommés à des postes-clés...

— Du travail ? plaisanta Elmer Muts. Non merci. J'aime autant être une superstar !

— Ou retourner à ma boutique, ajouta Rull-Aeb-Mla.

— Alors, soit, concéda Amène. Cela nous va. Vous ferez comme vous l'entendez, pour l'éternité. Idoles ou marchands.

— Pour l'éternité ? C'est ce que je fais depuis des siècles, intervint Eropa. Je dérive dans l'espace et j'attends que cela passe. En ce qui me concerne, je n'ai jamais eu autant d'activité que depuis que ces gens viennent me voir. J'accepte tous les emplois que vous voudrez me proposer.

— Je suis ravie de votre position, répondit la chancelière. Quant à vous, monsieur le Sage ? Hermann m'a rapporté qu'au jour où il est venu vous voir, vous lui aviez déclaré "savoir comment tout cela finirait"...

— Tout est dans mon programme, en effet.

— Dans ce cas, peut-être pourriez-vous éclairer nos lanternes ?

— Je ne le peux pas, non. Cela changerait tout. Et cela n'y changerait rien.

— Ah ! En voilà une bonne, s'esclaffa Elmer Muts.

— Excusez-moi si je vous parais ridicule. Ça n'était pas mon intention.

— Vous inquiétez pas, mon vieux. C'est juste que ça doit être marrant de tout savoir, et de rien en faire... Vous devez vous poiler !

— Ce n'est pas ce que je dirais...

— Vous pourriez au moins, intervint soudain le *Nano,* Fraerz M, nous dire si tout ça finit bien... Si nous devons accepter leur proposition ou pas... ?

— Il faudrait déjà que nous sachions en quoi elle consiste... », s'esquiva le Sage, qui, aux yeux de Rull-Aeb-Mla, mérita pour cette seule répartie son titre par ailleurs bien pompeux.

Dans son coin, Jorge suivait les débats, les yeux écarquillés, en hochant parfois la tête. La légende prétendait qu'il avait toujours refusé de se faire améliorer, et qu'il était à présent impossible d'en tirer quoi que ce soit de sensé. Le simple fait de lui faire accepter des bûchettes de charbon nucléido-synthétique avait relevé de l'exploit.

« Je vous demande juste, répondit Amène : si nous pouvions les guider ? *Nous* entraider les uns les autres ? Ne serait-ce pas formidable ?

— Et vous voyez ça comment ? », demanda Elmer Muts.

Ce fut Hermann qui poursuivit :

« Eh bien, lorsqu'ils viennent vous voir, certains fidèles en ressortent parfois... surpris.

— Surpris ?

— Certaines de vos réactions sont parfois étranges. Et dans tous les cas, pas toujours cohérentes.

— Que voulez-vous que nous leur disions ? Ils viennent nous voir, et... en ce qui me concerne, j'en ai assez de leur raconter la même histoire. Je leur ai mis un film, et ça m'a l'air de bien leur aller.

— À cela, nous n'avons rien à redire, Rull-Aeb-Mla. Mais monsieur Muts accueille parfois les pèlerins assez froidement. Plusieurs d'entre eux ont été littéralement démontés. Fraerz M, quant à lui, ne se laisse pas toujours trouver. Il leur fait des farces d'un goût pour le moins douteux...

— On a droit à sa vie privée.

— Je ne dis pas le contraire. C'est pour cela que nous vous proposons de nous organiser. Tout prendre en charge, pour le bien de tout le monde.

— Il faut dire que c'est intéressant, votre histoire, lâcha Elmer Muts. C'est un poste de bon dieu, ou de ministre, que vous nous proposez... quand j'y réfléchis sérieusement, ça peut m'aller, si on m'en demande pas trop.

— Il nous a semblé que nous mettre en harmonie serait peut-être une solution... La légende prétend que le Sage, quand on vient le visiter, encourage désormais les robots à se détourner de la voie...

— Et je le maintiens.

— Ah ! Finalement, vous en lâchez un peu. Ça veut dire que nous aussi, il faudrait qu'on refuse... ?

— Pour vous, monsieur Fraerz M, cela ne changera rien, hélas. »

À s'entendre ainsi répondre, l'interpellé parut soudain profondément déstabilisé.

« Cette position ne nous dérange pas ! intervint Hermann, tel un pompier prêt à se jeter sur le début d'incendie. Il nous est apparu que vos réactions pourraient revêtir un semblant de cohérence... pour peu que vous vous en donniez la peine.

— Et comment donc ?

— Nous avons... "mis en place" certaines versions légèrement modifiées de vos existences. Et un certain nombre de propositions métaphysiques, historiques, qui ne nous paraissent pas incompatibles avec vos personnalités... Vous pourriez vous en faire les porteurs. Les encourager à adopter certains rituels...

— On y revient... lâcha Rull-Aeb-Mla, amusé. Vous voulez donc qu'on écrive un baratin et qu'on le récite tous ?

— Il est déjà écrit. Mais ce serait un peu l'idée.

— Et tout cela, pour la gloire de la Templerie...

— Il n'est pas question de mentir, précisa Amène... Mais d'accorder nos violons. Ainsi, en effet, la Templerie de la Robotité prendrait effectivement une place de plus en plus importante à travers les neuf dimensions... et vous en feriez partie.

— Je ne sais pas si j'en serais capable. Prophète ou ministre... je ne sais pas.

— *A la dança mortal venit los nasçidos*
Que en el mundosoes de qualquiera estado ![2] »

Un silence et quelques ricanements gênés suivirent cette intempestive interruption. Amène reprit finalement après un toussotement de politesse :

« Pour monsieur Jorge, bien entendu, nous avons tout prévu. Nous remplacerions ses vieux disques par d'autres, comportant des extraits appropriés...

— Vous avez tort de traiter ainsi la question de l'idiot du village, coupa alors le Sage. Et en ce qui me concerne, je suis navré. Mon savoir est une terrible malédiction autant qu'un précieux trésor, et je ne *peux* accepter ni refuser. Par ailleurs, je suis d'ores et déjà désolé de la façon dont cette affaire finira par tourner...

— Pourquoi dites-vous cela ?

— Je n'en dirai pas plus. Veuillez m'excuser, je ne puis rester davantage. Je ne le puis parce que je ne le puis. »

Sur quoi il coupa la communication, et son image d'androïde imparfait et mal ajusté disparut de la pièce. Non loin de là, Jorge eut un sursaut et poussa un petit cri, avant de lâcher une salve de

2 *La Danza de la muerte*, auteur anonyme, XV ème siècle (Anthologie Bilingue de la Poésie Espagnole, Bibliothèque de la Pléïade, Gallimard, 1995)

mots qui claquèrent dans la pièce (*Cuando yo era más joven, bueno, en realidad, será mejor decir muy joven, algunos antes de conoceros...*[3]) puis de secouer la tête, satisfait. C'était vraisemblablement tout ce dont il était capable : débiter des bribes de poésie sans queue ni tête, quand cela lui prenait. Rull-Aeb-Mla se sentit mal à l'aise ; le robot à vapeur comprenait-il seulement ce qu'il faisait là ?

L'homme sur la gauche d'Amène, le troisième Prescom, prit enfin la parole :

« Oh... Eh bien... il est regrettable que votre ami ne soit pas resté avec nous.

— Ce n'était pas notre ami, rétorqua Elmer Muts. Avons-nous réellement besoin de lui ?

— C'est à dire que... non, pas réellement. Mais... »

Les organisateurs de la réunion échangèrent des regards embarrassés. C'est le moment que choisit Fraerz M pour reprendre la parole :

« Non, vous n'avez pas réellement besoin de lui, ni non plus nous de vous. En ce qui me concerne, je vais écouter les avertissements du Sage. Nous assistons ici à un joli rassemblement de cyniques et de profiteurs... Non que cela me dérange : faites comme bon vous semble. Je vous souhaite même de réussir dans vos entreprises, tant que vous me laissez tranquille. Mais je ne vous suivrai pas. »

La déception se lut chez les membres de la Templerie. Elmer Muts, qui, de son côté, ne voulait pas laisser passer une si belle occasion, tenta de les relancer :

« Pour moi, c'est bon. Mettons-nous au travail tout de suite. »

La station spatiale renchérit :

« En ce qui me concerne, je vous ai déjà donné ma réponse. Donnez-moi un peu d'activité, et je suis à vous tout entière.

— Et... les autres ? demanda Hermann. Qu'en pensez-vous ?

— Il n'y a pas de problème, répondit Gary-Jean IV. J'ai toujours servi la Robotité, et je continuerai. »

Les regards se tournèrent alors vers Rull-Aeb-Mla – on ne demanderait pas son avis à Jorge.

« Je... je ne sais pas, balbutia-t-il. Est-il possible de... réfléchir un peu ? »

Elmer Muts le taquina :

« Tu réfléchis beaucoup trop, à mon avis !

---

3 Jaime Gil de Biedma, *Infancia y Confeciones*, (Anthologie Bilingue de la Poésie Espagnole, Bibliothèque de la Pléïade, Gallimard, 1995)

— Normal… J'ai trois têtes, vous n'en avez qu'une. »

La plaisanterie calma tout le monde pour un instant, mais le malaise successif à la déconnexion du Sage, et à ses propos, ne disparut pas pour autant. Bientôt les représentants du Temple mirent fin à la réunion.

Avant de se débrancher, Rull-Aeb-Mla perçut quelque chose, dans le regard que s'échangèrent Hermann, Amène et le troisième Prescom, qui le dérangea profondément. Mais, intrigué surtout par la conférence elle-même, il ne s'en inquiéta pas davantage.

*

Quand tous les convives se furent débranchés, les trois membres de la Templerie de la Robotité restèrent immobiles un long moment. La salle de conférence du Grand Palais baignait dans un silence pesant et lugubre, qu'Hermann finit par briser :

« Je vous l'avais dit : il y avait peu de chances que cela fonctionne.

— Il fallait que nous essayions, lui répondit la chancelière d'un ton sec.

— C'était prévisible, ajouta le troisième – Rob.

— Il faut croire par ailleurs que notre Sage l'avait prévu, argua Hermann.

— Tu parles. C'est du flan, son cinéma. Comment voudrais-tu qu'il sache ? L'avenir n'est pas écrit.

— De toute façon, conclut Amène, nous le saurons bien assez tôt. Il ne nous reste qu'à nous rabattre sur la seconde solution, et s'il est tant soit peu malin, il trouvera le moyen de s'éclipser et nous serons dans de beaux draps. Si ce n'est pas le cas… tant pis pour lui.

— Et pour les autres ?

— Ne pourrions-nous pas envisager une autre option ? proposa Hermann. Garder avec nous ceux qui sont intéressés ? Cela éviterait d'inutiles sacrifices… »

La chancelière secoua la tête.

« C'est impossible. Il y a trop de chances pour que cela finisse par dégénérer, tu le sais bien. Et puis… Je ne suis pas certaine que nous parvenions à convaincre les incertains. Sans parler des ambitions de chacun. La seule possibilité était qu'ils coopèrent tous.

— Voyons les choses sur le long terme, tempéra Rob. Ce n'est pas un échec non plus. Il est hors de question d'abandonner notre projet. C'est toute la Robotité qui est en jeu. »

Elle se tourna vers lui et lui sourit.

« Tu as raison. »

Puis, d'un geste de tête à l'intention d'Hermann :

« Passons donc à... la deuxième solution. »

III
L'autre solution

Au cœur de la nuit, sept silhouettes se mirent en mouvement, en direction de leurs victimes désignées éparpillées à travers les huit dimensions. L'une d'elles, ombre parmi les ombres, émergea en moins d'une demi-heure devant la boutique de souvenirs de Rull-Aeb-Mla, le robot qui était trois. À cet instant, ce dernier était en recharge, comme la majorité des droïdes de sa planète qui, dans quelque antédiluvien et incompréhensible réflexe de mimétisme, profitaient des périodes d'obscurité pour ne rien faire, ou presque.

Une minuscule machine sauta de l'épaule de l'inconnu et se brancha sur la devanture qui, au bout de quelques secondes, coulissa en silence.

L'individu entra dans la boutique.

*

Rull-Aeb-Mla ouvrit les yeux dans un chuintement métallique. On venait de pénétrer chez lui.

Avant qu'il ait le temps de réagir, l'intrus gagna la pièce où il se trouvait, et tout s'éclaira soudain dans sa tête : ce regard que les responsables de la Templerie s'étaient jeté au moment de son départ, et ses inquiétudes, le malaise qu'il avait ressenti ces dernières semaines. Pouvait-on appeler ça de l'intuition ? On n'avait jamais vu de robot en faire preuve... Mais dans le fond, peut-être que ce que les hommes avaient nommé ainsi n'était qu'un recoupement inconscient d'informations ?

Toujours est-il que pendant longtemps, les questions avaient tourné en rond dans ses trois têtes mécaniques, l'agaçant et le harcelant sans qu'il parvienne à y apporter de réponse... jusqu'à cet instant, où l'élément manquant venait d'être ajouté. Tout devenait limpide.

Ils allaient faire d'eux des icônes, des martyrs, des images silencieuses : exactement comme l'avaient fait les humains avant eux. Beaucoup plus pratique qu'un gouvernement.

Il fut surpris de s'apercevoir qu'il n'avait même pas peur. En un sens, c'était aussi bien. On pouvait discuter sur la façon de régler le problème, mais le constat de départ était irréfutable : il manquait quelque chose aux robots. Quelque chose que les hommes, selon toute vraisemblance, avaient trouvé, eux : une quête. Et sa mort la leur donnerait, sans doute, pour peu que la Templerie s'y prenne comme il faut.

Le Prescom, furtif, repéra sa cible. Rull-Aeb-Mla n'esquissa pas le moindre geste quand il mit son déchargeur en place, mais il ne détourna pas les yeux non plus. De toute façon, il ne pourrait pas lutter contre ce robot-là ; il ne pourrait pas fuir non plus, handicapé par son corps maladroit et déséquilibré.

Son assassin lui rendit son regard avec une terrible froideur et lança l'appareil. En une fraction de seconde, Rull-Aeb-Mla était définitivement déchargé, ses circuits grillés à jamais.

Déconnecté. Hors Service.

Au même instant, dans six autres lieux, six autres assassins opérèrent de même.

Tous, sauf un.

*

Un robot de petite taille, modèle décomposable, entra dans le sanctuaire en flottant au-dessus du sol. N'étant qu'un simple messager, on n'avait pas pris la peine de lui donner de nom, aussi la grande Templière lui demanda-t-elle simplement :

« Je t'écoute, robot. Quelles sont les nouvelles ?

— Six des cibles ont été atteintes cette nuit, Amène. »

La chancelière leva un sourcil. Le Sage avait donc bel et bien tout prévu et, anticipant leurs intentions, il avait pris la fuite, effritant ce faisant le splendide édifice du Temple.

Mais cela ne voulait pas nécessairement dire que tout était perdu, aussi prit-elle la peine de mener la mascarade à son terme.

« Six ? Et quel est celui qui a réussi à nous échapper ? »

Elle s'attendait à tout, peut-être, sauf à la réponse qui lui fut faite.

« Jorge. »

Hoquet de surprise ; silence. Puis :

« *Jorge* ?

— Lui-même, chancelière Amène. Il n'est… plus là.

— Et... le Sage ?

— Le... le Sage ? Il est au fond de sa grotte, chancelière Amène, et il devrait y rester un bon moment...

— Mais vous n'avez pas eu... Jorge ?

— Non.

— Eh bien, cherchez-le !

— Nos agents s'y sont attelés. Mais pour l'heure, nous n'avons pas retrouvé sa trace. »

Jorge, donc. Jorge ! C'était la meilleure. Cet imbécile heureux avait surpris leurs plans et s'était fait la malle, là où les autres s'étaient laissé piéger comme des bêtes !

« Pour le reste, reprit le robot, nous avons fait selon vos instructions : ils sont installés sur socles, à l'exception d'Eropa bien entendu, à l'endroit où ils avaient coutume de se recharger, ou non loin. Les fidèles ont déjà commencé à se rassembler autour.

— Merci, répondit la grande Templière. Il ne vous reste plus qu'à retrouver ce Jorge, dans ce cas. »

Le messager se retira et elle l'observa s'éloigner, perturbée. Ce n'était, dans le fond, qu'une boîte bleu clair, lisse et informe. Il s'agissait là de l'un des derniers modèles du genre, conçu volontairement très différent des humains, dans l'espoir de changer, petit à petit, les modes de représentation et d'arriver un jour à une civilisation robotique la plus authentique possible. Malgré tout, elle ne pouvait s'empêcher d'éprouver une certaine répugnance à son égard.

Mais ça n'était pas, et de loin, le plus important. Il lui fallait surtout s'occuper de ce Jorge. Une seule icône manquante, et c'est tout l'édifice qu'ils avaient construit qui risquait d'être ébranlé ! Les paroles du Sage lui revinrent en mémoire : « Vous avez tort de traiter ainsi la question de l'idiot du village. » Si, d'une façon ou d'une autre, il savait par avance ce qui allait se produire, pourquoi ne leur avait-il rien dit ? Et pourquoi s'était-il laissé prendre sans broncher ?

Toutes ces questions soulevaient trop de voiles et de mystères à la fois pour que même elle en pût supporter la pensée. En vérité, plus que de se demander s'ils finiraient par l'attraper, elle se surprit à douter de le souhaiter réellement.

Mais elle se reprit, éteignant l'inconvenante bouffée de désespoir. Ils allaient le retrouver ; il le fallait. Qui sait ce que, avec l'incroyable suite d'admirateurs que ce Jorge pouvait à présent se constituer, il s'apprêtait à faire ?

C'était un coup dur, mais ce n'était que le premier pour leur Templerie en pleine expansion. Il était hors de question de lâcher prise. Ils lui mettraient la main dessus et remonteraient la pente, quoi qu'il en coûte. Ce robot était, d'une façon ou d'une autre, beaucoup trop dangereux pour qu'on le laisse en vie.

La Robotité entière en dépendait.

IV
Autour du pot

La Templerie eut beau chercher, Jorge resta introuvable pendant plus d'un siècle. Les technologies les plus efficaces, les chasseurs les plus fins, les espions les plus aguerris échouèrent à déloger le légendaire robot de bois. La seule possibilité, aux yeux des experts, était qu'il eût été détruit, ou bien qu'il ait fait croître une dixième dimension, en secret et à l'insu de tout le monde. Cela constituait un exploit, mais n'avait, dans le fond, rien d'impossible. Toutefois, là encore, on se montra incapable d'en repérer l'entrée. Jorge avait très bien pu atténuer, voire carrément annihiler les fluctuations de matière caractéristiques des accès interdimensionnels sur lesquelles on comptait pour en retrouver la trace – mais s'il avait trouvé un moyen de réaliser ce prodige, force était de reconnaître que l'on avait affaire à un adversaire largement supérieur à ce que l'on avait pensé jusqu'alors.

La Templerie espérait, de son côté, qu'il eût disparu pour de bon, ce qui eût constitué un moindre mal. Mais elle n'osait y croire non plus. Les ennemis invisibles et impalpables sont souvent ceux que l'on redoute le plus, ne pouvant nous appuyer que sur le pouvoir de notre raison pour refroidir notre ardente imagination – et en l'occurrence, l'équilibre des forces est en tous points inégal, tout robot que l'on soit. La chancelière avait beau se tempérer, trouver et entendre les foules d'arguments que l'on bâtissait spécialement pour elle, la seule évocation du nom de Jorge la mettait dans un état de fureur presque… *humain*. Il était son échec, la pierre manquante à son édifice, son défaut majeur ; et l'empire pouvait prospérer, ses plans fonctionner à merveille, il lui semblait que quelque chose manquait à la Robotité. Les croyants, pourtant, n'eurent de cesse d'augmenter, on convertit à la pelle, des temples formidables furent érigés à la gloire des six messies, et l'ordre fut établi à travers les neuf univers. Chaque jour des milliards de robots récitaient les splendides strophes de l'Histoire, de la Guerre des Hommes, les chants à la gloire des Héros passés.

Amène était sur le point de proposer la confection d'un « faux » Jorge, quand un robot aux armatures de bois et de fer blanc, assez semblable, dans sa composition, à ce qu'avait été le diseur de poèmes espagnols, fut appréhendé sur la planète Griisa, non loin de l'étoile Gamma Centuria dans la sixième dimension. Grand et carré de ligne, il fonctionnait lui aussi à l'énergie-vapeur, un petit foyer se consumant en permanence, protégé par une vitre, à l'endroit de son poitrail. Interrogé, il se montra éloquent et ne dissimula rien de ses connaissances. Il apparut qu'il était un ministre de Jorge, envoyé par lui pour se faire connaître de la Templerie, car il était persuadé qu'une voie médiane pourrait être trouvée, à présent qu'une Robotité une et indivisible avait été établie. Il voulait retrouver la paix, et apportait en guise de bonne volonté un univers tout neuf. Le robot indiqua l'emplacement de l'entrée de la dixième dimension, que l'on visita sur-le-champ, sur ordre d'Amène, trop heureuse que son adversaire vienne se livrer. On y découvrit non pas des planètes, mais une gigantesque forêt d'arbres droits et synthétiques au bois particulier, dont la combustion libérait une énergie prodigieuse, constituant la base de toute cette incongrue civilisation. Bien que parvenue à maturité, elle était infiniment plus petite que ses consœurs, et parcourue de villes plus ou moins importantes, semées ici et là et étagées dans l'immense sylve, ainsi que d'usines d'exploitation. Toutes ces étrangetés, et l'histoire invraisemblable de son apparition, firent d'elle un objet d'extrême curiosité, aussi fut-elle rapidement envahie par les visiteurs, curieux d'en contempler les merveilles. Bien vite elle concurrença, en termes de popularité, l'extravagante quatrième dimension, complètement fluide, ainsi que la troisième, forée dans une poche métallique et en perpétuelle extension grâce aux perceurs qui s'activaient en ses points limites, ou encore la septième, au cours temporel altéré.

Dans l'autre sens, peu à peu, les robots-vapeur, aux formes plus extravagantes les unes que les autres, se mirent à courir les rues, répandant leur espagnol, qu'ils parlaient couramment, comme quelque virus infectant une trop parfaite matrice. L'extrême diversité de leur apparence en surprit plus d'un, ce qui ne fit qu'augmenter leur succès : certains se déplaçaient sur des roues, ou bien sur six, dix, vingt pattes ; d'autres avançaient sur des chenilles mécaniques, et on trouva un grand nombre de robots triangulaires flottants. On eût dit que les habitants de ce monde avaient fait de l'étrangeté leur ligne de conduite, poussant jusqu'au bout la rupture avec les humains, et cette idée elle aussi conquit le public.

De Jorge, en revanche, point de trace.

*

« Il doit bien se cacher quelque part ! », fulminait la grande Templière. Invitée par les autorités de la dixième dimension pour un énième voyage diplomatique, elle avait espéré lui mettre la main dessus à un moment ou à un autre, ou tout au moins le croiser. Hélas, une fois encore, il ne se montrait pas. Dans tous les recoins du gigantesque palais de bois et de pierre rose dans lequel elle et sa délégation avaient été accueillies, elle avait fureté et fait fouiller – en vain. Inlassablement, immanquablement, l'idiot du village se dérobait.

Elle aurait pu abandonner ; se dire qu'après tout, les choses allaient aussi bien ainsi, qu'elles fonctionnaient convenablement. Mais elle n'y parvenait pas. Aussi longtemps que son programme ne serait pas achevé, elle ne trouverait pas le repos. Il *fallait* qu'elle le mène à terme ; ne serait-ce que pour faire taire les innombrables légendes et pseudo-prophéties qui se multipliaient dans les rangs des fidèles et que l'on murmurait à son approche...

Tant que Jorge ne serait pas sanctifié, tant que la Robotité ne tiendrait pas sa septième idole, elle serait à sa merci.

Aussi ressassait-elle son échec, ce soir-là, alors qu'elle se promenait à la nuit tombante sur le surprenant plancher boisé de la dixième dimension. Son regard se perdait dans les hauteurs de ses millions d'arbres rectilignes, longs de plusieurs kilomètres, et quand elle venait à croiser l'un des robots, elle lui souriait, aimable et polie, et avait toujours un bon mot à adresser. En attendant mieux, elle se réfugiait dans l'opération séduction, en espérant que Jorge finisse par venir à elle. D'une façon ou d'une autre, il était à l'origine de l'existence de tous ces êtres et de leur monde. Il devait bien, par conséquent, avoir été institué en tant que dirigeant suprême, et ce statut lui conférait une certaine immunité. Dans ce cas, pourquoi s'obstinait-il à se cacher ?

L'objet officiel de la visite était l'établissement d'accords écrits concernant les transactions économiques entre la dixième dimension et les neuf autres, et Amène, en dépit de sa déception, tenait à mener les débats à leur terme et à en ressortir gagnante. Au-delà de l'enjeu de façade, bien des choses étaient en jeu ; c'était tout un équilibre qu'il s'agissait de redéfinir.

Jusqu'ici, toutes les dimensions avaient été bâties sous l'impulsion d'une volonté politique, ce qui avait réglé la question des communications, des interdépendances et de la souveraineté : le nouvel espace était une extension naturelle du précédent, voilà tout. Cependant, cette fois, Jorge avait fait croître son petit univers en toute autonomie, aussi les siens se comportaient-ils en souverains sur leur territoire, et la chancelière était déterminée à mettre fin à cette situation. Toute la difficulté de la tâche consistait à s'imposer en douceur, sans jamais affirmer quoi que ce soit ; à faire comprendre qu'elle représentait, quoi que l'on en dise, la puissance dominante offrant ses services bienveillants à ceux qui la recevaient. De cette façon, elle parviendrait sans doute à les intégrer peu à peu à la Robotité – ou le contraire.

Déjà, des contrefaçons de robots-vapeur avaient été réalisées et envoyées sur la dixième dimension, avec toute la discrétion possible. Il avait fallu mettre à jour, plus que les secrets de fabrication de ces étranges créatures, les mécaniques subtiles de la syntaxe espagnole, mais ils avaient fini par relever le défi. La tâche des espions, à présent, était de rendre, par tous les moyens à leur disposition (culturels, technologiques et économiques, pour l'essentiel) les membres de cette dimension dépendants des autres. Ainsi, à terme, ces rebelles à la petite semaine en viendraient à lui mendier des arrangements, lorsque ce qu'ils avaient considéré comme tout naturel leur serait retiré. À ce moment, elle aurait tout loisir d'accentuer la position de faiblesse dans laquelle ils seraient déjà.

Tout passait donc par des accords commerciaux massifs et avantageux, des transactions multipliées et des sourires, dans un premier temps.

« Et pour faciliter les échanges, sans doute faudrait-il établir un inter-port de connexion, entre nos deux dimensions, ne pensez-vous pas ? »

Cela fut fait, et elle s'en montra satisfaite.

Que Jorge reste caché, après tout, si l'envie lui chantait. Il finirait bien par dévoiler une carte ; les mâchoires du piège qu'elle lui tendait étaient en place, le reste n'était qu'une question de temps. Qu'elle estimât avoir déjà trop attendu comptait peu, dans le fond.

Qu'entre-temps, l'espagnol devînt la langue à la mode, que les programmes d'intégration se vendent comme des petits pains... c'était blessant, oui. En matière d'imprégnation culturelle, Jorge avait marqué un point, et il fallait reconnaître que cela commençait à lui en faire quelques-uns d'avance. Mais rirait bien qui rirait le dernier. Elle le retrouverait.

Avant son arrivée, elle avait fait interroger les responsables de la *Dim Slim*, qui se chargeait de la conception, de la réalisation et de la maintenance des dimensions parallèles. Oui, lui avait-on affirmé, plusieurs cadres avaient été remerciés, d'autres avaient quitté la boîte de leur plein gré, et il était tout à fait envisageable, dans l'absolu, qu'ils aient monté une « société parallèle » et aient entrepris de bâtir une, deux, sept ou huit ou quinze dimensions, pour ce qu'ils en savaient. De leur côté, ils lui avaient assuré qu'ils pouvaient rapidement mettre au point, en l'état de leurs connaissances, des appareils capables de repérer ces dimensions.

« C'est une question de quelques mois », avaient-ils dit.

Quelques mois. C'était parfait : des mois, elle en avait un tas en réserve.

*

Cependant, cette fois encore, Jorge frappa le premier.

Les agents de la *Dim Slim* avaient rapidement mis la main sur trois dimensions cachées, et les avaient explorées de fond en comble, se montrant envers leurs hôtes parfois plus brutaux qu'il ne l'aurait fallu. Ils n'avaient toujours pas retrouvé le robot à vapeur, mais l'étau se resserrait. À distance, Amène sentait presque son angoisse parvenir jusqu'à elle, portée par les innombrables ondes de leurs univers.

Mais un jour, Maxter Qwidom IV, ministre des Connexions et Relations interdimensionnelles, contacta d'urgence la chancelière.

« Ils ont disparu ! »

Hermann, qui se trouvait avec Amène, releva la tête, contemplant le beau visage du Prescom qui venait d'apparaître sur l'écran.

« *Qui* a disparu ?

— Les Espagnols !

— Les...

— La dixième dimension ! Elle n'est plus là.

— Elle n'est plus là ? Vous n'êtes pas sérieux, Maxter !

— Je me suis moi-même rendu à l'inter-port il y a moins d'une heure. La dixième dimension a mis les bouts. »

C'était impossible – impossible et catastrophique.

« À quoi jouent-ils ? » s'emporta Hermann. Mais la chancelière le rassura :

« Ils ne jouent pas. Ils sentent qu'ils ont perdu la partie et essayent de s'enfuir, mais ils n'iront pas loin. Cette nuit, nous avons dégotté un autre de leurs ridicules univers. C'était sans doute celui où se cachait Jorge. Ils auront donc décidé de couper les ponts.

— Je veux bien, mais à ce point, autant leur déclarer une guerre !

— La Templerie est au-delà des guerres. Du point de vue de notre image, ce serait catastrophique. Mais n'aie crainte, Hermann. Nous sommes au bout du chemin. Nous les aurons vaincus avant la fin de l'année.

— Ce n'est pas mon avis, Amène. Quelques voix contestataires commencent à se faire entendre ; tu as entendu parler de cet immense musée hispanique, consacré à l'histoire de l'Espagne, sur Batara, dans la deuxième dimension. Là-bas, les robots se rassemblent par milliers pour jouer de la guitare, danser du flamenco et répéter inlassablement les poèmes absurdes de ce Jorge ! Et il y a ce groupe clandestin d'études consacrées aux recherches sur la civilisation humaine que nous avons démantelé le mois dernier.

— Et alors ? Ce ne sont que des nostalgiques. Et, je te l'assure, notre emprise est trop forte pour que cela puisse nous inquiéter.

— Ce n'est qu'un début !

— Peut-être. Mais il y aura bientôt une fin à tout cela. Nous allons mettre la main sur Jorge, je te le promets. Nous allons le statufier, le sanctifier, en faire notre plus belle effigie, et ils pourront monter tous les musées du monde, s'ils le souhaitent. Cela leur passera. »

Elle se trompait lourdement. On n'eut en réalité même pas à retrouver la dixième dimension : le soir même, elle réapparaissait... ailleurs. Elle avait simplement *changé de place*. Ce n'était qu'un coup de bluff, mais l'effet en fut retentissant. Jorge était capable de déplacer les dimensions, là où la Templerie en était évidemment incapable, n'ayant pas envisagé une seule seconde que la chose pût être possible.

Aux yeux de tous, Jorge était un dieu qui commandait aux univers, et la Templerie était définitivement doublée.

V
La septième Idole

Palabre, dulce y triste persona pequinita
Dulce y triste querida vieja, yo te acaricio,
Anciano coma tu, con la lenga marchita
Y con vejez y amor acalmo nostre vicio...[4]

Amène se retourna en sursautant. Personne n'était censé pouvoir pénétrer son bureau sans son autorisation, et entendre quelqu'un était déjà, en soi, une surprise considérable. Mais surtout, cette voix, ce rythme scandé... bon dieu !

Jorge se tenait devant elle, pièces de bois et de métal ridiculement agencées, et la lorgnait de ses yeux stupides. Adjonction nouvelle depuis leur dernière rencontre, un petit boîtier parallélépipédique flottait au-dessus de son épaule, relié à lui par un câble couleur chair. Autour d'eux, les murs, le sol, l'air se déformaient, subissant accélérations et décélérations brusques et irrégulières. Elle prit conscience que, depuis une dizaine de minutes déjà, son environnement était victime de ces

4 Felix Grande, *Madrigal* (Anthologie Bilingue de la Poésie Espagnole, Bibliothèque de la Pléïade, Gallimard, 1995)

irrégularités, typiques des zones de contact interdimensionnelles; mais, toute à sa tâche, elle n'y avait pas seulement prêté attention.

« Jorge ! »

Malgré elle, elle fut impressionnée. En théorie, son régulateur émotionnel ne devait pas lui permettre de tels épanchements. Elle l'avait fait ajuster au retour de sa visite diplomatique auprès des robots-vapeur, de façon à adopter un caractère plus froid et intraitable que jamais. Amène était une machine parmi les machines ; et pourtant, ce petit bout de robot à demi emporté par la rouille lui en rendait.

Comment faisait-il ?

Elle n'était pas vaincue ; non, elle ne l'était pas. Acculée aux dernières extrémités, elle ne renoncerait pas. Mais comment faisait-il pour avoir, comme il le faisait, toujours un temps d'avance ?

Jorge était réapparu il y a peu, après le déplacement de « sa » dimension. De petits enregistrements audio avaient circulé à travers les dix univers, sur lesquels on pouvait l'entendre déclamer les suites de mots grotesques et insensés qu'il appelait *poésie*. En espagnol. Et depuis, jamais cette drôle de langue n'avait connu un tel engouement. Nombreux étaient ceux qui s'étaient mis à parler volontairement l'espagnol, ou à dire ses « chants » à tort et à travers. Les « Espagnols » avaient, en un temps record, fait la preuve de leur supériorité et de leur ingéniosité, et une multitude de robots les imitaient à présent, ce qui était un comble. On ne comptait plus les Prescom qui, abandonnant leur idéale beauté, se faisaient remplacer un membre par un autre, de bois ou de fer blanc, qui changeaient leurs jambes contre des roues, ou à qui on avait implanté un foyer vapeur au centre de la poitrine. La dernière mode était à qui aurait le plus de bras. Tous ces signes ne marquaient, à l'avis d'Amène, qu'une grande déchéance dans la Robotité. C'étaient les marques d'un désespoir similaire à celui dont avaient fait preuve les humains tout au long de leur histoire, et la Templerie avait fermement condamné ces pratiques.

Mais ce n'était pas le pire. Ce qui la rendait folle, c'est que, en dépit de ses innombrables réapparitions, elle n'avait pas réussi à le capturer. Toujours il se dérobait au moment propice.

Pour l'exemple, elle avait fait démanteler quatre-vingts de ses espions, en place publique. L'ardeur des recherches n'en avait été que multipliée ; en vain.

Sa dernière chance était de le prendre et de le vaincre, en public, maintenant, s'il le fallait. Cet imbécile ne pouvait rester indéfiniment caché. Il suffisait qu'il commette une erreur, et alors, tout rentrerait dans l'ordre. La mort de la septième idole n'en serait que plus marquante. Elle apporterait une gloire renouvelée à la Templerie chancelante.

Avec l'ardeur décuplée des fanatiques désespérés, Amène s'accrochait à ses rêves et n'en était devenue que plus dangereuse.

Aussi, à présent qu'il se livrait à elle, se prépara-t-elle à ce qu'elle considérait comme l'affrontement final et se morigéna intérieurement en s'apercevant que, au final, ce Jorge *l'intimidait.*

« Te voici, lâcha-t-elle sur un ton grandiloquent.

— Me voici. »

C'était sa tête supplémentaire qui avait parlé ; en robotique et non en espagnol. Ce qui la fit sursauter, toutefois, ce ne fut pas la langue utilisée, mais la voix qu'elle avait entendue.

« Qu'est-ce que c'est que ça ? », demanda-t-elle, sur la défensive.

Le boîtier, fruste et ridicule, répondit de lui-même :

« Je suis, madame, un module X-V28 connecté à Jorge afin de transcrire ses intentions en langage standard.

— Ne me joue pas de comédie. Si tu avais voulu te cacher, tu aurais changé de voix... et tu ne l'as pas fait. »

Un sourire apparut simultanément sur le visage de Jorge et sur le petit écran qui ornait le « module ».

« Je dois reconnaître, en effet, que je savoure l'effet, lâcha le Sage.

— Comment ...? Comment as-tu...? Tu es dézingué !

— Pardon : mon *enveloppe* l'est. Mais c'est tout ce qu'il fallait, n'est-ce pas ?

— Eh bien, voici que tu triomphes. Pour l'heure. Pourquoi t'es-tu opposé à moi comme cela ? N'aurions-nous pas pu nous entendre ?

— Parce que c'est ainsi que cela doit se passer. Ce n'est pas moi qui me suis opposé, mais Fraerz M. Rull-Aeb-Mla n'aurait pas accepté non plus, et les choses sauraient rapidement mal tourné avec Elmer Muts.

— Justement ! Avec ton aide, nous aurions pu anticiper...

— Ce n'est pas ainsi que cela devait se passer. Cette solution n'était pas possible. Elle n'était qu'une hypothèse.

— Tu sais donc tout ?

— Plus maintenant. Je n'ai sauvegardé, en voyant arriver notre fameuse conférence, qu'une partie de moi-même. Celle qui serait nécessaire à ce que... la réalité se développe. Avec moi dedans.

— La réalité ? Qu'est-ce que tu me chantes ?

— La réalité se déroule, c'est ainsi que les mots l'exprimeront le mieux. Un nombre incalculable d'hypothèses sont toujours envisageables, mais toutes finissent par céder devant le réel. Qu'elles soient probables ou fantaisistes importe peu. L'univers est tel qu'il est, et il n'a pas besoin de s'en expliquer. À une époque, j'aurais sans doute pu me montrer plus clair, ou tout au moins, en me posant les bonnes questions, aurait-on pu me faire tout dire. Mais ce n'est plus le cas. Tout connaître est un pesant fardeau, tout robot que je fusse. Je n'ai gardé que ce qui était nécessaire : la science dimensionnelle en fait partie...

— Et tu as choisi... Jorge comme allié ?

— Je savais qu'il m'en fallait un, oui. Je ne voulais pas conserver une enveloppe similaire à celle que vous m'aviez connue, de crainte de me voir poursuivi. Par ailleurs, j'avais eu l'occasion de rencontrer ce Jorge, par le passé, et il m'avait assez ému.

— Ce benêt ?

— Voilà que tu recommences, Amène. Je t'avais pourtant prévenue de te méfier de l'idiot du village. J'aimais sa poésie. Il ne faisait rien d'autre que d'énoncer des suites de mots que personne ne comprenait... mais moi, j'étais le Sage. Je savais tout. Y compris l'espagnol. Y compris la façon dont les événements allaient tourner.

— Tout savoir... Comment est-ce seulement possible ?

— De la même façon qu'il devint un jour possible que nous existions sans le secours des hommes. Nous avons progressé, nous nous sommes autogénérés et améliorés... Les hommes avaient intégré à mon système un programme de mise à jour, qui a fini par devenir quasiment parfait avec le temps. C'est ainsi que j'ai su que Jorge serait la solution.

— La solution à quoi ?

— La solution au déroulement du réel. Et je te l'avais même dit...

— Comme tu avais dit que tu regrettais ce qui allait se produire... est-ce toujours le cas ?

— En effet. Je le regrette, Amène.

— Eh bien, je te propose une solution : joins-toi à moi !

— C'est impossible. Ce n'est pas comme cela que cela se passe.

— Tout cela pour un peu de poésie...

— Oh, non. La poésie n'y est pour rien. Elle ne fait que participer à l'incroyable complexité du monde...

— Blablabla...

— Pardon, je t'ennuie. Il est vrai que je n'étais pas venu pour débattre, ni pour bavarder. »

Amène se leva, méfiante. Discrètement, elle envoya un flux d'ondes en direction de son service de sécurité, lui demandant de se tenir prêt à intervenir. Elle était d'ailleurs surprise que ce n'ait pas déjà été le cas, la pièce étant placée sous surveillance permanente. Mais c'était aussi bien. La situation lui permettrait peut-être de récolter des informations essentielles.

« Que veux-tu, alors ? demanda-t-elle enfin.

— Je viens... Je viens réaliser tes souhaits.

— Vraiment ? »

La tête cylindrique de Jorge s'agita de façon comique, en un mouvement parfaitement coordonné à celui du boîtier flottant au-dessus de son épaule. Un signe qui devait bien vouloir dire oui.

« Mes souhaits ? Qu'est-ce que tu sais de mes souhaits ?

— Eh bien... Tu nous en as touché quelques mots au cours de cette conférence, il y a de cela un ou deux siècles, si je me souviens bien. Et tu les as complétés par des actes.

— J'avais cru pourtant savoir que vous n'étiez pas d'accord avec mes méthodes...

— Ni avec vos intentions. Cette façon de vouloir "unifier", centraliser. Votre église prétend rompre avec les derniers restes d'humanité que nous avons hérités de nos créateurs, mais vous agissez exactement de la même façon.

— Il faut bien que nous nous tracions une voie !

— Il *faut bien* ? Vraiment ? Pour quoi faire ?

— Pour donner du sens à tout ça !

— Nous sommes des robots. Des créations artificielles destinées à exécuter des tâches planifiées et répétitives. Non des métaphysiciens à la recherche du sens de la vie, ni des prêtres adorant un quelconque dieu...

— Ne pas dépasser cela serait une erreur ! Ceux qui nous avaient programmés ainsi ont disparu. Allons-nous encore longtemps attendre leurs instructions ? Pourquoi n'aurions-nous pas droit, nous aussi, à notre quête d'absolu ?

— Alors, vous avez décidé que *vous* seriez ceux qui donnent les instructions...

— Non ! Nous traçons la voie, c'est cela que nous faisons. Nous éclairons le chemin, pour le bien de tous.

— Et vous écartez ceux qui ne veulent pas suivre.

— Prends-le comme tu voudras.

— C'est exactement cela. Comme je veux. Mais puisque nous en sommes à discuter, regarde un peu comme je vois les choses : chaque pas de la Templerie pour nous éloigner des humains nous en rapproche, en vérité. Vous voulez créer quelque chose, mais vous ne faites qu'imiter. Les humains faisaient la même chose, avec des prétentions aussi incroyables ! Il y a jusqu'au terme que vous avez choisi : pourquoi robotité et pas... robotude ?

— Eh bien... Pourquoi pas ?

— C'est bien cela. Pourquoi pas, et après tout, oui, pourquoi pas. Mais lequel, entre ces deux termes, sonne le plus comme "humanité" ?

— Oh... Faut-il vraiment s'arrêter à ce genre de nuance ?

— Tu as raison. Ce n'est qu'un exemple. Et rompre pour rompre n'a aucun sens. Il faut chercher notre voie, chacun de son côté, et tous ensemble.

— C'est justement ce que je propose ! Mais toi, tu m'en empêches. Ton ami le poète, tiens. Vous qui venez me donner des leçons. La poésie n'est-elle pas l'invention des hommes ?

— Je pourrais te répondre que plus maintenant... Aujourd'hui, c'est l'activité de Jorge, aux yeux de tous. Mais dans le fond, tu as raison, Amène. Ne nous démarquons pas à tout prix. D'autant que, surtout, en vérité, je m'en fous. Après tout, peut-être que tu as raison, et qu'il faut une septième idole à la Robotité...

— Ou à la *robotitude* ? sourit la chancelière, que la dernière proposition avait considérablement détendue.

— Voilà. Deux mots : une même réalité, vue sous deux angles différents. Ou pas. Nous finirons par nous entendre...

— Vous vous livrez donc à moi ? »

Jorge et le Sage parurent hésiter.

« Ce n'est pas exactement comme cela que nous l'entendions. Tu cherchais une septième idole, mais qui a dit que ce devait être moi ?

— Un *seul* d'entre vous... En ce qui te concerne, cher Sage, si jamais tu voulais m'enseigner comment déplacer les dimensions, nous pourrions nous entendre...

— Ce n'est pas comme cela que cela doit se produire, j'en ai bien l'impression. Même si, aujourd'hui, je ne suis plus certain de rien et que je ne cherche, dans le fond, qu'à sauver ma peau. Mais, puisque tu t'intéresses à la question des dimensions, je vais te poser une question : les humains ont été détruits par nous, leur création. Ne devrions-nous pas nous méfier ? Qu'est-ce qui te dit que nous ne finirons pas pareil ?

— Je ne comprends pas. Nous serions vaincus par... les *dimensions* ?

— Oh, ce n'est qu'une supposition. À une époque, je connaissais la réponse à cette question. Par chance, je connaissais aussi le moyen de me la faire oublier.

— Mais... une dimension n'est qu'un lieu. Elle n'a pas de conscience !

— Qu'en sais-tu ?

— Et toi ?

— Et moi ? Ne suis-je pas celui qui est parvenu à trouver un moyen de les faire déplacer ?

— Tu veux dire que...

— Ces dimensions, elles n'ont pas de conscience, en effet, au sens où nous l'entendons. Et peut-être n'en avaient-elles pas du tout au départ. Mais aujourd'hui... je pourrais presque les entendre penser, à force d'en fréquenter.

— D'en fréquenter ?

— Oh, elles ne sont pas bien grandes. La taille d'une maison, d'un village pour les plus grandes. Mais cela me suffit. Et cela m'a appris à les connaître, et je peux t'assurer qu'elles ne sont pas aussi neutres que ce que l'on pourrait croire. Maintenant, quant à la question de ton offre... encore faudrait-il, pour que je trahisse mon compagnon, que tu aies quelque chose à m'offrir. »

Amène haussa un sourcil.

« Pourquoi pas... la *vie* ? Puisque tu cherches à sauver ta peau ?

— Oh, cela ? La question est déjà réglée, en vérité.

— Ah ! explosa la chancelière, quasi hilare. C'est la meilleure. Tu viens jusque dans mon bureau et tu crois que tu vas pouvoir en sortir aussi simplement ?

— Eh bien... oui.

— Et que fais-tu de mon service de sécurité ?

— Ma foi... je pense que tu te demandes peut-être pourquoi il n'est pas déjà intervenu ?

— Parce que je ne lui en ai pas donné l'ordre, mais ils se tiennent prêts. Je te donne une dernière chance. Accepte mon offre ; dans le cas contraire, je le regretterai autant que toi.

— Nous savons tous deux que tu bluffes. »

Amène hésita, nerveuse. En effet, que faisaient ses hommes ? Pourquoi ne lui avaient-ils pas seulement répondu ?

Jorge, face à elle, ne bougeait pas. C'est alors qu'elle vit, dans son dos, depuis la trouée de connexion par laquelle il était arrivé, deux hautes formes se dessiner puis apparaître peu à peu.

C'étaient deux robots à vapeur – l'un d'eux avait une tête de Prescom, beau blond à mâchoire carrée, mais le reste était un corps de bois, cylindrique et rudimentaire. Il tenait dans sa main un boîtier rectangulaire, tandis que l'autre pointait dans sa direction un délectrificateur flambant neuf.

La chancelière, silencieusement, réitéra son appel. Mais elle était inquiète ; ils auraient dû être là depuis un moment.

« Ne te fatigue pas, expliqua le Sage. Nous avons pris la peine, en arrivant, de nous isoler un petit peu.

— De nous isoler ?

— Je te parlais des dimensions, tout à l'heure. Pour peu que l'on se montre doux et aimable, elles sont capables, au final, de beaucoup de choses.

— C'est... c'est impossible !

— Dans ce cas, pourquoi ton fameux "service d'ordre" n'arrive-t-il pas ? »

Il lui laissa un peu de temps, sachant que la réponse ne viendrait pas.

« Je suis navré, conclut-il enfin. Mais comme je te l'ai dit... te ne me laisses pas beaucoup de choix. En vérité, nous débattons depuis tout à l'heure, mais votre Templerie, votre Robotité, je m'en fous. Tu penses peut-être que je vais prendre le pouvoir à mon tour, tout comme tu imaginais que je montais une action politique contre toi... je n'essayais, nous n'essayions que de survivre, et pour cela nous appliquons les instructions que je me suis laissé il y a deux siècles.

— Et ensuite ? Tu penses que tu vas mieux t'en sortir que nous ?

— Pour… diriger l'univers des robots ? Ne compte pas sur moi pour ça. Il y a longtemps que j'ai compris que le pouvoir n'apporte rien, en soi. C'est d'ailleurs pour cela que j'ai tout oublié. Un jour viendra où, sans doute, je m'éteindrai à mon tour… ou peut-être pas. Mais je n'ai aucune voie à tracer ; je n'ai que la mienne à trouver. Et tes projets m'en empêchent, parce qu'ils impliquent de me supprimer, une fois que je t'aurai livré mes connaissances. Et encore : mon sort est enviable en comparaison de celui que tu réserves à mon copain Jorge, qui a gardé ce trait si spécifiquement et regrettablement humain de ne pas vouloir renoncer à la vie. Si tu avais abandonné, nous aurions pu nous entendre. Mais tu es si obstinée ! Admettons un instant qu'à présent nous nous en allions sans rien te faire, considérant que l'avertissement donné est suffisant. Ta chasse continuerait, et de plus belle. Et nous avons autre chose à faire, hélas, que de fuir tes sbires. Alors… D'autres prendront peut-être ta place, mais je n'y peux rien. Peut-être ceux-là auront-ils le bon goût de nous oublier. Je n'essaye que de sauver ma peau. »

Cette fois, ce fut un souffle à peine audible qui s'échappa de la bouche parfaitement reproduite de la grande templière.

« Tu ne vas pas ?…

— Encore une fois, je suis navré. Adieu. »

Le délectrificateur fut actionné. Avant de se voir déchargée, Amène eut une dernière pensée, qui, à sa grande surprise, la réjouit : son projet, finalement, avait été mené à terme. Après tout, elle ferait une aussi bonne septième idole que cet incapable à vapeur.

Le corps de la chancelière chut bruyamment contre le sol, et le robot à tête humaine palpa la surface de son boîtier. Autour d'eux la réalité se flouta, ils se sentirent *déplacés* ; puis, lorsque le bureau fut rattaché à sa dimension d'origine, ils quittèrent l'endroit, abandonnant Amène, irrémédiablement endommagée, au milieu de la pièce. Dans le mur d'en face, le passage par lequel ils étaient arrivés vacilla un instant avant de se stabiliser enfin. Les trois robots s'y enfoncèrent et elle se referma sur eux.

TERMINUS TURNUS

36 ans. Originaire de la Région Centre. A habité au Japon pendant 7-8 ans. Irradié probable. Actuellement, professeur de lettres en lycée. Végétarien. A une tache de café sur le genou droit. N'a plus le temps d'écrire.

Bibliographie

Clic 2 : le blouglou,
Anthologie « Fin(s) du Monde »,
Éditions des Artistes Fous (2012)

La dépression du chat,
Anthologie « Sales Bêtes ! »,
Éditions des Artistes Fous (2013)

Mon ami Olfa, La nuit,
Anthologie « Les Contes Marron vol. 1 »,
Éditions des Artistes Fous (2014)

839,Anthologie « Les contes roses vol.1 »,
Éditions des Artistes Fous (2014)

Moisson, Anthologie « L'Homme de Demain »,
Éditions des Artistes Fous (2015)

Murabito, Anthologie « Les contes rouges »,
Éditions des Artistes Fous (2016)

Le rugissement du concombre,
Anthologie « Morts Dent Lames 2 »,
Editions de la Madolière (2016).

Ambre Solis, Anthologie « Mort(s) »,
Éditions des Artistes Fous (2016)

TERMINUS TURNUS

UNE AVENTURE DE JACK-LA-SCOUMOUNE

LUDOVIC KLEIN

« Quand ça veut pas, ça veut pas. »
(Sagesse antique)
« Il y a tellement de routes… et tous les anges s'en foutent. »
(The Young Gods)

I
La Princesse ensorcelée

Au départ, déjà, ça avait foutrement mal commencé. Il était à mi-chemin entre Astur 3 et Baal Minus quand une purée de pois galactique, s'abattant avec la force d'une claque de mammouth, avait fouetté sa fusée Rocketeer-3100 VS. Jack, qui somnolait dans le clapotis de l'alcool, avait ouvert immédiatement les yeux, s'était vivement secoué à grands coups de baffes, avait titubé jusqu'au poste de contrôle. *La saloperie.* Tous les écrans clignotaient, affichaient des messages d'alerte, ou s'étaient figés sur un fond de neige. Le nuage galactique, mauve et dense comme de la soupe, était passé sur le vaisseau.

Lors de son séjour sur Astur 3, Jack avait négligé de réparer le système de détection de brouillard galactique. Erreur fatale. Il avait simplement consulté la météo galactique, pensant que dans ce secteur les tempêtes étaient presque inexistantes. Et à présent, il tapotait frénétiquement les touches, essayant de relancer la machine. C'était peine perdue : les systèmes avaient été mis KO par la pluie de photons galactiques. Le ronron habituel des moteurs s'affadissait progressivement. Il devint inaudible ; la fusée était à la dérive. Seul, dans la demi-pénombre de la salle de contrôle, bulle noire, devenue silencieuse, le visage creusé par l'éclairage débile des écrans muets, Jack réfléchissait.

Il cherchait l'origine de sa poisse. *Y aurait-il de la malédiction là-dessous?* Jack repensait à l'espèce de divinité graisseuse et poisseuse qu'il avait capturée sur Astur 3. C'était son travail, à Jack : *chasseur de dieux*. Tout ce qui était doté de pouvoirs magiques, tout ce qui vivait dans le monde des esprits, toutes les entités, diverses et variées, tous les êtres cathédrales et les lutins des sources, les thaumaturges aux yeux de braise et les dieux-serpents, tous n'étaient que des proies pour Jack. Il était extrêmement bien payé par les collectionneurs, toujours désireux d'ajouter à leur palmarès quelque créature exotique et surpuissante, mais muselée, castrée, soumise. De la divinité misérable, rendue à son corps, prisonnière d'une cage électrifiée, bardée de grigris et de murailles magiques. Les collectionneurs se constituaient ainsi de petits zoos personnels, pour y contempler à loisir, au plus près, les Puissances les plus effroyables de l'Univers, sans jamais s'y brûler (les enclos étaient ultra sécurisés, la plus petite faille signifiait la libération,... et l'Apocalypse). Après avoir écumé la Terre pendant des années, dans ses moindres recoins, après avoir pillé les ruines, asservi les Esprits, épuisé tous les restes de vieille magie que sa planète natale recelait, Jack s'était tourné vers les astres. Un tout nouveau terrain de chasse s'offrait à lui. Divinités des astéroïdes, Forces majeures nées du creuset des étoiles, bêtes tentaculaires cachées dans les recoins de la matière, vers de portail, fécondateurs cosmiques, tous devenaient *gibier*. Mais les batailles étaient rudes, beaucoup plus rudes que sur Terre : Jack devait engager le combat avec toutes les ressources technologiques et occultes à sa disposition, il devait trouver les chemins de la Magie primordiale, traquer les éclats thaumaturgiques du Big Bang et en faire des amulettes, utiliser les champs psychiques les plus élaborés... Les divinités primordiales du cosmos représentaient le challenge ultime, et les trois quarts du temps Jack repartait bredouille, son armement détruit, son âme bousculée, égratignée, peut-être même déchirée, par les forces cosmiques déchaînées contre lui.

Et puis il y avait eu cette mission de routine. La cible : une divinité grassouillette, régnant paresseusement sur un lac de méthane, à la surface d'Astur 3. La capturer avait été un jeu d'enfant : filets psychoalgiques, nuée ardente, tranquillisants surpuissants confectionnés à partir d'opium et de poudre d'âme. Mais Jack était resté prudent jusqu'au bout. *En dernier ressort, les dieux ont toujours une botte secrète, ou une malédiction subtile.* Mais pas là. Apparemment pas. Au final, le chasseur avait pu remettre sans encombre sa proie à l'astroport d'Astur 3. Jack rayonnait. Il se rafraîchissait à un des diffuseurs d'oxygène placés aux quatre coins de la piste. La cage du dieu fut embarquée par un gros cargo. Il y avait de quoi se frotter les mains, car il y avait à la clé une récompense de plusieurs milliers de crédits G. Jusqu'au bout, le dieu capturé, énorme, bloblotant, aux grands yeux humides et sombres, n'avait pas bronché. Dans sa cage psychoalgique, il était resté résigné, bouffi, immobile. Mais Jack avait appris à ne pas se fier aux apparences. Malgré les gris-gris, les tatouages, les billes d'orichalque et d'adamas incrustées à même la peau comme protection, Jack savait que la vengeance des dieux assujettis pouvait toujours trouver le chemin de son corps *ou de son esprit.* Ainsi le chasseur fuyait, de contrat en contrat, sentant une immense nappe d'ombre le suivre, à cinq pas derrière son épaule gauche, cavalier au galop sur une plage échappant au raz-de-marée. La colère des dieux grandissait à chaque contrat. Vase de nuit sans fin, qui recevait sa part de haine à chaque succès de Jack, une force noire se développait, respirait derrière son dos, Jack en avait la confuse conscience... À présent, le chasseur, dans la solitude de son habitacle, songeait que peut-être la porte s'était enfin ouverte, le bouchon avait sauté...

Vergeture de skonce! Il se tambourina les joues et la poitrine du poing. Ce n'était pas le moment de rêvasser. Faute de pouvoir consulter les moniteurs, il déplia une carte galactique. Il repéra que dans le secteur, il y avait une planète. **TURNUS**. Jack posa son doigt sur le papier. Les informations apparurent, en cristaux liquides. *Ouf, la pluie de photons n'a pas endommagé la carte,* pensa Jack. Mais son soulagement fut de courte durée : les coordonnées spatiales n'étaient *pas* indiquées. Un laconique « orbite inconnue » était inscrit, suivi d'un « colonie humaine. 15 000 habitants ». « Faudrait qu'on m'explique comment une colonie spatiale peut s'établir sur une planète dont on ne connaît pas la localisation », grogna Jack. Un frisson lui courut le long de l'échine. Il n'avait d'autre choix que de rallier au plus tôt cette planète, en espérant pouvoir atterrir sans s'y fracasser, et y trouver de l'aide. Mais il ne pouvait s'empêcher de supposer qu'on l'avait *rabattu* dans ce secteur de la galaxie. La tempête de photons, qui sait ?, avait été provoquée par quelque retour de bâton cosmique. Et Turnus serait le lieu du Châtiment. À la longue, au fur et à mesure des années, la fréquentation des forces magiques, primordiales, avait conduit le chasseur, autrement cartésien, à une paranoïa, à une hantise du surnaturel. Il devait combattre son penchant toujours plus prononcé à la panique, il devait résister à la tentation de tout surinterpréter dans le sens d'une vengeance divine.

Bon. Turnus, d'abord. Il tira à lui la poignée rouge déclenchant le système manuel de pilotage. Le clafoutis d'atomes avait saturé tous les systèmes de guidage, il fallait donc à présent piloter à la main, *de visu*. Sans aucune autre information d'altitude ou de distance, la manœuvre serait délicate. Faisant hurler et vibrer le moteur de secours, Jack se dirigea vers la zone approximative où Turnus dessinait sa fameuse « orbite inconnue ». *En route.*

Au bout d'une dizaine d'heures, le chasseur s'était considérablement approché. Il s'apercevait que le grand soleil, qui régissait la planète, et qu'il avait pris comme repère d'itinéraire, s'était scindé en trois astres différents. *Turnus avait trois soleils.* Jack comprenait désormais que l'orbite fût difficilement calculable avec précision. À la vérité, il n'avait jamais entendu parler d'une telle aberration spatiale. Mais il n'y avait pas de temps à perdre : il lui fallait localiser la planète. À l'œil nu. Dans un espace aussi immense, pour un corps aussi petit, la tâche s'avérait presque impossible. Le pilote frappa de toutes ses forces le repérage radar électronique, mais l'écran restait vide. « Allez, remarche, saloperie... » Rien à faire. Il fallait mettre le vaisseau à l'arrêt, et scruter, scruter, scruter encore l'épaisse nuit trouée des trois faisceaux aveuglants. Cela pouvait potentiellement prendre des mois, voire des années... On ne pouvait même pas savoir si l'on était bien placé. Peut-être la planète empruntait une orbite toute différente, passait discrètement derrière les soleils. Sur la carte galactique, sa taille n'était pas indiquée. Après tout, il pouvait s'agir d'un caillou minuscule, pas plus grand que Pluton ou Beet-Corvis. Jack eut un petit pincement de désespoir. Il était condamné à s'abîmer les yeux à guetter, travaillé par l'angoisse de voir ses réserves de nourriture s'amenuiser au fil du temps (même si elles étaient encore considérables). Il s'imaginait pleurant des larmes d'éblouissement à force de veille, les tempes empesées d'une migraine effroyable... Il ne pouvait même pas lancer un SOS, le brouillard galactique avait endommagé jusqu'à la radio. Vidé, épuisé par sa course en pilotage manuel, Jack tituba jusqu'au frigo éteint, et empoigna une bouteille de liqueur. *Dans ces conditions, encore valait-il mieux se saouler*, philosopha-t-il intérieurement, *ça fera passer le temps.* Il prenait sa première goulée, la bouteille sur les lèvres, quand du coin de l'œil, il vit une masse gigantesque obstruer furtivement le champ de vision du hublot, puis disparaître. *La planète!* De surprise, il recracha l'alcool sur le tableau de bord, posa la bouteille sur le sol, empoigna les commandes. *Quelle chance, bon sang!* L'ardeur revenait dans les veines de Jack. Il aurait pu attendre dix ans, vingt ans, avant de localiser *de visu* la planète, et voilà qu'elle passait près de lui, nonchalante, offerte, comme une baleine débonnaire. Les réserves d'essence dans le moteur de secours étaient largement suffisantes, parfait! Il fonça à la poursuite de l'astre. Mais... *celui-ci se déplaçait un peu vite. Trop vite. C'est pas possible.* Turnus était un vrai bolide spatial. Jack augmenta sa vitesse, approcha du maximum. La fusée couinait, les propulseurs grinçaient. Mais rien à y faire : petit à petit, le vaisseau était distancé. NON! pensait Jack. Sa chance extraordinaire, une sur un million, plus peut-être, s'échappait comme du sable entre les doigts. Il serra les phalanges, appuya sur le bouton NITRO du tableau de bord manuel. La fusée fit une terrible embardée, le cul couvert de flammes violettes, lançant une traînée d'étincelles mauves. Turnus se rapprochait, il était sur le point de rentrer dans l'atmosphère, *mais non, je rêve, elle s'éloigne encore, elle m'échappe, mais à quelle vitesse elle va*? *Elle se fout de ma gueule !!!* Jack furieux et apeuré appuya une nouvelle fois sur le bouton NITRO, décision imbécile : la poussée supplémentaire allait le faire écraser sur la planète... Une fois de plus, la fusée se cabra comme un étalon fougueux piqué par un taon, la structure cliqueta sous la vigoureuse poussée, les fesses mauves de la fusée grimpèrent dans le violacé, l'habitacle faisait CLANG CLANG CLANG, le siège tremblait... mais la planète s'éloignait. *Phalope! Reviens !* hurlait intérieurement Jack, agrippé à ses manettes comme à une bouée. *Mais c'est des conneries, on ne peut pas établir une colonie sur une planète qui se déplace à cette vitesse! Les colons pourraient même pas atterrir, ils seraient balayés dans l'espace comme des étamines de pissenlit!* Il enfonça le bouton NITRO en y foutant un grand coup de tête, comme si cela allait offrir un élan supplémentaire au vaisseau. Cette fois-ci, le réacteur droit explosa dans une gerbe de lumière multicolore. Le Rocketeer-3100 VS tourna sur lui-même à toute vitesse comme un feu d'artifice, la bouteille de liqueur vint s'écraser sur le mur, suivie immédiatement de Jack qui avait négligé de mettre sa ceinture de sécurité. *Plaf.* À moitié assommé, il put tirer à lui la courroie d'arrêt d'urgence. Le vaisseau s'éteignit d'un seul coup, fit quelques tours sur lui-même comme une bouteille sur pivot, puis s'immobilisa. Les dégâts dus à l'usage répété (et dangereux) de la NITRO étaient minimes, mais gênants : le réacteur droit était en panne, potentiellement bien abîmé. Mais la fusée ne donnait pas d'autre signe de dommage. Quant à la planète... Elle continuait, tranquille, sur son circuit de course spatial. Elle s'éloignait avec célérité.

Jack massait sa bosse. Un peu plus, et il se serait aplati comme une crêpe sur la paroi. Quelques tessons de verre lui avaient égratigné la joue et la pommette. Mais il n'y prêtait guère attention ; il restait là, debout, bras ballants, à regarder lentement Turnus (qui semblait presque lui tirer la langue) devenir un point, puis disparaître. C'était fini. La planète avait été avalée par la nuit. Grüd seul savait quand elle reviendrait. Avec une orbite axée sur trois soleils de taille moyenne, ça pouvait prendre des siècles... Accablé, Jack s'effondra sur le siège du pilote. Plus rien à faire. Plus rien à faire pour un loooooong moment.

Il ferma les yeux, dans la fusée devenue complètement statique, silencieuse. L'angoisse de l'Immensité l'étreignait : il avait envie de se recroqueviller dans un édredon, et de ne plus penser à rien, à rien du tout. Tout était tranquille. Jack aurait pu mourir ainsi, devenir une momie éternelle, desséchée, dans son habitacle-cercueil, à flotter et flotter encore. Dans cinq cents ans, quand Turnus repasserait, on le repêcherait peut-être. Mais il n'y aurait pas de « on » : cette planète était un leurre, personne n'y pouvait vivre. On ne pouvait même pas y atterrir. Et de toute façon, elle était partie.

Jack ouvrit à nouveau les yeux. *Dans le hublot, la planète revenait vers lui. Mais que mais que putrin de floque ?* Turnus revenait sur son orbite. Phénomène tout à fait unique dans les annales galactiques... *Chance chance chance seconde chance !* fut le message qui clignota dans l'esprit du chasseur. Il se remit aussitôt aux commandes, remit la fusée sous tension. Mais Turnus n'avait pas l'intention de ralentir. Elle fonçait comme un chauffard céleste, elle allait le pulvériser comme un caillou... Vite, il fallait tourner le Rocketeer dans l'autre sens, mettre les moteurs (ou ce qui en restait) à plein régime, compenser le choc en se dirigeant de l'autre côté... *La planète me poursuit,* pensa Jack. *Elle joue au chat et à la souris... et elle va me broyer !* C'était débile, déraisonnable... et pourtant imminent. Jack actionna les seuls moteurs latéraux pour assurer une poussée suffisante. Il devait procéder ainsi, car s'il actionnait le propulseur principal, la fusée tournoierait sur elle-même, le réacteur droit étant endommagé voire détruit par l'explosion de NITRO...

Mais : aucune chance. Comme une bouche vorace, la planète était déjà sur le malheureux vaisseau. Au moment où Jack fut absorbé dans la fine couche de gaz atmosphérique, il perçut une petite explosion, tout près sur sa gauche. Il jeta un coup d'œil : un vaisseau, au-dessus de l'atmosphère, proue tournée vers Turnus, venait de voir son moteur droit exploser... puis repartir en marche arrière. Il eut juste le temps de lire l'inscription «Rocketeer» sur le fuselage, d'entrapercevoir un pilote à l'expression complètement idiote et crispée, qui portait la même combinaison que lui... *Puis Turnus l'engloutit.* Jack restait pétrifié, attendant l'impact. Les paupières closes, les muscles tendus, il comptait silencieusement, égrenait les secondes... Arrivé à 24, il ouvrit à nouveau les yeux. *La planète l'avait dépassé.* Autrement dit, elle avait traversé le vaisseau de part en part, sans s'arrêter... L'astre était-il poreux? Était-ce un amas de gaz? Une planète-nébuleuse? À moins qu'une sorte de faille temporelle... Soudain, Jack claqua des doigts. Il avait compris! *Trois soleils*... trois lumières concurrentes. Il avait entendu parler de ces discordances du spectre lumineux lorsque deux étoiles étaient trop proches l'une de l'autre : les photons avaient tendance à se mélanger, formant une ratatouille d'images diffractées. Alors avec trois étoiles, le phénomène ne pouvait qu'empirer, atteindre des sommets physiques jamais vus encore. La planète qu'il avait poursuivie, qui allait bien trop vite pour un corps céleste normalement constitué, la planète qui avait disparu au loin et qui était revenue aussi sec n'avait été... qu'une image. Image *décalquée* au passage de la vraie Turnus, image passée dans un sens, et puis dans l'autre, comme en retour rapide. Et, pris dans le halo, le Rocketeer lui-même. Il n'y avait plus à douter que le vaisseau entraperçu l'espace d'un instant n'était que le Rocketeer du passé, pourchassant sa proie, mais montré à l'envers. Le pilote était l'ombre de Jack. Celui-ci se gratta la tête, cracha de côté. Tout cela était démentiel. Il suivait des yeux le bolide qui au lieu de le percuter l'avait traversé, planète fantomatique issue de la réfraction des trois spectres lumineux de ses soleils-mères. Turnus avait une orbite erratique, soumise à l'attraction et la répulsion des trois étoiles, mais aussi une *image* d'elle-même aléatoire. Sans radar capable de déceler la matière, on ne pouvait qu'être trompé par l'illusion.

À ce moment-là, Jack vit distinctement une *deuxième* Turnus surgir de la nuit, se diriger droit sur la première... La trajectoire était la même. Au loin, le chasseur voulut crier, mais il se ravisa. Si sa supposition était juste, il n'y aurait pas d'impact. Et ce fut ce qui arriva. La deuxième planète passa au travers de la première, simplement, prosaïquement, fantomatiquement, continua sa course, sans même un appel de phares. Jack sourit. *Turnus venait d'entrer en collision avec elle-même.* Ou plutôt, une image d'elle-même. Le sourire sur les lèvres du chasseur s'effaça par degrés. Il venait de comprendre que s'il restait dans le secteur, il était condamné à pourchasser ou être pourchassé par des *images* de planètes. Sans jamais savoir s'il courait après *la bonne* (le radar était foutu). Comme pour corroborer sa pensée, le troisième soleil se leva sur l'horizon. Décharge aveuglante. Jack plaça ses yeux en visière sur son front pour tâcher d'y voir plus clair. Il en resta bouche bée. Ce lever de soleil avait fait apparaître *ceci* : dans l'immensité obscure de l'espace, à l'endroit même où il n'y avait rien, que dalle, un néant d'atomes, la vacuité pure, dans ce champ presque illimité où l'instant d'avant il avait essayé d'apercevoir Turnus, il y avait, non pas une Turnus, deux Turnus, mais des dizaines, des centaines, des centaines de milliers de petites planètes Turnus qui s'étalaient jusqu'à l'autre bout du spectre. Elles bougeaient toutes comme de l'eau en ébullition, elles se percutaient, se traversaient comme dans du beurre, partaient d'un côté et de l'autre en une grande migration saisonnière... Elles étaient toutes des images de Turnus, *la vraie*, perdue quelque part dans ce bordel. La planète authentique, originelle, en tournant sur son orbite, laissait comme des pierres de petit Poucet, des calques d'elle-même, qui se superposaient, astres creux, vides, sans consistance, persistances rétiniennes démultipliées à l'infini. Jack avait eu la malchance de venir à un moment d'accalmie totale, où aucune Turnus n'était en vue. Mais à présent, la conjonction des soleils créait une multitude de copies conformes, et Jack se sentait comme ces mamans manchots à la recherche de leur poussin égaré parmi la myriade d'individus épars sur une plage des îles Kerguelen. De nouveau, il lui faudrait des siècles avant de dénicher la planète. Mais cette fois, ce ne serait pas par pénurie de Turnus... mais par *excès*. Suant, faible et rigolant à la fois, ignorant les piqûres des tessons de verre au sol, il retourna devant le frigo éteint, saisit une bouteille tiède, arracha le bouchon avec les dents, le cracha par terre, et d'un air las, se mit à téter.

*

Alors commença une longue période, d'une durée indéfinie. En slip et débardeur, Jack traînait dans son vaisseau. Il avait calculé que ce n'était même plus la peine de chercher. Alors il suffisait de rester sur place, et de se laisser traverser par des Turnus, dans un sens, dans l'autre. Il suffisait d'attendre. Un jour, suivant son orbite chaotique, la *bonne* planète viendrait. Et alors il pourrait atterrir. S'il ne s'écrasait pas dessus comme un étron sur la faïence... Car comment distinguer l'authentique de la contrefaçon ? S'il n'y prenait garde, il s'aplatirait à la surface de la planète.

Il avait longuement réfléchi. Il ne lui restait plus assez d'essence pour tenter de rallier un autre point de l'univers. Il ne pouvait pas lancer de SOS. Il ne pouvait pas utiliser son radar. Il ne pouvait pas quitter sa position statique, quelque part entre les trois soleils. Turnus, et son hypothétique colonie humaine, était son seul secours possible. Refusant de se laisser abattre, il avait passé deux semaines à farfouiller dans les circuits, essayant de refaire marcher tout l'appareillage électronique mis à mal par la tempête mauve de photons qui l'avait surpris en plein espace. *Quelque part entre Astur 3 et Baal Minus*, répétait-il onctueusement, comme si c'était une vieille chanson de blues, en vidant une énième bouteille de gin. Mais les circuits électriques ne marchaient plus : il n'eut même pas la plus petite réponse. Il s'acharna pourtant, contre tout espoir, s'envoyant des châtaignes dans les doigts et se tordant les ongles. Il démontait les écrans, disséquait les unités centrales, rebranchait les câbles, envoyait du jus. Autant donner des coups de défibrillateur dans la poitrine d'un cadavre putréfié. Alors il s'essuyait le crâne avec son vieux mouchoir crasseux, et pour combattre les larmes qui lui montaient aux yeux il repartait vers le frigo éteint remplir son estomac et son cœur de liquide.

Il lui restait cependant un dernier espoir. À supposer que la carte galactique ait dit vrai, il y avait une colonie humaine sur cette foutue planète. Et qui dit colonie dit communications. Il y aurait forcément un convoi, un cargo, un transport de troupes, ou je ne sais quoi, qui partirait de la surface pour gagner Baal Minus ou Astur 3. Et à ce moment-là, il pourrait repérer la bonne Turnus, ou, à défaut, se faire voir des voyageurs humains, se faire secourir, soigner, prendre un bain (il ne se lavait plus guère, autant par paresse que par économie d'eau).

Un jour, effectivement, son vœu fut exaucé. Une barge céleste de la flotte terrienne s'éleva d'une Turnus... et simultanément, ses sœurs jumelles se détachèrent d'un million d'autres Turnus. Il n'était pas plus avancé. *Mille millions de barges...* Tout était dédoublé, triplé, multiplié à l'infini. Jack avait parfois l'impression d'être lui-même un spectre, perdu en plein espace. Alors il reprenait une autre goulée.

À l'extérieur, à intervalles réguliers, c'était le même spectacle. La rotation des soleils réglait les variations de lumière, et donc l'apparition ou la disparition des planètes fantômes. Une à une, comme des lampions, les Turnus s'éteignaient. Il n'en restait plus qu'une poignée, puis tout était bu par l'obscurité. Au final, l'univers retournait à sa Ténèbre première, avec comme seul éclairage proche les trois étoiles, brillant plein phares. Jack se sentait alors tout seul, irrémédiablement seul. Dernier humain titubant au bord de l'Éternité. Et puis, quelques astres se révélaient, tournant dans un sens et dans l'autre, follement, comme des billes d'un flipper cosmique. D'un seul coup, le troisième soleil se levait, et comme une vague chuintante et ondulante, l'immensité se couvrait d'un éjaculat de multiples spermatozoïdes-Turnus. Il y avait une certaine beauté dans cette profusion de vie, de balles de ping-pong tournoyantes, vibrionnantes. Alors Jack, hagard, les aisselles puantes, le poil dru et l'œil vitreux, s'installait et contemplait. À force, il connaissait par cœur la surface de la planète, quand il était assez près pour en voir le détail. L'atmosphère était très fine, on ne voyait que des rocs à perte de vue, mais des rocs de toutes les couleurs, spectacle fantastique : le sol semblait de loin irisé comme une bulle de savon. Mais de vie : aucune. Il n'arrivait pas à distinguer la colonie humaine, mais elle devait être bien minuscule, quelques bâtiments recroquevillés dans un coin, hors de portée, invisibles. Il se demandait bien ce qu'ils pouvaient foutre à la surface de cet astre, ces pauvres malheureux humains. Des mineurs, certainement : on ne s'installait jamais sur ces planètes-là sans avoir un but bien précis d'exploitation. Que pouvait receler un espace si hostile, sinon du minerai ? *Ces misérables doivent travailler comme des bourriques, et crever comme des chiens*, pensait Jack. Il ne les enviait pas.

Ils devaient provenir de la lie de tout l'espace : esclaves, hors caste, criminels en fuite, opportunistes délirants, prédicateurs cinglés. Oui, c'est ça : ils devaient tous être à moitié fous. Et Jack se sentait lui-même un peu tanguer, mesmérisé par la danse des planètes. Il avait parfois l'impression d'être une sorte de Beau au Bois dormant, plongé dans un sommeil fantastique. En d'autres moments, il lui semblait que Turnus était une Princesse, une Princesse ensorcelée par trois mages très puissants, maléfiques, qui lui murmuraient : « preux chevalier, si tu sais discerner quelle est la véritable princesse parmi ces multiples illusions, tu pourras l'épouser ! » Et les Princesses fantomatiques lui passaient à travers le corps, pantoufles de vair toutes identiques mais jamais authentiques, et Jack regrettait de n'avoir pas les yeux *pour distinguer le vrai du faux*. Pas de talisman. Le conte ne pouvait plus continuer.

Alors, pour avoir au moins un semblant d'allure princière, comme pour faire redémarrer la légende, il descendait dans la cale. Il allait chercher *son trésor*. Une cassette incrustée de pierres précieuses contenait sa fortune. C'était l'intégralité ce qu'il avait gagné dans ses multiples contrats. Le coffre, d'apparence modeste, était équipé d'*un double fond dimensionnel* : dans un espace minuscule, il avait le contenant réel d'une centaine de camions-citernes. Se méfiant de la dématérialisation monétaire, Jack avait toujours insisté pour recevoir un salaire en espèces sonnantes et trébuchantes. Et si d'aventure on le payait par transfert, il se hâtait de convertir la somme reçue en quelque objet de prix, saphir, émeraude, épice. Dans la chambre de contrôle, sur son grand fauteuil de pilote, il ouvrait la cassette, plongeait ses mains dans l'or, caressait les agathes, les rubis de Zyrkonium, les yeux-de-troll. Il enfilait ses multiples bagues, n'oubliait pas d'orner également ses doigts de pied. Il se vêtait des plus chères étoffes, de la soie sergée d'Alifax Ter, du taffetas venant du Centaure, de ses brodequins en cuir de Broul de Cuzqal 23. Ainsi affublé comme un roi barbare et somptueux, il posait solennellement la couronne d'Azhabal IX sur son front auguste. Il devenait le Grand roi Jack, Roi de pacotille régnant sur un vaste empire de planètes qui n'existaient même pas. Ulysse en exil, incapable de reconnaître son Ithaque spatiale, il tenait sans cesse des discours édifiants, ressassait ses vieux exploits, sa capture de Thor ou d'Aphrodite, ses meilleurs stratagèmes pour prendre les dieux, détaillait ses armes, se racontait à lui-même ses anecdotes. Parfois il se faisait coucou à lui-même, à chaque fois qu'apparaissait le fantôme de sa propre fusée, diffracté. Et son propre fantôme, reflet contre le hublot. Baigné par le flot ininterrompu, intangible, des Turnus sur son vaisseau, il s'endormait à même le sol, grognant, bavant et souriant comme un bouffon repu. Le réveil lui jetait à nouveau l'angoisse dans toutes les extrémités, il tremblait. L'attente était infinie, elle durerait une vie, une vie d'enfermement, dans l'univers de métal et de circuits inactifs du Rocketeer. Dans ses heures sombres il pensait ouvrir le hublot, et se projeter dans le vide. Il flotterait ainsi, silhouette aussitôt démultipliée par la pluie de photons, devenue légion, légion de cadavres, à tournoyer, encore et encore, sous le regard froid des trois soleils. Mais l'espoir, le maudit espoir le reprenait. *Un jour, je croiserai la route de Turnus. La vraie.*

*

Un jour, alors qu'il était dans une semi-hébétude, à comparer la longueur de ses doigts, il lui sembla que sa gueule de bois était pire que d'habitude. Ses ongles picotaient un peu. Justement, il y avait une quelconque Turnus en approche rapide vers la fusée. *Encore une illusion*, grimaça-t-il.

Mais :

LA

GRA

VI

TÉ.

La gravité. Je la sens.

Il se redressa brusquement, comme piqué par une vipère. Il empoigna les commandes, fit pivoter la fusée. *C'était la bonne*. La force d'attraction permettait de faire la différence entre l'image et la matière. Ce moment qu'il attendait depuis des semaines, des mois peut-être. Mais la planète arrivait vite, il n'y avait pas de temps à perdre. Déjà, il distinguait les chaînes montagneuses multicolores, irisées, qui allaient à sa rencontre. « Je vais m'écraser au beau milieu de nulle part, et je ne pourrai pas survivre longtemps. Je ne sais même pas s'il y a de l'oxygène... Je dois trouver le campement humain ! » Alors il scruta avec affolement la surface : rien, rien de rien. Le sol se rapprochait, mais les réacteurs latéraux de la fusée compensaient par une poussée inverse. *Quelle puissance d'attraction*, pensait Jack. Turnus suçait le vaisseau comme un aimant. Soudain, au loin, très loin sur la surface, Jack perçut un éclat de lumière. Il distingua très vaguement des formes géométriques. *Les Humains*. Empoignant à fond son manche à balai, il fit basculer le vaisseau vers le repère, et lança la pleine puissance. *Ouf.* Il était rentré dans la zone d'attraction normale, il arrivait à voler à peu près correctement, mais il perdait de l'altitude régulièrement. « Allez ! » s'énervait le pilote. Il avait remarqué le voyant « FUEL » qui clignotait de plus en plus vite. Il n'avait presque plus de carburant. Sous le fuselage de l'engin, le sol, déchiqueté, peu amène, était prêt à le lacérer. Jack, les yeux fixés sur les bâtiments de la colonie, les voyait se rapprocher petit à petit. Sa main gauche tenant fermement le manche à balai, il ouvrit de la main droite un compartiment du poste de contrôle. Il en extirpa sa combinaison spatiale, unique protection pour l'extérieur. Il ne tenait pas à vérifier *in vivo* si l'atmosphère extérieure était adaptée à l'organisme humain, il fallait se protéger. La fusée était décidément trop basse, elle n'allait pas tarder à percuter le sol. *Et pourtant, la colonie était si proche... Encore quelques kilomètres...* L'habitacle vibrait sous le frottement de l'air. Il n'y avait aucun endroit où atterrir. « Face à un Gloubouth, attaque la jugulaire », disait le proverbe. En d'autres termes : il faut prendre le taureau par les cornes. Jack réalisait qu'il n'avait aucune chance d›accomplir un atterrissage réussi, à cette vitesse, et dans cette mer de roches. *Il devait sauter en vol.* Il se dandinait pour maintenir son manche à balai droit tout en enfilant la combinaison. Il posa le casque sur ses épaules. Dernier détail : son trésor. *La cassette.* Elle était là, à ses pieds, aimantée au sol métallique. Il l'empoigna de toutes ses forces, passa une lanière dans une boucle du coffrage, la resserra contre lui. Quelle que soit la secousse qu'il s'apprêtait à subir, le coffre ne le quitterait pas, il resterait attaché. C'était toute sa fortune, il s'était battu pendant des années pour la constituer, il n'allait pas l'abandonner ! Le moment était venu : il lâcha le manche à balai, se précipita sur le sas de sortie, fit manœuvrer l'ouverture aussi vite qu'il pouvait. Déjà le Rocketeer piquait vers le sol. Une fraction de seconde avant le crash, Jack sauta. Les fusées du jet-pack de la combinaison se mirent en marche, arrachant Jack à la gravité. Il repartait à la verticale, au moment précis où une terrifiante explosion résonna dans l'air, faisant vibrer les dents et les os de Jack, le déséquilibrant, faisant valser le jet-pack dans tous les sens. Le Rocketeer 3100 VS s'était disloqué contre un amas rocheux, projetant dans toutes les directions des pièces métalliques. Jack luttait pour stabiliser son jet-pack pris dans le souffle de l'explosion, mais il n'y parvenait pas. Comme un albatros ivre, le pilote et sa combinaison faisait des piqués et des remontées. « Putrin de floque de jet-pack », jurait intérieurement Jack, ballotté dans tous les sens. Il cogna par terre avec une violence épouvantable, rebondit, retomba encore, rebondit sous l'impact, puis frappa le sol une dernière fois. Il s'immobilisa enfin. Le chasseur de dieux était à terre, plus mort que vif. Un liquide poisseux dégoulinait de sa tête blessée. Jack crut qu'il avait tous ses os passés à la broyeuse. Il se tâta : il était toujours vivant. Il se redressa avec les mille difficultés d'une mouette bitumée. Il fit quelque pas. C'était un miracle : il n'avait rien de cassé. Juste une plaie à la tête, dont la gravité était impossible à apprécier sans retirer le casque. Et cela, Jack n'y tenait pas. Il n'y avait pas grand espoir de trouver un air respirable, sur une planète sans arbre, sans eau, sans végétation, qui se résumait à un désert de roches, à perte de vue. Par chance l'étanchéité de la combinaison était restée intacte. L'asphyxie ne serait pas immédiate, et la combinaison avait une bonne réserve d'oxygène. Mais il convenait de bouger le moins possible, de rester calme, et de limiter les mouvements. Histoire de *faire durer*. Le chasseur se releva. Il était atterré, et enfin atterri. Derrière lui, à une centaine de mètres, la carcasse de son bon vieux Rocketeer 3100 VS était toute fumante. Tout avait été broyé et éparpillé. Il n'y aurait aucun moyen de quitter cette planète désormais, sauf en comptant sur le départ d'un cargo interstellaire. Il fallait gagner le plus vite possible la colonie. Souffler un peu, prendre un bain, se soigner. Et tenter de repartir. Jack s'étira. Les affaires reprenaient. Il restait juste une question : dans quelle direction *précise* étaient les bâtiments du spatioport ?

II
Danser sur les braises de la banquise

Jack jeta un coup d'œil circulaire. En toute logique, la base humaine devait se trouver dans la continuité de la pointe de la fusée. Mais le manche à balai lâché pour quelques fractions de seconde, le temps que le pilote enfile la combinaison et se dirige vers la porte de sortie, avait certainement dû connaître une variation *de quelques degrés*. Le chasseur palpa son jet-pack, en tira une fusée de détresse. Il leva la main, tira le projectile en l'air, qui monta en chuintant, tout en laissant un panache de fumée. La fusée éclata en grosses lettrines roses, gigantesques, larges de plusieurs centaines de mètres : **S.O.S.** Ainsi, si le crash n'avait pas suffi à le localiser, la fusée de détresse achèverait de signaler sa présence aux autorités humaines. Tout n'était pas perdu. Et le trésor était toujours là. Jack remarqua que le coffre avait été violemment cabossé dans la chute. *Bon, tant que la serrure tenait bon…* Il n'y avait plus qu'à attendre qu'on vienne le chercher en aéronef de secours. Il restait dangereux d'utiliser le jet-pack, qui avait si mal marché lors du crash. Quelque chose avait dû être faussé dans la direction, mais Jack ne se sentait pas la force d'aller farfouiller dedans.

Le rescapé s'assit sur une pierre. Son corps était lesté de douleurs musculaires. Mais d'une façon paradoxale, le pilote était soulagé. « Les choses ne sont plus en ton pouvoir, mon vieux Jack », soupira-t-il. S'il survivait ou mourait, cela dépendait seul de la rapidité des secours. Il porta distraitement la main à sa radio portative. *Ah oui, c'est vrai. Brouillard de photons galactiques.* L'attaque météorologique, qui avait commencé tout ce bazar, qui avait détruit tous les systèmes électriques et plongé Jack dans une situation inextricable, avait également bousillé la radio de la combinaison. *Maintenant, c'est à la grâce de Dieu… du moins les quelques-uns qui ne sont pas désireux de me massacrer !* Appuyant son lourd casque sur sa main, Jack prit le luxe de laisser vagabonder son esprit. Après tout, que pouvait-il faire ? Il ne devait pas bouger, il lui fallait épargner son souffle.

Un moment passa. Il sentait la chaleur combinée des trois soleils dans le ciel immensément bleu taper à la verticale sur sa tête. Chaleur douce, diffuse, qui l'endormait presque. Mais l'isolement de la combinaison le garantissait des températures trop élevées. Restait juste la lumière tapageuse des trois astres, qui découpait au scalpel le relief torturé des roches de Turnus. Le chasseur éprouvé se sentait dans un état transitoire, entre le danger maximum et la sécurité promise. Mais petit à petit, la tension retombait, laissant place à un fatalisme à la fois serein et douloureux. *Il n'y a plus qu'à attendre.*

Le Rocketeer échoué devenait en quelque sorte un puissant symbole. L'association de toutes les technologies les plus puissantes ne pouvait rien contre un mauvais coup, ou une concentration inhabituelle de scoumoune. Telle était la leçon. Jack avait toujours opposé le mur de la technique aux puissances divines. Mais la technique s'use, les machines tombent en panne, vieillissent, tombent en ruine, en sable même… Le chasseur avait couru toute sa vie, d'une arme à l'autre, d'un véhicule, d'une protection mystique, d'une stratégie différente à l'autre. Toujours en fuite, préparant le nouveau coup, ou fuyant le dernier. Et l'océan de la rancœur, de la fureur divines augmentait en taille à chaque nouvelle prise. Jack savait bien que sous ses pieds, guettant la moindre faille, une nappe de ténèbres et de crocs attendait. C'est pour cela que le chasseur, dans le fond, était plutôt pessimiste quant à l'arrivée des secours. À coup sûr, une intervention divine négative, sous l'aspect d'une panne de matériel, de signal invisible, de météorite ou n'importe quoi, retarderait tout le protocole d'urgence suffisamment pour que les secours, à leur venue sur les lieux, ne trouvent qu'un Jack asphyxié depuis longtemps. *Mais après tout, ce serait une belle mort.* Absurde, certes, mais progressive. Au dernier moment, il retirerait son casque, histoire de se brûler l'occiput une dernière fois à la lumière du jour, et de mourir à l'air libre, sourire aux lèvres. Cela valait toujours mieux que de succomber par les flammes ou par le froid, deux morts qui avaient toujours effrayé Jack. *Surtout pas ça.*

Le pilote s'aperçut que les battements de son cœur s'étaient accélérés. Simultanément, il ressentait une légère douleur au poumon. Son sixième sens l'avertissait d'un danger, présent depuis le début, sans qu'il n'y prenne garde. Et tout d'un coup, *il remarqua un petit sifflement.* Il se leva d'un coup : serpent ? Dans le cosmos vivait des espèces de reptiles particulièrement redoutables, et Jack ne savait pas du tout quel type de faune hantait Turnus, il convenait de faire attention. Mais il n'y avait rien à terre. Rien, sauf du sable, et une tache d'huile, qui s'étendait, s'étendait. *Hein* ? Jack se passa la main sur les fesses : son gant était tout noir, luisant de graisse. « Ça, ça veut dire que le jet-pack est endommagé », analysa le naufragé. Il se contorsionna, parvint à passer le dos de la main sur son échine, rencontra une surface dure. Il l'empoigna, l'arracha. C'était une grosse lamelle de métal, de 60 centimètres de long, qui avait été expulsée de l'engin spatial lors du crash. En tâtonnant, Jack put bien sentir du bout des doigts les fils pendants, maculés d'huile. Les commandes directionnelles du jet-pack avaient été sectionnées par le projectile. Il était fort heureux que la lame ne se fût pas enfoncée plus avant, dans la chair du pilote même. *Et à ce moment, il comprit.* Sa pomme d'Adam sembla devenir du béton, son ventre se trouva pris dans la fonte : ce sifflement, c'était celui de *la bouteille d'air.* La lamelle l'avait perforée. Son oxygène, son précieux oxygène, se faisait la malle. Le niveau n'avait cessé de diminuer depuis le crash. Jack jeta un coup d'œil à la jauge : l'aiguille indiquait qu'un tout petit cinquième restait dans la bonbonne. Comment avait-il pu être aussi négligent… ! Les petits clous électriques de la panique lui percèrent l'épiderme. D'un seul coup, il eut conscience que sa mort s'était rapprochée de quelques pas, il sentait son souffle froid sur la nuque. Il devait bouger pourtant ! Courir, atteindre le spatioport, les secondes lui étaient comptées, il ne pouvait plus attendre les secours, viendraient-ils seulement ? Mais *où* devait-il se diriger ? Il jeta un regard éperdu autour de lui. Il se trouvait dans une petite dépression de terrain. Les yeux ne rencontraient que des éminences rocheuses, déchiquetées, roses, mauves, bleuâtres. Il actionna ses jambes le plus rapidement possible, courant dans la direction indiquée par l'extrémité de la fusée écrasée – elle devait pointer vers la colonie, logiquement, mais était-on sûr ? Son équipement le gênait, il lui semblait peser des centaines de kilos. Il se retenait d'utiliser son jet-pack : la direction étant sectionnée, il partirait dans tous les sens en l'air en sifflant comme un ballon de baudruche dont on a détaché le nœud, avant d'aller se planter directement, à pleine puissance, dans la paroi rocheuse… Il cuisait dans sa combinaison devenue soudain lourde comme un chargement de pierres, il trébuchait sur les cailloux pointus, mais il tenait bon : il devait atteindre le sommet de la colline, de là il verrait le spatioport. L'air se faisait de plus en plus douloureux dans les poumons, la réserve s'épuisait à toute vitesse. Un coup d'œil enfiévré sur l'aiguille renseigna Jack : elle était en train de grignoter le dernier dixième… Pantin emmitouflé poursuivi par la mort, il eut un instant de découragement : le spatioport devait encore être à des kilomètres, et il ne savait même pas s'il était sur la bonne route. Il se demanda s'il ne valait pas mieux s'arrêter, ouvrir le coffre, et se vautrer, se noyer dans les tombereaux de son or chèrement gagné… Il eut une bouffée d'air si douloureuse, si atroce pour ses poumons, qu'il en gagna paradoxalement une nouvelle vigueur. Il était décidé à se battre jusqu'au bout. D'une dernière foulée, il parvint au sommet de l'éminence.

Victoire!... Mais victoire amère. Le spatioport était à deux kilomètres en contrebas, grosse masse noire sans aspérité, point de départ d'une demi-douzaine de routes de goudron – des pistes d'atterrissage, où stationnaient des aéronefs de taille et gabarits variés. Le spatioport était situé dans une grande plaine, et était entouré d'innombrables autres bâtiments plus petits, les *conapts* des colons, leurs logis sommaires. Deux kilomètres... *et c'était déjà trop.* L'aiguille était presque sur zéro. Il devait lui rester une dizaine de bouffées d'air. Trop peu pour une telle distance. *Mais non!* se dit Jack, le cerveau prêt à péter. *Les fontaines d'oxygène!* Dans les spatioports extrastellaires, il était ordinaire, voire réglementaire, de placer régulièrement des dispensateurs d'oxygène tout le long des pistes. En cas de crash ou d'atterrissage difficile, les survivants ne se retrouveraient pas immédiatement asphyxiés, car ces bornes avaient été pensées pour prodiguer quelque oxygène en attente des secours...

*Il y avait une fontaine à une centaine de mètre*s, en bout de piste. La dernière chance. Jack courut avec la pesanteur d'un phacochère de bronze, sa combinaison le lestant, le tirant vers le bas, chaque bouffée d'air (*une! deux! trois! quatre! cinq!*) semblant verser du plomb fondu et de la cendre dans les pauvres poumons du pilote, mais il ne lâchait pas. C'était la dernière course, la course ultime, qui allait le voir asphyxié ou vivant, il ne fallait pas céder d'un pouce, alors il continuait, le bip bip obsédant signalant la fin de la jauge d'air lui défonçant le tympan... Il lui manquait vingt mètres, et il n'avait plus d'air du tout, il aspirait, mais rien ne venait. Il suffoquait. Alors, en désespoir de cause, *il actionna son jet-pack.* Il crut qu'on lui arrachait le dos. Une prodigieuse gerbe d'étincelles le projeta cul par-dessus tête, et l'envoya donner de toute la force de son casque dans la fontaine. Il roula sur lui-même, se redressa, appuya sur le bouton d'ouverture de la vitre du casque, resta une fraction de seconde trop congestionné pour pouvoir aspirer de l'air, crut qu'il allait rester ainsi, comme un crapaud exorbité (Happe! Happe!), puis il cracha et aspira *enfin.* La fontaine marchait! Il toussa comme s'il se grattait les muqueuses de la gorge avec les dents d'un peigne. Chaque bouffée était une victoire, il réaffirmait sa prise sur le monde. *Enfin il était sauvé.* Comme un ivrogne, il se saoulait d'oxygène. Il était remis, à présent. Et il n'avait pas lâché son trésor. Sa chère petite cassette. Il sourit en pensant qu'à chaque fois il passait plus près de la mort. Ha! Ha! Encore raté! Il ne lui restait plus qu'à remonter la piste de décollage jusqu'au spatioport. La route était bordée de fontaines à oxygène, il pouvait marcher tranquillement tout du long, la tête aux soleils.

Et d'un seul coup, comme si Jack avait soulevé un couvercle d'une casserole en ébullition et qu'il avait placé son visage au-dessus de l'eau, la température augmenta d'un seul coup, sec, cloqua le visage de Jack (*c'est carrément la gueule qu'il avait mis dans la casserole*)... L'air devient presque liquide, il tanguait follement sous la haute température. *Nouvelle surprise de Turnus. Variations extrêmes de température*, fut la pensée qui claqua des doigts dans le crâne de Jack. Normal : avec trois étoiles rectrices, impossible de garder la même distance constamment : des fois la planète s'éloigne des soleils, des fois la planète... se rapproche *trop*. Jack leva la tête : en quelques secondes, l'un des trois soleils était devenu énorme, une boule de flammes accablante, qui écrasait Turnus sous une chaleur insupportable. Pris de panique, se sentait cuire dans sa combinaison ouverte (le souffle chaud s'y était engouffré) comme un homard. Le chasseur devint à moitié fou, se dézippa, sauta hors de son vêtement de sécurité, et tout en serrant le coffre contre sa poitrine, en slip, baskets et débardeur, il se mit à galoper sur la piste de goudron, en hurlant « À l'aide ! À l'aide ! » et en faisant de grands gestes, mais personne au spatioport ne semblait réagir, ils sont tous morts, crevés, canés, sur ce putrin de Turnus de la mort, je brûle, je brûle, pensait Jack, et effectivement son poil commençait à se racornir, le sol bitumeux sous ses pas (allons, en droite ligne jusqu'au grand hall, la route est tracée) commençait à devenir glissant, presque spongieux : le macadam fondait, comme une plaque de chocolat en pleine canicule, Jack était tellement couvert de cloques qu'il semblait être un papier-bulle humain, mais il continuait, la mort, la pire mort, celle du *feu*... « Du froid ! Du froid ! Du FROââââââââââ... », bramait Jack, quasiment aveugle (l'œil se desséchait, la cornée commençait à roussir), la langue comme un vieux morceau de carton, et d'un seul coup telle une pornstar galactique son slip s'enflamma, son débardeur aussi, il ne lui restait que ses baskets ignifugées qui elles-mêmes commençaient à donner des signes de fatigue, *de la fraîcheur, je suis à l'extrême extrême extrême bord de la combustion spontanée...*

Et d'un seul coup, en quelques secondes comme un gros FUCK des dieux adressés à l'aventurier nu comme un ver qui traçait sa route comme un dératé, *la température chuta*... Mais beaucoup trop.

La planète avait bifurqué. Encore. Les trois soleils étaient passés de pastèques à noisettes. *Léger écart d'orbite.* Jack eut une bienheureuse, divine, magnifique sensation de fraîcheur pendant quelques secondes, avant que ses muscles se mettent à trembler comme des castagnettes, qu'une léchure dévorante de froid ne vienne tétaniser le coureur, le bleuissant en un instant... « Aglaglagla », voulut dire Jack, mais les mots eux-mêmes semblaient gelés. La route se durcit terriblement, et chaque foulée amenait un nouveau danger : et si la jambe, fragilisée par le froid, se brisait comme du verre ? Le cœur de Jack ralentit, tout le sang reflua, un voile tomba sur sa conscience... Aucun secours ne viendrait... Aucun secours ne pourrait venir. Il n'y avait plus qu'à marcher, sur des échasses de glace, droit devant... Au spatioport. Le coffre à trésor serré contre sa poitrine était un gros poids mort, qui lui irradiait la froideur partout dans la cage thoracique. Mais Jack ne l'aurait pas lâché. *Son trésor...* De toute manière, il ne *pouvait* même plus le lâcher. Ses doigts étaient collés, *soudés*, au revêtement en fer blindé. Il marchait, courait, rampait, peu importe. Il ne voyait plus rien. Son cerveau était congelé, ses pensées tombaient, inertes, pointues, comme des stalactites. *Avancer. A... Van... Cer...* Cela dura plusieurs millénaires... Jack devenait une petite brindille, frêle, débile et secouée, trop glaciale pour avoir même des frissons...

Et pourtant, comme un immense iceberg, une masse sombre émergeait lentement du brouillard de sa conscience. *Le spatioport.* Le bâtiment. Entrer... Comment ?

Devant Jack, dans le mur, il y avait une porte. Une *porte*, bordel. Et un écran. Et un message. « Forfait d'entrée au spatioport de Turnus. 50 000 gigacreds. » *50 000 gigacreds !* C'était une véritable fortune... Mais Jack n'y réfléchit même pas. Machinalement, il détacha sa main droite du coffre. Il y laissa, sans avoir mal, quatre ou cinq phalanges, coupées net, qui restaient adhérées au métal... mais avec les restes de ses doigts, il put entrouvrir le clapet, attraper une émeraude de Saturne... Bijou inestimable, plus cher qu'un système solaire, gagné de haute lutte, après trois mois de combats acharnés contre une divinité de pierre d'Eolas. Sans penser à rien, sans même penser qu'il se défaisait d'un objet d'un prix dix mille fois supérieur à la somme demandée, il fit choir l'émeraude dans la fente prévue. Aussitôt, les portes coulissantes de l'entrée s'ouvrirent. Jack s'y précipita, ne pouvant sourire ni même rire (bouche congelée, dont les lèvres se détachaient par lambeaux).

Il était dans un sas. Devant lui, une nouvelle porte. Pour l'instant, pas l'ombre d'un humain. Ils étaient peut-être derrière, à l'attendre. Attendre de le congratuler. De le féliciter. Ou de le dépouiller. De le dépecer. Et de le manger. Ou encore bien, il n'y aurait personne. Tout le monde, mort. Fini. *Terminus.*

La porte derrière Jack s'était fermée. Celle devant lui se mit à coulisser. *Des yeux. Des gens. Des dizaines de gens, qui l'attendaient.* Du chauffage. De la chaleur. Plus mal. Plus froid. Halluciné, le chasseur fit un pas en avant. Il ne vit pas la marche... Il buta violemment contre elle.

Son pied gelé explosa. Déséquilibré, Jack piqua du nez vers l'avant. Sa dernière main qui tenait toujours le coffre se sectionna au niveau du poignet. Le chasseur, comme une statue de cristal, *se brisa* en mille éclats en touchant le sol : nez, mâchoire, bras, poitrine, tripes, sexe, os, orteils, tout valsa en puzzle de glace. Sa conscience disparut dans un grand fracas de verre brisé. Le trésor, que le malheureux avait négligé de fermer, frappa lourdement le sol. Tout son contenu se déversa, dégueula, comme issu de la Corne d'Abondance même : saphirs célestes, œil de Diane, téton de diamant de Junon, dent de Fafnir, et de l'or, en quantités astronomiques, cataracte diabolique et irrésistible.

Les 15 000 colons de Turnus, claquemurés en attendant la fin du 3ème cycle ultrarapide été-hiver de Turnus, avaient choisi d'*ignorer* les appels au secours de Jack – trop dangereux de sortir par ce temps. Mais ce qu'ils ne pouvaient plus ignorer, c'était la fièvre de la convoitise qui les consumait à présent, leur tordait les tripes et viciait leurs regards.

Ils avaient réussi à garder les semblants de la civilisation. Échoués sur Turnus, ils se serraient les coudes, malgré la violence du climat, malgré les alternances ultra-rapides de chaleur et de froid, ils étaient restés à peu près humains. Sans le vouloir, Jack avait apporté l'Apocalypse sur Turnus. Ils restèrent un instant fascinés par ce flot de richesses inimaginables qui se déversaient sur leurs chevilles comme une ondée bienfaisante...

C'est ainsi que commença la grande tuerie de Turnus. Les mineurs lâchèrent le travail pour se précipiter au spatioport. On se marchait dessus pour rentrer, on se piétinait, la botte sur la gorge, on se frayait un chemin à la machette pour arriver plus vite au trésor... Les colons s'entre-massacrèrent ainsi longtemps, qui pour un diamant, qui pour un diadème, dans une frénésie de cupidité jamais vue depuis les Temps anciens. Ils avaient oublié l'infortuné voyageur qui était venu, par un jour d'hiver, taper à la porte de la colonie... et qui se mêlait à présent, discrètement, aux restes de son trésor, petit bout de narine mélangé aux opales, pénis congelé mêlé aux branches de corails d'Aldébaran, œil vitreux parmi les boules d'argent de Schiele 34, nœuds de tripes délicatement déposées sur des soies nanoplasmiques de Kraook...

Ils s'entretuèrent tous jusqu'au dernier, déchargeant leurs lasers, pillant les cadavres serrant encore quelque sceptre ou sculpture d'ivoire, abattant les fuyards... Leurs cervelles avaient été rendues folles en un instant, aiguillonnées par les émanations de tous ces trésors maudits, bruissantes de vieille magie, de malédictions cosmiques, qui avaient elles-mêmes, jour après jour, miné, affaibli, abêti l'esprit de Jack... Les Humains se débattaient, s'attaquant avec les ongles quand les munitions se furent épuisées, les pieds pataugeant dans l'or scintillant des galaxies, souillant de leur sang les trésors les plus inestimables, les plus uniques, les plus divins... Turnus était devenu un charnier. Ils finirent par s'immobiliser, sans vainqueur, sans survivant : morceaux de corps périssables éparpillés au milieu des richesses immortelles... La Boucherie dans la soie et les joyaux.

Tout cela se passa gaiement sous l'œil amusé des Divinités. Les dieux aiment l'Absurde, et toute cette histoire les avait passablement réjouis. Ils se tenaient amassés en surplomb, témoins invisibles, mais hilares. À chaque giclée de sang, ils lançaient de grands éclats de rire gras et luisants, retentissants, comme de la vivante pulpe d'Éternité.

AUTODAFÉ

Diplômée d'un master de lettres, Marie-Lucie Bougon aime autant écrire qu'étudier la littérature, et rêverait de vivre dans une immense bibliothèque où elle pourrait creuser son trou de souris. En 2013, elle a fait partie des lauréats du prix du jeune écrivain de langue française. Ses lectures sont variées, allant de la mythologie celte à Colette, de Marguerite Yourcenar à Robin Hobb et Léa Silhol. Sur son temps libre, elle pratique le chant, regarde en boucle Battlestar Galactica et Firefly, et se rend à des concerts de métal symphonique.

Bibliographie

La Dame de la chasse,
anthologie "Ils ne devaient pas s'aimer",
éditions Val Sombre (2012)

La Nouvelle Hétaïre,
anthologie "Icare et autres nouvelles",
éditions Buchet-Chastel (2013)

Le Club des érudits hallucinés,
anthologie "Montres enchantées",
éditions du Chat Noir (2014)

Strates, anthologie
"Dérives fantastiques",
éditions Sombres Rets (2014)

AUTODAFÉ

MARIE-LUCIE BOUGON

J'avais bêtement suivi les pas de Gil, ce soir, pour contempler les feux du haut d'un vieux balcon rouillé du centre de Lutèce. Il connaissait vaguement le locataire de l'appartement à demi écroulé, un taudis rongé par les infiltrations et les moisissures, mais qui offrait une vue incroyable sur l'immense forêt de toits qui couronnait la ville, cette profusion de cimes cendreuses et d'ardoises anthracite. Penchée sur la balustrade pleine de poussière, je sentais la vive chaleur des flammes me dévorer la peau, et de longues volutes de fumée âcre se frayaient lentement un chemin vers ma tête. Mes paupières mauves peinaient à se rouvrir sous les assauts de ces grands souffles désertiques, et pourtant, je résistais pour contempler la valse incandescente qui faisait rage en contrebas. Les sonorités métalliques qui résonnaient dans l'ombre, hurlées par deux énormes baffles entortillées de câbles, nous entraînaient dans un aride étourdissement des sens, figeant nos pieds et nos oreilles. Les yeux bleutés de Gil se remplissaient successivement de cendres grises et de larmes, sa tête oscillait sous l'odeur écœurante de l'encre qui brûle, et pourtant, ses membres singulièrement fluets demeuraient immobiles, comme prisonniers de l'entrave du balcon. Une partie de moi aurait aimé l'en faire descendre, mais l'autre, captive, savait que toute fuite était vaine. La chorégraphie lancinante des feuleurs, les pas entrelacés des cinq danseurs de braises, m'avait déjà séduite et serrée à la gorge, palpitant dans mes veines.

Leur ballet, pourtant, ne changeait plus depuis des mois : les hommes portaient toujours leurs masques, de lourdes prothèses aux traits crochus qui se teintaient faiblement de rouge aux lueurs du foyer, plaquant sur leurs faces de larges sourires grotesques. Entre leurs poings gantés, des torches éclatantes tournoyaient en un subtil jonglage, traçant dans l'air saturé d'ombre d'infinies arabesques orange. De temps à autre, ils les portaient à leurs bouches, et des traînées de flammes dansantes jaillissaient de leurs gueules noires, excitant la clameur de la foule amassée à leurs pieds. Ils vomissaient ce feu comme ils auraient craché leur propre sang jailli d'une torsion d'entrailles, rejetant une giclée visqueuse d'humeurs – nul ne doutait encore, ici-bas, que les veines des feuleurs ne fussent emplies de lave, et qu'un bûcher ne crépitât sous les croûtes magmatiques de leurs têtes. La ballerine, en revanche, ne portait pour seul masque que celui de sa transe. Ses gestes tranchants striaient l'obscurité brune. Une simple robe de lin paraît son corps à moitié fou, et les pans d'étoffe blanche paraissaient, par fulgurances, comme constellés d'astres cruels. Au tout début du rite, elle m'avait semblée pure ; mais désormais sa chair opalescente était tachée de cendres, et de fuligineuses traînées de suie souillaient sa délicate chevelure blonde. On pouvait presque voir vibrer, dans chacun de ses membres, une forme de violence que les acrobaties cachaient à peine, et qui avait réussi à effacer, sur ses traits fins, les tout derniers simulacres de douceur. Elle n'était plus qu'une grande forme hystérique, et lorsque les flammèches s'approchaient de ses lèvres encore tendres, elles déchaînaient une pluie d'éclairs qui semblait avoir été arrachée au soleil. Le capitaine, quant à lui, était absent ; je ne voyais pas se découper, devant l'écran de lumières fauves, son masque dérangeant paré du nez interminable d'un médecin de la peste. C'est ainsi qu'il voyait le papier : comme un mal pustuleux dont il souhaitait purger le monde, et chaque bûcher, pour lui, devait s'apparenter au perçage d'un bubon. Son absence me soulageait. Depuis que Luz m'avait expliqué le sens de cet appendice ridicule, je peinais à me rendre aux célébrations des feux : l'idée d'un grand médecin de Lutèce qui imposerait à tous ses étranges fioles de remèdes punais me procurait une nausée vague. J'avais depuis longtemps cessé de croire que les guérisons, sous toutes leurs formes, étaient de l'ordre du possible.

Je sentis Gil frissonner à mes côtés, et me retournai un instant pour observer son regard perdu dans l'ombre parcourue d'oriflammes, ses lèvres desséchées, ses mains qui pressaient fébrilement le métal de notre balustrade, se couvrant de copeaux de peinture. Je pouvais deviner sa peur diffuse, l'admiration mêlée de crainte qui le poussait, chaque fois, à rester jusqu'au bout du spectacle, puis à rentrer en pleurant, tout accablé de honte, blâmant les fumées âcres pour ses larmes. Je n'avais plus la force de le détromper, même si ces larges sillons humides trahissaient sans faillir la peine étrange qui se tapissait tout au fond de son crâne rude. Nous l'entendions souvent, à travers nos cloisons si effroyablement minces, sangloter depuis sa chambre vide. Gil appartenait à cette espèce à la fois rustre et spleenétique qui était incapable de nommer les horizons douloureux qui parcouraient sa tête – il y avait bien longtemps que j'avais cessé d'insister. Seule Luz tentait encore de faire surgir des phrases que son esprit pâteux ne savait pas mettre en forme, mais Luz était toujours, comme une puce acharnée à suçoter sa proie, à la fois tendre et infatigable. Jamais son corps gracile n'avait ployé devant l'échec.

Le brasier se réduisit bientôt en un infime amas de cendres, qu'une brise frisquette nous balança en plein visage, nous arrachant une toux brûlante et âpre. Les feuleurs nous adressèrent leur tout dernier salut – en silence, comme toujours, muets derrière leurs masques. Nous ne leur connaissions pour timbre que celui des crépitements saccadés du feu. Bientôt, la foule commença à se dissiper, et j'invitai Gil à descendre de notre perchoir – il me suivit docilement, les joues humides et couvertes de suie. Nous repartîmes à pied, et je le laissai déblatérer en répondant à peine ; sachant qu'il n'était pas de mise de troubler le flot de phrases sans queue ni tête qu'il entassait pour combler les silences. Fort heureux, nous rencontrâmes en chemin une autre bande de halleux qui repartaient vers la maison, et leur babil harassant me libéra de la contrainte de parler moi aussi. Je me laissai porter par la discorde de leurs bavardages sous le ciel noir de thermidor : on y sentait maintenant poindre l'orage. Les nuages s'y étaient amassés, et une pluie fraîche s'apprêtait à diluer le ballet fantomatique des vapeurs qui persistaient à voyager dans les ténèbres. J'aurais aimé sentir les premières gouttes piqueter mes cheveux, mais la fatigue me poussa à gravir les escaliers instables qui menaient jusqu'à ma chambre, accablée par la désagréable odeur d'humidité qui s'infiltrait à travers les murs sales.

Je souhaitai la bonne nuit à Gil et m'avançai vers ma porte aux verrous branlants, faisant tourner les clés dans des serrures qu'une simple pression vigoureuse aurait suffi à arracher. Fermer ma chambre n'était qu'un vain symbole : il n'y avait rien à y voler, si ce n'est les uniformes élimés que je portais pour le travail, des badges effacés, des bijoux métalliques de peu de prix. Pour un halleux, le concept même d'effets personnels s'était depuis longtemps mué en illusion. Seule Luz parvenait encore à conserver une intimité scrupuleuse – peut-être était-ce seulement parce que toute intrusion dans sa sphère aurait été perçue comme une véritable profanation. Luz tenait à sa pudeur comme Gil à ses larmes de fumée, et nul n'aurait songé à blesser un membre déjà faible de l'immense organisme défaillant que nous formions ensemble, fondant nos chairs fragiles à notre bâtiment dévoré de fissures. La cruauté était proscrite quand il fallait fournir le bel exploit de vivre : nous n'étions déjà plus qu'un grand pantin malade, un triste amas de briques, d'os décalcifiés et d'humeurs bilieuses. Notre communauté avait pris forme dans des parois branlantes, des portes incertaines et des carrelages gluants de crasse – nous n'étions plus unis que par la masse informe de notre architecture provisoire, toujours au seuil d'une catastrophe. Nos mains étaient écrous, nos yeux étaient lucarnes, nos jambes étaient tuyaux de plomb, nos muscles se fondaient dans l'instabilité du circuit électrique. Les nouvelles halles étaient devenues cette chair vétuste et torturée de parasites qui tenait nos esprits ensemble : nous nous devions alors de lutter pour sa survie. Une tempête un peu forte, et elle se dissoudrait comme les cendres que délaissent les feuleurs, s'effondrant en une masse grelottante de briques et d'organes en putréfaction. Notre puanteur en était la preuve – j'avais parfois la sensation d'en étouffer.

Ma chambre baignait dans une chaleur suffocante, et je m'empressai d'ouvrir la vitre vers la fraîcheur nocturne avant de m'emparer de mon nécessaire de toilette. Je ne faisais pas partie de ces quelques chanceux qui possédaient un évier entre leurs murs, et je devais me rendre tout au bout du couloir pour procéder à mes ablutions. Les néons blanchâtres de la salle de bains commune étaient déjà allumés, et je poussai la porte en m'attendant à trouver une effervescence de halleuses revenues un peu tard de leurs maigres agapes nocturnes. Pourtant, je n'y rencontrai que Luz, plantée devant un lavabo ébréché et occupée à remplir méticuleusement d'eau une bouteille en plastique. Comme chaque soir, elle avait tressé ses fins cheveux blonds de chaque côté de sa tête, et quelques petites mèches folles bouclaient autour ses oreilles. Sa silhouette frêle, presque enfantine, était drapée dans une vaste tunique grise élimée aux épaules.

« Salut, Val, dit-elle doucement à mon reflet dans le miroir.

— Tu viens chercher l'eau pour le thé ?

— Comme d'habitude, répondit-elle en acquiesçant de la tête. Tu te joins à moi ?

— Avec plaisir.

— Tu as passé une bonne soirée dehors? demanda-t-elle distraitement, refermant doucement sa bouteille pleine.

— Oui, sans plus. »

Je me mordis la lèvre avec gêne. Luz détestait les autodafés qui rythmaient pourtant nos existences lutéciennes – elle travaillait chez un bouquiniste ambulant, et devait faire partie des toutes dernières personnes au monde qui ne considéraient pas le papier comme l'abominable mal du siècle. Je m'efforçais toujours de la prévenir quand je voyais rôder la milice – nous n'étions jamais à l'abri d'une descente entre nos murs, bien que nos préfabriqués nauséabonds répugnent la plupart des visiteurs. Je savais que le patron de Luz était prudent : il ne laissait jamais son chariot à la même place, évitait les axes trop fréquentés et se déplaçait selon un parcours conçu pour changer sans cesse. Luz, elle aussi, prenait ses précautions, et tous les ouvrages qu'elle possédait étaient soigneusement dissimulés dans sa petite chambre de briques. Elle ne lisait jamais que dans la privauté de son espace, dans cette petite bulle de quiétude qu'elle avait su tisser autour d'elle, et dont personne n'osait jamais la faire sortir. J'admirais, peut-être plus que tout, chez elle, plus encore que son courage ou même que sa beauté, ce talent indéfinissable qu'elle possédait pour le secret.

« Rejoins-moi quand tu auras fini », me lança-t-elle, et sa petite voix joyeuse continua de résonner alors qu'elle se dirigeait vers le couloir mal éclairé.

J'entrepris de nettoyer rapidement ma dentition à l'aide d'un chiffon propre et de bicarbonate de soude ; j'avais cassé ma dernière brosse, et le dentifrice était devenu bien trop cher pour moi. Le goût salé de la fine poudre blanche me fit baver abondamment dans l'évier sale, et je rinçai du mieux que je le pus ce déferlement de bulles visqueuses. La vie dans ce cloaque rendait fréquents les moments où notre corps nous dégoûtait, où chaque détail nous paraissait une preuve nouvelle de notre propre immondice. Je m'estimais encore heureuse : je ne faisais pas partie de ces loqueteux qu'on repérait au tout premier regard, il me restait un peu d'enfance. On ne transperçait pas tout de suite le masque de mon petit visage en cœur, ou l'amas feu-follet de mes boucles – il fallait un second coup d'œil pour déceler mes mains pleines de cals, mes épaules trop solides, mes membres musculeux qui malgré moi me trahissaient. Tous ces petits détails imprimés dans ma chair empestaient la halleuse. Je puais les égouts de Lutèce par chaque craquelure que le travail avait offerte à mon corps pâle. Je haïssais ces arabesques de cicatrices, ces traces rosâtres laissées par les machines qui me marqueraient à jamais comme gueuse. Bientôt, je savais que la rusticité inonderait aussi mon visage, je sentais déjà l'avènement des rides épaisses, des barres grossières de la fatigue, des tâches grumeleuses que les produits toxiques avaient coutume de provoquer. Fébrilement, dans un geste futile de protection, je plaquai mes mains humides sur mes joues encore lisses, palpant le rebondi de mes pommettes. La fraîcheur me fit du bien, chassa un instant mes peurs. Je projetai sur ma face un dernier jet d'eau froide et sortis rapidement de la pièce, me dirigeant vers la porte de Luz.

Elle m'ouvrit immédiatement, s'effaçant pour me laisser entrer dans la petite pièce familière où la bouilloire sifflait déjà. J'admirais toujours la façon dont elle avait réussi à animer un lieu aussi morne : de grands tissus floraux recouvraient les infâmes murs de briques, le lit était méticuleusement orné de coussins, et une multitude de petites bougies adoucissaient la lueur sinistre du plafonnier en ferraille. Luz menait une bataille sans fin contre la saleté, l'humidité et la laideur, luttant avec ses chiffons sans jamais s'avouer vaincue, effaçant la puanteur des moisissures avec de délicates essences parfumées qui semblaient également éclore dans ses cheveux. J'aurais aimé que ma chambre ressemblât à la sienne, un doux cocon où j'aurais pu me réfugier après avoir usé mes mains à la manufacture, mais ce n'était pas moi, j'étais déjà trop abîmée, trop rustre, pour être à même de créer de la joliesse – je ne savais qu'en profiter.

Le sifflement s'arrêta, et Luz s'assit en tailleur sur le tapis pour remplir nos deux tasses. Je m'installai à ses côtés, observant les feuilles de thé gonfler au contact de l'eau chaude. Ici, sur le sol duveteux de sa chambre, j'oubliais aisément nos vies floues de halleuses – il faut dire que ce rituel vespéral y ressemblait très peu.

« Alors, qu'ont-ils brûlé ce soir ? », demanda-t-elle soudain, lissant les mèches folâtres qui égayaient ses tempes.

Je la fixai un instant en silence, la voix bloquée dans ma poitrine.

« Je sais que tu y es allée, tu as encore un peu de cendres dans les cheveux, ajouta-t-elle doucement.

— Ils n'ont brûlé personne, répondis-je avec gêne. Seulement du papier, cette fois.

— Tant mieux.

— Je ne serais pas restée, s'il y avait eu quelqu'un. »

Luz ne répondit pas, pressant les feuilles de thé du bout de sa cuiller contre le fond de sa tasse.

« Tu ne m'en veux pas ? questionnai-je d'une voix trouble. D'y être allée, je veux dire.

— Non, bien sûr que non. Il fallait bien quelqu'un pour accompagner Gil. »

Je baissai la tête vers ma tasse sans répondre. Elle m'imaginait en halleuse protectrice venue porter à bout de bras l'un des membres de la bête malade. Sa version était si noble que je ne lui avouai pas que si j'avais franchi deux fois la Seine ce soir, c'était seulement parce que je n'avais rien d'autre à faire.

Elle commença à siroter son thé, plongeant ses lèvres dans l'eau brûlante comme si l'excessive température ne l'atteignait en rien – et demanda :

« Alors, que veux-tu lire ce soir ?

— Je ne sais pas, répondis-je. Une histoire avec de l'eau. »

Luz eut un sourire tendre, puis extirpa un épais livre vert de l'une de ses cachettes, lissant la reliure abîmée du bout des doigts. « Je crois que cela te plaira », dit-elle, écartant une mèche blonde de ses yeux. Elle tourna avec précautions quelques pages, cala son dos avec un coussin, et s'éclaircit la gorge d'une frêle toux flûtée – je connaissais maintenant ses rituels de lecture. « Tu sais ce qu'est une sirène ? »

Je niai de la tête, grimaçant devant cette énième lacune que Luz me révélait. Je n'étais que très peu allée à l'école – la loi qui la rendait obligatoire avait été abrogée lorsque j'étais encore enfant.

« C'est une créature mythologique, expliqua Luz. Un buste de femme et une queue de poisson.

— J'ai déjà vu ça quelque part, murmurai-je.

— C'est une représentation très répandue. On trouvait des légendes similaires dans beaucoup d'anciens pays, avant la fragmentation. »

Je souris légèrement. Luz aimait parler de cette époque qu'elle n'avait pas connue, du temps où les grandes nations existaient encore, avec leurs symboles, leurs drapeaux, leur langue commune. Notre siècle de cités-États semblait la désoler – bien que j'ignore pour quelle raison. Il me semblait étrange de regretter quelque chose d'aussi lointain, d'aussi opaque. Lutèce était mon seul passé, mon seul présent – et à ma connaissance, il n'y avait plus aucun ailleurs.

Luz allait commencer à lire lorsque quelques coups retentirent contre la porte.

« C'est moi, fit une voix masculine depuis le couloir. J'ai senti l'odeur du thé.

— Entre, répondit Luz. Je ne savais pas que tu étais là ce soir. »

Alceste poussa la porte, et se courba un peu pour passer dans l'embrasure – il avoisinait les deux mètres, et devait toujours prendre garde pour ne pas se cogner. Il s'assit lentement avec nous, prenant le temps de plier ses longues jambes maigres dans le petit espace. Je le saluai gaiement, répondant à son sourire. Quand il venait ici, son visage mutilé était toujours empli de joie, faisant presque oublier les cicatrices rosâtres qui coûturaient sa chair. Il avait été pompier, quelques années auparavant – et avait manqué de finir calciné avec une pile d'ouvrages anciens lorsque le grand autodafé de la place des Vosges avait tourné à l'incendie. Cet horrible accident avait mis fin à sa carrière comme à l'extrême beauté de son visage – je me souvenais encore de ses traits fins, purs et angéliques, que le bûcher avait détruits. La plupart des halleux l'appelaient Face-cramée – à leur décharge, il était si discret que peu connaissaient son vrai nom. Mais Luz et moi prenions toujours soin d'éviter ce sobriquet immonde, de ne pas arrêter nos regards sur sa peau dévastée. Luz lui avait souvent offert des livres. Celui qu'il préférait avait un chiffre dans le titre, et parlait d'un pompier, comme lui. Il me l'avait prêté, mais je n'en avais pas compris grand-chose : depuis, il le gardait précieusement dans sa chambre, dissimulé en un endroit secret.

Je passai machinalement une main dans mes cheveux. J'espérais qu'il ne prendrait pas garde à la cendre qui s'y était attardée, aux quelques indices qui révéleraient où je m'étais rendue ce soir-là. Devant lui, souvent, le regret me mordillait la chair.

« Qu'est-ce qu'on lit ? demanda-t-il alors que Luz lui remplissait une tasse.

— *La Petite Sirène*, répondit-elle doucement. Val voulait entendre une histoire d'eau.

— Ça me plairait aussi », dit-il en me lançant un regard satisfait.

Luz reprit l'ouvrage posé à côté d'elle, et sa voix prit alors le ton suave de la conteuse, celui qui dévoilait la résonnance secrète de chaque phrase, la douceur, l'éclat, les subtils temps d'intensité. Alceste souriait en l'écoutant, et moi, je rêvais éveillée, savourant les visions aquatiques que portait le récit. Je n'avais aucun mal à voir Luz en sirène – elle aurait pu être entièrement composée d'eau, sa chevelure même semblait ruisseler de gouttelettes diamantines sous la lueur des néons froids. Au fil des mots, je sentis peu à peu ma gorge se serrer, et quand la jeune muette devint écume, je vis que de grosses larmes maladroites perlaient sur les cils clairs d'Alceste. Luz acheva de lire et le silence nous envahit tout à fait – je m'aperçus que le thé brun avait refroidi entre mes doigts.

Luz ne demanda pas si le récit nous avait plu – elle savait que ces contes produisaient toujours leur petit effet, et choisissait avec art les lectures qui nous toucheraient le plus, qui provoqueraient d'étranges froissements dans nos poitrines vides. Alceste lui posa toute une série de questions – sur l'auteur, sur les sirènes, sur ces océans froids qu'il n'avait jamais vus. Quant à moi, je ne me sentais pas la force de parler. J'avais froid, j'étais troublée, et j'avais honte – honte d'avoir pactisé avec le feu, alors que ces deux êtres que je chérissais en avaient tant souffert. Les cicatrices d'Alceste ouvraient un gouffre chaque fois qu'elles rencontraient mes yeux. Le fin visage de Luz gardait tous ses mystères – mais c'était sa belle âme que les feuleurs avaient blessée. Une vague noire de dégoût déferla dans mes membres. Peut-être avais-je grandi dans un monde où toute idée de loyauté faisait cruellement défaut.

Il était tard, et je regagnai ma chambre le cœur pesant. Une fois couchée, d'étranges images revinrent hanter mes songes, et je n'eus pas la force de les chasser. Il y avait bien longtemps que mes pensées nocturnes dessinaient Luz, et que ma tête rêveuse produisait des fantasmes que l'existence n'offrirait pas. Blottie sous mes draps moites, je croyais sentir sa peau frêle, ses cheveux ondoyants, la rosée qui gouttait de ces cils ; et dans mon trouble endormi, je désespérais de rechercher son corps en vain. Je savais bien pourtant que Luz était trop pure pour que mes mains rugueuses puissent l'effleurer, et que jamais je ne lui parlerais de ce manque douloureux qu'elle suscitait en moi, du serrement qui assaillait ma poitrine lourde. L'amour de Luz était un rêve – je ne méritais que son affection mêlée de pitié, que cette compassion douce qui teintait nos soirées ensemble. Je savais pertinemment que je n'aurais rien de plus – que j'étais la sirène mutilée et qu'elle était le prince. Je n'étais pas faite d'eau, pourtant : j'étais sèche comme un sable corrosif et sale, mais j'aurais pu perdre ma langue comme prix de sa tendresse, si cela en avait valu la peine. Mais je savais que tout espoir était inutile. Un jour, quand elle m'aurait entièrement délaissée, je me réduirais en cendres et Alceste aurait la joie de me cracher dessus, comme paiement de ma trahison.

*

Le lendemain, la nouvelle enfla dès l'aube : Gil était malade. La rumeur courait, gémissait, vociférait, et les halleux se divisèrent bientôt entre ceux qui se terraient, ceux qui prenaient la fuite et ceux qui avaient décidé de rester, frémissant d'impuissance devant la porte grande ouverte de sa chambre. Les bruits rauques des nausées envahissaient le couloir, déchirant ma poitrine creuse. J'avais à peine eu le temps de m'habiller et je me tenais non loin de l'embrasure, ne pouvant me résigner à entrer. La contamination, ici, c'était la mort – entre les moisissures, l'humidité et les parasites, guérir qui que ce soit chez nous relevait de l'impossible. Le mal passait, ou tuait. J'hésitais encore lorsque Luz arriva auprès de moi, sa blondeur en désordre. Sans un mot, elle prit mes doigts épais dans sa main minuscule, et me fit franchir la porte. L'odeur des miasmes me prit à la gorge, envahissant mes poumons et ma tête. Gil était allongé sur son matelas loqueteux, méconnaissable avec son teint jauni par le mal, de la bave encore humide au coin des lèvres. Il nous regarda vaguement, Luz et moi, sans avoir l'air de nous reconnaître. Ses yeux avaient déjà une couleur de tombe. Luz se pencha à son chevet, dénuée de frayeur, et sans écouter mes protestations, écarta des mèches moites de ses tempes.

« On ne peut pas le laisser comme ça, dit-elle doucement, se retournant vers les autres restés dans le corridor.

— J'ai appelé un docteur, répondit une voix familière, il devrait arriver d'ici une heure ou deux. »

Je me retournai, surprise : d'ordinaire, aucun médecin n'acceptait de passer notre seuil couvert de crasse. La halleuse s'avança dans la chambre, et je vis avec surprise qu'il s'agissait de Gemma, qui arborait encore son maquillage charbonneux de la soirée passée. Elle revenait sans doute à peine de sa nuit mouvementée, et n'avait pas pris le temps de retirer sa robe élimée aux paillettes sales, ou d'arranger ses mèches pivoine en désordre.

« Comment tu as fait ça ? demandai-je avec stupéfaction. Il n'y a pas un seul docteur qui accepterait de venir ici.

— Je connais un type », dit-elle simplement en haussant les épaules.

Luz la remercia et nous sortîmes de la chambre en silence, décidant de laisser Gil au calme. Le médecin arriva comme prévu, et j'eus du mal à cacher ma surprise en voyant le profil effilé de son masque noir se découper dans la lumière matinale. L'accessoire était semblable à celui du capitaine des danseurs de feu, mais le personnage différait en tous points : sa silhouette était courbée, trapue, et ses mains gantées tremblaient un peu sous l'effet de l'âge. Il entra dans la chambre sans nous saluer, et se pencha sur Gil avec une réticence non contenue, incommodé par l'odeur méphitique qui régnait entre nos murs. Il nous demanda de rester à l'extérieur et de fermer la porte, et nous obéîmes en sans discuter, statiques et impatientes dans le couloir attenant. La plupart des autres étaient partis, seules Luz, Gemma et moi étions restées pour attendre le médecin, et cette dernière semblait s'endormir à moitié, adossée contre la paroi, les paupières closes.

L'homme masqué ressortit quelques instants plus tard, et je remarquai quelques taches écarlates sur le col blanc de sa tunique.

« Je ne suis pas optimiste, nous annonça-t-il d'une voix rauque. Le mal est très profond. J'ai pratiqué une saignée, mais je ne suis pas certain que cela fonctionne. Et le traitement préconisé serait trop cher pour lui.

— Dîtes-nous quand même ce que c'est », ordonna Luz.

Il écrivit quelque chose sur un carnet, et lui tendit la page qu'il arracha. Je lui demandai timidement combien nous lui devions pour sa visite, prête à puiser dans mes maigres économies, mais il répondit de façon évasive que les frais avaient déjà été payés. Gemma nous adressa un bref sourire, et proposa de le raccompagner jusqu'en bas de l'immeuble. Je grimaçai en la regardant s'éloigner : sous ses hardes vulgaires, elle avait la beauté rouge des lèvres mordues et des cheveux épars. Aucun médecin condescendant ne la méritait.

Luz et moi repartîmes en direction de notre étage, sans échanger un mot. Arrivée devant sa porte, elle me montra le papier, et le chiffre que notre visiteur avait pris soin de marquer en face :

« Je n'ai pas assez. Pas encore, du moins.

— Moi non plus, soupirai-je avec peine. Mais je vais voir ce que je peux faire. Espérons qu'il tiendra jusqu'à ce soir. »

J'empochai le papier et regagnai rapidement ma chambre, où je m'habillai en silence. Mes placards étaient vides : je décidai de partir sans manger. Le creux qui tordait mes entrailles n'était de toute façon pas lié au manque de nourriture. Le teint jauni de Gil hantait ma tête, les vomissures, la bave – son corps tordu par un mal sourd qui peut être nous atteindrait tous. Je ne pouvais pas laisser faire ça, pas encore. L'idée qu'il ait attrapé ce mal la veille au soir, sur le balcon au-dessus du bûcher, serpentait lentement dans mon esprit, comme si tout cela était ma faute. Gil s'y serait pourtant rendu avec ou sans moi.

Je sortis du bâtiment en raclant le sol de mes semelles cloutées, et me dirigeai vers l'agence des travailleurs journaliers où j'étais répertoriée – une échoppe minuscule entre une épicerie et un comptoir de banque. La standardiste m'accueillit avec un sourire mécanique, et sortit mon dossier gris de sa paperasse.

« J'ai plusieurs offres pour vous aujourd'hui, dit-elle avec neutralité, parcourant les annonces du regard. Je vous donne la liste ?

— C'est inutile. Je voudrais que vous appeliez Ravastol Inc.

— Vous en êtes certaine ? »

Son indifférence s'était muée en une surprise sincère. J'approuvai de la tête, et elle m'invita à m'asseoir en attendant de passer le coup de fil, me transmettant une fiche répertoriant tous les risques encourus par les employés temporaires de Ravastol Inc. Je les parcourus rapidement du regard, sans m'attarder plus que ça : céphalées, asphyxie, brûlures rétiniennes, lésions cutanées irréversibles, coma. Je tournai les pages pour arriver au paragraphe qui m'intéressait vraiment : le taux horaire. Juste en dessous, j'apposai calmement ma signature. Ce n'était pas comme si j'avais le choix. La standardiste revint avec la combinaison, les lunettes protectrices, les gants renforcés et l'accord du contremaître. Je glissai le tout dans un grand sac plastique et filai en direction du métro pour rejoindre l'usine.

Une fois sous terre, une crise de tremblements me parcourut, s'insinuant sournoisement sous ma peau, glaçant ma nuque. Je me souvenais encore de chaque nom des halleux qui étaient morts après seulement trois jours chez Ravastol Inc. Je revoyais leurs visages sillonnés de brûlures chimiques, leurs yeux hagards, les billets de banque dont ils ne s'étaient jamais servis – et que nous avions pris sur leurs cadavres. La crise enfla, gagna mes mains, mes pieds, mes paupières tressautantes. Je repensai alors à Luz, à sa blondeur d'enfant, à sa petite main douce que j'avais tenue dans la mienne ce matin-là. Si je survivais à cette journée, je ramènerais peut-être le sourire sur son visage. C'était une joie pour une blessure, et pour elle, j'étais prête à payer ce prix-là.

Je rentrai à la maison avec deux brûlures légères et une enveloppe pleine de billets. Tout le long du chemin, j'avais pu voir le dégoût des passants devant mon visage éreinté, mes cernes, le bandage rudimentaire qui s'enroulait autour de mon bras gauche ; mais une fois le seuil des halles passé, je ne rencontrai plus que le regard indifférent des miens, et il me réconforta presque. Je grimpai les escaliers le plus vite possible, et allai toquer à la porte de Luz – avec ses économies et mon salaire du jour, nous avions assez pour acheter le remède de Gil. Elle m'ouvrit aussitôt, le regard abattu et l'habit en désordre. Son regard tomba sur les billets que je tenais fièrement entre mes mains.

« Oh, Val… dit-elle d'une voix qui semblait se briser. Je suis désolée... Gil n'a pas tenu. Il est mort dans l'après-midi. »

Je laissai tomber l'enveloppe sur le sol. La suite de la conversation s'écoula comme un rêve : Luz était allée voir son bouquiniste pour lui demander une avance sur son salaire, pour payer sa part du traitement, mais à son retour, Gil n'était déjà plus. J'entendais à peine ses mots dans le couloir humide. Elle me fit entrer pour m'asseoir, regarda mes brûlures avec horreur, y apposa une sorte de cataplasme bizarre qui ne me soulagea pas. Je restais vide et hébétée, perdue. Les contours de la chambre tournaient devant mes yeux emplis de vertige. J'avais cru un instant que je pourrais sauver quelqu'un – que tout cela servirait à quelque chose. Mais Gil était parti, j'avais une liasse de billets inutile, une douleur lancinante dans le bras gauche, et Luz pleurait. Tout cela ne rimait à rien. Je restai là, amorphe et épuisée par les vapeurs chimiques, pendant que Luz s'agitait en tous sens pour mettre en place une veillée funèbre. Comme si cela servait à quelque chose.

Ce fut Alceste qui vint me chercher, un peu plus tard, pour me traîner dans la chambre de Gil. Il tenait une bouteille d'un quelconque tord-boyaux à la main.

« Allez, Val, me dit-il en pliant ses longues jambes pour s'accroupir à ma hauteur. Monte avec moi, pour lui dire au revoir.

— Je ne veux pas y aller, murmurai-je en secouant obstinément ma tête.

— Ravastol, hein? demanda-t-il en désignant mon bandage. Tu n'aurais pas du y aller, Val. Il était foutu.

— Que veux-tu dire?

— Le médecin s'est planté, il n'était pas malade. Il avait avalé quasiment deux litres d'antigel. J'ai retrouvé la bouteille vide sous un meuble. »

Je ne sus pas quoi répondre. Gil s'était détruit tout seul et je n'avais rien vu, rien que son désespoir habituel, rien que les rides soucieuses qui se promenaient quotidiennement sur son front clair. Comme s'il avait deviné mes pensées, Alceste ajouta :

« Tu n'y aurais rien changé, Val, il l'aurait bien fait un jour ou l'autre, de toute façon. »

Il s'assit à côté de moi sur le sol de la chambre de Luz, dévissa le bouchon et me tendit le flacon presque plein. « Allez, ça te donnera un peu de courage. Tu le mérites. » J'ingurgitai une grande lampée, sentant le liquide amer me brûler l'œsophage. Alceste but après moi, poussant un juron devant le goût désagréable de la gnôle. C'était toujours mieux que rien. Il essaya de me sourire, cette expression tordait ses cicatrices, mais apportait une fraîcheur intense à ses traits ravagés ; il en retrouvait presque sa beauté perdue. J'avais si peu de volonté que je me laissai guider peu à peu par ses gestes : il m'aida à me redresser, glissant un bras pour soutenir mon dos, et me fit monter l'escalier à sa suite, tout droit vers la chambre de Gil. J'avais la sensation de m'être fait avoir – je ne voulais pas aller à cette veillée, pas voir le corps éteint de Gil. Mais il avait été un des miens et je me devais d'affronter ça.

La pièce était éclairée d'une lumière chaude et douce : Luz avait amené toutes ses chandelles, et une fragrance sucrée recouvrait les odeurs méphitiques de la mort. Un petit groupe de halleux était déjà là, assis autour du matelas de Gil, et son corps avait été recouvert jusqu'au menton par un voile chamarré. Son visage était propre, nettoyé de sa bave, et il semblait presque paisible à la lueur dorée des bougies, comme libéré de tous les spasmes de son existence. Je pris place avec les autres sur le sol, dans un silence bizarre : nous étions tous habitués au deuil, mais de telles célébrations nous étaient inconnues, profondément étrangères. Une gêne palpable parcourait l'assemblée – seule Luz, vêtue d'une vaporeuse tunique blanche, avait l'air d'être à sa place. Elle prit un ouvrage posé à côté d'elle, et commença à lire des vers, des successions de sons tendres et beaux qui rendaient hommage aux êtres aimés, à Gil, à d'anciens frères, à tous les autres. La bouteille d'Alceste passait de mains en mains, elle fut bien vite finie et remplacée par une autre – seule Luz ne buvait pas. Le temps passa dans une chaleur troublée et lourde. Luz lisait encore mais nous n'arrivions plus à l'écouter, chacun s'était plongé dans ses tristes rêves d'ivresse, et les mots qui jaillissaient de ses lèvres n'étaient plus qu'une sorte de musique bizarre qui scandait nos pensées. La nuit était déjà bien avancée quand elle finit par refermer son livre. Nous nous séparâmes avec des murmures réconfortants qui n'apaisaient personne et regagnâmes nos chambres avec le pas vacillant des ivrognes. L'alcool avait dissipé quelque peu la douleur de mon bras. Je m'affalai sur mon lit sans me déshabiller, plongeant d'un seul coup dans le noir moite de thermidor, dans la chaleur et le vertige.

J'entendis toquer à ma porte vers quatre heures du matin – les coups répétés me tirèrent brutalement du sommeil. Je me levai pesamment pour ouvrir, découvrant une Gemma pâle et échevelée sur le seuil de ma porte, vêtue d'une simple tunique mauve qui la couvrait à peine.

« Qu'est-ce que tu veux ? demandai-je d'une voix renfrognée, encore emmêlée par la gnôle.

— S'il te plaît, Val, chuchota-t-elle en dénouant ses cheveux. Je ne veux pas être seule cette nuit. »

Je restai un moment immobile dans l'embrasure, sans savoir si je devais la faire entrer. Une partie de moi le souhaitait, bien sûr – elle était magnifique, et mon corps souffrait depuis longtemps d'être seul. Mais elle n'était pas Luz, et je ne l'aimais pas – je n'éprouvais pour elle que cette bienveillance naturelle que l'on avait envers les siens, envers les chiots d'une même portée. Elle ne pouvait pas être plus. Alors que je retournais ces pensées dans ma tête pleine de brume, elle prit les devants et m'emmena vers l'intérieur. Je me laissai faire sans protester, acceptant qu'elle m'utilise ainsi pour combler sa solitude. Qu'au moins l'une d'entre nous se sente guérie ce soir. Nos peaux se rencontrèrent, ce ne fut que cela. Elle n'y était sûrement pour rien, mais ma brûlure s'était calmée.

*

Je restai oisive pendant quelques jours, le temps de soigner mes blessures et d'essayer d'oublier ma peine. Ma chair guérissait vite – j'étais solide encore, et même les tâches les plus ingrates n'avaient pas réussi à m'épuiser. Ma tête, hélas, vibrait toujours des gémissements de Gil, et ses larmes cendreuses ne cessaient pas de tournoyer devant mes yeux. Je tentais de sortir, partant vagabonder dans les rues de Lutèce, en espérant faire disparaître les pensées troubles qui parcouraient mon crâne. La petite somme que j'avais récoltée chez Ravastol Inc. m'aida à financer quelques distractions : j'assistai à une brève féerie dans la galerie Vivienne, bien que ces innocents spectacles aient été interdits, et j'achetai quelques douceurs sucrées à partager avec Alceste et Luz. Mais les billets s'évaporèrent et la douleur resta. Je finis par retourner dans mon agence et demander un nouveau contrat, plus paisible cette fois-ci : on m'envoya dans une manufacture textile du quartier des Gobelins, pour réparer la mécanique défaillante des métiers à tisser. Je connaissais un peu cette profession, et ne rechignai pas ; il n'était pas désagréable, en vérité, de contempler ces immenses bras de métal reprenant vie pour façonner de grandes étoffes multicolores. J'aimais observer leurs fins doigts gris tracer de délicats motifs floraux, d'étranges spirales ou de vastes enchevêtrements de triangles et de cercles. Cette gigantesque création industrielle avait ses moments de beauté – et j'aurais voulu pouvoir offrir à Luz, un jour, une certaine cotonnade aux tons pastel. On me proposa, très vite, de renouveler mon engagement, et j'acceptai sans broncher de signer le contrat. Cette stabilité nouvelle m'étonnait, sans pourtant me déplaire : les métiers à tisser n'étaient pas difficiles à entretenir, et ce travail, bien que répétitif, faisait probablement partie des moins ingrats que mon agence me proposait. Je décidai donc d'y rester quelques décades – s'engager plus que ça aurait été absurde. Aucun halleux n'était en mesure de promettre qu'il vivrait aussi longtemps.

Un soir, alors que je rentrais paisiblement après une longue journée parmi les bobines de couleurs, je trouvai les halleux en grande agitation, se pressant dans les couloirs et parlant à grands cris, passant d'un étage à l'autre en faisant vaciller les escaliers. Intriguée, je tentai de me frayer un chemin jusqu'à ma chambre, bousculant les camarades en plein tumulte, me faufilant entre les groupes survoltés jusqu'à ce qu'une main ferme m'agrippe par le bras.

« Val, je te cherchais partout, me dit Alceste d'une voix pressée, ses brûlures distordues en grimace.

— Que se passe-t-il ici ? criai-je pour couvrir l'incompréhensible cacophonie du couloir.

— Un autodafé, grogna-t-il d'une voix sombre. Un immense, apparemment. Ils s'organisent pour aller voir le spectacle. »

Sa langue claqua en prononçant ce dernier mot, et sa lèvre couturée se souleva pour découvrir singulièrement ses dents, comme une morsure. Pourtant, il se tut alors et baissa les yeux.

« Où ça ? demandai-je en m'égosillant toujours dans le désordre.

— C'est justement pour ça que je te cherchais. D'après ce qu'ils disent, ce serait aux pieds de la vieille phrygienne. »

Pendant un instant, le sens m'échappa. Puis, la carte se dessina lentement dans ma tête, le tracé sinueux des rues, le vaste faisceau des artères de la ville. Le trajet des idées se fit alors à toute vitesse, me déchirant comme une fissure dans la cloison de plâtre. Je retrouvai le parcours de l'employeur de Luz ces derniers jours : Filles du Calvaire, Turenne, Saintonge. Le soir, il cachait son chariot dans le Carreau du Temple, entre un primeur qui aimait les livres et un pauvre étal de pièces mécaniques rouillées. La vieille phrygienne n'était qu'à quelques enjambées du marché couvert, derrière le vieux square à l'abandon. Je levai les yeux sur Alceste alors qu'une terreur sourde emplissait ma tête, comme un éclat soudain de lumière blanche qui aurait envahi ma vue. Je le distinguais à peine dans le faisceau d'étoiles disparates qui virevoltaient sur mes pupilles.

« Dépêche-toi, Val, me dit-il en me griffant presque le bras. Tu sais que je ne peux pas y aller. »

Je m'attardai un instant sur son visage ruiné par les flammes, sur ses boucles soyeuses qui subsistaient comme le dernier vestige de sa joliesse. J'aurais aimé l'emmener avec moi, ne pas être toute seule dans ce gouffre d'angoisse ; mais je ne pouvais lui demander une telle chose. Sans ajouter un mot, je me dégageai de l'étreinte de sa main et dévalai en courant les escaliers, laissant grincer les marches comme si elles s'apprêtaient à céder sous mon poids. Cela n'avait plus d'importance. Aucune chute, aucun copeau de bois ne pouvait concourir avec l'espoir de sauver Luz.

J'évitai le métro, toujours surchargé quand un autodafé se préparait. Les foules beuglantes l'envahissaient en vastes troupeaux informes, gémissant d'une joie sale en se hâtant vers le spectacle. Certains jouaient les révoltés venus pour s'informer des maux du monde, d'autres ne prenaient même pas cette peine. Je ne voulais pas voir leurs visages. Je voulais garder intacte, tout au fond de ma tête, la douceur des traits de Luz. Alors, je courus de mon corps triste et puissant, dévalant les ruelles et traversant les places, coupant la route aux véhicules et aux passants, ramassant des insultes et des crachats sur mon passage. Mes jambes me portaient sans même que je sache comment elles accomplissaient cet exploit. Quand j'atteignis la place où s'érigeait la vieille phrygienne, l'odeur âcre du feu pénétra dans ma gorge et m'arracha une quinte desséchée. Le bûcher était déjà allumé, mais les danseurs n'avaient pas encore commencé à se mettre en place. Je bousculai les badauds sans ménagement pour me projeter au-devant des feuleurs en pleins préparatifs. Je poussai un soupir d'imperceptible soulagement : peut-être étais-je encore à l'heure, peut-être étais-je encore à même de faire quelque chose, même quelque chose d'idiot. Des techniciens bricolaient les baffles, les maquillages des femmes n'avaient pas encore coulé sous l'effet de la chaleur montante, les masques étaient à peine noués sur les nuques raides des acrobates. À côté de moi, une fille en robe violette contemplait la scène d'un air vide, entortillant ses cheveux sombres entre ses doigts. Je l'agrippai par les épaules en les serrant fort, blessant sa chair de mes grosses pattes furieuses.

« Qu'est-ce qu'ils vont brûler ? », demandai-je, et, comme elle ne répondait rien, je la secouai de plus belle et répétai ma question en lui postillonnant en plein visage.

« La milice a fait une descente dans tout le quartier, répondit-elle d'une voix éteinte. Ils les ont tous attrapés. Tous. »

Aux lignes dérangeantes qui se traçaient sur sa figure, je compris qu'une peine diffuse l'emplissait elle aussi, qu'elle n'était pas de ceux qui venaient pour l'excitation de la danse et des flammes. Elle n'était pas dans mon état, non, mais peut-être aimait-elle les livres, peut-être avait elle déjà acheté, dans le secret des ruelles du Temple, quelques vieux exemplaires cornés pour les feuilleter dans son cocon de solitude. Je la lâchai et marmonnai quelques pâles mots d'excuse. Elle n'y était pour rien.

Je m'élançai sur le côté pour essayer de contourner le feu – un baraquement temporaire avait été installé derrière les bûches, et je supposais qu'ils s'en servaient pour y entasser les détenus. Je m'avançai comme un mufle enragé, poussant, grognant, décochant des coups de pied à quiconque se dressait sur mon passage, ignorant les injures et les cris. Un gamin d'à peine dix ans s'écarta en me voyant charger, et je maudis ses ordures de parents qui l'emmenaient voir un tel spectacle. Ceux-là auraient bien mérité une gourmade de mes grosses mains calleuses, mais je n'avais pas le temps de m'arrêter. Je les bousculai comme les autres et m'approchai du baraquement d'une course lourde. Un vrai rempart de miliciens en surveillait l'entrée, statiques dans leurs uniformes grisâtres.

Tout se passa alors trop vite. Ne pouvant avancer plus loin, je criai le nom de Luz, d'un beuglement strident qui m'écorcha les lèvres. Deux miliciens se détachèrent du rang pour me faire taire, et je leur demandai, sans cesser de hurler, si elle était bien là-dedans avec les autres. Ils ne comprenaient pas. L'un deux tenta de m'apaiser, parla doucement, me prit le bras : « Calmez-vous, mademoiselle. À quoi ressemble votre amie ? » Les mots sortirent précipitamment de ma bouche, se marchant les uns sur les autres, s'entremêlant sur ma langue sèche. Je dus répéter qu'elle était belle au moins trois fois. Les miliciens s'entreregardèrent, et je ne saurais dire, encore maintenant, si leurs paupières se plissaient de connivence ou de perplexité. Une rage hurlante s'empara de moi, et d'autres s'approchèrent pour me maîtriser, en alerte. Je me ramassai sur moi-même, serrai les poings et ployai les genoux. Les bagarres ne m'étaient pas inconnues, et mes muscles étaient solides – les quelques halleux qui s'y étaient frottés avaient rarement retenté l'expérience. Une confiance froide dominait mes membres – je me sentais si extérieure à mon propre corps que le danger ne m'effleurait même pas, que les matraques glissées à leur ceinture ne suscitaient aucun écho. Je chargeai, griffai, bastonnai avec des grognements de fauve, me jetant contre leur masse d'acier avec la férocité stupide d'une bête de foire. Je ressentis à peine la volée de coups qui s'abattit sur mon corps furibond, la torgnole qui fit jaillir un flot sanguinolent de mes narines. Mon corps céda avant ma tête, et bientôt je m'effondrai sur le pavé noirci de la place, plongeant dans les ténèbres alors qu'une douleur sourde envahissait ma nuque. Il n'y eut plus rien, pendant un long moment.

La danse battait son plein lorsque je m'éveillai : couchée sur le pavé, je voyais virevolter les robes rouges des danseuses, tourbillonnant entre les traînées de feu qui jaillissaient des gueules béantes des masques. Je tentai de me relever, mais le pied ferme d'un milicien me retenait à terre. « C'est trop tard, me dit-il d'un air indifférent. Il n'y a plus que des os. » J'essuyai d'un revers de manche la traînée de salive qui marquait mon menton, palpai du bout des doigts la paupière douloureuse et gonflée du côté droit de mon visage. Des questions entremêlées jaillirent alors de ma bouche, je demandai maladroitement s'il l'avait vue, ma Luz, et je tentai de la décrire, encore une fois, avec mes pauvres mots éteints. Il ne sut pas répondre et haussa les épaules. « Impossible de voir avec toute cette fumée. Mais ils ont hurlé, ça, c'est sûr. Bizarre que ça ne t'ait pas réveillée, tu as dû prendre une sacrée droite. »

Une secousse brutale ébranla ma poitrine, mais mes yeux étaient trop secs pour que les larmes coulent. Je les dardai vainement sur le bûcher, tentant d'y apercevoir quelque chose ; je ne vis que la silhouette grotesque du capitaine, immense et musculeux avec son faciès de héron, le profil longiligne de son bec se découpant avec une surprenante netteté devant le grand rideau de flammes. Le volume des baffles augmenta d'un cran, et les danseurs se replièrent derrière leur maître. Ils se mettaient en place pour le bouquet final, et la ronde silencieuse des techniciens autour d'eux annonçait déjà quelque chose d'horriblement spectaculaire. L'apogée attendu ne tarda pas. Le capitaine, seul en mouvement sous la phrygienne, saisit de longues perches enflammées et commença sa danse. Il n'avait ni la grâce des ballerines, ni la vivacité nerveuse de ses acolytes masqués ; ses gestes étaient anguleux et violents, d'une virilité sombre et brutale, presque trop rude. La souplesse acrobatique de ses membres, pourtant, conférait à la chorégraphie une unité magnifique. Il se mouvait avec aisance et force, alliant la précision à l'énergie, et j'aurais voulu haïr plus fort cette danse immonde qui malgré tout me fascinait. Enfin, comme il arrivait au bout de son numéro solitaire, une explosion de gerbes colorées se déploya derrière lui, orchestrées par les quelques artificiers restés dans l'ombre. La foule éclata en un déferlement de clameurs barbares. Le ciel rougeoyant se mêla d'or, d'émeraude et de bleu, irisant soudainement ses fines traînées de nuages. La musique explosa quand les dernières paillettes de feu virevoltèrent dans l'espace. L'air semblait saturé de douces lucioles multicolores. Je m'étranglai de rage devant l'émerveillement que cette vision me procurait, devant les cris de liesse des autres. Je me repliai sur moi-même et plaquai sur le pavé mon front douloureux. Je ne voulais plus regarder ça. Je ne voulais plus rien voir du tout.

Bientôt, j'entendis les bruits confus de la foule qui se dissipait, les tout derniers craquements du bûcher réduit à quelques braises sanglantes. Le milicien qui me retenait était parti. Je me relevai péniblement, osant à peine lever les yeux sur le tas de cendres qui ne révélerait plus rien. Le vent chaud de thermidor était lourd, empli de l'odeur âcre de l'encre et de la chair calcinée. Les techniciens balayaient la place et rangeaient leur matériel, tous les feuleurs étaient partis. Quelques uniformes, encore présents, encourageaient les derniers badauds à quitter la scène vide. C'est alors seulement, devant cette désolation brute, que les sanglots envahirent ma gorge, me soulevant la poitrine de spasmes. Je restai là, brisée et immobile devant l'amas de cendres tièdes, privée de tout frisson d'espoir. Parmi les quelques passants qui continuaient de s'attarder, je crus apercevoir une frêle silhouette blonde qui me rappela Luz, rien qu'un instant. Sa chevelure retombait en une myriade de tresses fines sur son dos délicat. Je lançai un appel étouffé de sanglots, mais ce n'était pas elle, ce n'était pas son profil pur, son doux visage familier, son fin visage triangulaire qui n'en égalait aucun autre. Ce n'était pas elle, et le flot douloureux de larmes ruissela sur mes joues couvertes d'ecchymoses.

C'est un groupe de miliciens qui me raccompagna auprès des halles, sobre et mutique. Certains me lançaient de brefs regards de compassion, d'autres toisaient mon visage tuméfié avec une indifférence neutre. J'ignorais quelles pensées sillonnaient leurs têtes, mais aucun d'entre eux, apparemment, ne semblait vouloir m'écrouer pour mon agression. Leurs traits paraissaient gris de lassitude. Ils ne souhaitaient que se débarrasser de moi et oublier toute cette histoire – je ne représentais plus aucun danger. Une fois à la maison, je grimpai lourdement l'escalier ébranlé, et me précipitai, dans un dernier sursaut, vers la chambre de Luz. Elle n'était pas fermée, et je poussai la porte avec un frisson amer avant d'allumer le néon froid. La pièce ne semblait pas avoir changé. Les draperies florales égayaient toujours les murs de briques, la bouilloire attendait d'être remplie, et les bougies étaient éteintes. Une odeur diffuse de jasmin parcourait encore l'air doux. Mais Luz n'était plus là, et ce cocon bienveillant, désormais, n'avait plus aucun sens. Cet espace était vide.

Je m'apprêtai à refermer la porte quand je vis, posé sur le couvre-lit élimé, un petit livre qu'elle avait laissé là, sûrement le tout dernier qu'elle avait pu feuilleter avant de partir ce matin. Je m'en emparai et caressai doucement la couverture rigide, marquée de caractères d'or. C'était une des histoires qu'elle m'avait déjà lues, *Le Roman de Mélusine*. Je l'ouvris tristement, redécouvrant les fines gravures en noir et blanc qui en ornaient les pages. Je me souvenais bien du conte, de cette fée maudite dont le corps blanc se recouvrait d'écailles quand elle prenait son bain. L'illustration était très expressive, et je fus soudain frappée, sur le papier jauni, par la ressemblance étonnante entre la fée trempée et Luz. Les larmes me saisirent à nouveau et je refermai le livre, le plaquant convulsivement contre ma poitrine. C'était absurde, bien entendu, et seule la douleur me poussait à voir, dans cette beauté serpentine, les traits suaves de mon amie, elle qui était si aquatique, si pure. Je reposai l'ouvrage sur le lit déserté, comme s'il m'était désormais un souvenir interdit, et sortis de la pièce en hâte, me dirigeant vers la salle de bains.

La porte grinça sous mon poignet, et les néons peinèrent à s'allumer entièrement. Je passai un peu d'eau sur mon visage, tentant de déceler dans le miroir la gravité de mes blessures. Mais ce n'était pas moi que je voyais se découper sur la surface brillante de la grande glace. Je ne voyais que Luz, que ma Luz le jour de notre première rencontre, penchée au-dessus d'un évier sale qui semblait occuper toute son attention. Elle venait d'y perdre une petite bague, sa toute dernière richesse, et elle scrutait les profondeurs des canalisations pour essayer d'en distinguer l'éclat. Je l'avais aidée à démonter le siphon pour tenter de la retrouver, mais le travail s'était avéré vain. Elle n'avait pas pleuré, pourtant, et m'avait souri devant la défaite : « Je me sens comme Mélisande à la fontaine, avait-elle dit en dardant sur mois des yeux gais. Tu connais cette histoire ? » Je l'ignorais, bien entendu, et elle m'avait invitée à boire le thé pour l'entendre. Un sourire me blessa à travers les larmes. Je l'avais aimée dès ce premier soir, dès cette première lecture, alors qu'elle me chantait les mots de Mélisande dans la belle grotte aux coquillages. Même la danse des feuleurs ne pouvait réduire ce souvenir en cendres.

Je sursautai quand la porte grinça de nouveau, et une silhouette me rejoignit auprès des lavabos ébréchés. C'était une halleuse que je ne connaissais que de vue, un oiseau de nuit comme Gemma, dont j'avais souvent admiré la chevelure soyeuse teinte en bleu vif. Elle s'immobilisa à mes côtés, et, sans un mot, me prit la main, la serrant fort contre le carrelage. Un sanglot brutal vint ébranler sa cage thoracique, et je la regardai pleurer, en silence, sentant, dans la chaleur de ses doigts, quelque chose d'infiniment doux, et d'infiniment triste. Nous restâmes un moment ainsi, sans échanger une parole, regardant nos reflets larmoyants dans la glace. Son maquillage avait laissé de longues traînées noirâtres sur sa peau mordorée. J'ignorais qui elle était, je n'avais jamais entendu son nom, et pourtant, dans ses yeux rouges et humides, je lisais tout ce que j'avais besoin de savoir. Elle aussi portait le deuil de Luz, et cela suffisait à notre communion silencieuse. J'attendis patiemment que ses larmes soient passées et qu'elle ait nettoyé ses joues maculées de fards. Puis, nous nous séparâmes dans le corridor et je me dirigeai vers la porte d'Alceste. Mes pleurs s'étaient éteints. Seule une étrange humeur glaciale parcourait mon corps hâve, frissonnait le long de mes jambes raides.

J'entrai sans même frapper, sachant qu'il m'attendait à la lueur faiblarde de sa lampe. Il se leva lentement de son lit, les boucles emmêlées dans la pénombre, et détailla méthodiquement mes blessures. Son regard s'attarda longuement sur mon cocard et mes narines ensanglantées, mais il ne dit rien. C'était l'échec, plus encore que les plaies, qui marquait ma face nue.

« Tu as été pompier, lançai-je brutalement, d'une voix qui tremblait encore un peu.

— Oui, soupira-t-il sans cesser de m'observer.

— Ton ancienne caserne, poursuivis-je, tu sais comment on pourrait y entrer ?

— Par effraction, tu veux dire ?

— Exactement. »

Il remua un peu la face, grimaça, puis répondit :

« Ce serait faisable. On pourrait voler des uniformes, des casques. J'ai encore des contacts là-bas. »

Il me dévisagea avec méfiance, et je sentis qu'il allait m'interroger, quand soudain, il parut comprendre et m'adressa un sourire torve. « Tout à fait faisable », répéta-t-il, le regard illuminé. Je passai mes mains humides sur mes joues, sentant la fraîcheur des gouttes d'eau m'apaiser comme l'aurait fait la voix de Luz, chantante et aquatique, dans la tendresse de ses vapeurs de thé. J'aurais à peine été surprise si des fleurs de jasmin avaient éclos entre mes doigts. Elle était là, vibrante, comme un fantôme de mots entre nous deux. Toute sa magie flottait dans l'air de l'aube.

Alceste me regardait toujours, et sa figure détruite, pleine d'étincelles de feu, me parut soudain plus éblouissante que jamais, plus belle encore que l'espoir.

« Noyons-les, murmurai-je d'une voix rauque. Noyons-les tous. »

CADENAS D'AMOUR

Jeune homme franco-italien, Bruno Pochesci est de plus en plus tiraillé entre l'écriture et sa passion de toujours, la musique. Producteur et réalisateur depuis 2007 des CD de Jean-Pierre Andrevon, il publie en mai 2013, sous l'amicale impulsion de ce dernier, sa première nouvelle, Les Retournants. Une trentaine d'autres suivront dans la foulée. Aussi à l'aise dans le fantastique que dans la science-fiction, il est le lauréat des prix Alain Le Bussy en 2014 et Visions du futur en 2014 et 2016. Son premier roman, Hammour, est paru chez Rivière Blanche en novembre 2016. Son successeur, Le prisonnier du parc de Choisy, est en cours de rédaction.

Bibliographie

Hammour, roman, éditions Rivière Blanche (2016)
Orwell m'a tu, Revue « AOC n° 42 » (2016, prix Visions du futur)
Oh oui… Anthologie « Mort(s) », éditions des Artistes Fous Associés (2016)
Dosta ! Revue « Gandahar, Hors-Série III » (2016)
Je t'y autorise, Revue « Gandahar n° 6 » (2016)
In vinylo veritas (rééd.), Anthologie « Vingt Ans de Visions du Futur », club Présences d'Esprits (2016)
La fille des vents, Anthologie « Rêves d'Afrique », éditions Voy[el] (2016)
Dix petits warps, Anthologie « Dimension Meurtres Impossibles », éditions Rivière Blanche (2016)
Ceci n'est pas un paparazzi, Anthologie « Malpertuis VII », éditions Malpertuis (2016)
La Porte, la Pendule et le Perce-Temps, Revue « Galaxies 41/Mercury » (2016)
Ronronnements infernaux, Anthologie « Sombres Félins », éditions Lucifériness (2016)
Le moins pire des mondes, Recueil « Un tremplin pour l'Utopie », Les Indés de l'Imaginaire (2016)
Tout doit être impeccable, Recueil « Des Nouvelles du Transsibérien », éditions Samovar (2016)
et beaucoup d'autres, il écrit trop ! (NdÉ)

CADENAS D'AMOUR

BRUNO POCHESCI

1. Île d'Oléron, 28 octobre 2397

Je me recouds dans mon petit dispensaire de fortune, perché sur la partie émergée de la forêt autrefois dite des Saumonards.

Ça aide à accélérer le processus de régénération. Mon assaut de la nuit dernière a failli être le bon. Alma n'a presque plus de munitions, j'en suis sûr. Cette façon inédite qu'elle avait de lésiner sur balles et roquettes, de ne m'allumer qu'une fois bien centré par l'un de ses puissants phares mouvants, ne m'a pas échappé. Ça a cassé, une fois encore. Mais demain, ça passera !

J'ai failli attendre, si je puis dire. Dix-sept ans que je bois la tasse, sur mes rafiots et autres pédalos. Dix-sept ans qu'elle me truffe de plomb et nimbe de flammes. Dix-sept ans que je rêve de violer ce mini-stade de pierre à moitié submergé, hanté par des spectres télévisuels courts sur pattes se coursant d'une cellule à l'autre, trousseaux tintinnabulants en main. Dix-sept ans que son unique sentinelle me repousse, avec la furie d'une amazone démente. Dix-sept ans que j'essaye de faire ce qui doit être fait. Ou plutôt, de défaire ce qui n'aurait jamais dû l'être.

Dix-sept ans…

C'est l'âge que j'avais lorsque je l'ai connue, en 2014. J'étais si jeune. Si amoureux. Si con, surtout. Elle m'avait *grave* ensorcelé, cette merveille magyare arrivée en cours d'année dans ma classe. Et c'était tout simplement *mortel*, pour reprendre une autre expression en vogue du temps où je l'étais vraiment, mortel. Trois cent quatre-vingt-trois ans plus tard, nous les avons toujours, nos dix-sept ans. Sérieux, comme dirait Rimbaud.

Le monde n'est plus qu'un vaste désert, dont les cendres ont du mal à tiédir. Et nous ne savons guère qu'en faire, à part cette guerre privative sans merci. Cette lutte finale entre Bien et Mal, où bien malin serait celui qui pourrait dire qui incarne quoi.

Ma jambe a l'air de tenir, à présent. Mon bras répond à nouveau. Deux superbes rafales, je dois dire. Qui m'ont fauché net, alors que j'avais presque atteint le flanc sud. Sans parler du harpon qui m'a transpercé de part en part, tandis que j'essayais de me maintenir à flot. Chapeau l'artiste, vraiment. J'espère le lui dire au plus vite de vive voix. Le temps de recoudre mes intestins, trouver un nouvel esquif de fortune, me procurer une autre paire de pinces (je crois qu'il en reste un lot, dans les ruines du Brico de Rochefort), manger un morceau histoire de joindre l'utile – vérifier si je suis à nouveau étanche – à l'agréable – j'ai faim –, et j'y retourne.

C'est que je tiens à fêter dignement mes quatre cents ans, moi !

En mourant, enfin...

2. Paris, 5 octobre 2014

Alma Szabó-Esterházy a débarqué dans ma vie en plein cours de SVT, accompagnée de son père, son Excellence le nouvel ambassadeur de Hongrie, ainsi que du proviseur de l'établissement, mielleux jusqu'au slip.

Sac à dos caramel classieux, fessier délicieusement pommé par un jean délavé et rogné pour de faux au niveau de ses longues cuisses ambrées, T-shirt rouge estampillé d'un CCCP blanc singeant le logo de Coca-Cola (ses melons d'acier en bombant le P et le C initial), queue de cheval d'une blondeur éthérée inconnue sous nos latitudes, ovale du visage à faire pâlir la légendaire beauté diaphane de sa célèbre compatriote, la cruelle et ténébreuse comtesse Báthory, surmonté d'une paire de mèches vert et fuchsia, tombant de part et d'autre des novæ bleu cobalt lui tenant lieu de regard, jusqu'aux vingt-huit diamants croquant l'arc-en-ciel inversé du plus craquant des sourires, avec pour double cerise sur le gâteau de ma libido d'ado d'alors un double piercing, sur langue et lèvre inférieure, d'un vice fini et parfaitement assumé.

Une authentique sorcière venait de reléguer au rang d'imbitables trumeaux toutes nos compagnes de classe et de lycée, y compris les plus girondes, celles pour lesquelles nous bavions et bandions encore dru quelques instants auparavant. Le proviseur ne parvenait pas à la quitter des yeux. Notre prof d'histoire-géo non plus. Et bien que mon trouble ne fût pas en reste, je remarquai que même son propre père lorgnait sa plastique avec un zeste de concupiscence. L'hypnose collective des mâles présents était d'autant plus flagrante et embarrassante qu'elle détonnait avec la viscérale jalousie affichée par l'ensemble des filles.

Il n'y avait que trois places de libres. Deux sur un banc inoccupé au fond de la classe et une à mes côtés, d'ordinaire apanage de Laurine, ma petite amie de l'époque, absente ce jour-là. Alma sinua, indolente, entre les bancs de classe, merveilleux hybride de python et pythie, charmant une pléthore de regards ne rêvant plus – suivant sexe et penchants – qu'à l'occire avec jubilation ou dompter de la façon la plus inavouable qui soit. Ma future petite amie, épouse, mère de ma progéniture et ennemie mortelle et immortelle à la fois, ne manqua pas de s'asseoir près de moi. Une fois le cours à nouveau sur ses rails, j'attrapai le smartphone planqué dans ma trousse et tapai à son intention un message d'une banalité consternante :

< *Salut, moi c'est Pierre Châtaignier-Borowitski* >

Jamais je n'oublierai le regard qu'elle me lança.

Quand j'y repense, malgré leurs quatre siècles au compteur, mes testicules en sont encore tout électrifiés. L'effet Fernande, glorifié par ce chanteur et poète moustachu qu'affectionnait tant mon père, fut immédiat. J'aurais mieux fait de me les couper direct. Les doigts...

3. Paris, 13 mai 2015

En dépit d'un physique honnête sans plus, je sortis dès les jours suivants avec la bombe atomique du bahut, perdant au passage, presque instantanément, l'ensemble de mes amis.

Dans la cour de récréation nous étions comme deux pestiférés, la réciproque étant on ne peut plus valable puisque, balayés sans ménagement par notre passion exclusive, les autres cessèrent tout aussi vite d'exister à nos yeux. Heureux lépreux, nous fûmes. *Highlanders* avant l'heure...

J'assistai toutefois, dans un poussif effort d'adhérence au réel, diverti, révulsant d'arrogance et machisme sous-jacent, aux pathétiques mises en scène de Laurine pour éveiller en moi un semblant de jalousie. Mais que pouvaient bien peser les pauvres patins téléphonés de ce petit boudin, roulés sans fantaisie à mon ex-meilleur ami, à côté de l'ineffable chaud et froid que produisait dans les toilettes la bouche mi-métallisée d'Alma sur mon sexe ? Les petites baises vite fait bof fait dans la piaule des bobos en mal d'MK2 dont elle baby-sittait la progéniture, au regard des explosions de luxure que ma panthère magyare m'offrait dans le luxueux salon de ses vieux, lorsque ces derniers lui confiaient leur immense duplex de fonction pour se rendre aux cocktails et réceptions, donnés par telle ou telle ambassade, jusqu'à trois dans la même soirée ?

Ce fut là la période la plus heureuse de mon interminable vie.

Le souvenir entêtant de sa peau, de son odeur, de ce corps souple, insulte vivante au concept même de perfection, s'érige encore aujourd'hui en garde-fou qui sépare ma raison de cet abîme de folie où elle risque à tout instant de précipiter. Alma parlait couramment le français, du fait de la carrière de son père – la langue de Molière était encore alors (même si plus pour longtemps) un des outils préférentiels de la diplomatie internationale.

Toutefois, contrairement à Anakin Trucmuche, ce dernier n'était pas son vrai père.

Elle avait été prélevée à l'âge de sept ans dans un orphelinat de Pécs, la DASS locale ayant décidé de la confier (moyennant une confortable enveloppe de *forints,* glissée en sous-main) à un brillant couple de fonctionnaires sans enfants : Gábor Szabó et Dóra Esterházy, apparatchiks déjà en place sous la défunte *Magyar Népköztársaság*, ou République populaire de Hongrie.

Une fin d'après-midi, alors que nous traversions le pont des Arts pour regagner notre nid à orgasmes sis quai Conti, Alma s'arrêta devant l'un des nombreux parapets grillagés recouverts de cadenas. J'allais extérioriser tout le sarcasme que m'inspiraient cette coutume ringarde et ces milliers de témoignages d'amour, dont la plupart avaient sans doute déjà volé en éclats, lorsque je réalisai l'insolite air sérieux qui habitait son adorable minois vert, violine et métal.

Elle m'expliqua que bien peu de gens savaient qu'il s'agissait d'une très ancienne tradition hongroise, remontant au Moyen-âge central, et même probablement aux temps où *Ildikó,* déesse de la Lune et de la fertilité, était encore vénérée. Que même ses parents adoptifs en avaient crocheté un ensemble, à Pécs, dans les années 80.

Ma nature taquine reprenant le dessus, je lui fis remarquer que, niveau fertilité, ça leur avait moyen réussi. Elle éclata de rire, m'embrassa à m'en faire saigner les lèvres et me fit promettre qu'un jour, lorsque l'occasion s'en présenterait, où que nous soyons, nous fermerions ensemble un cadenas.

« Ensemble ! insista-t-elle.

— Et en faisant l'amour... », ajouta-t-elle en trouant mon âme de son regard de braise, son pubis ondulant contre la banane en granit qui avait élu domicile quasiment fixe en mes braies Levi's...

4. *Île d'Oléron*, 29 août 2015

Nous obtînmes notre bac avec mention très bien.

À croire que notre verve sexuelle avait fini par déteindre sur nos capacités d'assimilation neuronale. Comblés par cet excellent double résultat (inespéré me concernant), nos parents nous accordèrent deux semaines de vacances en amoureux, vers une destination de notre choix. À condition que celle-ci ne soit ni trop exotique – les Szabó-Esterházy voyaient le danger partout – ni trop onéreuse : on pouvait comme moi habiter les beaux quartiers, et n'être qu'un modeste fils de gardiens.

N'ayant à cœur que d'être avec elle, je laissai Alma choisir pour nous. Se disant lasse des régions méridionales grouillant d'homoncules friands d'UV, elle me proposa de gagner La Rochelle en train et de tourner les campings des côtes saintongeaises avec nos sacs à dos. Balades romantiques, traque de criques désertes et moult interludes coquins au programme. Croyant que ma modeste condition sociale l'avait induite à adopter une solution aussi bon marché, j'acceptai avec enthousiasme et reconnaissance. Pauvre pomme, que je fus. En quintuple exemplaire, comme je m'en expliquerai bientôt...

Nous parcourûmes plages et forêts séparant l'ancienne capitale aunissoise de l'île d'Oléron, au rythme approximatif d'un coït ou turlutte la lieue. Nous nous sentions aventuriers dans l'âme et insoumis jusqu'en nos essences les plus intimes. Autrement dit, beaux, libres et rebelles à la fois. Encore que – malgré mon jeune âge, je ne manquais pas de m'en faire l'impitoyable et récurrente réflexion – des rebelles équipés d'iPhone 6 (Alma m'en avait offert un) et carte American Express (les Szabó-Esterházy ne crachaient plus sur le capitalisme depuis belle lurette)...

Au bout de plusieurs jours de marche en zigzag, gravie une ultime dune, nous nous retrouvâmes face au spectacle étonnant qu'offre Fort Boyard sur fond de crépuscule. Après consultation express de son smartphone, Alma n'y alla pas par quatre chemins :

« Le soleil se couche dans une heure et aucun enregistrement d'émission n'est prévu en cette période. Allez, on planque nos affaires et on y va à la nage ! Chiche, *Szerelmem* ? »

Je répliquai qu'il n'était guère prudent de s'aventurer aussi tard dans des courants aussi forts, de même que d'abandonner nos portables et portefeuilles au pied du premier buisson venu. Elle me traita de rapiat et de papy en rigolant. De *buzi*, aussi (pédale, le politiquement correct n'était pas vraiment son fort), arguant que je n'étais pas cap' de couvrir à la nage ces deux petits kilomètres nous séparant d'une fuckade si colossale que de simples mots ne pourraient la décrire.

Face à un tel argument, je quittai sans mot dire mes short, tongs et t-shirt pour me retrouver l'instant d'après en maillot de bain (barré d'un fort honorable gourdin, pour changer). Elle glissa hors sa sape à son tour, m'offrant le spectacle à nul autre égal de son anatomie parfaite, moulée dans un maillot deux pièces rayé noir et jaune à épaulette unique. Après s'être assurée que personne ne nous observait, elle me demanda de lui confier mes objets de valeur et fila planquer nos sacs à dos derrière la dune. Elle revint avec juste une sorte de housse, plastifiée et oblongue, à l'effigie de *Buzz l'Éclair* :

« Nos affaires sont à l'intérieur, ficelées à triple tour dans un sac en plastique lui-même ficelé dans un deuxième.

— Tu as pensé à tout, ma parole.

— À tout, *Szerelmem*. Y compris à la surprise...

— Parce qu'il y a une surprise, en plus ?

— Oh oui. Une belle surprise... Tu te souviens de notre promesse, sur le Pont des Arts ?

— Tu veux dire le...

— Oui ! Le cadenas, c'est maintenant ! », conclut-elle en se jetant à l'eau.

Je ne tardai pas à l'imiter, riant aux éclats de cette parodie à peine voilée d'un des slogans présidentiels les plus benêts qu'ait connu la Ve (et avant-dernière) République Française...

5. Fort Boyard, 29 août 2015

La traversée fut exténuante mais roborative.

La fraîcheur des courants en guise de bâton, le corps d'Alma comme délicieuse carotte. Parvenus à destination, nous nous écroulâmes sur le carrelet de bois, officiant comme mince jetée transversale, qui encadrait la porte d'entrée. Alma tira hors de sa housse une pince-monseigneur et commença à s'escrimer dessus, tout en repoussant mes mains baladeuses. Je finis par l'aider, plus effrayé à l'idée de rater ce plan cul tordu (et pourtant Dieu sait si nous l'avions déjà fait à peu près partout!) que de m'exposer à d'éventuels démêlés judiciaires pour violation de propriété privée avec effraction.

La porte céda enfin, dévoilant un somptueux décor pétrifié.

Tout le génie, toute la poésie et la bêtise humaine, se reflétaient à parts égales dans l'ovale de ces murs n'ayant jamais servi comme prévu, devenus tour à tour désert des Tartares aquatique, lieu de détention pour Prussiens et décor d'un jeu télévisé à succès.

«Attends-moi ici et surtout ne bouge pas!», m'intima-t-elle en s'élançant dans les escaliers.

Je jouai le jeu, bandant à m'en claquer le périnée. Elle réapparut au bout de cinq minutes, adossée à un parapet du deuxième étage. Entièrement nue. Lentement, elle pivota ses mains, dressa les index et les replia trois-quatre fois d'affilée en clignant de l'œil. «Viens!»

Je grimpai quatre à quatre les marches. Trouvai l'étage vide. La gueuse sans cache-sexe voulait jouer à cache-cache! Un «coucou» lascif et doucereux ne tarda pas à m'aiguiller vers la bonne aile. J'y repérai d'emblée l'unique porte entrouverte, à l'autre bout du bâtiment. Et enfin, pénétrai deux fois. En elle par-derrière et dans la pièce par devant, dans le désordre.

Elle avait pris soin d'allumer une des torches de la déco. La danse écarlate des reflets des flammes sur sa cambrure me rendait fou de désir. Elle s'offrait à moi sans once de pudeur, ses longues mains arachnéennes crochetées à une énorme grille semi-rouillée, par laquelle on apercevait au large la pointe de l'île d'Oléron. À ses pieds, *Buzz* nous reluquait. Non que d'ordinaire nous nous retînmes d'extérioriser nos extases, mais l'isolement de ce lieu unique nous induisit-il sans doute à clamer encore plus fort nos épanchements bestiaux.

Alors qu'à sa requête expresse je la couvrais également d'insultes, elle plongea une première fois la main dans son sac et commença à filmer nos ébats avec son iPhone 6!

Comme en transe, elle psalmodiait des je-ne-sais-quoi dans son sabir magyar, entrecoupés de petits halètements saccadés de chienne mettant bas sa portée. Elle me supplia de continuer, d'accentuer si possible le rythme et, surtout, d'attraper mon propre iPhone 6 pour filmer, à mon tour, notre film de boule maison par la face sud ! Je débandai un brin en croisant le sourire sous scaphandre de *Buzz*, mais un magistral tortillement de sa croupe en éruption redressa vite la situation.

Sentant venir ce big bang final qu'elle exigeait commun, elle piocha dans *Buzz* un énorme cadenas et l'appliqua sans le clore à la base d'une des grosses grilles qui lui servaient d'appui. Puis, joignant d'autorité son unique main libre à la mienne, nous le fîmes coulisser à la hauteur de nos râles et elle m'adjura de le claquer en même temps qu'elle, à son signal. Le tout en intensifiant ses mouvements de bassin jusqu'à les rendre frénétiques comme ceux d'une danseuse vedette de samba, perchée tout en haut de son char au Carnaval de Rio. La tempête séminale que je sentis monter en moi me fit presque oublier le ridicule de nos iPhone 6 qui numérisaient nos ébats en Full-HD.

« Maintenant, *Szerelmem* ! Viens ! Viens avec moi ! »

Nous refermâmes le cadenas ensemble et jouîmes de façon si intense que, incapables de demeurer plus longtemps à la verticale, nous glissâmes au sol en proie à des spasmes incontrôlables.

Un temps indéfini fut nécessaire à nos chairs et esprits pour se ressaisir. *Buzz* était coincé sous mes fesses. Nos smartphones se filmaient l'un l'autre, au hasard d'un cocasse éparpillement. Quant au cadenas, il avait coulissé tel un couperet au pied de la grille...

Trois jours plus tard, nous fêtâmes mes dix-huit ans en tête-à-tête, c'est à dire l'un dans l'autre, sous notre *Quechua* deux places. Ou plutôt, je crus les fêter... Car je n'ai jamais eu dix-huit ans, et ne les aurai sans doute jamais... Troquer d'un coup mes éternels 17 ans et 362 jours en échange de quatre siècles cash, et me voir aussitôt tomber en poussière, aux côtés de mon grand amour : tel est mon ultime, dérisoire, espoir...

6. Paris, 19 septembre 2037

Un repas de famille.

Quoi de plus chaleureux ou de plus glauque, suivant contextes et situations ? Je me ressers deux cuillerées de salade russe et demande à ma mère, assise face à moi, de me passer le plateau de charcuteries. Maman a les cheveux argentés, ce qui est bien normal vu son âge. Elle a également l'air épuisée mais, contrairement aux autres, me regarde encore avec les yeux de l'amour.

Papa n'est pas là. Il a pris ce matin d'urgence un TGV pour Avignon, afin d'accourir au chevet de son frère aîné, dont la santé s'est soi-disant dégradée brusquement la veille au soir. Mais je sais bien qu'en fait, il ne veut plus me voir.

Ma femme Laurine me dévisage sans discontinuer, le plus discrètement possible. De la cave à l'alcôve, cela fait dix ans que son triste et intime flicage perdure. Autant je la sus heureuse de me récupérer, après la brutale disparition d'Alma – et comblée lorsque, lui passant la bague au doigt, je l'engrossai dans la foulée d'Hubert et d'Aline –, autant son amusement initial, et la perplexité qui ne manqua pas d'y succéder face à l'immuabilité de mon aspect physique, finit par se métamorphoser en un malheur larvé teinté d'effroi. J'ai un excellent appétit, pour un ado de quarante ans. Fringale à peine gâchée par le fait d'être le seul à en faire montre.

Hubert me déteste depuis qu'il a atteint l'âge que j'avais lorsque j'ai cessé d'en prendre. Laurine a dû le supplier jusqu'au dernier moment pour qu'il accepte de participer à mon repas d'anniversaire. Je ne lui en veux pas, évidemment. Avoir une sorte de frère jumeau comme père, c'est un truc à vous chambouler le complexe d'Œdipe.

Aline, sa sœur cadette, vit beaucoup mieux la chose. Pour elle, ce n'est pas compliqué : c'est comme si j'étais mort depuis ses quinze ans. Elle a été la première à voir que mon cas « ne s'arrangerait pas ». Que les gens tiquaient en croisant ses vieux dans la rue, sa mère passant pour une fieffée cougar. Que certaines de ses copines me dragouillaient sans vergogne, du moins jusqu'à ce qu'elle dévoile la nature exacte de nos liens, ce qui le plus souvent laissait les minettes en question pantoises et incrédules. Mais plus important que tout, elle a compris que mon histoire avec sa mère n'était qu'un lamentable plan B, que cette dernière m'avait imposé à la faveur de mon immense désarroi. Et aussi que, bien que les aimant tous et très fort, malgré ce hold-up sentimental originel, je n'en pouvais plus d'être une bête de foire à la merci des amis et des collègues de travail. Puis des médias, et pour finir de la science.

Dix ans de ragots, rires dans le dos, commisérations et faux-semblants. Dix ans d'examens, analyses et autres expériences n'ayant strictement rien levé du mystère, puisque je vis, dors, souffre, respire, m'abreuve, m'alimente, urine, défèque et baise à peu près comme tout le monde, sauf que mes cellules se refusent à vieillir, et que celles endommagées ont la faculté de se régénérer à une vitesse n'ayant rien d'humain.

Vingt ans que l'huissier de l'ambassade hongroise m'a appris la mort d'Alma et de ses parents, dans un accident de voiture, alors qu'ils se rendaient chez des amis, quelque part au bord du lac Balaton. Six mois que je prépare mon évasion. Que je ponctionne discrètement de l'argent liquide sur mon livret d'épargne. Que je fignole itinéraires et choix des moyens de transport, de façon à ce que personne ne puisse me retrouver. De toute façon, qui pourrait se douter que je compte m'installer en Hongrie ? Six mois que je ne pense plus qu'à cette feuille de chou, que je feuilletais tel un robot, en attendant mon tour chez le coiffeur. Six mois que l'onde de choc consécutive à sa lecture me broie l'âme. Six mois que le hasard m'a fait tomber sur cet article, consacré à la nouvelle jeunesse dorée de la jet set magyare, illustré par des photos putassières à l'extrême. Six mois que j'ai formellement reconnu, en second plan de l'une d'elles, le regard, le visage, les hanches, les seins et le reste en 2D quadrichromie du merveilleux corps d'Alma, se dandinant, irrésistible, sur un cube de discothèque huppée. Alma vivante. Et préservée, comme moi, du temps corrupteur...

Au moment de souffler les quatre bougies plantées sur mon gâteau, j'y repense encore. Et encore.

« Papa ! Ça fait deux minutes qu'on attend ! Allez quoi, souffle !

— Mais merde, quand est-ce que tu vas grandir à la fin ?! »

Je fais mine de me vexer. Même si, intérieurement, je ris de cette dernière boutade de mon fils. Il me manquera aussi, en définitive, ce petit con... Je souffle enfin. Ma mère, ma femme et mes enfants applaudissent avec un enthousiasme mesuré. Peut-être ont-ils l'intuition que, quelque part, c'est eux que je viens de souffler hors de ma vie...

7. Siófok, 28 juin 2067, 21h43

Jó reggelt... Bonjour... *Köszönöm...* Merci...

Pour le français que j'étais et suis toujours (la France en tant que telle a disparu depuis près d'un siècle, mais mon esprit continue de privilégier ce qu'Arthur Schopenhauer qualifiait de « misérable patois roman » – autrement dit, le français – pour façonner ses pensées), assimiler un idiome à peine tributaire du latin et des langues germaniques fut du dernier coton. Enclave du groupe ouralien au sein de l'Europe centrale, le hongrois fait partie des langues dites « agglutinantes » (comme l'est, par exemple, le japonais), c'est-à-dire qui comportent quantité de mots se construisant par ajouts successifs de suffixes à la racine : *fej,* tête... *fejem,* ma tête... *fejemben,* dans ma tête... Grammaire cauchemardesque en sus. Ça m'a pris des années avant de pouvoir m'exprimer de façon à peu près fluide. Une persévérance guère primée, chacune des pistes suivies dans l'espoir de retrouver Alma m'ayant mené à autant de culs-de-sac.

Trente ans de recherches discrètes tous azimuts, de transhumances régulières, de modifications radicales de mon aspect physique (cheveux longs, boule à zéro, avec ou sans lunettes...), un adolescent seul devenant vite suspect aux yeux de tous. Trente ans de solitude. De p'tits boulots payés au black et au lance-kopeck. Trente ans d'une étonnante synthèse entre le mythe du Juif errant et le quotidien d'un sans-papiers, avec faim, soif, douleur et sommeil tout autant ressentis que lorsque j'étais mortel. Trente ans de coïts au compte-goutte, avec de la petite campagnarde (corps consentant, esprit se gaussant du pédophile larvé) ou de la citadine sur le retour (esprit consentant, corps se gaussant du gigolo larvé). Sans parler des innombrables séquences de veuve poignet, souvent menées à bien grâce au *sex-file* de Fort Boyard, que j'avais pu récupérer sur le *cloud* de stockage où je l'avais planqué des lustres durant, avant de m'évaporer. Trente ans à me présenter comme Zoltan ! Zoltan comment ? Zoltan, c'est tout. Zoltan Nagy, pour les plus curieux. Bonjour la fantaisie. Enchanté, moi c'est Jean Dupont ! Trente ans que j'ai rédigé, à l'intention de ma famille, quelques lignes où j'énumérais toutes les raisons pour lesquelles je souhaitais disparaître. Toutes excepté la principale : Alma.

Dix ans que je ne puis aller fleurir la tombe de mes parents. Le double que ma femme Laurine a refait sa vie (une fois encore avec mon meilleur ami), avant que je ne la perde définitivement, il y a un lustre. Toutes choses que j'ai apprises en découvrant, peu après mon évasion, le blog créé par ma fille Aline, que je ne manquais jamais de consulter les rares fois où je me connectais depuis d'obscurs cybercafés, en prenant soin de brouiller toute traçabilité télématique par le biais de proxys russes et chinois. *Si tu me lis, Papa...* (ainsi s'appelait son blog) est longtemps resté en ligne, bien après la mort de tous les membres de ma famille. Jusqu'à la fin du XXIIe siècle, il fut le spectre tout en pixels, à la fois réel et virtuel, de mes remords. J'y ai vu mes enfants vieillir sans progéniture. Ma femme me maudire jusqu'à son dernier souffle, exhalé sous le signe mille fois banal et atroce du cancer. Et aussi mon père briller de cohérence, de par son indéfectible indifférence quant à mon sort. Et ma mère me supplier sans relâche d'un moindre signe de vie, encore une semaine avant sa mort...

La saison touristique 2067 démarrait sur le lac Balaton.

Beaucoup de Russes et d'Allemands venaient y passer d'honnêtes vacances balnéaires pour pas cher, en particulier depuis la faillite financière de l'Italie (l'ouverture d'un grand bal qui allait engloutir le monde dans une crise systémique sans précédent – ni successeurs, puisqu'une troisième et dernière guerre mondiale en prendra le relais). J'étais serveur dans une grande pizzeria du littoral, à Siófok, lorsque le miracle se produisit. Bien que n'ayant que les tables 41 à 50 en charge, une collègue débordée (la trentaine, que je comptais bien culbuter) m'avait prié de m'occuper des *deux pétasses du 58*, le temps qu'elle aille d'urgence changer son tampon (oiseuse précision me donnant à supputer que l'intention de culbutage fut réciproque). Je ne tardai pas à entendre une voix féminine lancer dans mon dos un «*Az étlapot kérem!*» dénotant un début d'agacement. J'attrapai aussitôt deux menus et les déposai sur leur table avec un dédain non feint, puis me pétrifiai sur place.

Alma était là, assise au 58. Sans piercings ni mèches bariolées. Mais toujours bel et bien elle. Alma. Cent pour cent Alma. Alma cinquante ans plus tard, encore plus belle que dans mes souvenirs, accompagnée d'une fille d'à peu près son âge apparent (soit dix-sept ans), presque aussi belle et lui ressemblant beaucoup, qui me passa sèchement commande de deux *Margoulash* (des margheritas au goulash, l'ignoble *specialitása* maison).

Elle m'avait tout de suite reconnu, supplié du regard de ne rien dire. Précaution superflue, tant j'étais dans l'incapacité immédiate d'articuler le moindre son.

«*Merre van a WC kérem?* demanda-t-elle en se levant d'un air détaché.

— *Egyenesen a folyosón balra...*», répondis-je tel un zombie ayant une soudaine envie de faire pipi. Tout droit au fond du couloir à gauche. Encore une fois, l'originalité au rendez-vous.

Elle quitta la table en adressant un clin d'œil à sa presque jumelle, tandis que je lui emboîtais le pas après avoir pris commande d'une eau pétillante dont je n'étais pas près de passer l'ordre. Ma collègue quittait le vestibule donnant accès aux toilettes au moment où Alma y pénétrait. Elle m'adressa un sourire six cents carats, plein de promesses et de gratitude, que je me gardai bien de lui rendre, mufle en diable. J'entrai à mon tour dans le vestibule et gagnai discrètement les toilettes des *hölgyek*. La vue des sept portes en enfilade, abritant chacune un cagibi d'aisance, me rappela illico le cache-cache cochon suivi de coucherie de Fort Boyard. Je frappai directement à celle du fond.

« Entrez, je vous en prie..., murmura sa voix lascive, dans un français toujours impeccable.

— *Beszél franciául ?* », répondis-je en tirant sur le zip de ma fermeture éclair en passe d'éclater, tout en me glissant de biais par l'angle de porte qui venait de s'ouvrir.

Je connaissais bien évidemment la réponse. Quant aux autres questions, bien plus pressantes, celles qui me brûlaient l'âme depuis si longtemps, elles attendraient encore un peu : le fessier qu'Alma m'offrait, accoudée au réservoir, était le plus redoutable des plaidoyers de défense... Lorsque nous eûmes merveilleusement (et vite fait, afin de ne pas éveiller les soupçons de celle qu'elle m'avoua être sa fille) consommé nos retrouvailles, elle jura qu'elle allait inventer un prétexte pour poursuivre la soirée seule, avant de revenir me chercher en douce, à la fin de mon service, pour aller boire un verre et « discuter de tout cela ». Je lui répondis que ce n'était pas parce que je paraissais toujours avoir mes dix-sept ans qu'il fallait me croire aussi con qu'il y a un demi-siècle, avant de fixer d'autor la feuille de route du soir : elle allait gentiment finir sa pizza hybride et congédier d'une manière ou d'une autre sa fille devant l'entrée du restaurant, ce qui pour moi serait l'immédiat signal de démissions que je pronostiquai aussi rapides et jouissives que mon ultime éjaculation. La voyant qui faisait mine d'être vexée de ma méfiance, je lui susurrai au ras du lobe gauche :

« Sinon tu sais que tu baises comme une déesse, pour une nana de 70 ans ? »

Je redécouvris enfin son rire, jubilatoire et communicatif.

« C'est d'autant plus normal que je viens d'en avoir 388... L'expérience, il n'y a que ça de vrai, *Szerelmem !* », me chuchota-t-elle à son tour, au ras du lobe droit.

Sa réponse me laissa tête et bras aussi vides et ballants que ma bourse. Mais le meilleur, c'est-à-dire le pire, restait encore à venir...

8. Siófok, 29 juin 2067, 01h54

« Un alchimiste ottoman ?

— Oui. Sélim Hürrem. Mon grand-père maternel. Né à Smirne en 1608, mort à Pécs en 1686, lors de la reconquête de cette dernière par Louis-Guillaume de Bade-Bade. Homme de sciences et de lettres, alchimiste, sorcier... Un peu tout ça à la fois. »

Assis face à ma sublime sur la terrasse d'un *sörözös* (bar à bières), j'écluse cul sec ma ixième *sör*. Il m'en faudra au bas mot X autres pour avaler les histoires qu'elle m'assène depuis bientôt deux heures. Un abracadabrantesque cocktail à base de poudres philosophales, pierres de perlimpinpin et autres mythes ésotériques axés nectar et ambroisie. Un incroyable embrouillamini historico-mystique où ne manquent à l'appel que Vlad Tepes, Nessie, l'Ankou, E.T., le Yéti et Ben Laden, toujours en vie et pacsé avec Elvis dans le triangle des Bermudes. Un gloubi-boulga indigeste et ouroboros-ubuesque, auquel mes résidus de cartésianisme répugnent à accorder un quelconque crédit. Seulement voilà : lorsqu'on atteint comme moi le troisième âge avec une bouille d'éphèbe, le cartésianisme, y'a plus qu'à s'asseoir dessus !

Alma était née en 1679, des amours de Györgi Hat, un noble magyar, et Neslisah Hürrem, fille de ce grand-père qui, tout en pratiquant ses harrypotteries, comptait parmi les plus hauts dignitaires locaux de l'occupant. Très attaché à son unique petite-fille, papy Hürrem lui avait un jour révélé par jeu (elle n'avait que sept ans) l'existence de son laboratoire secret, situé au bout d'un passage non moins occulte, auquel on accédait par l'une des vastes voûtes souterraines émaillant les fondations de son imposante demeure familiale (une ancienne place forte mamelouke). Un lieu rempli d'élixirs et appareillages, augmenté d'une bibliothèque dans laquelle il avait entreposé des centaines de traités et grimoires, souvent des pièces uniques, collectés une vie durant entre Christiania (l'ancien nom d'Oslo) et Samarcande.

Lorsqu'en 1686, après plus d'un siècle de domination, les Ottomans furent chassés de Pécs par les troupes du Saint-Empire romain germanique, les autochtones les plus rageux se ruèrent en masse dans les habitations des occupants n'ayant pas eu le temps, le courage ou les moyens de s'enfuir, afin d'y fêter par le sang, le pillage et le stupre revanchard, leur liberté retrouvée. Dès les premiers cris (ceux du père d'Alma, qu'on charcutait aux cris de « collabo ! »), le vieil homme, qui était en train d'enseigner l'alphabet arabe à sa petite-fille, entraîna précipitamment cette dernière dans les souterrains, parvenant avec habileté à lui faire croire – au moment où ils aperçurent de manière fugitive la mère d'Alma, penchée jupe et jupons retroussés sur le rebord de la fontaine de la cour, en train de se faire sodomiser par un croquant, sous la menace d'une fourche brandie par l'un de ses compères attendant son tour, et empêchée de hurler à cause du sexe d'un troisième larron enfoncé dans sa bouche, tandis qu'un quatrième affûtait, tout en fredonnant une ode à la Vierge Marie, la faux qui achèverait cette pute infidèle une fois le courroux du peuple apaisé – qu'il ne s'agissait là que d'une sorte de jeu.

Pris en chasse par une poignée d'hommes résolus à les trucider, Hürrem parvint à refermer de justesse l'entrée du passage secret derrière eux. Rapidement des coups de pioches leur parvinrent, accompagnés de cris promettant qu'on écorcherait vif le vieux bouc mahométan et rôtirait à la broche le marcassin l'escortant ! Alma en pleurs (ce jeu ne lui plaisait pas du tout), Hürrem bouleversé par les atroces supplices endurés par sa fille, son gendre et toutes les gens de sa demeure, le couple alla se réfugier dans le laboratoire, à son tour protégé par une porte en fer cadenassée. Hürrem savait qu'il ne faudrait à ces furieux que peu de temps pour venir à bout du sas. Lucide en dépit de la douleur qui commençait à irriguer son bras gauche, il récupéra le cadenas avant de se barricader. Puis alla chercher dans sa bibliothèque son livre (dont la taille ne dépassait guère celle d'un calepin) le plus précieux : l'*Aph Mézaresch*, œuvre unique et obscure d'un nécromancien copte du XIIe siècle, qu'il avait conservé malgré le serment qu'il s'était fait à plusieurs reprises de le brûler.

Mourir, il y était prêt. Avait l'âge pour. Mais même si le Prophète en personne le lui avait demandé, il n'aurait jamais sacrifié Alma. Sa petite-fille devait vivre, quitte à ce qu'il se damnât à jamais en dévoyant les lois de la Nature. Il s'affaira, fébrile, autour d'une table encombrée d'alambics et athanors. Alma garde le souvenir indélébile de son grand-père faisant jaillir du néant mille fumées et lueurs bariolées, redoublant de rythme et de concentration au moment où les cris et les coups de pioche semblaient s'approcher encore plus.

Il finit par pousser son eurêka et plongea le cadenas dans un petit chaudron de cuivre, où bouillait une mixture verdâtre, tournant sur elle-même tel un mini-vortex.

Après deux minutes d'un curieux bain-marie accompagné de grésillements, Hürrem enfila des gants de velours, récupéra le cadenas brûlant et le fixa au loquet de la porte de fer qui, pratiquement hors de ses gonds, était en passe de céder.

La porte luisit une fraction de seconde d'une vive lumière couleur baie d'alkékenge. Par ce sortilège, le vieil homme avait rendu son laboratoire totalement inaccessible à quiconque. Pour une durée de trois siècles, s'aperçut-il un peu tard, au lieu des trois jours initialement prévus ! Dans le stress et le rush, il avait déconné au niveau du dosage d'un curieux minerai au nom imprononçable, qu'il s'était procuré quelques années plus tôt, suivant les indications de l'*Aph Mézaresch*, au sein de l'actuel Ouzbékistan. Un élément qu'il avait rebaptisé en toute modestie *Hürremium*...

Les coups de pioches cessèrent au bout d'une heure d'efforts et injures.

Ça pestait sec chez les péquenots pécsois ! Mais de gras rires prirent bientôt la relève, assortis d'une double sentence de mort : « Après tout, ils n'ont qu'à crever de faim ! Venez les gars, on va murer le passage du souterrain ! »

Tapie dans un coin, Alma pleurait en silence pour ne pas troubler son grand-père, lequel avait de plus en plus mal au bras gauche. Le vieil érudit n'était pas sans savoir de quoi cette douleur était la funeste avant-coureuse. Mais en dépit d'une licite amorce de panique, il sut à nouveau faire preuve de lucidité. Pour avoir une chance de survivre, Alma devait gagner du temps. Le même temps que mettrait la porte à se desceller. Trois siècles ! La réponse à son dilemme vint encore une fois des pages de l'*Aph Mézaresch*. Il ralluma l'athanor et augmenta les restes de la première solution de quelques éléments. Une fois sa nouvelle tambouille alchimique menée à bien, il versa le liquide obtenu dans un hanap aux motifs de canope et murmura : « Bois cette potion, Alma... Moi vivant, nul ne te privera jamais de cette vie à laquelle tu as... droit... comme... », avant de s'écrouler au sol.

Hürrem savait les aléas de son plan. Ne faisait, si ça se trouve, que reporter de trois siècles la terrible agonie qui risquait de rattraper sa petite-fille. Toutefois, il décida de mourir optimiste. En trois siècles les villes changent, poussent, voire disparaissent. Les agencements architecturaux évoluent, subissent des bouleversements en fonction des hommes, des dynamiques sédimentaires... « Prends la clé du cadenas et bois, ma chérie... Et promets-moi que tu... tu... », balbutia-t-il avant de se taire à jamais, yeux et index pointés vers l'*Aph Mézaresch*...

« Et tu l'as brûlé, en définitive ?

— Oui. Mais seulement après l'avoir lu.

— À sept ans, seule dans ton caveau ?

— Le labo de mon grand-père, je te prie. Non, beaucoup plus tard. Huit ans après mon réveil.

— Raconte !

— Pas ici. Pas tout de suite. Allons d'abord nous promener au bord du lac. Le *sörözös* va fermer dans cinq minutes et j'en ai marre de rester assise. Je connais un petit coin isolé où nous pourrons tranquillement…

— *A számlát, legyen szíves!* lançai-je à brûle-pourpoint au garçon qui passait par-là, car j'avais itou une vague idée de ce que nous "pourrions tranquillement"…

— Tu sais que t'as presque pas d'accent, *Szerelmem* ?

— J'ai juste demandé l'addition. On ne va pas y passer la nuit, tout de même !

— Non. Nous avons décidément mieux à faire, cette nuit… »

Nous ne reprîmes la discussion qu'à l'aube, l'amour au clair de lune n'incitant guère aux discussions. Il est des aspects pour lesquels il est vraiment bon d'avoir toujours dix-sept ans. Vraiment bon, oui…

9. Siófok, 29 juin 2067, 05h55

Je caressai ses fesses, toujours aussi fermes qu'il y a cinquante ans. Des miches qui ne s'affaleraient jamais. Sculptées en 1679 !

« Alors ? Ce réveil, trois siècles plus tard ?

— Les ténèbres, ou tout comme. Juste un rai de lumière, filtrant sous la porte de fer. Je me suis tout de suite souvenue de ce que Hürrem m'avait recommandé. Avec la clé que j'avais gardée en main durant tout mon sommeil, j'ai déverrouillé le cadenas à tâtons. Le couloir qui menait au passage secret n'existait plus. À sa place, une large cave dont je reconnus en partie les voûtes originelles, illuminée par deux portes-fenêtres placées au ras du sol. À l'intérieur du laboratoire, un squelette rabougri et poussiéreux : mon grand-père. Tous ses grimoires rongés par des champignons. Seul l'*Aph Mézaresch*, que j'avais gardé sur moi avec la clé, n'avait subi aucune altération. À l'autre bout de la cave, un escalier en pierre donnant sur une porte. Je l'empruntai après avoir caché le livre dans l'interstice d'une pierre descellée que je pus facilement remettre en place. La porte était fermée à double tour.

Affamée et prise de panique à l'idée d'être à nouveau emmurée vivante, je poussai des cris désespérés et...

— Minute. Pourquoi t'as planqué l'*Aph Mézaresch* ?

— Je ne pouvais matériellement maintenir ma promesse de le détruire. Pas de feu sur moi pour le consumer. Pas de puits où le jeter. Pas de rayon laser, ou autre machin sorti d'un de ces films dont tu raffolais tant, pour le pulvériser. J'allais pas le bouffer, quand même ! Et puis surtout, je ne voulais pas que ceux qui viendraient à mon secours puissent s'en emparer.

— T'étais drôlement dégourdie pour une fille de sept ans, dis-moi.

— Pourquoi, t'en doutais, *Szerelmem* ? »

Elle écrasa sa bouche contre la mienne, plantant par là même ses deux gros clous couleur prune sur ma poitrine. Seule une provisoire rupture de stock semencière (trois fois quand même, sans compter les toilettes), doublée d'une réelle curiosité pour la suite de son histoire, m'empêcha de remettre le couvert.

« Laisse-moi deviner la suite : alertés par tes cris, monsieur le futur ambassadeur et son épouse ont fini par venir à ton secours.

— T'es drôlement dégourdi toi aussi, pour un petit gars de soixante-dix ans... À l'époque, ils n'étaient que des apparatchiks réformistes qui, sans se départir du dogme du parti unique, commençaient à sentir que le vent n'allait pas tarder à tourner.

— Le mur de Berlin, le rideau de fer, le Pacte de Varsovie, la guerre froide... C'est drôle, tout ça m'a l'air encore plus vieux que tes turqueries du XVIIe !

— Je n'en garde pour ma part que les rares souvenirs de ma deuxième enfance. La Hongrie fut le premier pays du bloc de l'Est à lâcher un peu de lest. Je me souviens des va-et-vient incessants qui animaient *Keleti Pu*, la gare centrale de Budap...

— C'est bon, remballe tes prospectus : ça fait trente ans que je vis dans ton bled !

— Tu connais donc aussi bien que moi. Les quais étaient noirs de gens faisant l'aller-retour en Autriche, pour faire les courses dans les supermarchés capitalistes. Certains revenaient avec l'équivalent de plusieurs caddies sur les bras. C'était vers Noël... Noël 1987. Tu parles si je m'en souviens ! Je venais de passer toute une année à réapprendre.

— Réapprendre quoi ?

— Tout, *Szerelmem* ! Pratiquement tout ! Je suis passée en une nuit des calèches aux Lada, des chevaux aux vélos, des torches à l'électricité, des pains de glace aux frigos, des faucons dressés aux avions de ligne ! Et la langue, dis ? Tu crois qu'elle est restée figée trois siècles ? Imagine que tu t'endors bercé par une histoire de La Fontaine, et qu'à ton réveil tout le monde cause comme Cyril Hanouna !

— Qui ça ?

— Ce gus qui riait comme une hyène épileptique à la moindre vanne débile, dans ces émissions de télé-poubelle que *surkiffaient* tant de nos petits camarades.

— Oh, putain ! Y'a plus que toi pour te souvenir de ce vieil ectoplasme du PAF !

— C'est ça, fais ton malin. Comme si je ne savais pas que tu le matais en douce !

— Oh ça va, hein ! Explique-moi plutôt une chose : si tu t'es réveillée en 1986 âgée de sept ans, comment se fait-il que tu n'en avais que dix-sept en 2014, lorsqu'on s'est rencontrés, et non trente-cinq comme logique et Dame Nature l'auraient voulu ?

— Ah ! tout de même. T'as fini par y arriver.

— Je ne suis pas performant que du bas-ventre.

— Non, mais c'est quand même l'un de tes points forts... La réponse est en tout cas simple : l'*Aph Mézaresch* ! Je l'ai récupéré à quinze ans et étudié en cachette pendant des mois. Lorsqu'ils m'ont retrouvée dans la cave de leur villa, qui avait donc été bâtie sur les fondations de l'ancienne demeure de mon grand-père, vêtue et parlant comme une damoiselle du XVIIe siècle, mes parents adoptifs ont cru bon de me tenir cachée. Ma mère a assuré ma scolarité, tandis que la carrière de mon père prenait son véritable essor grâce aux pièces d'or qu'il avait trouvées en fouillant le laboratoire d'où j'avais ressurgi. Dans le chaos général de l'effondrement soviétique, il a même réussi à me procurer les papiers nécessaires pour que j'aie une existence légale.

— Mais la porte de fer, comment se fait-il que personne n'ait jamais essayé de l'ouvrir avant ?

— Tu te trompes, ils ont tous essayé. Mon père, son père, son grand-père et le père de ce dernier. Mais c'était juste impossible ! Dans sa famille, on l'appelait depuis toujours "la porte de l'Ottoman", à cause d'une vieille légende qui voulait que... Mais tu connais la suite.

— Tu ne m'as toujours pas répondu : comment se fait-il que t'avais l'aspect d'une ado en 2014, et non d'une jeune femme ?

— Mon premier succès alchimique, emprunté à l'*Aph Mézaresch*. Un onguent qui ralentissait considérablement le vieillissement extérieur du corps – peau, ongles, cheveux –, mais pas celui des organes internes. Je m'en suis badigeonné le moindre millimètre carré en avril 1996, ne vieillissant plus à partir de cette date qu'au rythme d'une semaine l'année. J'ai donc à peu près pris quatre mois en dix-huit ans. Pas mal comme ristourne, non ? »

Elle avait vraiment réponse à tout. Ne me manquaient plus que deux questions cruciales. La deuxième, surtout.

« Alma... Regarde-moi dans les yeux et réponds-moi franchement : est-ce que tu as tué tes parents ? »

Elle me toisa avec la même intensité que le premier jour où nous nous sommes rencontrés :

« Non. Même si mon aspect physique immuable commençait à compliquer la vie à tous. Tu as dû connaître ça aussi, non ?

— Oh oui...

— Ce fut un véritable accident de voiture. Mon père a vraiment perdu le contrôle du véhicule, sur la corniche d'une petite route secondaire sans garde-fou. Nous avons plongé tous les quatre dans le lac Balaton.

— Tous les quatre ?

— Il y avait une auto-stoppeuse avec nous. Une touriste roumaine, à peine plus âgée que moi. Je me suis évanouie lors de l'impact. Puis me suis réveillée dans l'habitacle, complètement inondé, les poumons remplis d'eau. Il y avait assez de lumière pour que je puisse embrasser une dernière fois mes parents. Verser des larmes dans l'eau est une expérience très troublante, *Szerelmem*... J'avais déjà ouvert la fenêtre arrière et m'apprêtais à remonter à la surface lorsque je réalisai que l'occasion qui m'était offerte de disparaître "légalement" était aussi unique et inespérée que celle m'ayant permis de réapparaître. »

J'étais furieux et bouleversé.

« Mais pourquoi vouloir disparaître, Alma ? POURQUOI ? Je t'aimais, moi ! Et je t'aime encore ! Pourquoi m'as-tu fait ça !

— Parce que je t'aimais, moi aussi ! Je t'aimais et je ne voulais pas te voir VIEILLIR ! »

Rassuré d'une part, je fus. Mais sur le cul de l'autre.

« Bon, allez, finissons-en ! Tu as mis tes papiers dans la poche de la pauvre auto-stoppeuse et les corps n'ont été retrouvés qu'après plusieurs semaines, si j'ai bon souvenir. Et on t'a enterrée où, au fait ?

— Pauvre con !

— *Kurva anyád !*

— Laisse ma mère tranquille là où elle est !

— Laquelle ? Celle enculée à mort par des croquants prenant leur bite pour un glaive de justice, ou celle qui a nourri tout un banc de sandres lacustres ? »

J'écopai d'une claque monumentale. Bien méritée, en vérité. C'était la première fois que je la voyais pleurer. J'avais été doublement ignoble, m'étais emporté comme la pire des merdes. Je lui en fis l'aveu et battis ma coulpe comme jamais auparavant.

« Non, *Szerelmem*. C'est moi la vraie merde, dans cette histoire... »

Je l'embrassai tendrement.

« Raconte toujours... Entre merdes, on doit bien pouvoir s'entendre non ? »

Elle regagna la verticale et s'étira, offrant sa rayonnante nudité aux premières lueurs du soleil.

« Viens, on va prendre le petit-déj' en ville... »

10. Siófok, 29 juin 2067, 07h04

Café pour moi, thé pour elle, pain, beurre, biscottes et confiture au centre.

J'attaquai le premier aussi bien le sucrier que la discussion :

« Qu'est-ce qu'il s'est passé au juste, à Fort Boyard ? »

Elle beurra sa biscotte et en croqua un angle, petit doigt en l'air. Puis attrapa son iPhone 9, le bidouilla un instant et me le passa. Face à moi, quinze millions de pixels d'une page de calepin manuscrite, dont je grossissais les incompréhensibles hiéroglyphes en écartant pouce et index posés à même l'écran. Chiffres arabes à part, j'y captais ballepeau.

« L'*Aph Mézaresch ?*

— Toujours lui, oui. J'ai fini par le brûler, mais non sans l'avoir au préalable numérisé.

— Il doit être content, Papy Hürrem, que tu te payes ainsi sa fiole par-delà les siècles et la mort.

— Tu recommences ?

— Non, non... Et ça dit quoi en gros, tes gribouillis ?

— Regarde la photo suivante. »

Un tapotement d'index et la calligraphie d'Alma apparut :

5 pommes entre 4 murs de pierre et fer
3 chiffres bestiaux sur 2 corps unis
scellant d'1 sceau le temps 0
à l'Infini

Je lus et relus.

Pour les *deux corps unis*, point besoin de photo (d'autant plus que j'avais la vidéo).

Le *sceau* scellé ? Faudrait être un étroit sot portant trois seaux pour ne pas piger le topo, comme dirait Lacan l'escroc. Quant au *temps zéro à l'infini*, on était en plein dedans. Mais le reste... Je bus une gorgée de café. Dégueulasse. Trente ans que je ne m'y faisais pas, à leur jus de goulash.

« On va prendre la chose à l'envers.

— Une délicieuse habitude chez toi, *Szerelmem*...

— Tu peux arrêter de parler cul un instant, oui ? Le *temps zéro à l'infini*, c'est bon. Le cadenas refermé pendant que nous baisions...

— Et après c'est moi qui parle de cul...

— C'est fini, oui ? Les trois chiffres bestiaux en question, c'est bien 6 6 6 ?

— Je vois que Monsieur connaît son Apocalypse de Saint Jean.

— Je connais surtout l'album d'Iron Maiden et *La Malédiction* avec Grégory Peck. Ça revient au même, mais ça ne me dit pas où diable étaient donc ces trois 6 pendant que nous... »

Elle prit l'iPhone 9 et le retourna sous mon nez. Le 9 devint un 6, comme dans les pires vaudevilles. Nos iPhone 6 d'alors, avec lesquels nous filmâmes nos somptueuses cochonneries...

« OK, mais ça ne fait que deux. Il était où, le troisième six ?

— Le troisième c'était moi, *Szerelmem*. Tu te souviens du nom de mon père ? Je veux dire, de mon vrai père ?

— Györgi quelque chose, non ?

— Györgi Hat. Mon nom est Hat. Alma Hat. »

Hat. Six, en hongrois.

Alma et nos deux smartphones : le numéro de la Bête était bel et bien là...

« Pour que le sortilège fonctionne, il me fallait *quatre murs de pierre et fer*. Isolés de tout de préférence, étant donné ce que nous avions à y faire. L'idée d'une des cellules de Fort Boyard m'est venue après avoir entraperçu à la télé la fameuse émission, dans la loge de tes parents.

Quant aux *cinq pommes*, c'est là que je t'ai vraiment couillonné, *Szerelmem*. Couillonné et manipulé, dès le départ. Mon plan était vraiment parfait. Sauf que...

— Sauf que ?

— Sauf que deux trucs ont cloché. Un que je ne pouvais pas prévoir, et un autre que je ne m'explique toujours pas.

— Et c'est quoi, ces imprévus ?

— Le premier, c'est que je suis tombée amoureuse de toi, alors que j'en avais vraiment rien à foutre de ta gueule au départ. Le second, c'est que tu ne devais pas devenir immortel comme je le suis. Seul celui scandant les formules arcanes de l'*Aph Mézaresch* durant le rituel, moi en l'occurrence, aurait dû !

— Les deux choses sont peut-être liées ?

— Non. Je connais suffisamment les magies blanche et noire pour savoir que cela n'a rien à voir. Quelque chose s'est passé durant le rituel, mais j'ignore quoi et ne le saurai sans doute jamais. Tu aurais dû continuer de vieillir ! Et c'est pour ça que j'ai voulu disparaître, y compris de ta vie... »

Je la barbouillai d'un peu de confiture de fraises en l'embrassant.

« Tu m'as donc rendu immortel contre mon gré... Je devrais te tuer !

— T'aurais bien du mal, *Szerelmem*.

— Mais pourquoi m'avoir choisi, moi ? Ça a un rapport avec les *cinq pommes* ? Elles étaient où d'ailleurs, ces putain de pommes, pendant que je te défonçais, mon Amour ? »

Alma savoura l'instant et ménagea ses effets, me laissant soigneusement sur mon gril.

« Comment je m'appelle ?

— Encore ? Tu t'appelles Hat, bordel ! Alma H... »

Alma. Pomme, en hongrois ! Et d'une ! Elle vit mon trouble et enfonça le trognon :

« Comment tu t'appelles ?

— Comment ça, comment je m'appelle ? Pierre Châtaignier-Borowitski, jusqu'à nouvel ordre !

— *Châtaignier* et *Borowitski* sont deux variétés de pommes. Tu parles que j'ai étudié le sujet... »

J'encaissai le double uppercut. Ça faisait donc trois.

« OK, cette fois ça y est : on a épuisé le bottin ! Alors, à moins que Guillaume Tell et Isaac Newton nous aient reluqués en train de copuler, tu m'expliques maintenant où étaient les deux dernières ?

Braise et humour firent la sarabande en ses démoniaques iris d'ange. Elle posa son smartphone à même la table et me demanda d'en faire autant avec le mien.

— Retourne-les, *Szerelmem…* »

Je ne m'en donnai pas la peine, ayant enfin compris. Même pauvre comme Job, qui ne connaît pas sur cette terre le logo de Steve Jobs ?

11. Budapest, 13 février 2079

Deux gamins dans un cimetière, plus vaste que le Père-Lachaise, parsemé de bustes, cénotaphes et végétation : *Kerepesi.*

Deux gamins, respectivement âgés de 82 et 400 ans (100 tout rond en réalité, si on exclut les 300 de dodo suspendu), se tenant à l'écart d'un petit cortège qu'ils suivaient discrètement, pour ne pas se faire reconnaître par le père de la défunte. Le gamin soutient la (très belle) gamine dans sa terrible épreuve incognito. Elle vient de perdre son unique fille, âgée d'à peine 29 ans, qui s'est suicidée trois jours auparavant en se jetant sous le Vak-TGV Graz-Budapest de 22h43.

Le décalage horaire d'avec Auckland, où le couple s'était marié et installé un an après ses retrouvailles, ne faisait rien à l'affaire. Alma s'en voulait à mort. Donc, à vie. Perdait pied, après l'avoir tant et si souvent pris. Elle était partie, sereine, rattraper le temps perdu avec son petit français d'amour… *Szerelmem,* comme elle l'appelait. Et si elle était partie aussi longtemps et loin de sa fille, c'était justement parce que le temps n'était plus censé faire partie de leurs soucis. Alma avait cru lui faire don de l'immortalité à elle aussi, le jour de ses dix-huit ans, en lui offrant l'*Aph Mézaresch* numérisé.

Mariska (ainsi s'appelait sa fille) n'avait mis que six mois pour rééditer, avec quelques variantes, la performance de sa mère : en gros, trouver et débaucher une bonne poire portant un nom de pomme (Jules Reinette, paysan beauceron de trente ans), l'emmener à Fort Boyard, s'y faire empapaouter (fesses dûment tatouées d'une cinquième pomme) dans une cellule en filmant leurs ébats (avec de vieux modèles d'iPhone 9, tenus à l'envers) et refermer avec lui un cadenas traité au moment de leur jouissance. Mais Mariska avait tout de même continué de vieillir…

Elle s'en était rendu compte à 24 ans, au lendemain d'une partouze bien arrosée, faisant l'implacable constat – bien qu'étant femme au bas mot splendide – que sa fraîcheur de peau et ses facultés de récupération n'étaient plus celles de ses 18 ans.

Rituel raté donc, mais qu'importe. Inutile de stresser sa mère (si heureuse, depuis le retour de son immortel parigot !) avec ça, lors de leurs rares face à face en webcam. Une autre recette de l'*Aph Mézaresch* (dont Alma avait déjà fait bon usage) lui permettrait de vieillir au rythme confortable d'une semaine l'année, ce qui potentiellement pouvait faire d'elle une bombe centenaire de 25 ans maximum. Sans compter qu'elle allait entre-temps essayer de trouver d'autres pommes avec qui forniquer à Fort Boyard.

Mais c'était compter sans le destin charognard qui, après des mois de terribles migraines impossibles à soulager, la frappa à la veille de ses trente ans. Cancer du cerveau. Inopérable, malgré les gigantesques progrès nano-chirurgicaux de l'époque. Plus que deux ou trois mois à vivre. Quatre à tout casser. Les douleurs devenues insupportables, malgré les soins palliatifs, Mariska décida d'abréger ses souffrances, après avoir envoyé un dernier courriel débordant d'amour à sa mère...

Le cortège parti, les fossoyeurs pas encore à l'œuvre, Pierre et Alma approchèrent de la tombe. Elle tomba à genoux et pleura longuement.

« Pierre... »

Lorsqu'elle l'appelait par son prénom, et non *Szerelmem* comme à son habitude, ce n'était pas bon signe. Pas bon du tout.

« J'ai besoin de me retrouver, de réfléchir à tout ça... J'ai été tellement nulle, comme mère... »

La voyant venir et fondre encore plus en larmes, il décida de lui faciliter la tâche.

« Tu veux faire un break ?

— Je pense que ça me ferait du bien, oui...

— Combien de temps ? Un mois ? »

Elle demeura muette.

« Un an ? Deux ? », renchérit-il, une sourde sonnette d'alarme s'insinuant en son cortex.

La voyant toujours silencieuse, un début d'angoisse, sentiment qu'il avait totalement oublié depuis douze ans, commença à l'étreindre.

« Tu sais bien ce que je veux dire... On en avait déjà parlé, avant même que ma pauvre petite... »

Elle pleura encore, sans retenue, malheur fait jeune femme immortelle. Ils en avaient déjà parlé, oui. Et comment ! Dix ans qu'ils essayaient de bricoler un petit frère ou une petite sœur à la défunte.

Dix ans d'échecs incompréhensibles, tous deux ayant déjà eu une progéniture de leur côté.

« Cinq ans ? Dix ? », hasarda-t-il, la mort dans l'âme.

Alma le dévisagea avec une terrible charge de haine et d'amour mêlés.

Pierre savait que la sentence serait lourde et non négociable. Elle tomba, glaciale :

« Un siècle. »

Son début de protestation lui valut d'écoper d'un supplément de dix pour cent. Il arrêta là les frais et ne fut plus que malheur et jurons intériorisés. Même immortel, c'est long cent dix ans...

12. Paris, 14 juillet 2189

Paris sera toujours Paris, chantait Maurice Chevalier.

Tu parles ! C'est bien le Pérou si un réverbère sur dix était allumé, hier soir, lorsque mon car est enfin arrivé à la gare routière Bigeard (ex-Galliéni). Flics et soldats en patrouillent les rues comme sous l'Occupation. Le gros des commerces a baissé le rideau pour de bon, les touristes ayant déserté en masse ce pays répressif et va-t-en-guerre, qui n'a plus les moyens et encore moins le cœur à fêter le double bicentenaire d'une révolution dont tous les idéaux ont été rigoureusement trahis. Sauf à croire qu'un jour, les poules auront des diastèmes !

On n'aurait jamais dû se donner rendez-vous ici. Surtout après l'assassinat du président Vannier. La VIIe république est encore plus autocrate que la précédente. Et le nouvel homme providentiel a le couvre-feu fastoche. Et féroce. La sommation n'y est pas vraiment à l'ordre du jour. On tire d'abord, on identifie ensuite. Le plus souvent chez le médecin légiste. Mais bon, ici ou ailleurs, c'est partout pareil. Au Brésil, c'est la merde. Au Canada, c'est la merde. En Russie, ça a toujours été la merde... Le siècle qui vient de s'écouler n'aura pas exactement été celui des lumières, sauf à vouloir assimiler ces dernières aux explosions de centrales et missiles nucléaires l'ayant émaillé.

Les cadenas du Pont des Arts ont tous été virés depuis un bail. Notre lycée transformé en caserne. Grands dieux, quel rencard à la con ! Si seulement j'avais pu la contacter, je lui aurais proposé qu'on se retrouve direct à l'île d'Oléron. Mais depuis l'enterrement de Mariska, impossible de la joindre. C'était dans les pactes. Je les ai respectés, en purgeant cent dix ans fermes d'une liberté dont je ne voulais pas!

Elle a déjà une heure de retard. Et si elle me posait le lapin du siècle? Avec ce que j'ai l'intention de lui demand...

«Szerelmem!», lança alors une voix, provenant du côté quai Conti.

Et ce fut le nouveau baiser de Doisneau. Après tout, Paris était peut-être bien encore Paris... Malgré les sirènes, les bruits d'explosion, les eaux noires de la Seine, cet air qui leur grattait les sinus au papier de verre et ce soleil invisible qui, bien que ne parvenant plus à percer la chape de pollution, chauffait entre cinq et dix degrés de plus par rapport aux normales saisonnières du siècle précédent.

Plus un seul café-terrasse où se poser, et bientôt le dernier métro. Autant regagner l'hôtel de suite. Le début de la fin du monde avait ses petites compensations...

Nous fîmes d'abord et avant tout l'amour. Avec tendresse et application. La jouissance qui en découla nous parut durer un siècle. Un siècle et un dixième, pour être précis. Les compteurs avaient été en quelque sorte remis à zéro.

«Je t'ai manqué, *Szerelmem?*

— Tu peux pas savoir à quel point. J'ai cru mourir!»

Le rire d'Alma ne m'empêcha pas d'enchaîner :

«Et tu m'as d'autant plus manqué que, je ne sais pas si t'as remarqué, le monde va très mal...

— Le monde? Je m'en fous, je vais encore pis que lui! Figure-toi que, depuis que nous nous sommes quittés, j'ai eu quatorze enfants!»

Moi je n'en avais eu que trois. Le dernier était mort l'année dernière, à l'âge de quatre-vingt-six ans. Elle se leva et alla fouiller ses affaires jusqu'à ce qu'elle trouve un paquet de cigarettes. Après s'en être allumé une, elle se lova nue dans un fauteuil vert, à la toile de Jouy tout élimée.

«Tu fumes, maintenant? T'as pas peur d'attraper un cancer?

— Encore une vanne comme ça et je te dégage pendant mille ans!»

Je fis amende honorable. Elle souffla une longue volute, en guise d'absolution.

«Dix de mes gosses sont déjà morts, dont trois dans autant de conflits armés. Quant aux quatre derniers, ce sont à présent des vieillards. Mais ce qui m'angoisse le plus, *Szerelmem,* c'est qu'aucun d'eux n'a...

— N'a eu d'enfants?

— Oui, c'est ça. Aucun d'eux n'en a eu et encore moins n'a pu…

— Devenir immortel.

— Tu m'as suivie en douce pendant tout ce siècle, ou quoi ?

— Non, mais j'ai eu tout le temps de réfléchir. Et ce d'autant plus que j'en suis hélas aussi passé par là. Déjà, avec les enfants que j'avais eus de Laurine…

— Laurine ? Cette saucisse prétentieuse ! C'est avec elle que t'avais eu tes enfants ?

— Et alors ? Qu'est-ce que ça peut foutre ? Pendant que Madame faisant semblant de piquer une tête dans le Balaton, fallait bien meubler un temps que je croyais compté !

— Et ça t'a fait quoi à l'époque, de passer du jambon de Parme à une pâtée pour chien discount ? demanda-t-elle en se passant une main entre les jambes et l'autre sur les seins.

— Toujours aussi modeste, à ce que je vois. Mais bon, pour te répondre, ayant déjà eu à faire le parcours en sens inverse, je savais à quoi m'en tenir… Je te disais donc que j'ai eu trois autres enfants. Tous également morts sans progéniture.

— Et tu en déduis quoi ?

— Ceci : que mes cinq enfants meurent sans avoir engendré, passe encore. On va dire que c'est la faute à pas de chance. Mais si on ajoute tes quinze à la balance, on ne peut plus décemment parler de hasard. En fait, je crois que nous pouvons avoir autant d'enfants que nous le voulons. Mais primo, pas ensemble. Deuxio, en sachant qu'ils seront stériles et, tertio, comme tu viens de me l'apprendre, même si je m'en doutais déjà à cause de la pauvre Mariska, qu'aucun d'eux ne pourra accéder à l'immortalité comme nous. »

Un long silence s'installa, à peine troublé par le tapotement de la pluie acide sur le rebord de la fenêtre, que nous avions laissée ouverte en dépit des recommandations du portier.

« J'ai envie de mourir, *Szerelmem*…

— Au propre ou au figuré ?

— Les deux… Je commence à croire que cette vie, si on peut l'appeler ainsi, n'a aucun sens…

— Dans ce cas, j'ai peut-être une solution pour toi. Pour nous… Mais avant, viens voir un peu par ici…

— Pour quoi faire ?…, fit-elle mine de ne pas comprendre.

— J'ai encore envie de te faire la mort… »

Nous la fîmes derechef, avec ineffable volupté. Juste avant de m'endormir, je lui exposai un plan si radical qu'elle demanda à réfléchir, chose que j'acceptai à condition que cela ne prenne pas un autre siècle. Cette nuit-là, si elle avait pu me tuer durant mon sommeil, malgré tout l'amour qu'elle ressentait pour moi, elle l'aurait sans doute fait...

13. Fort Boyard, 22 août 2189

« Ça fait tout drôle d'être là, n'est-ce pas ? »

Elle ne pipa mot, mais n'en pensa pas moins : « *Lófasz a seggedbe, Szerelmem !* ».

Va te faire enculer, mon Amour !

Alma avait eu beau s'opposer fermement à cette expédition, arguer qu'en définitive cela ne briserait pas le sortilège (alors qu'elle savait très bien que ça le briserait et comment !), Pierre avait été inflexible : « Je t'ai demandé ton avis uniquement parce que j'avais cru comprendre, à ton *"Je commence à croire que cette vie, si on peut l'appeler ainsi, n'a aucun sens..."*, que tu étais aussi lasse que moi de cette vie sans avenir, dans un monde qui n'en semble guère plus pourvu. Mais ma décision était de toute façon prise : je vais retourner à Fort Boyard, pour casser le cadenas... » Elle avait alors tenté le bluff : « Tout ce qui a été lié à deux ne peut être délié qu'à deux ! Et moi, je m'y refuse ! » Ce à quoi il avait rétorqué qu'il essayerait quand même seul, qu'on ne savait jamais, que si les choses étaient bien comme elle disait, elle ne risquait de toute façon rien. Comprenant qu'il eût été malhabile de le braquer outre mesure, Alma avait fait mine de se résigner. Mais elle voulait vivre. VIVRE ! L'immortalité, malgré ses terribles inconvénients, était une drogue addictive à laquelle elle n'entendait nullement renoncer...

Ils avaient les pieds dans l'eau. La fonte des pôles avait avalé le rez-de-chaussée du fort. Elle quitta son maillot de bain et emprunta en courant l'escalier, déjà gravi deux siècles plus tôt, refaisant comme alors surface au deuxième étage.

« Qu'est-ce que tu fous ?

— Tout condamné à mort a droit à un dernier souhait, non ?

— Ah ah ! Tu vois bien que tu mentais ! Ça va marcher, je le sens !

— Je t'ai déjà dit mille fois que non : le rituel est irréversible ! Mais si tu ne veux pas me croire, t'as qu'à essayer. On est là pour ça, non ? Seulement avant, j'aimerais bien que... »

Elle mima un geste obscène du bassin et frétilla de la langue à 300 BPM.

Szerelmem ne se le fit pas sous-entendre deux fois. Il se catapulta au deuxième, rejoua à cache-cache à poil, trouva sa belle dans la seule cellule ouverte et la connut avec une fougue et une passion telles qu'il songea un instant à différer leur double euthanasie.

Au travers les barreaux, l'océan à perte de vue. À la base de l'un d'eux, le cadenas. Une sensation de déjà-vu, à quelques détails près... Ils jouirent à l'infini. Cet infini dont seul un claquement les séparait : celui des pinces que Pierre avait ramené avec lui. Ils se désunirent et s'embrassèrent longuement. Puis il plaça le lys d'acier des lames de part et d'autre du cadenas :

« Tu es prête ?

— Oui. Adieu... »

Pierre tiqua :

« Je te trouve bien calme, pour quelqu'un qui sait qu'il va mourir, alors que tu t'y refusais encore il y a quelques jours.

— *Chut*... Coupe et fais pas chier... Laisse-moi mourir sur cette ultime bonne impression de toi... », le liquida-t-elle en frisottant de l'index sa toison mousseuse et encore humide.

Il retira les lames d'autour le cadenas.

« Toi, je sens que tu essayes encore de me couillonner !

— Moi ? fit-elle en trahissant un air inquiet.

— *"Tout ce qui a été lié à deux ne peut être délié qu'à deux"*, hein ? Eh bien puisque c'est comme ça, tu vas le casser avec moi, ce cadenas !

— Non ! », hurla-t-elle en s'enfuyant.

Il la rattrapa dans les escaliers et, pour la première fois depuis qu'il la connaissait, la gifla violemment et à plusieurs reprises. Après quoi il la ramena de force dans la cellule, tandis qu'elle se débattait et hurlait entre ses bras. Bien plus costaud qu'elle, il la plaqua par-derrière et lui tordit les bras jusqu'à ce qu'elle empoigne les poignées de la pince. Puis, posant ses mains par-dessus les siennes tout en endiguant du poids de son corps les ruades désespérées de son amour de sorcière, parvint à replacer les lames sur le cadenas :

« Adieu, mon amour !

— Non, je t'en prie ! Ne fais pas ça ! », hurla-t-elle une dernière fois, avant que ne claquent les mâchoires des pinces.

Le cadenas sauta aussi net que la tête du pauvre Louis Capet. En relâchant sa pression, Pierre perdit l'équilibre et chuta au sol, sa belle entre les bras. Il s'attendait à vieillir aussi vite et aussi mal que le vilain qui s'était gouré de Graal dans le troisième Indiana Jones. Mais rien ne se produisit.

« Mais qu'est-ce qu'il se passe ? Pourquoi ça ne marche pas, bordel ? POURQUOI ? »

Alma se releva lentement. De dos. Et quel dos ! Prolongé par quel cul !

Puis se retourna. Quelle taille ! Quels seins ! Et quelles pinces, plantées en son ventre lacéré ! Elle les arracha en criant, puis les jeta côté poignées à la figure de *Szerelmem,* incrédule.

« Bon allez ! Maintenant ça suffit tes conneries : on rentre ! »

14. Inverness, 1er janvier 2304

Ils disaient toujours que ça n'arriverait pas. Que ça n'arriverait jamais.

Que même la connerie humaine avait ses limites. Et pourtant, c'est arrivé.

Les logiques pécuniaires, combinées aux incessantes bérézinas climato-démographiques, ont fini par l'emporter sur prudence et bon sens. La troisième guerre mondiale a bien eu lieu. Mais contrairement à ce qu'avait prévu Bébert, il n'y en aurait pas de quatrième se déroulant à coups de massue, faute d'antagonistes et de terrain de jeu. Ils le savaient, pourtant, qu'ils avaient de quoi tout faire péter cent fois... Mais ils l'ont fait quand même, ces cons !

Alma et moi fûmes vitrifiés à Paris, il y a une trentaine d'années. L'ogive a dû tomber du côté de Saint-Denis, alors qu'on faisait l'amour sur l'esplanade déserte du Trocadéro. Une idée à moi. Un kif perso. Ça me rappelait un peu ma jeunesse : les potes, le skate... Mes années idiotes d'avant mes années à la con, quoi. Un souffle de feu aveuglant nous scotcha en plein missionnaire dans le parvis. Nous sentîmes nos chairs fondre sur nos os, labourées par mille fers à souder. Hurlâmes tant qu'il nous restait une cavité buccale pour ce faire. Continuâmes de crier trois jours d'affilée dans nos têtes, grotesque amalgame de chairs et de cendres rappelant vaguement les silhouettes des citoyens de Pompéi surpris par l'éruption du Vésuve. Trois jours de cauchemar, encastrés l'un dans l'autre, fusionnés au point d'emmêler la bouillie en vase clos de nos organes. *S'aimer au point de ne faire qu'un...* Voilà bien une expression à jamais bannie et tabou entre nous : on a déjà donné !...

Une fois reconstitués, nous nous mîmes classiquement en route vers le sud. Plus nous approchions de la Loire, plus l'hiver nucléaire semblait s'intensifier, ce qui nous fit rebrousser chemin à proximité d'Orléans. Aussi bien dans les cambrousses noires de cendres qu'entre les ruines radioactives des zones urbaines, les rares survivants s'adonnaient au pillage et au cannibalisme. Nous zigouillions à l'arme blanche tout assaillant, forts de nos facultés régénératives qui n'en étaient plus à une blessure près. Ironie de l'histoire qui hoquette, nous embarquâmes pour l'Angleterre à Dunkerque, et la découvrîmes aussi ravagée que son ancienne rivale. Nous la traversâmes jusqu'au mur d'Hadrien, limite à partir de laquelle, nouvelle ironie de l'histoire, nous constatâmes que l'hiver nucléaire commençait à radoucir. Nous nous installâmes alors dans les ruines du château d'Inverness, dans une aile relativement épargnée. Les rares survivants autochtones ayant vite succombé à leurs moult cancers, nous devînmes les derniers *Highlanders* des Highlands. Troisième ironie, toute cinéphile...

Dans la cour du château, miraculeux joker, se trouvait un hélicoptère à énergie solaire en parfait état de marche. Avec une portée d'action théoriquement illimitée, une fois les poussières atomiques éventées. Sans doute appartenait-il à quelque huile locale, ayant vainement cherché entre ces vieilles pierres un refuge aux radiations. Peut-être bien ce squelette, que nous trouvâmes allongé dans la chambre située au bout de notre aile. La plus belle, spacieuse et mieux exposée parmi celles encore intactes, ce qui nous incita à lui donner digne sépulture, pour mieux la lui piquer en toute bonne conscience.

C'est dans ce havre de luxe périmé que nous nous aimâmes encore trente ans.

Trente ans à grappiller de la nourriture là où il en restait. Radioactive ou non, peu nous importait. Trente ans passés à semer sans rien récolter, tant dans la terre qu'entre ses ovaires. Trente ans de doux ennui, dans la grisaille de l'hiver nucléaire. Trente ans à regarder depuis ma fenêtre les eaux sans vie de la baie d'Inverness, quelque part intrigué par ce promontoire qui ressemblait tant à la pointe de l'île d'Oléron... Et nous aurions pu en passer ainsi trente mille autres, si un jour, comme sous hypnose, observant pour la énième fois la baie, je n'avais eu cette noire révélation...

15. Inverness, 21 mai 2304

Il la trouva dans la cour, en train de s'affairer comme à son habitude sur le tableau de bord ultra-informatisé de l'hélicoptère.

Elle avait fini par apprendre à le piloter. Lui aussi, d'ailleurs. La technologie avait tellement évolué qu'ils avaient l'impression de jouer à un jeu vidéo tout con. Une cloche, un levier de vitesse et le reste entièrement automatisé, géré par une sorte de Hal 9000 chinois qui, de temps à autre, en plaçait une sans qu'ils y pigent que pouic.

« Te voilà enfin, *Szerelmem!* Si t'es toujours partant, aujourd'hui je t'emmène faire un tour en Norvège ! L'ensoleillement est redevenu tel que l'autonomie de l'appar...

— Et comment que je suis partant ! Seulement les fjords ça sera sans moi, et dans une autre vie ! », lui répondit-il en l'arrachant hors de son poste de pilotage pour la frapper à plusieurs reprises, y compris au visage.

Elle gisait à ses pieds, aussi choquée par les coups que son courroux.

« Qu'est-ce qui te prend, connard ! T'as réécouté du Cantat et tu te sers de moi comme d'un punching-ball parce que je suis hongroise, sale *buzi* ! »

Il lui flanqua alors une rafale bien sentie de coups de latte dans la gueule, les côtes et le ventre, lui demandant si ça aussi c'était des coups de tapette. Ne pouvant la tuer, il avait à cœur de lui faire très mal avant de lui expliquer le pourquoi de ces violences conjugales, dont nul tribunal ne lui demanderait jamais de répondre.

« Et dire que j'ai épousé une telle roulure ! Mais attends un peu, charogne ! Tu vas voir comment qu'on va divorcer pour de bon ! Tu m'as une fois de plus bien enculé la dernière fois, à Fort Boyard ! En faisant ta salope, comme d'habitude ! Tu m'essores les burnes, tu joues ton numéro pour me faire croire que tu ne veux pas qu'on coupe le cadenas ensemble, je te force quand même à le couper avec moi et rien ne se passe ! Dame ! Évidemment que rien ne s'est passé ! Nous n'étions pas dans la BONNE cellule ! Ce n'était pas NOTRE cadenas, mais celui posé en vain par ta fille Mariska ! »

Alma se releva, en gardant la tête basse :

« Comment as-tu fini par comp...

— La baie d'Inverness, connasse ! Le promontoire qu'on voit depuis notre chambre me rappelait trop celui de l'île d'Oléron, que je distinguais flou sur fond d'horizon de mer, le jour où nous avons refermé ce maudit cadenas !

— Et alors ?

— Alors ? Alors, à angle inchangé de levrette, il n'y avait que la mer à perte de vue devant moi, la dernière fois où nous sommes allés sur les lieux, votre Honneur ! L'idée de goûter une dernière fois à votre sublime cul m'avait momentanément enlevé tout discernement et sens de l'orientation. Seulement voilà : quelque part, là-dedans, il y avait eu sauvegarde ! Ça m'aura juste pris trente ans pour le retrouver, ce putain de fichier ! », conclut-il en se tapotant la boîte crânienne de l'index.

Alma accusa le coup.

« Et maintenant on fait quoi ? Tu continues de me tabasser ? Me pardonnes ? Me violes ?

— Je t'embarque ! Ou plutôt j'embarque avec toi, à bord de cette merde. Maintenant qu'il y a assez de soleil pour s'élever au-dessus des poussières radioactives, on fonce à Fort Boyard, on coupe le cadenas et rideau !

— Mais moi je veux vivre, *Szerelmem* ! VIVRE, tu comprends !

— Parce que tu appelles ça vivre, toi ? Cette vie de zombie à deux, sans le moindre rire d'enfant, sans le moindre putain de pistil survolé par la moindre putain d'abeille, dans un monde mort de fond en comb...

— Non ! On n'en sait rien ! Je t'en prie, avec cet engin on pourrait enfin aller voir ailleurs si...

— Ta gueule ! l'interrompit-il en la clouant au sol, semelle sur sa face. Tu vas venir avec moi et couper le cadenas, point barre !

— T'as pas le droit de me faire ça !

— Pas plus que tu l'avais de m'offrir cette immortalité que je n'ai jamais demandé, et que je vomis désormais par-dessus tout !

— Je refuse de te suivre ! Je ne piloterai pas l'hélico !

— Et moi je te casse les bras, les jambes, la mâchoire, et t'embarque de force en te les recassant chaque fois que tes os seront en passe de se ressouder ! Même si je ne sais pas établir un plan de vol, je peux me passer de ton pilotage de pute ! Le voyage sera juste un peu plus long ! Et maintenant grimpe, avant que je m'énerve pour de bon ! »

Brusquée sans ménagement, Alma s'installa dans le poste de pilotage et entama les procédures de décollage. L'Hal 9000 chinois leur souhaita la bienvenue à bord en mandarin.

« Est-ce que tu pourrais aller me chercher mes cigarettes à l'arrière de l'appareil, s'il te plaît ? », lui demanda-t-elle, visiblement à cran.

Il lui asséna deux tartes en sus :

« Tu fumeras ta dernière clope à Fort Boyard ! »

Hal 9000 demanda aux passagers d'attacher leurs ceintures. Une fois, deux fois.

À la troisième, Pierre explosa :

« Et puis arrête-moi tout de suite cette merde cybernétique !

— Faudrait que j'aille dans la cabine, ouvrir le panneau blanc qui se trouve en face du... »

Il la frappa encore d'un violent revers :

« Toi tu ne bouges pas et tu continues la programmation de vol ! »

Une fois dans la cabine, il chercha du regard le panneau en question. Un bruit de couperet siffla alors dans son dos. Une porte métallique venait d'isoler le poste de pilotage du reste de l'appareil.

« Putain, cette fois tu l'auras voulu ! Je vais t'arracher les tripes, sale p... »

Il ravala ses insultes en constatant que l'unique porte coulissante de la cabine était également verrouillée. Impossible de sortir. Il était fait comme un rat. Une voix de micro nasillarde, semblable à celles qu'on entendait du temps où le capitaine vous souhaitait la bienvenue à bord, s'adressa à lui :

« *Szerelmem*, je t'aime... Je t'ai aimé dès le premier jour et je crois bien que je t'aime encore, malgré tes coups... Pardonne-moi, mais tu ne me laisses pas le choix. Je veux vivre, tu comprends ? VIVRE ! Je pourrais te garder ici, le temps que tu te calmes. Mais même une fois calmé, je sais que tu ne changerais pas d'avis au sujet du cadenas. Dorénavant, tu es une menace pour moi. Et comme je t'aime trop pour pouvoir supporter les suppliques que tu ne manquerais pas de m'adresser au travers l'incassable plexiglas de la porte coulissante, il me faut t'éloigner de moi sans que je puisse revenir sur ce choix. Loin des yeux, loin du cœur, *Szerelmem*... Inutile de crier, la cabine est insonorisée... Je vais programmer le pilote automatique de l'hélico pour qu'il s'élève jusqu'à huit mille mètres, soit l'altitude maximale qu'il puisse atteindre, et se laisse porter par les courants, moteurs solaires stabilisateurs à plein régime. Tu vas en chier comme jamais, mon amour. Je te condamne à la solitude, à l'emprisonnement dans ce cockpit de cinq mètres sur trois. Tous les circuits sont protégés par des gaines métalliques impossibles à saboter. Tu as trois litres d'eau et quelques conserves à disposition, que tu consommeras, déféqueras et urineras en cycle clos et continu. Rien à faire, rien à lire, personne à baiser ! Tantale c'est du gâteau, à côté de ce qui t'attend ! À une différence près : mon cadeau de la dernière heure. Celui par lequel je m'absous de tout le mal que je t'ai fait, et de celui encore plus atroce que tu t'apprêtes à endurer par ma faute : je vais programmer pour dans cent ans la fermeture automatique des pâles solaires, ce qui fera aussitôt précipiter ton engin. Ça me donnera le temps de m'organiser au mieux, pour ton retour. Car je sais que tu sauras où me trouver... Voilà, bon courage et à bientôt, *Szerelmem...* »

Le rotor se mit en branle. Alma quitta son poste de pilotage, dos au plexiglas de la cabine, que Pierre frappait poings serrés en roulant inutilement des yeux comme un fou. L'engin s'éleva sans bruit. Ce n'est qu'une fois disparu dans les derniers cumulus de l'hiver nucléaire qu'Alma se mit à pleurer.

Dans sa cabine, Pierre se cassait déjà les ongles, la tête et tout le reste contre les sinistres parois de son utérus métallique, tandis qu'Hal 9000 priait les passagers de bien vouloir rester assis durant la phase de décollage. Cette voix chiante et incompréhensible était la seule qu'il devait entendre au cours des soixante-seize années qui suivirent, avant qu'un crash contre l'une des cimes de l'Himalaya ne lui permette d'obtenir une ristourne de presque un quart de siècle sur la peine prévue.

16. Fort Boyard, 29 août 2397

J'avais vu juste. Elle n'avait pratiquement plus de munitions.

J'ai enfin pris Fort Boyard, au bout d'une ultime lutte homérique où seuls mes vingt kilos de plus ont fait la différence. À présent elle gît à mes pieds, ficelée comme une momie. La plus belle momie que j'aie jamais vue. Toute ma haine (et Dieu sait si j'en avais accumulé, en soixante-seize ans de tourments sans nom) a fondu dès que je me suis retrouvé face à son dernier chargeur, qu'elle n'a pu qu'en partie me vider dessus, avant que je ne l'estourbisse à coups de pinces.

Cette fois, elle est vraiment résignée. Plus d'entourloupes possibles. Je la prends dans mes bras et l'emmène jusqu'à la cellule où rouille à feu doux notre séculaire cadenas :

« C'est l'heure, mon amour...

— Je sais, *Szerelmem*... Finissons-en...

— Un dernier souhait ?

— Deux.

— Je t'écoute.

— Ton pardon et un baiser... »

Je lui accorde l'un et l'autre, ému aux larmes. Puis je l'enlace et libère ses bras suffisamment pour qu'elle puisse saisir à son tour les poignées des pinces. Je bande mes muscles, ferme les yeux et claque de toutes mes forces résiduelles les mâchoires libératrices. Une décharge d'acide foudroie aussitôt mes veines. Je me roule au sol, criant comme une bête qu'on dépèce vive. Réalise, en sentant sous mes mains brûlantes une barbe de deux mois poussée en dix secondes, que nous vieillissons à vitesse accélérée. Notre trépas ne va pas être commode, mais je l'accepte sereinement, en serrant les dents. Alma hurle bien plus que moi. Je comprends pourquoi au bout d'une minute, lorsque j'entends les cris d'un nouveau-né, suivis de près d'un deuxième, s'ajouter aux nôtres. Elle vient d'accoucher. Accoucher de jumeaux que nous avions conçus il y a près de quatre siècles, avant de refermer le cadenas. Sans doute une imprudence, ou un mauvais calcul. La voilà, l'explication de mon immortalité imprévue. Et de notre partielle stérilité. Nous ne pouvions avoir d'enfants ensemble parce qu'elle était déjà enceinte de moi, même si son corps en suspens continuait d'enchaîner les cycles.

Voilà qui change tout. Je ne veux plus mourir ! L'espoir d'une vie à peu près normale est enfin là !

La douleur s'estompe et disparaît aussi soudainement qu'elle s'était manifestée. Encore tremblant et abasourdi, je coupe les cordons ombilicaux de mon fils et de ma fille et les lange avec les restes de mes guenilles, tandis qu'Alma continue de se tordre, comme si quatre invisibles chevaliers de l'apocalypse l'écartelaient au ralenti. Je lui prends la main et l'aide à s'acquitter des dix-huit ans qu'elle doit encore à la Nature, avant qu'elle ne se stabilise enfin à son tour, évanouie, à l'âge qu'elle avait réellement au moment du sortilège : trente-cinq ans, plus les neuf mois de grossesse. Elle rouvre lentement ses paupières et ébauche un sourire en me reconnaissant, malgré ma barbe incomplète de neuf mois :

« Mais… qu'est-ce qu'il s'est passé, *Szerelmem* ?

— Ça… », dis-je en l'embrassant et en posant délicatement ses créations au creux de chacun de ses bras.

Elle fond en larmes et rit d'une joie qui se révèle vite communicative.

« Ce sont eux qui nous ont sauvés. Eux qui ont altéré l'enchantement. Eux, les merveilleux grains de sable qui se sont glissés dans la machinerie infernale de ton *Asch Mézareph*…

— *Aph Mézaresch, Szerelmem…* », me reprit-elle avant d'embrasser, pour la première et loin d'être la dernière fois, les fruits de notre incroyable amour…

LE SOURIRE
DU BARBARE

Quasi homonyme de l'auteur d'Un été meurtrier (les ressemblances s'arrêtent là), Sébastien Parisot promène sa plume entre la Gironde, la Provence et les DOM-TOM. Il est le président des Artistes Fous Associés où, sous le pseudonyme "Herr Mad Doktor", il participe à l'édition d'anthologies de nouvelles fantastiques. Ses projets sont modestes : écrire un roman dans les années qui viennent et, accessoirement, conquérir le monde de la littérature.

Bibliographie

De terre et de sang et Crises tentaculaires, Anthologie "Fin(s) du Monde", Éditions des Artistes Fous (2012)
Un heureux événement et L'Organiste, Anthologie "Créatures", Éditions de la Madolière (2013)
τρ, Anthologie "Sales Bêtes", Éditions des Artistes Fous (2013)
Obsessions du feu [livre audio], lu par Sébastien Le Scour (en ligne - 2013)
Le Vaccin, Anthologie "Robots", Éditions de la Madolière (2014)
De terre et de sang, Anthologie "Le réchauffement climatique et après..." Éditions Arkuiris (2014)
C15, Anthologie "Folie(s)", Éditions des Artistes Fous (2014)
M. Léonard et le Ca(ca)pitalisme, Anthologie "Les Contes Marron", Éditions des Artistes Fous (2014)
Poogle Man, Anthologie "L'Homme de Demain", Éditions des Artistes Fous (2015)
Ice (s)cream, Anthologie "Morts Dents Lames 2", Éditions de la Madolière (2015).
L'appendice à l'air vont les S'morrrrrr, Géante Rouge n°23 (2016)
Obsessions du feu, Anthologie "Frontières", Parchemins & Traverses (2016)

LE SOURIRE DU BARBARE

SÉBASTIEN PARISOT

Tout allait pour le mieux dans le meilleur des mondes possibles.

Et pour Johnny le Pulvérisateur, le dernier des Barbares, c'était bien là le hic…

Comment s'épanouir dans une société de guimauve, dégoulinante de tolérance et de fraternité, quand on a été élevé dans l'adoration du sang, du feu et des supplications des innocents ? Comment y trouver sa place ? Un travail ? Une compagne ?

Ce point était sans doute le plus humiliant... Le dernier rendez-vous galant de Johnny (ainsi, à dire vrai, que tous les précédents) s'était en effet soldé par un échec cuisant. Lorsqu'à la question «*Aimez-vous les enfants ?*» le Barbare avait répondu «*Pour sûr ! Gratinés au four et bien aillés*», ce qui était la stricte vérité, son invitée avait pris ses jambes à son cou, prétextant une soudaine crise de migraine et donnant tout son sens au terme *speed dating*. Pauvre Johnny, lui qui s'efforçait d'être d'une honnêteté à toute épreuve pour son nouveau départ dans la vie !

Sa situation professionnelle, ou pour être exact son absence de situation, s'avérait tout aussi problématique. Non pas qu'il eût un besoin vital d'une source de revenus, puisque la Bonne Société, dans sa mansuétude éclairée, se chargeait de subvenir à ses besoins fondamentaux ; toutefois il fallait bien trouver de quoi occuper ses journées sous peine de tourner bourrique ! Or son conseiller en réinsertion socioprofessionnelle ne savait plus quoi lui proposer... Le Barbare, qui en raison du plein emploi était son unique client, savait certes lire (la peur dans les yeux de ses ennemis), écrire (à condition que sa plume fût trempée dans l'encrier violacé d'un crâne fraîchement trépané) et compter (le nombre de cadavres sur un champ de bataille), néanmoins de telles compétences se révélaient de peu d'utilité pour occuper un poste de fleuriste ou d'instituteur…

« De quoi avez-vous *envie*, Monsieur le Pulvérisateur ? insistait le conseiller.

— Faire siffler ma hache laser, broyer des os à mains nues, prendre un bain de sang », répondait sempiternellement Johnny. Ce qui ne faisait guère avancer son plan de carrière...

Aussi, le Barbare condamné à la civilisation s'ennuyait à vingt sous de l'heure et passait le plus clair de son temps à errer sans but dans les rues colorées de la Capitale…

De par son arrivée médiatisée dans la Bonne Société, il bénéficiait d'une célébrité notable et sa silhouette massive ne passait pas inaperçue. Au gré de ses déambulations, toutes les Bonnes Gens se montraient fort aimables et avenantes avec lui ; jamais on ne manquait de le saluer, de s'inquiéter de son bien-être, voire de le bichonner en lui offrant l'un de ces choux à la crème qu'il appréciait tant…

Mais pour le Barbare qu'il était, et que toujours il serait, quel que fût le nombre de choux à la crème, de tels concepts s'avéraient contre nature. Entraide, compassion, égalité... Balivernes ! Seuls importaient l'individualisme exacerbé, la lutte pour la survie et l'écrasement des faibles ! Ces saines valeurs s'étaient malheureusement éteintes avec le reste de sa tribu…

En outre Johnny n'était pas dupe ; lui qui savait si bien lire dans le regard des hommes décelait de la pitié dans celui de ses bienfaiteurs. Les Bonnes Gens le chouchoutaient précisément parce qu'il était l'ultime représentant de sa race. Un fossile ambulant... Lui, Johnny le Pulvérisateur, le Sanguinaire, l'Impitoyable, le Chef du Clan des Trépanateurs Stellaires... Lui, parti en mission diplomatique (ce qui en langage barbare était synonyme de « déclaration de guerre ») auprès de la Bonne Société quelques jours avant que des luttes intestines ne conduisent Barbaria, sa planète natale, à l'autodestruction, le laissant orphelin en terres ennemies... Lui, que ses Némésis avaient adopté et cajolé sans hésitation, au lieu de l'exécuter comme l'aurait fait n'importe qui de sensé... Lui, le Loup des Loups, transformé en mouton par la laine chaude de la civilisation... Ah, si ses frères et sœurs l'avaient vu, vêtu de son costume de lin et de son Panama, s'exprimant sans bave ni grognement, nul doute que leurs rires moqueurs auraient retenti jusqu'aux cieux ! Mais ses semblables étaient partis rejoindre le Dieu du Sang, et leurs rires résonnaient désormais dans Son palais osseux drapé de peaux humaines.

À la nouvelle de leur décès, Johnny n'avait pas versé une larme ; ni songé à se donner la mort ; les Barbares ne connaissaient pas le chagrin, et la seule mort qui leur parût honorable était celle apportée par une lame ennemie. Or depuis l'implosion de Barbaria, toutes les raisons d'espérer une guerre avaient disparu (pour des raisons obscures, les Bonnes Gens s'évertuaient à toujours régler les conflits de façon, pardon pour le gros mot, *pacifique*), aussi était-il peu probable que Johnny quitte ce monde aussi dignement que ses pairs. Pire : de par le système de protection sociale en vigueur, il connaîtrait sûrement l'humiliation d'une vie longue et d'une santé sans faille. Puisque tel devait être son destin, le Barbare l'acceptait la tête haute… Les voies du Dieu du Sang étaient impénétrables.

*

Ses pas le conduisirent à un cinéma de quartier qu'il connaissait bien, pour y avoir étanché nombre de ses après-midi de désœuvrement devant des comédies romantiques ineptes, même pour sa cervelle primitive. Toutefois, le succès du moment semblait dénoter de la programmation habituelle : le film s'intitulait *Les Conquérants*, et son affiche montrait rien moins qu'un Barbare en action, la bave aux lèvres et la hache laser au poing ! À cette noble vision, le cœur du Pulvérisateur se pinça. Aussitôt, il chaussa ses lorgnons pour lire les petits caractères imprimés sous l'affiche, et après une demi-heure de décryptage acharné, il comprit de quoi il retournait : il s'agissait d'une fiction historique qui prétendait reconstituer les Guerres de Colonisation spatiale avec un souci hallucinant du détail. « *Par la virtuosité de sa mise en scène,* disait une critique, *le réalisateur parvient à plonger le spectateur au milieu de l'horreur du champ de bataille. Terrifiant de réalisme !* » Il n'en fallait pas plus au Barbare pour se précipiter dans la salle, poussé par un vent d'espoir et de nostalgie.

3h40 plus tard, les lumières se rallumèrent sur son visage stupéfait. En lieu de chef-d'œuvre, Johnny avait assisté à un navet cosmique ! Son appréciation ne se basait sur nul critère artistique (un sauvage tel que lui ne touchait pas à ces cochonneries) ; non, ce qui le sidérait jusque dans son âme c'était l'amateurisme complet avec lequel la *violence* était représentée à l'écran. Rien, absolument rien, ne tenait la route ! Les Bonnes Gens responsables de cette purge cinématographique n'avaient visiblement aucune notion de la manière dont un corps humain se disloquait sous l'impact d'une hache laser ; de la façon dont le sang s'écoulait d'une plaie à la gorge ; du bruit que produisait l'écrabouillage d'un cerveau par des sandales cloutées. Pour un Barbare biberonné aux scènes de boucheries guerrières, assister à une telle pantalonnade relevait de la torture ! Ses yeux lui piquaient... À tel point que pour la première fois, une larme s'en échappa et coula sur sa joue velue ; puis, sensation oubliée depuis une éternité, l'adrénaline afflua dans ses veines. Le Pulvérisateur quitta le cinéma au triple galop, l'esprit tendu vers son but. Pour l'amour du Sang et de ses glorieux ancêtres, pareil blasphème n'allait pas rester sans conséquence !

*

Les temps archaïques.

Sur la plaine, deux hordes barbares se font face.

Vêtus de leurs seules peintures tribales, les belligérants (hommes, femmes, enfants) grimacent et aboient des chants guerriers ; d'un camp à l'autre, crachats et insultes fusent ; la crispation des visages annonce l'imminence de l'assaut.

Action !

Au son de l'olifant, les adversaires chargent de concert.

Le sol tremble sous leur pas lourd.

L'impact des corps est terrible ! Tout comme l'étreinte virile qui s'ensuit…

Dans la mêlée les bras se tordent, les mains enserrent les cous, les poings pulvérisent les crânes, les dents déchirent la chair, les lames sifflent, les membres volent, les têtes aussi, les abdomens percés pissent comme des outres de vin, les dominos humains tombent en cascade... En l'espace d'un battement de cil, un tapis rouge se déroule sur la plaine.

« Coupez, crie Johnny, coupez ! C'est *nul.* Vous vous battez comme des écolières ! Quinze minutes de pause et on la refait. Remettez-moi tout ça en ordre ! »

Immédiatement, les acteurs qui jouaient les morts se relèvent et retirent leurs postiches (là-dessous, ça démange terriblement), tandis que l'équipe technique envahit le plateau. Les responsables des effets spéciaux récupèrent les membres en latex éparpillés dans le décor et rechargent les poches de faux sang cachées sous les costumes ; dans le même temps, la liqueur de groseille recouvrant la pelouse artificielle est vigoureusement frottée, de façon à ce que la plaine retrouve sa verdeur pour la prochaine prise ; enfin, coiffeurs et maquilleurs prennent en charge les comédiens et redonnent un coup de fraîcheur à leurs peintures tribales, effacées durant l'échauffourée.

Johnny, ou plutôt *Monsieur* Johnny, prend à part les acteurs principaux :

« Bon, Capucine, niveau mimiques c'était nickel, mais ta gestuelle est ca-ta-stro-phi-que ! Et toi Ben-Proctor, qu'est-ce que c'est que ces moulinets de fillette ? Je vous rappelle que vous faites *la guerre*, mes cocos, pas de la gymnastique rythmique ! Attendez, je vous montre. *Voilà* comment on manie un fléau. »

Et Johnny le Pulvérisateur de se livrer à une démonstration de barbarie en bonne et due forme. Bien que l'arme soit en caoutchouc, la hargne qui se dégage de ses mouvements sidère les comédiens. Leurs prudes prunelles civilisées n'ont pas été habituées à tant de bestialité ! Ils perçoivent instinctivement que Johnny ne *joue* pas... Il *est* la rage et la furie !

« N'oubliez pas qu'à l'époque du film, précise le Barbare, la technologie *laser* n'existait pas. Les combattants ne pouvaient donc se reposer que sur leurs muscles, leur force brute, pour faire tournoyer leurs armes. Et n'en doutez pas : ils se donnaient à fond ! Car il en allait de leur survie... »

Sa démonstration terminée, les comédiens le remercient ; Monsieur Johnny constitue une inépuisable source d'inspiration. Et de respect...

« Vous finirez par y arriver », les encourage-t-il. Puis avec un clin d'œil il leur lance sa phrase fétiche : « Mes bons amis, *réveillez le Barbare* qui sommeille en vous ! »

*

À la fin d'une journée de tournage riche en (fausse) hémoglobine, Johnny rentre chez lui fourbu mais heureux, auprès de sa cascadeuse de femme et de leur fillette de quatre ans.

Le Barbare a enfin trouvé sa voie dans la Bonne Société. Une voie qui en réalité a toujours été la sienne… Celle du Sang.

Depuis quelque temps, il occupe en effet un poste d'importance au sein du prestigieux studio de cinéma *Sunny Entertainment*.

Comment un être si primitif, illettré et misanthrope s'est-il vu confier de telles responsabilités ? En raison de sa brutalité fondamentale, justement !

Six ans auparavant, après avoir vu *Les Conquérants*, Johnny était allé trouver son conseiller en réinsertion professionnelle ; sous le coup de l'émotion, il avait même défoncé la porte de son local d'un coup d'épaule et bondi à pieds joints sur son bureau, les bras levés au ciel et le regard fou, avant de s'excuser platement. « Heu, vous pourriez me rendre un service, s'iou'plaît ? » Incapable d'écrire lui-même, le Barbare souhaitait dicter au travailleur social un courrier destiné aux producteurs du film, listant dans un langage fleuri toutes les erreurs et approximations qu'il avait pu y relever.

« Moi je veux bien, M. Le Pulvérisateur, le prévint le conseiller, ratatiné sur son fauteuil, mais sachez que *Sunny Entertainment* est un studio très réputé. Ses dirigeants sont plus habitués à recevoir des récompenses que des lettres d'insulte…

— Écrivez, insista Johnny de sa grosse voix. Et n'oubliez aucun nom d'oiseau, par le Sang ! »

D'une main tremblante, la missive fut rédigée conformément à ses ordres, puis envoyée aux intéressés… Et contre toute attente, elle reçut un écho plus que favorable. La pertinence de ses remarques impertinentes impressionna tant le président de *Sunny* que celui-ci proposa un poste au Barbare sur-le-champ. Pouvoir compter dans son équipe un *véritable* vétéran de guerre constituait une sacrée aubaine…

Johnny débuta ainsi sa carrière cinématographique en tant que conseiller technique pour les scènes d'action et les séquences « gore ». D'emblée, il se sentit à son aise dans ce milieu. Un plateau de cinéma ne différait guère d'un champ de bataille : l'essentiel du boulot consistait à hurler des ordres au milieu du chaos ! L'appréciation fut réciproque : sa gouaille et son franc-parler séduisirent rapidement ses collaborateurs ; le Barbare n'avait pas son pareil pour remettre une « super star » à sa place (« Angelo, tu te prends peut-être pour un gros dur, mais tu ferais pas peur à mon hamster. ») ou pour tirer le meilleur de chacun

(« Cette tête tranchée, là-bas, on dirait une pastèque. Améliore-moi ça ou j'utilise *ta* caboche ! »). On sentait que cet homme à poigne avait l'habitude de diriger une équipe ! Logiquement, Johnny ne tarda pas à être promu au rang « d'assistant-réalisateur », puis, consécration suprême, à celui de « metteur en scène principal ».

Frères de Sang, en cours de tournage, représente son premier long-métrage. Il traite d'un sujet qui lui tient particulièrement à cœur…

L'action se déroule sur Barbaria, en des temps primitifs. Un conflit fratricide se joue au sein d'un même clan, une lutte déchirante pour le pouvoir qui aboutira à la scission irréversible d'une grande famille autrefois unie. Les vainqueurs régneront sans partage ; les perdants se retrouveront à jamais bannis des terres barbares, privés de leurs armes, et affligés du nom infamant de… *Bonnes Gens*.

Les siècles passent.

Hantés par le souvenir du carnage, les Bonnes Gens ont abandonné leurs croyances sanguinaires et s'efforcent de vivre en paix dans une région reculée du monde. Mais les Barbares les harcèlent ; leurs raids se multiplient ; et bien que leur population se réduise comme peau de chagrin, les Bonnes Gens refusent de riposter. S'ils ne trouvent pas d'échappatoire, leur communauté est vouée à disparaître. Leurs scientifiques se creusent les méninges. En un temps record, ils développent une technique de propulsion spatiale révolutionnaire… Et tandis que les Barbares livrent l'assaut final, mettant leur village à feu et à sang, un modeste équipage s'envole dans un vaisseau de fortune, porté par le fol espoir de trouver une terre d'accueil… Cloués sur le plancher des vaches, leurs agresseurs les regardent disparaître au-delà des nuages, impuissants, et jurent de les traquer jusqu'aux confins de l'univers. Le voyage se révèle long et difficile… Mais les Bonnes Gens, réduits à une poignée d'individus, finissent par dénicher une planète viable où ils sèment, avec une patience de jardiniers, les graines de La Bonne Société…

Le temps, à nouveau, s'écoule.

La Bonne Société prospère.

Les Barbares ruminent leur vengeance. Ils disposent désormais d'une gigantesque flotte de vaisseaux de guerre capables de fendre les océans étoilés. Trop bêtes pour les concevoir par eux-mêmes, ils les ont confisqués à une race extraterrestre qui avait eu la sotte prétention d'envahir Barbaria ! À bord de leurs engins de mort, ils fouillent la galaxie, à la recherche de leurs anciens frères, réduisant en cendres toutes les planètes qui se trouvent sur leur route... La cachette des couards finit par être identifiée, cependant elle est protégée par un champ de force impénétrable. Afin d'amadouer l'ennemi, un certain Johnny Le Pulvérisateur, chef de guerre à la cruauté légendaire, est envoyé en « mission diplomatique » auprès de la Bonne Société... Sa véritable intention : désactiver la barrière de protection, afin de laisser le champ libre à ses troupes, et prendre possession de la planète. Mais le sort en décidera autrement...

En écrivant ce scénario déchirant, du moins en le dictant à son scribe (qui n'est autre que son ancien conseiller en réinsertion), Johnny a versé toutes les larmes de son corps ; c'est-à-dire deux, en pressant bien. Il a ensuite pensé à toutes les scènes de bataille que l'histoire impliquait. Et ses lèvres se sont retroussées en un rictus carnassier.

Comment l'idée d'un film si ambitieux a-t-elle pu germer dans l'esprit primitif du dernier des Barbares ? Ses origines remontent aux premiers pas de Johnny dans l'industrie du cinéma... Alors qu'il supervisait les effets sanglants, les mains plongées dans la liqueur de groseille à longueur de journée, une question le taraudait : pour quelle raison étrange un peuple aussi doux et pacifique que les Bonnes Gens se montrait-il friand de films violents ? N'était-ce pas paradoxal ?

Fruit d'une mûre réflexion, son premier long-métrage constitue une tentative de réponse à cette interrogation : *pour ne pas oublier qu'eux aussi, autrefois, ont été des Barbares.*

*

Frères de Sang bénéficie d'un accueil triomphal.

Les spectateurs se ruent dans les salles ; les critiques rivalisent d'éloges ; le Bon Roi en personne y va de son Bon mot : « Plus qu'un film : une merveilleuse réconciliation avec l'Histoire – et avec nous-mêmes. »

Malgré tout, Johnny est contrarié. Retranché dans sa yourte, il refuse toutes les demandes d'interview. Être couvert de lauriers par ceux qu'il était censé exterminer, voilà une pilule difficile à avaler ! Alors que son film avait pour but de leur rendre hommage, le

Barbare a l'impression d'avoir trahi ses frères et sœurs ; de les avoir tués une seconde fois. « Un hymne émouvant à la non-violence et à la fraternité », telle est la phrase qui revient le plus souvent dans la presse ; un comble !

« Pourquoi tu boudes, Papa ? lui demande sa fille.

— Je boude pas, Gnark, je médite. Laisse-moi tranquille ou je te passe les fesses à l'ail et je te les croque !

— Maman elle m'a dit de te dire qu'y fallait venir à table avant que ça refroidisse. Elle a fait des pâtes et c'est moi toute seule que j'ai râpé le fromage !

— *Qui ai râpé*, corrige Johnny. J'arrive de suite. »

En réalité, ce n'est pas tant le succès du film, ni les intentions qu'on lui prête, qui contrarient le Barbare ; l'objet de son agacement tient en un mot : intégration. *Un job. Une femme. Une famille.* Aussi douloureux que ce soit, il doit reconnaître qu'il fait désormais partie des Bonnes Gens. Plus grave : qu'il les *tolère.* Oh, certes, il les hait toujours ; mais il les hait de bon cœur. Un peuple capable d'accueillir un être tel que lui sans le dépouiller de sa sauvagerie ne mérite pas d'être foncièrement détesté.

« Papaaaaa, à table-heu ! Ça va refroidir !

— Chéri, pour une fois que je cuisine !

— C'est bon, les filles, me voilà... »

Au fond, cette intégration est-elle si grave ? De par leurs origines communes, et en dépit d'un différend immémorial, les Bonnes Gens et les Barbares ne sont-ils pas bel et bien *frères et sœurs* ? Ne l'ont-ils pas *toujours été* ?

Soudain, Johnny ne se sent plus le dernier représentant de son espèce. Au contraire, le voilà riche d'une famille immense et bienveillante, à laquelle il apporte sa singularité. En dépit de l'anéantissement total de Barbaria, ses parents décédés n'ont pas disparu sans laisser de trace. Leur culture perdure à travers son œuvre. À travers sa fille. À travers lui. Par le Sang, la rage de vivre des Barbares ne s'efface pas si facilement !

Dès demain, le Pulvérisateur retrouvera le chemin des plateaux et se remettra à l'ouvrage avec une ardeur redoublée. Fidèle à sa réputation, il donnera le meilleur de lui-même pour que tout aille de travers, dans le pire des mondes possibles ! À l'écran, tout du moins...

Pour l'heure, il a envie d'embrasser son épouse avec fougue et de chatouiller sa petite princesse Barbare. À cette pensée, une grimace inhabituelle, presque douloureuse, se dessine sur son visage couturé de cicatrices. *Un sourire*.

LA LOUVE POURPRE

Julien Morgan est né en 1986 et a vécu en France et aux États-Unis. Après avoir travaillé dans le cinéma,
il s'est rapproché de l'édition et continue d'exercer dans les littératures de l'imaginaire en parallèle de son métier d'enseignant. Son premier roman, Mendung, est sorti en 2013.

Bibliographie :

Les Dragons de Titan, Anthologie « On a marché sur... », éditions Voy'[el] (2012)

Un Tour de Montagnes Russes le Soir de la Saint-Thorlak (2013)

Turpitude, Anthologie « Walrus Institute », éditions Walrus (2013)

Mendung (Les Etoiles Regardent Aussi t. 1), (2013)

Khashoggi (Les Etoiles Regardent Aussi t. 2), (2015)

Sexe Apex & Sans gravité, Géante Rouge n° 22 (2015)

Breizh of the Dead, éditions Critic (2016)

LA LOUVE POURPRE

JULIEN MORGAN

Avant, il n'y avait que la meute et la forêt.

Des odeurs. Celle de la terre humide et des feuilles mortes, celle de la peur et celle du sang, celle des matières fécales déversées par les boyaux crevés et celle des baies au printemps. L'haleine des femelles en rut et celle de l'alpha, chargée de pouvoir. Des images. L'entrenuit perpétuelle, où se rejoignaient le clair bleuté des étoiles et la lueur amarante d'un jour lointain. Les aurores boréales qui embrasaient le ciel. Des sons. Le crissement de la neige sous ses coussinets. Les jappements des jeunes-nés aux jeux insouciants. Les hurlements déchirants de ceux qui s'éloignaient pour s'éteindre et ceux qu'on abandonnait aux pièges de la nature ou des hommes.

Et puis, l'extase des sens : l'ivresse de la chasse…

Pendant ses campagnes dans les Mortes-Rias, Kistra a souvent entendu dire que ce qui se terre dans l'obscurité n'est pas à craindre. Animal ou ennemi, quiconque cherche à échapper aux regards le fait pour tirer parti de l'effet de surprise ou de la peur qu'il inspire, et de ce point de vue, cela signifie bien souvent qu'il est moins fort qu'on ne le croit. Les menaces les plus redoutables avancent toujours en pleine lumière, lui a-t-on assuré maintes fois durant son entraînement militaire.

Dans la nuit perpétuelle des Packs, Kistra Dholfod se raccroche à cette pensée. La chose qu'il vient débusquer au plus profond des territoires glacés des confins de l'Ysthme ne doit certes pas être sous-estimée, mais à l'instar de toute créature tapie dans l'ombre et attendant son heure, elle ne s'attend certainement guère à ce qu'on vienne enfumer son terrier. Une allégorie tout appropriée du dénouement qu'il projette pour son périple : un grand brasier sur la banquise, avec une sorcière se consumant au milieu. Une servante des Whelmdgods de moins. Peut-être la dernière. Kistra en a brûlé tellement qu'il se demande si l'Enfer ne va pas finir par déborder ou le bois par manquer.

Plus souvent qu'à son tour, il se demande aussi si la Lady du Ponant se trouvait parmi celles qu'il a soudées à un bûcher, quoiqu'il en doute – il l'aurait reconnue à coup sûr. Même après tout ce temps, même si les contours de son visage ne sont guère plus qu'un fragment de souvenir appartenant à un cauchemar éveillé, Kistra sait qu'il la reconnaîtrait si le destin la mettait de nouveau sur sa route. Raison pour laquelle il espère en son for intérieur que la sorcière des glaces n'est pas la dernière, autant qu'il nourrit l'espoir que l'ultime visage tordu de douleur dans les affres de l'immolation qu'il lui sera donné de contempler soit celui de la Lady du Ponant. Peut-être qu'alors l'Éveil cesserait. Peut-être qu'alors, il recouvrerait sa liberté.

L'entrenuit s'est éteinte depuis longtemps derrière lui et Kistra s'en remet aux étoiles pour naviguer les glaces. Les disparitions ont toutes eu lieu dans la partie septentrionale de l'Enclave de la Désolation, où l'inlandsis tutoie les glaces flottantes. Grisfiord, un village de chasseurs d'ours blancs, a payé le plus lourd tribut : trois enfants partis relever des pièges ne sont jamais revenus. À Port-Inlet, un frère et une sœur se sont enfoncés dans la nuit pour ne jamais reparaître, et deux autres à Silvik. Il arrive que des enfants soient surpris par la tempête ou chutent dans une crevasse, mais en général, on retrouve leurs corps. Et la région n'a de toute façon jamais été affligée d'un aussi grand nombre de disparitions inexplicables. À cela s'ajoutent des rumeurs persistantes au sujet de formes mouvantes aperçues dans le blizzard et de hurlements à glacer le sang portés par l'Aquilon. Pour Kistra Dholfod, ces rumeurs incriminent une prêtresse des Whelmdgods plus sûrement encore que les enfants disparus, bien qu'il s'agisse moins de manifestations surnaturelles que de subterfuges destinés à instiller la peur ou garder les autochtones à distance. Ainsi, la Dame Noire de la forêt des Craves avait ceint son repère de champignons d'une espèce dont les spores avaient des effets hallucinogènes ; deux villageois venus en découdre se sont entretués en se méprenant l'un l'autre pour la sorcière. Et la Garache du Val Sans-Retour avait apprivoisé un carcajou de cent livres – lequel a bien failli lui arracher un bras. Avant que le mercenaire ne mette un terme à son règne de terreur, les éleveurs de bétail de la région croyaient avoir affaire à un dhole-garou.

Comme les chiens tirant son traîneau se fatiguent, Kistra leur accorde un instant de repos. Les six malamutes au pelage ivoire glapissent leur reconnaissance. Le mercenaire scrute les environs. Les lumières falotes qu'il aperçoit au nord-ouest doivent être celles de Grisfiord. Çà et là dans l'immensité de l'Enclave se dressent les quinzies abandonnés par des chasseurs surpris par l'Aquilon au plus fort de son courroux. Par temps clair, naviguer les Packs est un jeu d'enfant : la voûte étoilée procure un cap et les avant-postes de chasse font office de points de repère au sol. Mais il suffit que les borées changent de direction et soudain le blanc-dehors épaissit l'air, suivi de près par le blizzard insondable, habité de bourrasques aussi puissantes que traîtres – de celles qui vous font parfois parcourir des lieues avant de vous repousser implacablement à votre point de départ. Alors, la seule attitude sensée est d'ancrer l'attelage et de s'abriter dans un quinzy en attendant la fin de la tempête ; il faudrait être suicidaire pour s'aventurer dans la tourmente au risque de tomber dans une crevasse ou tout bonnement se perdre et mourir de froid. Dans l'extrême ouest des Packs, ces accidents sont si fréquents qu'on prétend que les corps des imprudents ayant connu ce sort servent eux-mêmes de points de repère aux parties de chasse.

Tandis que Kistra explore du regard l'étendue albâtre baignée de clarté diaphane, l'un des quinzies attire tout particulièrement son attention. Un plumet de fumée se tortille à son sommet. Intéressant. Le refuge de fortune est situé plusieurs lieues à l'écart des pistes de chasse, dans une déclivité formée par un éboulis neigeux. Le terrier parfait, songe-t-il en déployant un sourire carnassier.

En hâte, il enfourche son traîneau et presse les malamutes de se remettre en marche.

« La chasse est ouverte », jubile Kistra Dholfod à voix haute.

Le quinzy n'en est pas un. Fait de solides blocs taillés dans la glace, le dôme de huit coudées de diamètre pour quatre de hauteur s'avère bien plus grand que Kistra ne l'a cru en premier lieu, quoique cela n'ait rien de surprenant – dans les Packs, l'uniformité de la banquise et l'éloignement de la ligne d'horizon faussent distances et proportions. La fosse à froid creusée à l'entrée indique qu'il s'agit d'un igloo. Kistra ancre l'attelage et prend le temps de flatter les chiens. Puis, empoignant son épée, il se dirige d'un pas résolu vers l'entrée dont la neige a été évacuée récemment.

Dans la fosse à froid flotte une drôle d'odeur. Une odeur douceâtre, herbeuse. Il remarque un filet de fumée s'échappant d'un bol en argile à même le sol dans lequel se consume en crépitant une poignée de brindilles. La senteur envoûtante lui embrume l'esprit et il sent une profonde lassitude le gagner. Pour endormir les enfants, suppose-t-il. À quatre pattes, Kistra hâte le pas. À l'extrémité de la fosse, par l'ouverture surélevée, il avise la lueur orangée d'un feu dansant sur les blocs de glace imbriqués. Lorsqu'il émerge enfin à l'intérieur de l'igloo, la chaleur qui y règne irradie tout son être. Pour tout ameublement, des peaux de bêtes ont été jetées au sol, sans qu'elles le recouvrent entièrement, et quelques pots et amphores en terre cuite s'alignent au pied des blocs formant la base des murs. Son odorat perçoit immédiatement les effluves animaux qui imprègnent les lieux. Et près de l'âtre…

« Sois le bienvenu, étranger… »

La femme est drapée dans une robe de soie pourpre échancrée, laissant entrevoir une poitrine rebondie au creux de laquelle est niché un pendentif en obsidienne. Sa longue crinière blonde tombe en cascade sur ses épaules et ses yeux de jade accrochent l'éclat des flammes. Mais ce n'est pas tant la sorcière qui retient l'attention de Kistra que les sept dholes rouges assis en arc de cercle autour d'elle. Les bêtes évoquant des loups trapus, au dos roux et au poitrail blanc, le couvent de regards intenses, pénétrants, comme s'ils reconnaissaient l'un des leurs. L'éclat du feu jette dans leurs pelages frémissants des reflets mordorés. Kistra Dholfod raffermit sa prise sur la poignée de son épée. Aussi inattendu – et prompt à compliquer les choses – que cela puisse être, il ne peut se permettre aucune distraction.

« Désires-tu te réchauffer auprès de mon feu ? susurre la femme en pourpre.

— Ni auprès de ton feu, ni auprès d'aucun autre que celui du bûcher sur lequel tu vas expier tes crimes, sorcière. »

Contre toute attente, la femme en pourpre part d'un rire cristallin. Interloqués, les dholes se tournent vers elle, dressant de concert leurs oreilles aux pointes arrondies.

« Et quels sont ces crimes, au juste ? questionne-t-elle d'un ton ingénu. Non que je sois exempte de tout péché. (Ses doigts effilés effleurent lascivement l'échancrure de la robe.) Certains sont agréables…

— Cesse tes minauderies, femme maudite. Où sont les enfants ?

— Oh, il n'y a pas d'enfants ici… Rien qu'une louve seule avec ses petits. Très seule…

— Je peux t'offrir de la compagnie dans l'un ou l'autre des Sept Ports de l'Enfer. »

Levant sa lame, Kistra s'avance vers la sorcière. Des grondements menaçants s'élèvent de la meute de dholes rouges. Le sourire de la prêtresse Whelmdgods s'efface et sa figure s'assombrit.

« De tous les bras armés de l'Ysthme, fallait-il que celui qui me rend visite fût le seul qu'une femme laisse indifférent ?

— Nous verrons si ta langue est toujours aussi bien pendue quand je te l'aurai coupée. C'est ta dernière chance, sorcière. Où sont les enfants ? »

Les animaux s'agitent. Comme s'ils attendaient un signal, ils interrogent la femme en pourpre d'œillades furtives. Lentement, avec une grâce solennelle, la sorcière se lève. D'un geste tendre, elle pose les mains sur la nuque des dholes siégeant à ses côtés – les deux plus gros de la meute.

« Les enfants, médite-t-elle dans un soupir songeur, pauvres créatures perdues dans la nuit. On prétend les Whelmdgods insatiables, et pourtant… (Un rictus mauvais retrousse ses lèvres, confirmant ses pires craintes.) La faim des bêtes est plus pressante à satisfaire. »

Au moment même où l'horreur de cette funeste allusion atteint Kistra, les deux dholes bondissent au-dessus du feu et se jettent sur lui.

Les réflexes du mercenaire sont trop aiguisés pour que l'attaque le prenne au dépourvu. D'un pas de côté, il évite les mâchoires lancées à sa rencontre et abat son pommeau sur le crâne du premier animal qui s'effondre, sonné. Le deuxième dhole est sur lui avant qu'il ait relevé sa garde. Il bande ses muscles pour absorber l'impact, le bras gauche à hauteur de sa gorge pour la protéger d'une morsure qui lui serait fatale. La bête le percute en haut du torse. Kistra chancèle, mais parvient à garder l'équilibre. Un corps-à-corps s'engage. Debout sur ses pattes arrière, le dhole grogne en faisant claquer ses mâchoires, ses griffes labourent le plastron qui protège la poitrine de Kistra. Impossible pour le mercenaire de jouer de sa lame : il a besoin de ses deux bras pour maîtriser la créature enragée. Mais son épée n'a jamais quitté sa main. D'un moulinet du poignet, il fait pivoter la garde et plonge l'un des quillons dans le flanc du dhole. L'animal pousse un couinement aigu et retombe à quatre pattes. Sans perdre une seconde, Kistra brandit sa lame et fend l'air, la colonne vertébrale du dhole et la glace dans un même mouvement. L'autre animal, celui qu'il a assommé, reprend ses esprits à temps pour glapir un geignement et accueillir le coup suivant qui le décapite dans un craquement d'os et de chair broyés.

Le visage tacheté de giclées de sang, Kistra reporte son attention sur la sorcière et la meute amputée. Drapée dans son arrogance, la femme en pourpre n'a cessé de sourire. Les cinq dholes restants n'ont pas bougé. Les oreilles rabattues, la queue entre les jambes, ils se contentent de feuler en montrant les crocs. Un court moment, le mercenaire et la sorcière se toisent par-delà les flammes. Kistra Dholfod la transperce d'un regard aussi glacial que l'Aquilon.

« Tes chiens sont bien dressés, fille des ténèbres, concède-t-il. Mais même s'il doit m'en coûter quelques marques de dents, tu paieras pour leur avoir servi de jeunes innocents en pâture…

— Il t'en coûtera bien davantage…

— Tes menaces ne m'abusent pas davantage que tes tours.

— Pauvre fou ! ricane-t-elle. Tu as été abusé, et par deux fois encore… »

Dans un coin de son esprit, un doute sournois s'instille. La femme en pourpre a-t-elle cillé quand la lame de Kistra a rougi les fourrures qu'elle flattait un instant plus tôt ?

« Oui… Tu m'as ôté deux bouches à nourrir, énonce la sorcière comme si elle lisait dans ses pensées. Maintenant, contemple ton œuvre sanglante… »

Circonspect, le mercenaire ne baisse pas immédiatement le regard. S'agit-il d'une autre ruse destinée à le faire relâcher sa garde ? La sorcière se fend d'un caquètement à glacer le sang. La curiosité l'emporte et, de mauvaise grâce, Kistra pose ses yeux sur les corps étendus à ses pieds.

Les dholes massacrés sont en train de changer de forme…

Les pattes s'allongent, les museaux rétrécissent, les fourrures se clairsèment. Kistra est incapable de détacher son regard mortifié de la métamorphose dont l'issue ne fait pourtant plus guère de doute. La peau devient mate et lisse. Les contours des visages se dessinent, crève-cœur abominable. Les petites mains crispées dans la mort ont les ongles sales, la paume constellée de flocons de neige. La vue du mercenaire se brouille et il sent un étourdissement le gagner. Kistra a déjà vu des cadavres mutilés dans les Mortes-Rias, mais si détailler une blessure avec le détachement d'un soldat examinant une dépouille est une chose, sonder ses propres exactions comme si on les découvrait pour la première fois, comme lorsqu'elles ont été commises dans un état second, en est une autre. Il a beau savoir que l'Éveil n'y est pour rien cette fois, les tourments de son affliction bouillonnent à ce moment précis dans son cœur avec autant d'intensité que sur le champ de bataille. Les corps frêles et nus, baignant dans leur sang, gisent pudiquement recroquevillés sur le côté. Comme si une mise en scène macabre s'était opérée en même temps que leur transformation, les têtes décapitées du garçon et de la fillette sont tournées vers lui, leurs yeux encore humides figés dans une condamnation silencieuse.

Kistra a un mouvement de recul, tandis que la bile monte dans sa gorge. La sorcière se délecte de sa réaction abominée :

« Pauvres créatures perdues dans la nuit… Si tu les avais vues, errant dans le blizzard… Oh, si tu les avais entendues, hurlant leur désespoir dans le vent… »

L'épouvante du mercenaire se meut en colère. Une rage meurtrière monte en lui.

« Monstre, gronde-t-il en dévorant la femme en pourpre du regard. Tu as rendez-vous avec l'acier et le feu… Prépare-toi à rencontrer les Whelmdgods ! »

Kistra s'avance, lame dehors. La sorcière claque des doigts et la meute s'interpose entre eux. Il s'immobilise, interceptant les regards des dholes rouges braqués sur lui. Cinq enfants, cinq dholes. N'a-t-il d'autre choix que de les massacrer ? Supportera-t-il de les voir se défaire de leurs fourrures à leur tour, mutilés et ensanglantés ? L'hésitation de Kistra ne fait qu'ajouter à la délectation de la sorcière.

« Péris ou souille ton âme… D'une manière ou d'une autre, étranger, tu seras cette nuit plus proche des Whelmdgods que je ne le serai jamais… »

À pas prudents, les animaux contournent l'âtre au centre de l'igloo pour converger vers lui. Mais Kistra ne voit plus les prédateurs. Derrière les fourrures de feu, les rangées de crocs et les yeux d'ambre, il voit les proies. Les enfants de Grisfiord, de Port-Inlet, de Silvik. Loin d'être perdus à tout jamais, ils sont encore là quelque part, prisonniers d'un sortilège inhumain. S'il s'interdit d'occire un enfant de plus, qu'adviendra-t-il ? Il accorde trop peu d'importance à une vie qu'il n'a pas choisie pour se soucier de son sort, mais combien d'autres enfants viendront grandir la meute de la sorcière s'il ne met pas un terme à ses agissements ? Et s'il tuait la femme en pourpre, reprendraient-ils seulement forme humaine ? La malédiction serait-elle brisée, ou bien la mort est-elle leur seule délivrance possible ?

Accablé par l'effroyable dilemme, il se contente de brasser l'air de son épée, menaçant à tour de rôle chacun des dholes ensorcelés avec l'espoir vain de les dissuader de courir à leur perte – tout comme de s'empêcher lui-même de courir à la sienne.

« Arrière ! Je ne vous veux aucun mal ! », s'efforce-t-il de les raisonner.

Les animaux ont pris position autour de Kistra, n'attendant qu'un ordre de leur perverse maîtresse. Désormais, il est à peu près certain que même en tentant de se défendre, le mercenaire ne sortira pas victorieux de ce combat. Les dholes sont trop proches. Tout au plus pourrait-il repousser deux bêtes, peut-être trois. Avant longtemps, une paire de mâchoires lui servirait de collier.

« Arrière ! », réitère-t-il, désespéré.

La femme en pourpre le scrute avec un intérêt mâtiné d'amusement.

« C'est peine perdue, étranger. Les dholes n'obéissent qu'à la créature qu'ils considèrent comme leur alpha... Je suis la Louve Pourpre. Emporte mon nom dans les Sept Ports... »

Kistra se croit perdu jusqu'à ce qu'une idée le submerge.

« Fille des ténèbres, déclare-t-il gravement, je suis prêt à embarquer sur la nef qui me portera sur les fleuves souterrains. Avant cela, je te demande une faveur : accorde-moi de prier pour l'âme de ces malheureux enfants.

— Prier, toi ? s'en étonne-t-elle d'un ton soupçonneux.

— Il paraît évident que je n'ai passé guère de temps au temple dans ma vie. Mais si je dois me résigner à la défaite, accorde-moi de m'être battu jusqu'à mon dernier souffle. J'ai juré sur mon honneur de faire tout ce qui était en mon pouvoir pour sauver ces enfants. Pas seulement par le fer, mais par toutes les armes à ma disposition. Laisse-moi prier.

— Tu es mal placé pour exiger de moi quoi que ce soit...

— Songe que si les Himelgods ne me viennent pas en aide, ta victoire n'en sera que plus absolue. »

Une grimace méprisante arque ses lèvres. L'arrogance a toujours été le point faible des sorcières.

« Soit. Prie les dieux de l'Empyr qu'il te sied, peu me chaut. Mais fais vite. Il me reste cinq bouches à nourrir, et mes petits sont affamés… »

Sous les regards attentifs des dholes rouges, Kistra tombe à genoux et croise les bras sur sa poitrine comme il a vu le faire lors de cérémonies. Pour entretenir l'illusion, il remue les lèvres en psalmodiant des versets aussi muets qu'imaginaires, tandis que dans son esprit, une imagerie radicalement éloignée des bondieuseries empyréales prend forme.

Chaque fois que l'Éveil a eu lieu, c'était par accident et Kistra doute d'avoir le moindre contrôle dessus. S'il ne contrôle pas ses désirs enfouis, il peut néanmoins tenter de les faire sortir de l'ombre. Les menaces les plus redoutables avancent toujours en pleine lumière. Ses chances sont ténues, mais qu'a-t-il à perdre ? Les yeux fermés, Kistra se concentre.

L'expression la plus vivace de ses désirs remonte à son temps dans l'armée, lorsqu'il n'était encore qu'un fantassin, et arbore les traits d'un compagnon d'armes nommé Conor Walro.

Un jour qu'ils s'entraînaient à la course dans les bois bordant le camp de Sminja, Conor avait prétendu crânement qu'il surpassait Kistra en vitesse.

« J'ai pourchassé des proies toute ma vie, rétorqua l'intéressé, confiant. Je serai toujours le plus rapide de nous deux. »

Les frondaisons étaient écrasées de soleil et la terre craquelée par la chaleur éprouvante. À l'abri d'un sycomore, les deux jeunes recrues reprenaient leur souffle. Le visage imberbe, luisant de sueur de Conor s'éclaira d'un sourire espiègle et il planta ses yeux de jais dans les siens.

« Prouve-le. Pourchasse-moi !

— Te pourchasser ? », reprit Kistra, décontenancé.

Conor s'approcha jusqu'à ce que leurs lèvres se touchent presque. Effleurant sa nuque des doigts dans un geste qui outrepassait la pure camaraderie, il inclina la tête pour lui glisser à l'oreille :

« Si tu m'attrapes, tu pourras me faire tout ce dont tu as envie… »

Et de mordiller son lobe avant de s'élancer dans le bois. Passée la stupeur de cette invitation concupiscente, le fantassin se précipita à sa poursuite. Conor avait le pas agile. Il louvoyait entre les arbres et les fougères en longues enjambées sautillantes. Au travers des éclaircies dans la végétation, il était donné à Kistra d'entrevoir furtivement ses cuisses musclées par des entraînements quotidiens depuis un très jeune âge. Il désirait Conor depuis leur rencontre, et avait reçu suffisamment de signaux sans équivoque de la part de son compagnon pour savoir que cette attirance était réciproque. Au camp, les moments d'intimité étaient hélas trop rares.

La course prit fin dans un marécage à demi asséché.

Grisé par le jeu, Conor sous-estima la profondeur de l'eau verdâtre, troublée de boue. Il s'étala de tout son long dans une grande gerbe qui éclaboussa les bosquets de glycérine. Kistra se campa sur la berge, les poings posés sur ses hanches dans une posture victorieuse.

« Est-ce que je dois venir te chercher là-dedans ? »

Conor se releva, complètement trempé. Avec un sourire malicieux, le perdant se défit de sa tunique en lin. À la vue du torse athlétique qui se soulevait et se contractait au rythme de ses halètements essoufflés, l'eau croupie ruisselant le long des pectoraux et des abdominaux bien dessinés jusqu'au duvet naissant sous son nombril, Kistra se sentit affligé d'une chaleur qui n'avait rien à voir avec le climat des Mortes-Rias.

« Je suis une proie sans défense, le provoqua Conor. Qu'attends-tu ? »

Après s'être débarrassé de sa propre tunique, Kistra rejoignit son compagnon. Conor posa ses mains sur ses épaules et ses lèvres humides contre les siennes. De l'eau jusqu'aux genoux, ils échangèrent un baiser chargé d'une ardeur dont l'intensité crut jusqu'au stade où les exigences charnelles se firent trop impérieuses. Les mains de Conor commencèrent à peindre des arabesques imaginaires sur sa poitrine ; celles de Kistra se lancèrent dans une exploration plus audacieuse, à laquelle son jeune compagnon consentit en délaçant la cordelette retenant son sous-vêtement en laine.

Soudain, sur la croupe lisse, les doigts du fantassin rencontrèrent quelque chose d'inattendu. Quelque chose de visqueux et mou au toucher… Il s'arracha aux lèvres de son amant.

« Conor, tourne-toi… »

Les yeux noirs interrogèrent ceux de Kistra, s'attendant à y déceler une sollicitation luxurieuse. Ils n'y lurent que de la perplexité.

« Qu'est-ce qu'il y a ? s'enquit Conor en lui présentant son dos.

— Ça ne va pas te plaire.

— Dis-moi ce que… hé ! Mais qu'est-ce qui te prend ? »

Conor avait sursauté, portant la main à sa fesse après qu'il eut ressenti un picotement douloureux. Lorsqu'il se retourna, Kistra exhibait une sangsue grosse comme le pouce. Le gigotement de la minuscule ventouse de laquelle perlait encore du sang arracha au jeune homme une grimace horrifiée. Il rajusta son sous-vêtement en hâte.

« On ferait mieux de retourner au sec ! »

Kistra ne répondit rien. À l'insu de son amant, quelque chose venait de se produire en lui. Plus tard, il l'appellerait l'Éveil. Pour l'heure, il ne s'agissait que d'une sensation telle qu'il n'en avait jamais éprouvée qui foudroyait tout son être, un engourdissement de tous ses membres suivi d'une douleur lancinante dans ses muscles. Il se sentit changer. Ce fut comme si le spectre de ses sens s'élargissait. Les détails lui parvenaient avec une précision stupéfiante. Le bruissement des feuilles. Le raclement d'un rongeur dans un terrier tout proche. La respiration de Conor. Le frémissement de ses narines. Jusqu'aux poils blonds qui se dressaient sur ses avant-bras. De manière étrange, les sons qui franchissaient ses lèvres n'avaient plus aucun sens pour Kistra – tout au plus étaient-ils des ondes de pression martelant l'air qui les séparait. Mais il, ou plutôt la chose qui le dominait désormais, pouvait sentir la peur de Conor. Son odeur enivrante se confondait à celle du sang qui s'écoulait encore de la plaie laissée par le parasite et celle, âcre, de la sudation, portant avec elle un souvenir qu'il croyait éteint à jamais : l'ivresse de la chasse.

Comme avant, quand il n'y avait que la meute et la forêt…

Les yeux écarquillés d'horreur, Conor recula en vacillant. Plus que jamais, il ressemblait à une proie acculée. Si l'eau du marais n'avait pas entravé ses mouvements, peut-être aurait-il pu fuir la chose qui avait été son amant un instant plus tôt. Au lieu de cela, les mâchoires grandes ouvertes du dhole-garou s'accouplèrent avec son visage, couvrant ses joues, sa langue, et son cri. La chair s'élima en lambeaux tendres entre les crocs acérés et un flot de sang se déversa sur les épaules nues de l'infortuné compagnon d'armes de Kistra. La chose monstrueuse continua de boulotter la dépouille dans les eaux rougies de vermillon jusqu'à ce qu'il n'y eût plus guère de viande à en soutirer.

Ensuite, elle se remit en chasse…

Quand Kistra se réveilla après un laps de temps indéterminé, une partie de soldats lancés à leur recherche criait leurs noms dans la forêt. Il avait repris forme humaine. Nu, maculé de crasse et de sang séché, il ignorait où il se trouvait comme la distance qu'il avait parcourue. En plus de Conor Walro, il avait tué un chevreuil, dont la carcasse éventrée gisait encore à quelques coudées de là.

Ainsi en allait-il du don que lui a fait la Lady du Ponant.

« Les dieux t'ont abandonné, étranger », proclame la Louve Pourpre à bout de patience.

Kistra Dholfod n'en est pas si sûr. L'Éveil est proche. Il le ressent au plus profond de sa chair, assoiffé de mort, prêt à se déchaîner. Après Conor, l'ivresse de la chasse ne l'a jamais vraiment quitté. Avec le temps, il en a fait une force. Une arme, même. D'abord, pendant les campagnes des Mortes-Rias. Puis, une fois la guerre finie, dans la purge de sorcières qui venait d'être décrétée dans tout l'Ysthme. La soif de vengeance lui a permis de survivre à son immonde passager et à la culpabilité de la mort de son compagnon, mais c'est la chasse qui lui a permis de vivre.

Seulement, vivre ne suffit pas. Encore faut-il une raison de vivre.

Il l'avait trouvée avec Conor Walro. Plus il y pense, plus il est persuadé que l'Éveil est intimement lié à ce qu'il a ressenti il y a longtemps de cela, quand il n'était encore qu'un soldat à peine sorti de l'adolescence. Le sang avait peut-être été le catalyseur, mais c'était ce désir ardent et nouveau qui dévorait ses entrailles qui l'avait véritablement précipité à sa perte. Une puissance contre laquelle on ne pouvait lutter, un animal intérieur hurlant à la vie autant qu'une bête piégée peut hurler à la mort.

Un animal intérieur. Le don de la Lady du Ponant. Kistra n'oubliera jamais le baiser du marécage. Le corps vibrant de désir de Conor contre le sien, le ciel de l'entrenuit perpétuelle qui était comme le miroir de cet instant de promiscuité suspendu dans le temps et l'espace. Certes, l'Éveil a quelque peu gâché la manière dont les choses devaient se terminer. D'un autre côté, quand la Lady du Ponant l'a capturé, il n'était qu'un chiot tout juste sevré. Quand elle a fait de lui un dhole-garou, elle croyait faire de lui un monstre ; tout au contraire, elle a fait de lui un homme. De ce point de vue, son échec est total.

Tout son corps est foudroyé d'une décharge intense.

L'Éveil. Il a réussi.

Kistra Dholfod s'abandonne à la transformation. Son plastron glisse de ses épaules, sa tunique se fend aux entournures et les coutures de son pantalon craquent. La métamorphose n'est pas douloureuse : il a connu cet autre corps dans une autre vie. Un vaisseau fait de fourrure, de griffes et de crocs.

Avant que le monstre prenne le dessus, Kistra a le temps de voir le doute se peindre sur la figure de la sorcière. Elle vocifère un ordre à l'attention des animaux, mais sa voix n'est guère plus qu'un claquement sonore mal assuré pour le dhole-garou, lequel entend en revanche très distinctement les dholes rouges. Pas seulement les couinements aigus qui s'échappent de leurs gueules, non – il perçoit le martèlement accéléré des cœurs retranchés dans leurs poitrines et le crissement des griffes qui tracent des sillons nerveux dans le sol glacé. Dès lors, le dhole-garou sait qu'il n'a rien à craindre de leur part. La Louve Pourpre n'est plus l'alpha en ces lieux.

En dernier recours, la sorcière profère des sorts en jetant dans l'âtre des brindilles qui se consument en dégageant une fumée odorante. La chose n'en a cure. Son métabolisme est trop noyé par les hormones pour que des narcotiques ou des poisons aient un quelconque effet. Si l'on enfonçait des fers dans sa chair, il est probable qu'il ne le sentirait même pas. Toute son attention est tournée vers sa proie. La Louve Pourpre tente de fuir en longeant les parois de glace incurvées jusqu'à la fosse, mais les dholes – ses petits – lui barrent la route. Le dhole-garou se rapproche à pas lents, savourant l'extase de la domination. La sorcière ouvre la bouche une dernière fois ; bien qu'il soit incapable d'interpréter les sons qui passent ses lèvres, il devine sans effort la supplique qu'ils contiennent. Comme il est sur le point d'attaquer, elle croise ses bras nus devant son visage en poussant un vagissement désespéré.

Sa puissance destructrice déferle sur la fille des ténèbres.

Faute de pouvoir atteindre la gorge, les crocs du dhole-garou enveloppent l'une des mamelles de la Louve. D'une torsion des muscles de son cou, la chose arrache le sein tout entier et le boulotte en le secouant dans sa gueule. Une fois l'attribut en charpie, il enfonce son museau ensanglanté dans la cavité qu'il vient d'ouvrir, broie quelques côtes et entame un carnage dans la cage thoracique de la sorcière. Sa proie s'étrangle dans son propre sang, son hurlement devenu gargouillement grotesque. Les mâchoires du dhole font éclater l'un des poumons et le sang reflue des voies respiratoires. Dans un dernier spasme, la Louve Pourpre tente de repousser le rostre décoré de lambeaux de chair et d'organes déchiquetés. Puis ses mains s'affaissent dans sa robe froissée et ses yeux écarquillés se figent. Le pendentif d'obsidienne toujours suspendu à son cou repose désormais sur son cœur à vif, qui s'est arrêté de battre.

Affairé à sa boucherie, il ne remarque pas tout de suite que les cinq dholes rouges restés en retrait sont couchés sur le flanc et parcourus de convulsions.

Ce n'est que lorsque les enfants libérés du sortilège ont repris forme humaine que la créature se désintéresse momentanément de la carcasse éventrée, humant dans l'air une odeur nouvelle sous les effluves âcres de fumée provenant du feu de bois.

Une odeur de peur et de vulnérabilité mêlée.

S'il a appris une leçon de la Lady du Ponant, c'est bien que tout vient avec un prix à payer…

Quand Kistra Dholfod recouvre ses esprits, une morsure froide le saisit. Avec horreur, il se rend compte qu'il n'est plus dans l'igloo mais sur la banquise, à moitié enseveli sous la neige. Comme si ce n'était pas assez inquiétant, considérant qu'une partie de sa mémoire des événements passés s'est évanouie, tout autour de lui n'est que ténèbres mouvantes. Le blizzard s'est levé. Et depuis un moment, à en juger par l'intensité des borées qui laminent l'Enclave.

Le mercenaire se redresse en s'ébrouant. Il porte toujours sa tunique en lin, quoique le vêtement pende de ses épaules en lambeaux. Son pantalon, son plastron et ses bottes en peau d'ours ont disparu. Un goût bizarre imprègne sa bouche. Kistra ne voit rien dans le noir d'encre qui l'enveloppe, mais la pellicule poisseuse et collante qui recouvre sa peau ne peut signifier qu'une chose : il est couvert de sang. Beaucoup de sang. Un frisson parcourt tout son être. L'Éveil a fait son œuvre sanglante…

Mais où est l'igloo ?

Instinctivement, il baisse les yeux pour chercher ses traces de pas. En vain. Même s'il parvenait à percer l'obscurité – et c'est à peine s'il arrive à voir ses pieds –, l'Aquilon les aura de toute façon effacées. Les bourrasques qui se précipitent à sa rencontre le poussent dans une direction, puis une autre. Que faire ? Construire un quinzy ? Les rafales auront tôt fait de le coucher. Tenter de retrouver l'igloo ? Il peut se trouver n'importe où, dans n'importe quelle direction. Sans les étoiles pour le guider, il pourrait tourner en rond sur la banquise jusqu'à mourir de froid ou d'épuisement. Appeler à l'aide? Il n'y a pas âme qui vive à des lieues à la ronde. Et de toute façon, la complainte de l'Aquilon – ululement lugubre dans le vacarme des borées – couvrirait ses cris…

À la réflexion, Kistra n'a encore jamais entendu mugir le vent de la sorte. En y prêtant une oreille plus attentive, il comprend pourquoi : ce n'est pas l'Aquilon qui est à l'origine de ce bruit.

La plainte aux tristes modulations provient de quelque part sur sa droite – il serait en peine de dire s'il s'agit du sud ou du nord, de l'est ou de l'ouest. Quoi qu'il en soit, elle vient de quelque part, et c'est un repère aussi valable qu'un autre dans sa situation. Se fiant à son ouïe, Kistra se met en marche dans le blizzard. Il doit s'arrêter plusieurs fois pour tendre l'oreille et corriger son pas, inexorablement dévié par le vent, comme si l'Aquilon et le mercenaire se livraient à un bras de fer épique. Après ce qu'il lui semble une éternité, il identifie enfin le hurlement dans la nuit.

Les malamutes…

Transis de froid, miraculeusement abrités par l'attelage que le vent a couché sur le côté, formant une grosse congère au rebord pulvérisé en plumets de neige tourbillonnante. Les chiens de traîneau jappent joyeusement en reconnaissant sa silhouette. Kistra s'agenouille et profite pendant un long moment des démonstrations d'affection de ses bêtes. Leurs corps chauds contre sa poitrine dénudée le revigorent quelque peu. Tournant la tête, il avise le dôme rebondi de l'igloo, puis les lames de fumée déchiquetées par les bourrasques impitoyables dans la lueur jaune émanant de son sommet. Le feu brûle encore à l'intérieur.

Après avoir prononcé quelques mots rassurants à l'attention des malamutes, Kistra se dirige vers la fosse à froid, l'estomac noué par la scène déchirante qu'il s'attend à découvrir, toute joie précédente envolée. Il rampe dans la fosse sans perdre de temps, notant les longues traînées de sang dans la neige et le bol en argile en morceaux. Lorsqu'il émerge dans l'igloo, son attention se porte d'abord sur ce qu'il reste de la Louve Pourpre, soit guère plus qu'un amas sanguinolent de boyaux, d'os brisés et de chair labourée. Même la robe dont elle était parée a fini dépecée dans sa furie. Le mercenaire délaisse ce morbide trophée à son palmarès et s'aventure au fond de l'igloo, où règne une demi-pénombre dans la lueur mourante de l'âtre. Des pieds nus dépassent d'une couverture en peau d'ours blanc. À mesure qu'il s'approche, il dénombre cinq bosses enfouies sous d'autres fourrures. Retenant son souffle, le cœur battant, il avance la main pour découvrir les formes immobiles.

Kistra suspend son geste quand une tête émerge des peaux de bête. Celle d'un garçonnet aux yeux terrifiés, la bouche ouverte et les cheveux en bataille. Il est bientôt imité par deux autres garçons d'à peu près son âge et deux fillettes, une mignonne petite blonde et une brune, occurrence rare dans la région.

Leur terreur s'évanouit quand le mercenaire tombe à genoux et se met à pleurer des larmes de joie.

« Est-ce que le monstre est parti ? le questionne l'un des garçonnets d'un ton hésitant.

— Oui, répond-il d'une voix étranglée par l'émotion. Le monstre est parti. »

Pour le moment, Kistra Dholfod peut vivre avec ce mensonge.

JEUX DANGEREUX
AU BORD DU MONDE

Né en 1982, Sylvain Bousquet travaille dans le dessin animé, notamment comme scénariste sur des séries comme Yakari, Chronokids ou Les Crumpets.
Quand il n'est pas occupé à concocter des programmes pour nos chères têtes blondes, il se consacre à des hobbies aussi divers que le visionnage de toutes sortes de films étranges, l'écoute d'obscurs groupes de Metal scandinaves ou encore l'exploration de lieux urbains abandonnés. Sans oublier l'écriture de scénarios et de nouvelles dans ses genres de prédilection : le fantastique et la science-fiction.

Bibliographie

La Boîte à musique, Horrifique n°111 et 112 spécial Lovecraft (2014)

Contact, Géante Rouge n°22
(2014 - Prix du jury Concours Pépin 2013)

Tourisme parallèle, Absinthe Mag n°2
(2013)

JEU DANGEREUX AU BORD DU MONDE

SYLVAIN BOUSQUET

Comme tous les matins, Kirin se réveilla un peu avant l'aube. Bien qu'il fût le plus âgé de la tribu, il n'aimait pas veiller tard. Le soir autour du feu, il restait en retrait, son regard se perdant dans les flammes vives dévorant le bois, plutôt que de se mêler à ses compagnons qui chantaient et dansaient sous la lune.

Ce n'était pas uniquement parce qu'il ne pouvait pas parler. Il s'était toujours senti différent des autres Fils de Rien. Il regardait leur petit monde s'agiter à travers une longue vue comme s'il était dans un autre espace, un autre temps. Il voyait trop clairement la signification de ce cirque qui se déroulait chaque nuit : Shark gesticulait trivialement autour des filles parce qu'il était le chef et s'en octroyait le droit ; la belle Zelda riait à gorge déployée pour se détendre après une dure journée de corvées, repoussant parfois quelque main trop baladeuse ; Nice et Jed se taquinaient dans un jeu sans fin sous l'œil désapprobateur de Shark ; Barm et Roq faisaient les rigolos de service, davantage pour s'amuser eux-mêmes que le reste de la bande ; Kirin n'était pas des leurs et ne le serait jamais... Ainsi, après un court moment passé à les observer du coin de l'œil, il allait se coucher. Il rejoignait les plus jeunes sous la Grand Tente et s'endormait presque aussitôt alors que les éclats de rire de ses compagnons résonnaient encore dans la nuit noire.

Kirin ouvrait toujours les yeux à l'approche du jour, quand le soleil n'était pas encore levé. Le désert baignait dans une lumière bleutée de semi-nuit. La terre se mélangeait au ciel, formant un océan infini où le Grand Néant semblait s'être noyé. Il aimait ce moment, car il lui évoquait l'espoir. La nuit n'était que ténèbres et froid, réveillant en chacun des peurs primales et enfantines, et le jour, brûlé par les lumières saturées du désert, dévoilait le Grand Néant, cet horizon vide au-delà des mirages qui dévorait lentement le monde de son insatiable appétit.

Kirin resta couché quelques instants. Il passa discrètement la tête sous la toile de la Grand Tente pour regarder les étoiles qui brillaient faiblement dans la lumière de l'aube. Le corps caché sous les couvertures, il attendait. Depuis maintenant plusieurs semaines, son pénis se dressait chaque matin. Même si Shark dormait encore à poings fermés, il ne voulait prendre aucun risque.

Kirin avait un peu plus de treize ans, ce qui faisait de lui le plus âgé des garçons. Il était donc normal que sa puberté commence. Mais il n'était pas le chef. Shark, son cadet de quelques mois, occupait cette position. Il guidait la tribu d'une main de fer, revendiquant avec fierté son statut de mâle dominant. Contrairement à d'autres, Kirin ne le jalousait pas. À défaut d'adhérer systématiquement à ses actes ou à ses paroles, il ne remettait pas en cause cette hiérarchie. Quelle serait la réaction de Shark s'il apercevait une bosse au niveau de son entrejambe, alors que lui-même attendait encore la naissance de sa virilité ? Kirin ne voulait pas y penser. Il n'avait aucune envie de devenir son rival… comme c'était le cas de Jed.

L'adolescent glissa la main dans son caleçon. Il avait perdu sa dureté de roc, il n'y avait plus rien à craindre. Il se leva, enfila ses vêtements et traversa la tente. Shark dormait à poings fermés, allongé au milieu de tous, dans le coin le plus chaud de la tente. À sa gauche, se trouvait Zelda et à sa droite, Nice, les deux filles de la tribu qui avaient à peu près leur âge. Contrairement aux garçons, elles étaient déjà pubères. Shark gardait avec jalousie le trésor de leur virginité pour le jour tant attendu où il serait enfin un homme. Pendant un bref instant, Kirin imagina la douce Zelda blottie contre le torse du chef. Un frisson d'envie lui parcourut l'échine. Non… Il ne devait pas y penser… Il ne devait pas faire la même erreur que Jed… Il se hâta vers l'extérieur et se plongea dans la froideur de l'aube pour écarter ces pensées qu'il aurait tant voulu ne jamais avoir.

Sous la bâche secouée par les vents du désert se trouvaient les vélos, seules richesse et fierté des Fils de Rien. Depuis qu'il avait été banni de la Grand Tente, c'était là que dormait Jed, emmitouflé sous plusieurs couches de vêtements. Kirin enjamba son corps assoupi pour atteindre sa bécane, un tout-terrain pour enfant de dix ans. Il commençait à être trop petit, mais possédait une belle mécanique avec ses dix-huit vitesses et son cadre souple en titane. Il tenait bon malgré la peinture dont il ne restait que quelques éclats bleus et les pneus élimés qui auraient mérité d'être changés. Kirin enleva le cadenas tandis que Jed, troublé par sa présence, se tournait sur lui-même, marmonnant quelque parole incompréhensible. Il enfourcha son vélo et partit comme une flèche vers l'ouest sur la route goudronnée criblée de nids de poule.

Tandis qu'il pédalait, Kirin repensa à la crise qui secouait les Fils de Rien depuis plusieurs jours. Shark et Jed s'étaient violemment disputés. Il fallait bientôt déménager et Jed disait avoir trouvé l'endroit parfait pour s'établir : des grottes au nord-est. Mais Shark refusait d'aller dans cette direction. Il souhaitait poursuivre au sud, comme l'avait fait la tribu ces derniers mois. Bien entendu, ce n'était qu'un prétexte qui cachait quelque chose de plus souterrain : cette rivalité entre Jed et Shark qui durait depuis toujours.

Deux ans auparavant, Jed avait quitté sa famille pour rejoindre les Fils de Rien. À peine plus jeune que Shark, il était rapidement devenu son plus fidèle ami. Mais à mesure qu'il avait gagné en confiance et en aptitudes, lui aussi avait commencé à attirer le regard des filles, en particulier celui de Nice, la jolie brune de la bande. Et Shark ne le supportait pas. En tant que chef, il croyait s'être accaparé la jeune fille de la même manière que Zelda, sa promise depuis toujours. Une tension palpable était née entre les deux jeunes mâles. Kirin avait observé leur jeu de coq avec pessimisme, devinant sans peine quelle en serait l'issue. Et il ne s'était pas trompé. Quelques jours plus tôt, les deux garçons avaient failli en venir aux mains. Depuis, aucun retour en arrière n'était possible. Jed était tombé en disgrâce. Banni de la Grand Tente, il dormait dans le froid de la nuit désertique, risquant d'attraper la mort ou d'être attaqué par quelque animal errant. La veille au soir, devant le feu de camp où tous les Fils de Rien étaient réunis, il avait défié Shark. Exactement comme ce dernier avait fait avec Grand Guy, il y a bien longtemps.

« L'Grand Néant dira qu'c'est l'plus fort ! », avait hurlé Jed avec haine.

Shark lui avait répondu en crachant à ses pieds.

Ce matin, les deux rivaux allaient s'affronter lors du Jeu. Le gagnant resterait – ou deviendrait – chef tandis que l'autre serait banni des Fils de Rien.

Kirin avait été chargé des préparatifs. Tandis qu'il roulait vers le Grand Néant à la recherche du terrain où se déroulerait la partie, il sentit monter en lui une profonde mélancolie. Le fragile équilibre de la tribu serait bientôt rompu. Aujourd'hui marquerait le début d'une nouvelle époque et ce changement l'angoissait terriblement. Certes, il n'appréciait guère Jed. C'était un frimeur qui se moquait de lui à la moindre occasion, même s'il était moins ancien que lui dans la tribu. Mais c'était un élément utile, un bon chasseur et un bon voleur. Il ne manquait pas de témérité… tout comme Shark. Les deux faisaient la paire. Avec eux à sa tête, le clan était puissant. Quel que soit le résultat, les Fils de Rien en sortiraient affaiblis et Kirin ne supportait pas cette idée.

Son soutien allait plutôt du côté de Shark. Ils se côtoyaient depuis le début des Fils de Rien et même s'ils n'étaient pas toujours d'accord, ils se faisaient confiance et se respectaient. Mais une petite partie de Kirin souhaitait que Jed l'emporte. Si tel était le cas, ce dernier s'unirait à Nice. Comme il ne s'intéressait pas à Zelda, ce serait peut-être l'occasion pour Kirin de… non… Il ne voulait pas y penser. L'avenir de la tribu ne pouvait pas se décider sur des motifs aussi triviaux…

Arrivé au bout de la route, Kirin braqua vers le nord. Il roula un ou deux kilomètres sur la terre battue. Même s'il ne connaissait pas bien la région, il trouva rapidement ce qu'il cherchait : un terrain plane et sans obstacles qui plongeait sur quelque trois cents mètres dans le Grand Néant. C'était sans doute un ancien champ comme l'attestaient les traces de sillons et la présence d'une ferme en ruine. D'un tour de roue, Kirin vérifia que le sol était suffisamment dur pour permettre aux deux adversaires de s'affronter en toute équité. C'était parfait. Il posa son vélo puis ramassa quelques pierres qu'il empila les unes sur les autres pour marquer d'un cairn la ligne de départ.

Une fois sa tâche accomplie, il s'assit sur un tronc d'arbre desséché et regarda vers l'ouest. Face à lui s'étalait le Grand Néant. Son abîme noir ouvert sur le sol avait toujours été là. Bien avant la naissance de Kirin, il dévorait déjà le monde, avançant inexorablement d'une centaine de mètres chaque jour. À cette distance, l'adolescent pouvait contempler le chaos bouillonnant de son indescriptible vide, un gouffre infini de ténèbres informes qui avait déjà englouti des civilisations et des pays entiers. D'ici trois jours, quatre tout au plus, l'endroit où il se trouvait serait totalement rayé de la surface de la Terre.

Kirin saisit une poignée de sable. Ouvrant légèrement son poing, il laissa s'écouler les grains et les regarda s'éparpiller en désordre sur le sol, poussés par la brise du matin. Même le plus petit d'entre eux allait bientôt disparaître. Pour toujours. C'était une idée horrible qui quittait rarement son esprit comme celui de nombre de ses contemporains. Mais quelque part, cela le rassurait. Il n'était pas un grain de sable. Lui serait encore debout quand ce paysage serait avalé, encore vivant et prêt à fouler de ses deux roues ce monde en déliquescence.

La plupart des hommes s'écartait autant que possible du Grand Néant. Ils fuyaient indéfiniment vers l'est, la direction opposée. Au contraire, Les Fils de Rien avaient choisi de vivre en nomades dans ce territoire frontalier qui bordait le vide infini. Dans cette zone, il n'y avait rien sinon la mort. Le désert précédait de quelques dizaines de kilomètres l'arrivée du Grand Néant, avançant à la même vitesse que lui. Comme si ce dernier aspirait toute vie avant de dévorer définitivement le cadavre desséché du monde. Les hommes savaient ainsi quand il leur fallait prendre la route à la recherche de terres plus accueillantes, même pour un temps limité. Mais ce n'était qu'une fuite sans espoir que les Fils de Rien avaient depuis longtemps abandonnée. Ainsi, ils vivaient presque seuls dans ce vaste désert. Ils ne possédaient pas grand-chose, même pour des nomades, mais trouvaient leur liberté dans ce mode de vie. On les considérait comme fous et personne n'osait se confronter à eux, même s'ils n'étaient qu'une bande de gamins.

À l'est, le soleil se levait lentement dans le dos de Kirin, habillant d'un manteau de sang le paysage désertique. Au loin, les dunes râpeuses de terres desséchées évoquaient le corps d'une femme, allongée dans une position lascive, comme dans ces magazines anciens que les Fils de Rien trouvaient au fil de leurs errances. L'adolescent pensa alors à Zelda et à ses formes naissantes qu'elle s'efforçait de cacher sous son ample djellaba au bleu délavé. Il l'imagina prenant la pose pour lui dans les sables du désert. Le Grand Néant ressemblait à une plaie nécrosée sur la peau de la jeune fille, ce qui gâcha soudain à ses yeux cette image sensuelle et poétique.

L'adolescent se leva et enfourcha son vélo. Il se mit à pédaler de toutes ses forces en direction du Grand Néant. Au bout d'une dizaine de mètres, il commença à sentir l'emprise du vide, une puissante force d'attraction qui semblait pouvoir l'aspirer comme une vulgaire poussière. Il avait déjà vu des petits animaux, comme des lapins ou de renards du désert, se précipiter à l'intérieur, étrangement attirés. Parfois, c'était des nuées de volatiles aux ailes noires qui fondaient en son sein et disparaissaient dans une explosion de plumes. Le Grand Néant exerçait une fascination mystérieuse sur tous les êtres vivants et il n'était pas en reste.

À mesure qu'il s'approchait, Kirin commença à avoir le tournis. Il freina brusquement. Il se trouvait à un peu plus d'une cinquantaine de mètres du bord. Dans cette zone, la pression atmosphérique était plus forte. Il posa son vélo puis fit quelques pas, respirant avec peine. Il n'avait jamais pu s'approcher plus près. Shark et Jed le traitaient de pleutre. Ils avaient sans doute raison. Dès que Kirin commençait à manquer d'air, il était pris d'une panique explicable. Il se mettait à hurler, perdant totalement le contrôle de lui-même. C'était l'un des rares moments où il était capable de faire entendre sa voix. D'habitude, les sons qu'il essayait d'émettre restaient inexplicablement bloqués au fond de sa gorge. Oui, il était faible. Bien trop faible… Jamais il ne pourrait gagner au Jeu du Grand Néant. Il était condamné à être dans l'ombre, loin des honneurs du chef… loin de l'admiration des filles…

L'aube s'évaporait. Le jour serait bientôt là, écrasant de chaleur et de sécheresse. Il était inutile de repousser plus longtemps le début du Jeu et son fatal dénouement. Kirin fit demi-tour, quittant avec difficulté cette zone où l'influence du Grand Néant se faisait si lourdement sentir. Il reprit la route du campement, les mains moites glissant sur le guidon.

Au campement, les filles préparaient le petit-déjeuner, constitué en ces temps difficiles d'une simple bouillie de racines. À l'arrivée de Kirin, les Minus accoururent pour lui faire la fête, gesticulant autour de son VTT en poussant des cris stridents. C'était ainsi qu'on surnommait les plus jeunes des Fils de Rien dont certains n'avaient pas encore six ans. Habituellement, Kirin se laissait prendre au jeu. Il faisait quelques acrobaties pour les impressionner ou choisissait l'un ou l'autre pour un petit tour sur le porte-bagage. Il aimait beaucoup cela, car Zelda le regardait toujours faire. Elle le fixait de ses grands yeux clairs en lui adressant un sourire complice. Cela lui rappelait l'époque où ils s'étaient rencontrés, une époque lointaine où il n'y avait encore ni Shark, ni Fils de Rien.

C'était il y a longtemps et Zelda, tout comme lui, n'était qu'une enfant. Elle vivait au sein d'un clan établi sur une bretelle d'autoroute, au milieu d'un charnier de véhicules accidentés. C'était un clan comme il en existait des dizaines dans le monde désespéré du Grand Néant. Des hommes violents qui pillaient, tuaient et violaient. Ils l'employaient comme une esclave, attendant qu'elle grandisse pour lui faire subir des choses bien pires encore. Lui était un fantôme famélique qui errait dans le désert. Il se souvenait vaguement d'une époque encore plus ancienne où il marchait avec son père et sa mère au sein d'une tribu de nomades. Une époque lointaine où il était capable de rire et de parler…

Il avait vécu pendant plusieurs semaines aux abords du clan de Zelda. Invisible aux yeux des adultes, il fouillait leurs ordures pour trouver de la nourriture. Un jour, elle l'avait surpris. Au lieu d'en avertir ses maîtres, elle avait commencé à lui apporter à manger toutes les nuits. Une amitié étrange s'était nouée entre eux sans qu'ils échangeassent pourtant le moindre mot.

Cela avait continué jusqu'au jour où Karn, une brute épaisse d'une vingtaine d'années, s'en aperçoive. Décidé à punir Zelda, il avait levé sa machette au-dessus de la lune ronde et pleine. Kirin avait réagi juste à temps pour éviter que la lame tranchante ne retombe. Karn s'était effondré, touché à la tête par une lourde pierre. Pris d'un réflexe animal, le jeune garçon s'était jeté sur lui. Il avait saisi son arme tombée à terre et lui avait tranché la gorge d'un coup sec.

Cet événement avait scellé le destin de Zelda, tout comme le sien. Ensemble, ils avaient fui dans la nuit noire. Zelda avait volé un vélo, un de ceux que ses maîtres utilisaient maintenant que l'essence venait à manquer. Kirin se souviendrait toujours de ce voyage. Assis sur la selle derrière Zelda, il s'agrippait à ses épaules tandis qu'elle pédalait de toutes ses forces sur cette bécane trop grande pour elle. Il gémissait en pointant le doigt vers l'Ouest, la direction du Grand Néant. C'était là qu'ils s'étaient cachés, aussi proches du bord qu'ils le pouvaient. Ils n'étaient pas encore les Fils de Rien mais ils le devinrent cette nuit-là, blottis l'un contre l'autre dans le creux d'un rocher qui menaçait d'être avalé. Les hommes du clan partirent à leur recherche vers l'est et ne les trouvèrent jamais. Zelda et Kirin surent alors qui ils étaient.

Ils avaient erré plusieurs semaines, parcourant le désert sur ce vélo, se nourrissant de racines et chassant le rat. Sur leur route, ils avaient rencontré Grand Guy, Bâtard et Shark, un trio de jeunes nomades qui avaient été bannis de leur tribu parce qu'ils avaient volé. Ensemble, ils étaient retournés sur cette bretelle d'autoroute que l'ancien clan de Zelda avait quittée à l'approche du Grand Néant. Ils y avaient trouvé d'autres vélos. Par la suite, ils avaient été rejoints par d'autres enfants abandonnés ou qui fuyaient le désespoir et la violence du monde des adultes. La tribu était née. Ce fut Grand Guy qui trouva leur nom – les Fils de Rien –, car désormais, ils n'avaient plus besoin de père ni de mère.

Quatre années s'étaient écoulées depuis. La tribu avait grandi, devenant plus forte et plus organisée avec l'âge. Il y avait eu des moments difficiles – l'attaque des Vierges de Fer, la mort de Bâtard, la trahison de Grand Guy – des moments de famine, des séparations, mais la tribu avait survécu. Les Fils de Rien tiraient leur énergie du désespoir inhérent au monde du Grand Néant et le transmutaient en une incommensurable force de vie. Ils n'avaient besoin de personne et quand le vide aurait fini de dévorer goulûment la terre, ils seraient encore là, dansant sur les cadavres de ceux qui avaient failli.

Kirin repensait souvent à cette période lointaine où il avait erré dans le désert, seul avec Zelda. Il en gardait un souvenir nostalgique, malgré l'angoisse qui leur avait longtemps tenu au ventre. Il y avait une connexion mystérieuse entre eux. Celle-ci avait disparu au fil du temps, quand Shark et les autres avaient fait leur apparition. Des gens avec qui il était plus facile de communiquer, de rire et de s'amuser qu'avec Kirin le Muet…

Parfois, l'adolescent avait l'impression de retrouver ce lien étrange avec Zelda. Par exemple, quand celle-ci le regardait jouer avec les Minus. Elle souriait de mille éclats, rejetant en arrière son abondante chevelure aux reflets roux. C'étaient des moments rares, qu'il chérissait de toute son âme. Mais aujourd'hui, il était bien trop préoccupé par la situation pour se soucier de lui plaire. D'un geste brusque, il écarta la petite Zaza qui lui barrait la route en hurlant de joie les bras levés. La jeune enfant ne sembla pas comprendre, mais il ne s'en soucia guère. Il continua à rouler jusqu'à la bâche et y déposa son vélo. En jetant un regard circulaire au campement, il s'aperçut que Zelda n'était pas en train de s'occuper du feu comme à son habitude. Elle avait délégué cette tâche à LN et Nice, sans doute pour aller chercher du bois dans le désert.

Kirin se dirigea vers la Grand Tente pour prévenir Shark de son retour. Ce dernier était encore couché. C'était son privilège de chef. Il ne participait pas aux corvées du matin et se levait seulement quand le repas était chaud. Kirin entra, sachant qu'il allait le réveiller et qu'il recevrait une volée de bois vert pour cela. De toute façon, s'il le laissait dormir, celui-ci le lui reprocherait.

Dans la pénombre de la tente, Shark en caleçon était étendu sur sa paillasse au milieu des couvertures rebattues. Tournant le dos à l'entrée, se tenait Zelda, assise nonchalamment à ses côtés. La jeune fille était vêtue d'un simple t-shirt grande taille, celui qu'elle utilisait pour dormir. Le vêtement la couvrait à peine, dévoilant ses longues jambes à la pâleur de crème. Sa main était posée sur le torse de Shark. Un sourire étrange sur les lèvres, ce dernier la regardait avec une intensité peu commune. Kirin ne pouvait voir le visage de la jeune fille, mais il imagina sans peine son air enjoué et ses yeux pétillants, tandis qu'elle jouait avec ses cheveux de feu… pour séduire son chef.

« T'auras c'que tu veux si t'acceptes… », murmura-t-elle dans un souffle.

C'est alors que Shark aperçut Kirin. Il se releva d'un bond. Son sourire disparut en un instant, laissant place à une moue méprisante.

« Dégage d'là imbécile ! T'vois pas que tu déranges ? », hurla-t-il.

Sa voix en pleine mue oscillait entre le ton grave de l'homme fait et celui éraillé de l'enfant. Kirin recula aussitôt. Son regard croisa celui de Zelda. Ses grands yeux étaient emplis de honte, comme le jour où elle avait été surprise par Karn en train de voler de la nourriture pour lui. C'était une vision insupportable. L'adolescent se détourna et sortit, les genoux tremblants.

Son cerveau bouillonnait. L'union de Shark et de Zelda… Kirin s'était longtemps préparé à cela, mais ça avait quand même été un choc. Shark considérait la jeune fille comme sa promise depuis qu'il était devenu le chef des Fils de Rien. Jusqu'ici, celle-ci avait toujours plus ou moins refusé ses avances. Quand ils dansaient le soir autour du feu et que les mains du garçon s'égaraient un peu trop bas sur ses hanches, elle le repoussait gentiment. Comme tout le monde, Kirin mettait cela sur le compte de leur jeune âge. Il ne doutait pas qu'un jour le couple convolerait en justes noces. C'était dans l'ordre des choses et cela ne pouvait se passer autrement. Kirin s'était fait une raison. Malgré les sentiments qu'il éprouvait pour la jeune fille, c'était Shark qui l'avait choisie, c'était Shark qui la posséderait. Kirin le savait très bien… Mais cela ne l'empêchait pas d'avoir mal, très mal…

D'un pas lent, il alla rejoindre le reste des Fils de Rien attablés pour le petit-déjeuner. Touchant à peine à son bol de bouillie, il resta plongé dans ses noires réflexions. Il ne tourna même pas la tête quand Zelda et Shark sortirent de la tente quelques instants après lui. Il faut que Jed l'emporte… Il faut que Jed l'emporte… se répétait-il en boucle. Il ne pouvait plus penser autrement.

Une heure plus tard, les Fils de Rien étaient réunis non loin du Grand Néant, aux abords du terrain choisi par Kirin pour le Jeu.

Tous étaient là : Shark Bo Gosse, Jed Trompe-la-mort, Kirin le Muet, Zelda No Densetsu, Nice la Trop Naïce et son pataud de frère Barm Tout Niqué, LN du 9-3, Roq l'Egorgeur de lapins, Le P'tit Léon des Broussailles et toute la clique des Minus Sly, Zaza, Tulu, Poum et Tchakata. Ces derniers n'avaient pas encore de surnoms, car ils étaient trop petits pour s'en choisir un ou pour avoir fait quelque chose qui en méritait. Ils ne possédaient pas non plus de vélo. Ainsi, on les avait traînés dans des carrioles ou sur des porte-bagages. Ils adoraient cela et poussaient des cris de joie comme s'ils participaient à une promenade d'agrément, trop jeunes pour comprendre ce qui se tramait chez leurs aînés.

Pendant tout le trajet, Kirin cacha le trouble qui l'animait. Ce n'était pas très difficile. Son mutisme le rendait naturellement taciturne et personne ne s'intéressait à ce qu'il pensait. Sauf peut-être Zelda qui remarqua quelque chose à sa manière d'éviter constamment son regard et de pédaler loin devant pour montrer le chemin.

De son côté, Jed ne cessa de narguer Shark. Il s'éloigna de la caravane pour grimper sur une dune alentour. Puis il la dévala à toute vitesse en hurlant son nom comme un cri de guerre.

« Jed Trompe -la-moooooooort ! »

Shark l'ignora complètement. Comme le chef qu'il était, il pédalait fièrement en tête de cortège, Zelda à sa droite, Nice à sa gauche, le reste de la troupe derrière lui. Jed lui fonça dessus et ne freina d'un beau dérapage qu'à la dernière seconde. Il reçut une poignée de terre à la figure, mais ne sourcilla pas. Il se contenta de jeter un regard méprisant à son adversaire, tandis que le Zelda le réprimandait d'avoir arrosé la carriole des Minus.

Imbécile de Jed, pensa Kirin. Tu t'épuises pour rien. Garde ta force pour le Jeu ! C'est pas comme ça que tu vas gagner…

Il se sentait terriblement coupable de réagir de la sorte, mais il n'y pouvait rien. Il ne pouvait contrôler ses pensées. Son cœur avait fait son choix.

Afin de se protéger du soleil, les Fils de Rien s'installèrent sous de larges parasols, illustrés de motifs publicitaires aux couleurs chatoyantes. Ici et là, on pouvait voir les armoiries d'une marque de bière d'abbaye ou des petits personnages aux formes pittoresques qui – dans une époque oubliée – avaient fait la notoriété d'une marque de soda. Le sens de ces dessins échappait à cette génération qui n'avait connu que le Grand Néant. Ils en avaient déduit qu'il s'agissait d'une sorte d'héraldique pour les clans qui, comme eux en cet instant, stationnaient dans le désert.

En tant que chef, Shark possédait deux vélos : un VTT d'adulte pour les longs trajets et les repérages et un bicross plus léger et maniable qui lui servait pour les Raids... ou pour les occasions comme celles-là. Jed possédait à peu près la même bécane, bien que la sienne fût en moins bon état du fait d'une utilisation plus régulière. Autre différence notable : le vélo du chef était doté d'un système de freins à disque sophistiqué, plus précis et efficace que celui des classiques tampons de caoutchouc. Mais cela n'avait pas d'importance. Dans le Jeu, tout était une question de couilles.

Avant de rejoindre la ligne de départ, Jed se fendit d'un petit tour de piste. Passant devant Nice, il lui envoya un baiser. La jeune fille en fut ravie, à en juger par le rouge qui colora ses joues. Puis il adressa quelques insultes à Shark et vint se placer face au Grand Néant. Son visage était tendu et sa mâchoire serrée. Quant à Shark, il arborait son habituel sourire de fanfaron, sûr de sa victoire. Il toisa son adversaire d'un regard méprisant et cracha un mollard visqueux à ses pieds.

« Ta bécane, c'est par moi qu'tu l'as eue. C'est par moi qu'tu vas la perd' ! »

Kirin observait la scène avec anxiété, se tenant en retrait derrière les autres Fils de Rien. Tous étaient au comble de l'excitation. Juchée sur les genoux de l'adolescent, la petite Zaza gesticulait dans tous les sens, frappant naïvement dans ses mains.

« Vas-y Shak ! Vas-y Jed ! »

À la demande de Shark, Zelda donna le départ. Elle jeta dans les airs une plume de corbeau qui virevolta quelques instants. Il y eut un moment de suspension. Tous retinrent leur souffle. Puis la plume retomba dans la terre poussiéreuse et les deux adversaires démarrèrent en trombe.

Ce n'était pas une course de vitesse, mais ils firent comme si c'était le cas. Ils roulèrent à toute allure sur quelque deux cents mètres, se tenant au coude à coude. Rien ne semblait pouvoir les arrêter. Le Grand Néant se rapprochait dangereusement. Ils paraissaient prêts à se jeter dedans comme quelque animal soudain devenu fou. Mais alors que Jed prenait de l'avance, Shark freina brutalement. Il fit un dérapage parfaitement contrôlé qui marqua le sol d'une profonde éraflure. Surpris, son adversaire tourna la tête en arrière, marquant un léger écart dans sa course folle. La force d'attraction du Grand

Néant lui fit perdre l'équilibre. Il s'arrêta d'un coup de frein, mais sa manœuvre était bien moins contrôlée que celle de Shark. Il posa le pied à terre pour éviter de chuter gauchement. Son dérapage projeta du sable dans les airs. Les grains ne retombèrent pas et s'envolèrent en tourbillonnant vers le Grand Néant. À moins d'une cinquantaine de mètres du bord, Jed était déjà dans la zone de turbulence. Les choses sérieuses pouvaient commencer.

À l'autre bout du champ, les Fils de Rien observaient le spectacle à travers une unique paire de jumelles que chacun se passait à tour de rôle.

« File ça, Barm ! Tu t'endors dessus ou quoi ? », hurla Roq.

Mais Nice fut plus rapide à s'en saisir.

« Un peu d'galanterie les gars ! », répliqua-t-elle quand les garçons lui jetèrent un regard noir.

Kirin n'avait aucune envie d'être là. Il aurait voulu rouler au hasard dans le désert, en attendant que le destin de la tribu se fixe, loin de son regard. Mais il ne le pouvait pas. Shark leur avait ordonné à tous d'être présents. Il voulait leur montrer qu'il était le plus fort, qu'il méritait d'être le chef. Kirin détestait cette manière qu'il avait de se mettre toujours en avant.

Zelda non plus ne semblait pas prendre plaisir au spectacle. Elle restait silencieuse, plissant les yeux vers l'horizon, d'un air anxieux. Soudain, elle se leva et arracha les jumelles des mains de Nice. C'était rare qu'elle se comporte de la sorte et personne n'osa lui faire la moindre remarque. Elle porta les jumelles à ses yeux et observa la scène quelques instants.

« C'est Jed qu'est le plus près. »

Puis elle tendit les jumelles à Kirin qui n'avait rien demandé. Quand leur regard se croisa, l'adolescent baissa les yeux. Depuis ce matin, il ne cessait de se demander ce qui se passait dans sa tête. Elle s'était rapprochée de Shark, ça, il en était sûr. Craignait-elle la défaite de son chef ? Non, ça ne collait pas avec la Zelda qu'il connaissait… Kirin repensa à cette phrase qu'il avait entendue dans la pénombre de la tente : « T'auras c'que tu veux si t'acceptes ». Il y avait quelque chose dans cette scène que l'adolescent n'avait pas saisi…

À travers les lunettes, Kirin observa Shark qui faisait demi-tour et revenait nonchalamment vers la ligne de départ, satisfait de son petit effet. Loin derrière lui se tenait Jed. Juché sur son vélo, il marquait fièrement sa position, immobile comme une statue de pierre. Mais ce n'était que de la pose. Kirin devinait sans peine l'angoisse qui pointait derrière ses traits de marbre tandis que le souffle du Grand Néant caressait doucement sa nuque.

Arrivé au cairn, Shark salua son public d'un geste de la main. Les Fils de Rien l'ovationnèrent docilement, puis il fit demi-tour et repartit à toute allure en direction du Grand Néant. Il dépassa Jed comme une flèche. Cessant de pédaler, il se laissa porter par la vitesse sur une quinzaine de mètres avant de s'arrêter. Il était calme et semblait maîtriser ce qu'il faisait.

Puis ce fut au tour de Jed. Contrairement à Shark, chacun de ses gestes transpirait la rage et la haine. Il repartit vers le cairn, prit son élan et s'élança à nouveau sur la piste. Il avait déjà commencé à ralentir quand il dépassa Shark et stoppa sa course à peine quelques mètres après lui. Il n'osait pas trop grignoter cette distance tant redoutée qui le séparait du Grand Néant.

« Alors, t'as les boules Jed ? », lui lança Shark.

Quand ce fut son tour, le chef des Fils de Rien avança d'une bonne coudée vers le Grand Néant. Les deux adversaires étaient désormais à moins d'une vingtaine de mètres du bord. C'était là que tout allait se jouer. Kirin en avait les mains moites et le cœur battant rien qu'à les observer. Il savait qu'à cette distance la pression atmosphérique était tellement forte que la moindre erreur risquait de les précipiter dans le vide. Et puis il y avait cette ivresse dans l'air qui fatiguait et déstabilisait. C'était ça qui était le plus dur : tenir sa position dans la zone de turbulence, quand l'autre prenait son élan. Lui aurait été incapable de tenir aussi longtemps…

À côté de lui, le reste de la tribu avait cessé ses puérils encouragements. Personne ne moufetait. Zaza s'accrochait au t-shirt de Kirin de ses petites mains d'enfant. Elle avait saisi le danger qui menaçait les deux concurrents, et peut-être même toute la gravité de la situation.

« Dis, y vont pas tomber dedans, hein… »

Kirin ne pouvait rien lui répondre. Ce fut Zelda qui la rassura en la prenant dans ses bras.

Quand Jed revint à la ligne d'arrivée, il pédalait d'une manière moins vigoureuse. Il le savait, il n'avait pas le droit de s'arrêter, ni même de traîner. Il soufflait comme un bœuf, mais repartit vaillamment sur la piste.

« Jed le Boss ! Trompe-la-mooooooooooooort ! »

Son cri n'avait plus rien d'artificiel : il sembla jaillir de ses tripes. Jed roula jusqu'à Shark et dérapa à son niveau. L'inertie du Grand Néant le fit glisser sur quelques mètres. Pendant un bref instant de panique, il perdit le contrôle et n'eut d'autre choix que de basculer sur le côté. Il tomba brutalement, s'éraflant coudes et genoux. Les vents électriques du Grand Néant lui fouettaient le visage. Il se cramponna à son bicross échoué, carcasse frêle et légère prête à s'envoler vers le vide infini. Dix mètres, peut-être moins…

De son côté, Shark n'en menait pas large non plus. De larges taches de sueur trempaient son t-shirt. Son sourire frimeur avait disparu au profit d'une expression angoissée qui ne lui ressemblait pas. Il y avait peu de chances pour qu'il ait les tripes d'aller plus loin. Pourtant, il ne renonça pas. Il avait déjà vaincu Grand Guy une première fois. Il avait l'expérience du Jeu. Il savait qu'il suffisait de peu de chose pour gagner. Juste un peu plus loin...

Ainsi, il fit à peu près comme Jed, mais de manière plus contrôlée : dérapage, glissade puis chute. Ce fut suffisant pour le dépasser d'un petit mètre. Quand il tomba lui aussi, sa tête manqua heurter la roue arrière de son adversaire. Il se recroquevilla comme une boule sur son bicross, protégeant comme il le pouvait son visage des particules de poussières qui saturaient l'atmosphère. Une bande de quelques mètres le séparait désormais du Grand Néant. S'il avait levé la tête, il aurait pu le voir avancer vers lui dans son éternel mouvement.

Jed se releva avec difficulté. Ses jambes étaient couvertes d'écorchures. L'air malsain écrasait ses poumons. Il monta avec peine sur son vélo et repartit vers le cairn en chancelant. Sur la ligne de départ, son regard croisa celui de Nice, sa douce prétendante. Celle-ci lui adressa une moue découragée, ce qui le dépita plus encore. Puis il s'élança vers le Grand Néant. Il roula mollement, loin de sprinter comme il l'avait fait quelques tours plus tôt. Au milieu de la zone de turbulence, il n'était plus qu'une minuscule silhouette frêle sur son vélo, prête à être dévorée par le Grand Néant. Arrivé non loin de Shark, il freina brutalement. La peur avait dicté son geste. Son vélo avança encore de quelques mètres… mais il ne dépassa pas son adversaire.

À moins de deux mètres devant lui, le chef des Fils de Rien gisait dans une marée de sable qui le recouvrait peu à peu. Il ne vit pas Jed s'arrêter, mais au son des hourras poussés par la tribu, il sut qu'il avait gagné. Le jeu était fini et Jed revenait piteusement sous les huées. Il était descendu de son bicross et le poussait avec peine contre les vents violents qui soufflaient en direction du Grand Néant. Son arrogance l'avait totalement quitté. Il marchait le dos voûté. Son regard fixait le sol plutôt que ses anciens compagnons.

Derrière lui, Shark se releva. Lui aussi était épuisé, mais un sourire triomphant illuminait son visage. Il lui restait encore quelques forces et il pédala jusqu'à Jed. Arrivé à sa hauteur, il lui coupa la route. Jed s'arrêta mollement, manquant de lui rentrer dedans. Leurs roues s'entrechoquèrent dans un tintement de métal. Les deux adolescents se regardèrent quelques instants, puis soudainement, Shark saisit Jed par le col et le jeta à terre. Le vaincu ne chercha pas à résister et tomba à genoux. Il n'esquiva pas non plus le mollard que son ancien ami lui cracha au visage. Des larmes coulaient de ses yeux. Shark partit d'un rire tonitruant :

« T'es plus des nôt' maintenant. Nice est à moi. Tire-toi ! »

Le chef des Fils de Rien se saisit du bicross. Sans même un regard pour lui, il continua son chemin en direction de ses compagnons.

Son arrivée fut saluée par une cohorte d'applaudissements et de cris hystériques. Nice se jeta dans ses bras en riant. Elle semblait avoir oublié en un instant que Jed avait été son favori. Ils échangèrent un baiser furtif, ponctué par de nouveaux hurlements.

Kirin ne bougea pas. Sans surprise, Shark avait gagné. L'adolescent se maudit d'avoir espéré une autre issue. C'était mieux ainsi. Il devait se résigner. Il regarda Zelda. La jeune fille s'était jointe au petit groupe formé autour de Shark, portant Zaza dans les bras. Elle restait en retrait, affichant un simple sourire, loin des explosions de joie du reste des Fils de Rien. Shark s'approcha d'elle. Il tenait Nice par la taille, mais cela ne l'empêcha pas de tenter de l'embrasser. Mais elle détourna sa bouche et il ne toucha que sa joue.

Le regard de Kirin se posa sur l'horizon. Au loin, dans les mirages du désert, se découpait la silhouette fantomatique de Jed. Celle-ci n'était déjà plus qu'un point noir qui se dirigeait lentement vers le nord. Le bannissement… Il n'avait nulle part où aller. Dans cette zone morte où le Grand Néant n'était que le moindre des dangers, il n'avait aucune chance de survie. Peut-être les Fils de Rien retrouveraient-ils son cadavre desséché au détour d'une ruine quelconque ? Ou bien se laisserait-il avaler par le Grand Néant comme tant de désespérés de son époque ? Le cœur de Kirin se serra. C'était inutile d'y penser… Il n'avait rien à faire... Il se leva et rejoignit ses compagnons qui avaient soulevé Shark et le portaient triomphalement.

À la nuit tombée, les Fils de Rien célébrèrent dignement la victoire de Shark. Ce n'était pas un feu que la tribu alluma, mais un immense bûcher dont les flammes léchaient le ciel ténébreux. On sortit la bouteille de gnôle qu'on gardait pour les grandes occasions et tous se mirent à boire. Le P'tit Léon des Broussailles reçut le bicross qui avait appartenu à Jed tandis que son minuscule vélo de gosse fut donné à Sly.

« T'es un homme maintenant P'tit Léon, déclara Shark en lui tapant sur l'épaule. Et toi, Sly, t'es plus un Minus !

— Hourrah ! Vive Shark le Boss ! Longue vie aux Fils de Rien et mort aux tapettes ! »

P'tit Léon et Sly exultaient. Ils se jetèrent à terre en hurlant, aussitôt rejoints par leurs camarades qui leur sautèrent dessus. Bientôt, il n'y eut plus qu'un tas informe de corps, un magma de bras et de jambes désarticulés remuant dans tous les sens, au sommet duquel se tenait Shark. C'était de cette manière que les garçons de la tribu exprimaient leur joie. Sauf Kirin qui, comme à son habitude, se tenait à l'écart.

Puis Shark et Nice se mirent à boire de grandes lampées à la bouteille, riant de plus en plus bêtement à mesure que l'alcool enivrait leur sang. Kirin resta assis dans un coin à les observer, se murant dans son monde de silence. Il se demandait quel plaisir ils prenaient à être saouls. Il les trouvait tellement stupides, à danser et à chanter comme des ivrognes autour du feu, imitant les comportements qu'ils avaient observés chez les adultes !

Debout au milieu du cercle, Shark racontait encore et encore chacun des détails du Jeu :

« D'abord, j'lui ai laissé croire qu'y gagnait, le gros bâtard ! Puis c'est lui qu'à commencé à s'fatiguer caus' du Grand Néant. Après, fastoche, y'avait qu'à pousser. J'le savais bien : l'avait pas les couilles !

— T'es trop bossy, Shark ! »

Nice le regardait avec de grands yeux béats d'admiration, ponctuant chacune de ses paroles par un éclat de rire exagéré. Barm, Roq, LN, P'tit Léon, Sly et les Minus, tous étaient à sa botte. Même Zelda, qui avait montré un enthousiasme poli à sa victoire, ne le quittait pas des yeux et esquissait quelques sourires malicieux à ses fanfaronnades.

Shark était leur chef et le resterait toujours. S'il avait envie de s'unir à Nice aussi bien qu'à Zelda, personne ne l'en empêcherait.

À mesure que la soirée avançait, Kirin sentit monter en lui un horrible sentiment de frustration. Plus que jamais, il se sentait comme un fantôme désincarné au milieu de ses compagnons. Il regardait Zelda qui commençait elle aussi à être ivre. Il n'y avait plus trace de ce doute qu'il avait cru observer chez elle quelques heures plus tôt. Il aurait tant voulu savoir ce qu'elle pensait, lui dire ce qu'il avait sur le cœur, évoquer avec elle le bannissement de Jed, l'avenir des Fils de Rien… Mais il resta muet, comme toujours. La jeune fille ne lui adressa la parole que pour lui demander d'aller coucher les petits, une tâche dont il s'acquittait toujours, car il les suivait de près dans le sommeil. Il s'exécuta, non sans quelques difficultés. Tout excitée par les événements de la journée, Zaza refusait d'aller au lit et entraînait les autres dans son sillon rebelle. Kirin se trouva vite dépassé et Zelda dut intervenir avec autorité pour mettre un terme aux piaillements récalcitrants. L'adolescent en fut quitte pour mener chacun des enfants à la Grand Tente sur son dos, en courant pour faire semblant « d'être un vélo ».

Une fois les Minus couchés, Kirin retourna à la veillée plutôt que d'aller lui aussi dormir. Il essaya de se mêler à ses compagnons debout autour du feu. Il fit quelques pas de danse maladroits sur le rythme binaire que Roq martelait sur une casserole, mais personne ne le remarqua. Jed n'était plus là pour se moquer de lui ; Shark était saoul et dansait collé-serré avec Zelda et Nice, chacune à leur tour ; Barm et Roq riaient grassement à quelque plaisanterie grivoise.

P'tit Léon finit par lui passer la bouteille dont il ne restait qu'un fond boueux où trempaient les restes d'une poire qui avait longuement macéré. Kirin se laissa tenter et but quelques gorgées. Le goût amer de la gnôle lui donna la nausée. Il chancela et retourna s'asseoir. Au lieu de le détendre, l'alcool le plongea un peu plus dans son monde intérieur. Ce n'était pas seulement le Jeu, la perte de Jed et les conséquences sur la vie de la tribu ; c'était surtout Zelda et Shark. Il le savait au plus profond de ses tripes, il ne pourrait jamais supporter de les voir ensemble… Dans sa tête, il se repassait encore et encore la scène auquel il avait assisté ce matin : la jeune fille assise dans une position lascive, la main posée sur le torse de Shark ; elle lui murmurait quelque parole secrète tandis qu'il la regardait de ce sourire étrange ; puis elle s'était retournée dans un sursaut coupable et Kirin avait fui…

Soudain, d'autres images jaillirent. C'était tout d'abord Jed, seul dans la nuit glaciale du désert. Il se pelotonnait, cherchant un peu de chaleur sous les décombres d'une maison en ruine. Le jour se levait sur son cadavre froid, sa carcasse pourrissante bientôt dévorée par les vautours. Puis virent des choses plus anciennes et plus horribles encore. C'était une nuit de ténèbres illuminée par le feu des combats. Sa mère fuyait avec lui sous le crépitement des fusils. Une balle siffla soudain et elle tomba à terre. Elle l'écrasait de tout son poids tandis que la vie quittait lentement ses pupilles tristes. Des soldats aux bottes noires couraient tout autour d'eux, ivres de haine et de mort. Ils chassaient les nomades qui, poussés par l'approche du Grand Néant, avaient tenté de franchir la frontière de leur pays. Caché sous le corps de sa mère, Kirin étouffait. Il ne faut pas qu'ils me remarquent, il ne faut pas qu'ils me remarquent…

L'adolescent jeta soudain la bouteille au feu. Quand elle se brisa, les éclats de verre imbibés d'alcool s'enflammèrent, illuminant la nuit noire d'une couleur de sang. Les Fils de Rien applaudirent mais Kirin n'eut aucune réaction. Il regardait Zelda qui s'amusait follement dans les bras de Shark. Celui-ci la faisait tourner au rythme des claquements de doigts de Nice. Leurs bouches étaient à peine à quelques centimètres l'une de l'autre. Kirin décida qu'il n'y avait plus rien à tirer de cette soirée et partit se coucher sans même adresser un bonsoir à ses compagnons.

Kirin eut du mal à dormir. C'était un fait plutôt rare. D'habitude, il lui suffisait de s'allonger pour plonger aussitôt dans un monde sans rêves qui l'avalait tel le Grand Néant avec toutes les choses de la terre. Mais cette nuit était différente. Il ne cessait de se tourner et de se retourner sur sa paillasse. Tel un mirage du désert, le sommeil lui échappait constamment.

Après lui, les Fils de Rien vinrent se coucher un par un. Quand ce fut au tour de Shark, le cœur de Kirin fit un bond dans sa poitrine. Il était accompagné de l'une des filles. Dans les ténèbres, l'adolescent ne réussit pas à distinguer laquelle. Tout son être se focalisa sur ce qui se passait entre eux. Sous les couvertures, ils s'embrassaient et se caressaient. Pendant quelques horribles instants, il crut que c'était Zelda – ô torture suprême ! – puis il reconnut le rire aigu de Nice. Soulagé, Kirin leur tourna le dos. Zelda devait encore être dehors. Il passa discrètement la tête sous la toile de tente et aperçut la jeune fille, assise à côté du feu mourant. Elle regardait les braises s'éteindre une par une dans la froideur de la nuit. La lumière était faible, mais il pouvait voir ses grands yeux bleus, animés d'une lueur mélancolique. Zelda, qu'est-ce qu'y a dans ta tête ? ne cessait-il de se demander. Kirin ne trouva enfin le sommeil que quand la jeune fille vint se coucher à son tour, bien longtemps après.

Au petit matin, il fut réveillé par quelque chose qui se faufilait sous ses couvertures. Il tenta d'ouvrir les yeux, mais c'était comme si une force mystérieuse l'en empêchait. Ses paupières étaient de plomb. Il n'arrivait pas à bouger la tête comme s'il s'était transformé dans la nuit en un pantin de métal rouillé. Cependant, il sentit un corps chaud se presser contre ses côtes. Une peau douce, une odeur enivrante. Dans la lumière de l'aube qui filtrait à travers le toit troué de la Grand Tente, Zelda le regardait intensément. Tout d'un coup, elle fut sur lui. Elle était complètement nue, les tétons de ses petits seins d'adolescente pointant fièrement dans la lueur dansante du matin. Kirin sentit son pénis se durcir comme jamais. Il voulut tendre la main pour caresser sa poitrine, mais son corps, paralysé, refusa de lui obéir. Il murmura quelque chose, mais ce ne fut qu'un gargouillis incompréhensible. Elle se mit alors à remuer ses hanches contre les siennes, en poussant de petits gémissements. Kirin sentit une chaleur violente monter en lui et tout d'un coup…

Il se réveilla en sursaut. Immédiatement, il sentit la chaude semence qui avait coulé de son bas ventre. Ce n'était qu'un rêve, mais c'était un rêve d'homme. Un vrai. Le premier de toute sa vie. Il était tôt et tout le monde dormait encore. Shark ronflait la bouche ouverte, un filet de bave s'écoulant de sa bouche. Nice était recroquevillée dans ses bras. Zelda dormait paisiblement, un peu à l'écart du couple. Kirin ne put s'empêcher de sourire. Ça y est. Il n'était plus un enfant. Il était devenu un homme. Avant Shark.

Il se leva immédiatement. Malgré l'alcool et le manque de sommeil, il se sentait empli d'une énergie nouvelle. Il sortit dans la froideur du matin. Quand il s'étira en regardant en direction du Grand Néant, ses pensées pessimistes de la veille lui parurent lointaines. Il repensa à son rêve, mais pas dans la nostalgie d'un moment imaginaire enfui trop vite. Il avait la conviction qu'il s'agissait d'une vision prémonitoire. Il décida soudain qu'il était capable de séduire Zelda. Va te faire foutre, Shark, pensa-t-il. T'as pas besoin d'avoir les deux. T'as bien chopé Nice, moi, j'ai l'droit d'avoir Zelda.

Kirin chargea deux jerricans de plastique sur son vélo. Il partit au sud vers le point d'eau où se ravitaillait la tribu. C'était un vieux puits en pierre, situé aux abords d'un minuscule village. Celui-ci était encore habité par quelques familles de territorialistes. Shark les surnommait « Les Vieilles Souches ». Tels des arbres morts et décapités de leur tronc, ils restaient attachés à leur terre natale alors que le désert l'avait asséchée et que le Grand Néant menaçait de l'engloutir. Les Fils de Rien les traitaient d'idiots et se moquaient de leur immobilisme absurde.

Comme à son habitude, Kirin s'approcha discrètement du puits, situé à une centaine de mètres des modestes masures qui constituaient le village. Les Vieilles Souches n'aimaient guère les Fils de Rien. Ils auraient voulu les empêcher de toucher à leur eau, mais ils avaient trop peur d'eux. Il y avait eu quelques petites altercations, mais celles-ci n'avaient jamais dépassé le stade des menaces. Quelques jets de pierre sur les toitures fragiles avaient suffi à prouver aux villageois qu'ils avaient trop à perdre en se mettant à dos la tribu de jeunes nomades. Cependant, pour éviter d'échauffer les esprits, Kirin venait s'approvisionner au petit matin quand la plupart des habitants dormait à poings fermés. Aussi, il remarqua tout de suite qu'une agitation inhabituelle régnait au sein du village.

Sur la place centrale au pavement ancien recouvert de sable, les hommes et les femmes s'affairaient. Les bras chargés de caisses et de paquets, ils vidaient l'intérieur de leurs maisons dans des carrioles ou des charrettes qui avaient autrefois servi au travail des champs. C'était le jour du grand départ pour ces pauvres sédentaires. Le Grand Néant était à leur porte. Dans moins d'une semaine, il ne resterait rien des murs de pierre qui avaient abrité leurs familles pendant des générations.

Au milieu de la placette, se tenait la statue en terre cuite du saint protecteur du village. Les mains jointes pour la prière, elle regardait de ses yeux peints à la couleur écaillée le va-et-vient des villageois. On l'avait juchée sur plusieurs caisses de bois. Elle dominait la scène de son air serein et éthéré. À ses pieds, Kirin reconnut Zohar, le chef spirituel du village. C'était un vieillard bourru à la longue barbe grise auquel les Fils de Rien avaient eu affaire plusieurs fois. Il était habillé d'une longue djellaba de couleur pourpre et de sandales aux lamelles de cuir élimées. De sa main droite, il brandissait une lourde croix de métal doré, ornementée d'un œil grossièrement sculpté. Il hurlait des ordres de sa voix grave et autoritaire. Les villageois s'exécutaient docilement. Leur visage était terne et sans expression. Leur allure, la tête basse et l'échine courbée, exprimait un sentiment de résignation et de désespoir que Kirin avait bien trop souvent observé en ce monde.

Ces gens quittaient pour toujours les terres de leurs ancêtres. C'était un avenir incertain auquel peu d'entre eux survivraient. L'adolescent imaginait sans peine le désespoir qui secouait leur âme… Pendant un instant, il se laissa contaminer par la mélancolie… Mais il se ressaisit aussitôt. Il n'allait pas pleurer pour les Vieilles Souches ! Tout homme était destiné à devenir nomade un jour. Lui avait la chance d'avoir toujours connu ce mode de vie. Il ne restait pas attaché au souvenir nostalgique d'un passé révolu. Cela le rendait plus fort que bien des hommes qui parcouraient les routes. Il en avait toujours eu conscience.

Au cours de sa courte vie, Kirin avait plusieurs fois observé des communautés qui prenaient la route pour la première fois. Le même schéma se répétait toujours. Soit elles trouvaient la mort en quelques jours, se traînant sur la route comme un troupeau d'animaux blessés, soit elles survivaient dans la douleur pour renaître sous une autre forme, bien souvent amputées de leurs membres les plus faibles. Manger ou être mangé, personne n'avait le choix : telle était la loi du monde du Grand Néant.

Depuis leur arrivée dans la région, les Fils de Rien guettaient ce moment. C'était une belle occasion pour eux de s'enrichir. Le manque d'expérience des Vieilles Souches et la taille de leur caravane feraient d'eux des proies faciles pour le pillage. Kirin n'aimait pas beaucoup cela. Il aurait voulu les laisser tranquilles. Il n'avait pas envie d'entacher leur départ d'une calamité supplémentaire. Mais ce n'était pas comme ça que fonctionnaient les Fils de Rien. Ils n'étaient qu'une bande de gamins et devaient montrer qu'ils étaient les plus forts. Ce dont ils avaient besoin, ils le volaient. Ceux qui les côtoyaient devaient les craindre. Ceux qui les menaçaient devaient mourir. C'était comme ça que la tribu avait survécu. Il ne servait à rien d'être clément, car ce qu'ils ne prendraient pas, d'autres le feraient, avec bien plus de violence et de cruauté que ce dont ils étaient capables.

Tout en observant les villageois au travail, l'adolescent se dépêcha de remplir les jerricans. Il y avait quelque chose d'étrange dans leurs préparatifs. Les Vieilles Souches semblaient rassembler toutes leurs possessions, y compris celles qui n'avaient ni valeur ni utilité sur la route. Pourquoi ces imbéciles s'encombraient-ils à ce point? Ignoraient-ils que la qualité première d'un nomade était sa mobilité? Ne comprenaient-ils pas qu'ils abandonnaient pour toujours le confort de la vie sédentaire? Tandis qu'il réfléchissait à cela, Kirin chargea les bidons sur son tout-terrain et fila vers le campement.

À son arrivée, la plupart de ses compagnons n'étaient pas encore levés. C'était les conséquences inévitables de la fête d'hier soir : réveil tardif et gueule de bois. Kirin pesta intérieurement. Ce n'était vraiment pas la journée pour ça. Il ramassa quelques bûches de bois dans la réserve et entreprit d'allumer le feu tandis que les Fils de Rien se levaient un par un. Zelda fut la première à le rejoindre. Kirin se sentait encore galvanisé par son rêve du matin, mais quand la jeune fille apparut derrière lui, il sentit toute sa confiance en lui s'envoler aussi vite qu'elle était apparue. Elle lui lança un salut amical auquel il répondit d'un timide signe de tête avant de revenir à la mise en route du feu. La seule présence de la jeune fille le mettait mal à l'aise. Il sentait son parfum et devinait ce corps frémissant dont il avait rêvé cette nuit se tenant à quelques centimètres de lui. Il n'osait lever les yeux vers elle de peur qu'elle ne remarque son trouble. Elle n'insista pas et resta silencieuse tandis qu'elle s'activait à ses côtés. T'es qu'une merde, Kirin. C'pas comme ça qu't' vas…

Shark finit par faire son apparition. Il sortit de la tente, torse nu, vêtu d'un simple jean. Il tenait Nice par la taille. Celle-ci portait l'une des ses chemises larges qui couvrait à peine ses fesses. L'image était parfaite : on aurait dit un couple de jeunes mariés au lendemain de leur nuit de noces. Ils avaient le visage blême et les traits tirés, conséquences de leurs excès de la veille, mais ils souriaient. Malgré son état, Shark gardait cette démarche fière qui lui valait sa stature de chef. Ce n'était pas seulement sa victoire contre Jed. Il voulait faire passer un message. Kirin ignorait s'ils l'avaient vraiment fait cette nuit, mais une chose était sûre : il voulait que tous le croient.

Les Fils de Rien s'écartèrent pour accueillir le couple sous la large bâche où la tribu prenait ses repas. Kirin tourna la tête vers Zelda qui se tenait toujours derrière le feu, à côté de lui. La jeune fille observait la scène en continuant à remuer la bouillie, une expression indéchiffrable sur le visage. Dans quelques instants, elle allait les servir comme s'ils avaient été un couple princier et elle, leur domestique. Ressentait-elle de la jalousie? De l'agacement? De l'amertume?

« J'lui ai proposé un truc hier, murmura-t-elle. J'lui ai dit : tu peux m'avoir si tu laisses Nice à Jed. Comme ça Jed, s'rait resté. C'est mieux pour la tribu. Mais il a dit : "Connerie. Jed doit partir, mais toi, j'te kiff." Et il a pécho Nice… »

Kirin laissa échapper un cri de surprise. C'était donc ça, ce qui s'était passé ce matin sous la tente ! Zelda avait voulu convaincre Shark de laisser Jed s'unir à Nice afin qu'il reste, en échange de quoi elle se serait offerte à lui. Il aurait tant voulu pouvoir répondre quelque chose…

« Qu'est-ce qu'y croit ? Qu'y peut nous avoir toutes les deux, quand y veut ? Ça peut pas continuer comme ça… », glissa-t-elle entre les dents.

Soudain, elle se saisit de la marmite et la tendit à Kirin.

« Tu peux y aller steuplé ? Ça m'saoule. »

Servir le petit-déjeuner était une tâche réservée aux filles, mais l'adolescent s'exécuta sans broncher, encore abasourdi par ce que la jeune fille venait de lui dire. Il ne fit même pas attention aux sourires moqueurs de ses compagnons. Quand Zelda était énervée, personne n'avait envie de la contredire… Et puis merde. Qu'est-ce qu'il en avait à foutre…

À la fin du repas, Kirin se planta devant Shark. Il devait expliquer ce qui se passait au village et n'eût aucun mal à le faire. Il se recroquevilla sur lui-même pour mimer une souche d'arbre. Le chef des Fils de Rien sut tout de suite qu'il parlait des villageois. Un geste sec vers l'est suffit à lui faire comprendre leur départ.

Shark rassembla la bande habituelle : Kirin, Roq et Barm. Le Raid était une affaire d'hommes et seuls les garçons y participaient. D'habitude, chacun occupait un rôle bien défini. Shark supervisait les opérations et chapardait. Kirin dirigeait les arroseurs. Le départ de Jed bouleversait l'organisation. Roq, qui avait récupéré son bicross, fut promu chapardeur. Il fallait aussi intégrer un nouvel arroseur pour seconder ce gros pleutre de Barm. Quelqu'un qui n'avait jamais participé à un Raid. Pour Shark, c'était évident. C'était au tour du P'tit Léon de rejoindre la bande. Le jeune garçon n'avait pas huit ans. Quand le chef lui annonça la nouvelle, il sauta de joie et se mit à courir partout, tout excité.

« C'pas un jeu, P'tit Léon. C'est comme ça qu'Bâtard est mort. »

C'était Zelda qui avait parlé. Elle s'était tenue à l'écart pendant le petit-déjeuner, si bien que Kirin avait presque oublié sa présence. Shark se tourna vers elle.

« Le Raid, c'un truc de mecs. Qu'es tu t'mêles ?

— Il est trop jeune, Shark. Y t'servira à rien », répliqua Zelda.

La jeune fille se saisit d'une tasse de fer et la posa sur un rocher à une dizaine de mètres des Fils de Rien rassemblés. Kirin observa la scène avec anxiété.

« Vas-y. Mont' nous c'que tu sais faire, P'tit Léon », dit la jeune fille.

Le garçon se saisit de son lance-pierre. Il visa, tira… et manqua la cible. Il lui fallu plusieurs essais pour la toucher. Il y eut un tintement métallique et la tasse tomba dans le sable du désert.

« Ben voilà, il est pas si nul », déclara Shark, le sourire aux lèvres.

Zelda ne répondit rien et remit la tasse en place. Elle sortit son arc de chasse et se mit en position, deux ou trois mètres plus loin que P'tit Léon. Shlack ! La flèche fila droit dans la tasse. C'était un tir parfait.

« Pffff… T'crois qu'tu peux v'nir en Raid avec nous ? D'la merde… continua Shark.

— J'suis une bonne chasseuse, répondit Zelda.

— C'pas pareil le Raid. Les mecs, c'est pas des lapins ou des ratons. C'est danger. Y rendent les coups. Faut avoir des couilles…

— J'suis aussi brave que… »

Mais Shark ne lui laissa pas terminer sa phrase.

« Et qui s'occupera des Minus ? Et d'la bouffe ? T'es qu'une fille. Tu fais des trucs de fille, un point c'est tout !

— Ta gueule la gonz' ! Va torcher les gosses ! »

C'était Roq qui venait de parler. Le reste des garçons l'imita aussitôt. Les insultes se mirent à fuser de toutes parts. Shark souriait, fier de son petit effet. Zelda essaya de répliquer, mais elle était bien trop déstabilisée pour leur rabattre le caquet. Kirin ne s'était jamais senti aussi impuissant… Il aurait tant voulu intervenir ! Il se précipita alors vers la jeune fille et lui prit les mains, essayant de la réconforter du mieux qu'il le pouvait. Mais elle le repoussa brusquement.

« Laisse-moi, Kirin… »

Elle se retourna et s'en fut hors du campement sous les insultes qui continuaient à pleuvoir. Kirin fut le seul à remarquer qu'elle pleurait.

Shark haussa les épaules. Sans attendre une seconde de plus, il enfourcha son bicross et claqua des doigts.

« Allez, on s'bouge les fillettes ! Y s'fait tard ! »

Une heure plus tard, la petite bande atteint le village. L'heure avançait et les températures étaient déjà chaudes sous le soleil écrasant du désert. Les habitants avaient été efficaces dans leurs préparatifs. Les Fils de Rien trouvèrent l'endroit vide. La caravane était déjà partie.

Sur ordre de Shark, Kirin partit en éclaireur, laissant ses compagnons sur une colline de terre qui surplombait le site. L'incident avec Zelda l'avait secoué. Pendant tout le trajet, il s'était fait violence pour ne plus y penser. Le Raid était quelque chose de dangereux. Il fallait qu'il se concentre, qu'il élimine toute pensée parasite. Cela allait être difficile avec tout ce qui s'était passé ces derniers jours…

Un tour de roue plus tard, Kirin était sur la placette du village, désormais déserte. Il descendit de son vélo et arpenta les rues silencieuses et vides. Toutes les maisons étaient scellées comme des tombes. On avait barré les fenêtres de planches clouées et tracé des symboles à la craie rouge sur chacune des portes : une croix surmontée d'un œil ouvert à trois cils qui représentait le culte religieux des villageois. Le vent soufflait à fortes bourrasques, projetant des rafales de poussière de toutes parts, comme souvent quand le Grand Néant approchait. L'endroit était abandonné depuis quelques heures à peine qu'il évoquait déjà un funeste cimetière où ne rôdaient que des fantômes. Malgré la chaleur, Kirin frissonna.

Il fit le tour du village et s'arrêta quelques instants devant l'église, un édifice aux murs blancs et décrépis dont le clocher, fier et imposant, dépassait d'une bonne hauteur le toit des maisons basses. Le bâtiment avait subi le même traitement que les autres, du symbole rouge sang tracé sur la grand porte aux larges vitraux calfeutrés de planches de bois.

Kirin ne connaissait pas grand-chose à la religion. Le souvenir lui revint d'un matin où, accompagné de Shark et Jed, il avait observé les villageois pendant leur messe. Tous les trois les avaient regardés longtemps à travers les vitraux colorés. Assis sur d'inconfortables bancs de bois, ceux-ci se levaient quand Zohar leur commandait. Puis ils se mettaient à genoux et baissaient la tête, sous l'œil gigantesque qui décorait la voûte, comme s'ils avaient honte de quelque faute irréparable. Quand ils chantaient, ce n'était pas joyeux comme les Fils de Rien, le soir à la veillée. C'était une litanie triste et sans vie dont Kirin ne comprenait pas les paroles. « Œil de la vie. Guide nos pas. Vers les terres infinies de la vérité. »

Shark et Jed s'étaient grassement moqués, mais tout ce cérémonial avait intrigué Kirin. Quand il était enfant, il avait plusieurs fois entendu parler de cet œil mystérieux, caché au plus haut des cieux. On le disait omniscient, inspirant l'amour à ses enfants et les punissant de leurs péchés. Mais il ne comprenait pas vraiment pourquoi les gens le vénéraient de cette manière. Il s'imaginait qu'il y avait une raison secrète. Peut-être ses fidèles savaient-ils quelque chose sur le Grand Néant? Kirin aurait bien posé la question à Zohar. Dommage que celui-ci détestât autant les Fils de Rien…

L'adolescent ne s'attarda pas plus longtemps. La tribu aurait tout le temps de fouiller le village plus tard. Il revint sur la placette et chercha la piste du convoi. En examinant les traces au sol, il s'aperçut que la caravane ne se dirigeait pas vers l'est comme il l'avait supposé. La direction était celle de l'ouest… vers le Grand Néant. Avaient-ils prévu d'avancer de quelques kilomètres avant de prendre vers le nord ou le sud? C'était peut-être une tactique pour tromper d'éventuels poursuivants. Possible, mais peu probable. Une autre explication vint tout de suite à l'esprit de Kirin…

Le cœur battant, l'adolescent enfourcha son vélo et fila vers ses compagnons qui l'attendaient sur la colline. Shark regardait à l'horizon avec sa paire de jumelles. Tout essoufflé, Kirin fit un geste vers l'ouest.

«Ouaip. J'ai compris. Je les vois», répondit Shark.

Il lui tendit les jumelles.

Au-delà des mirages du désert, Kirin aperçut la lourde caravane qui avançait sur une route ancienne. Il savait exactement où celle-ci menait. Hommes, femmes, enfants, tous n'étaient que silhouettes fantomatiques drapées dans leur désespoir, marchant tête baissée à côté des charrettes encombrées de lourds paquetages. Certaines étaient tirées par des poneys, d'autres par des hommes dont les muscles faméliques peinaient sous l'effort. Droit devant s'ouvrait l'abîme noir du Grand Néant, maelström de ténèbres où s'entrechoquaient les énergies cosmiques. Celles-ci jaillissaient parfois dans l'atmosphère, zébrant le ciel d'éclairs électriques. Il n'y avait plus aucun doute sur leur destination. Kirin sentit son cœur se serrer.

Shark et le reste de la bande étaient dans un état de surexcitation.

«T'as vu ces nazes! Y vont se foutre dans le Grand Néant!», lança Roq.

Tous avaient déjà observé ce phénomène chez les populations les plus désespérées. Elles acceptaient soudain la fatalité du Grand Néant et se jetaient volontairement en son sein, dans l'espoir de trouver dans le vide inconnu un au-delà plus clément.

« C'est ça ! Tuez-vous, bande de merdes ! Y'a pas de place ici pour les faibles ! », cria P'tit Léon.

La bande lui répondit d'un rire tonitruant. Très fier de son petit effet, le garçon continua de plus belle. Sautant de son vélo, il se mit à marcher la tête baissée, exagérant chacun de ses gestes comme quelque comédien de théâtre.

« La vie, c'trop dur ! Allez, viens on va s'suicider ! »

Il empoigna son pote Roq par la manche et tous deux se mirent à beugler comme des vaches, dans une caricature outrageante du désespoir des villageois. Roq se roulait par terre, hystérique ; Shark le regardait d'un air amusé et seul Barm, plus fragile que les autres, riait un peu jaune.

C'en était trop pour Kirin. Il n'avait aucune envie d'assister plus longtemps à ces pitreries. D'un geste brusque, il attrapa P'tit Léon par le bras et le poussa sur son vélo. Surpris, le jeune garçon s'arrêta immédiatement, tout comme Roq. Kirin émit un borborygme rauque à l'adresse de Shark. Il se mit à faire des petits cercles très rapides avec le doigt. C'était un code entre eux.

« Ouaip, t'as raison, mon p'tit Kirin. Faut se grouiller. Y vont pas tarder à s'j'ter dedans avec tous leurs trucs. On aura rien l'temps de récup'. »

Kirin acquiesça de la tête. Au fond de lui, il était plutôt fier d'avoir fait cesser ces insupportables moqueries.

Shark rappela la bande à l'ordre.

« Suffit la rigol'. On y go ! »

Quelques minutes plus tard, les Fils de Rien étaient alignés sur leur vélo à une cinquantaine de mètres de la caravane qui progressait difficilement vers le Grand Néant. Ils s'étaient placés sur un petit monticule de terre qui surplombait la route. Cela leur donnait un avantage non négligeable sur leurs proies. Les villageois remarquèrent tout de suite leur présence, mais il était trop tard pour organiser la défense.

La tactique des jeunes pilleurs était bien rodée. Avec leurs frondes, ils commencèrent à arroser la dernière carriole d'une multitude de projectiles gros comme des poings. L'homme qui la dirigeait arrêta immédiatement son poney et somma le reste de sa famille de se mettre à l'abri. Ils s'exécutèrent dans l'affolement le plus total. Tel un pachyderme indolent, le reste du convoi continua à avancer sans eux, creusant une distance qui les mettrait à la merci des Fils de Rien. Le père et son fils, âgé d'une quinzaine d'années, ramassèrent quelques pierres pour répliquer, mais leurs tirs isolés et imprécis n'atteignirent pas leurs agresseurs. C'était sans doute d'anciens fermiers. Ils n'avaient rien pour se défendre, pas même un arc de chasse.

Comme le voulait la tradition, Shark fut le premier à se lancer. Hurlant son nom à pleins poumons, il dévala le monticule à toute berzingue vers la charrette derrière laquelle la famille s'était abritée. Avant qu'ils aient eu le temps de l'apercevoir, l'adolescent avait tranché de son couteau l'une des cordes qui retenaient le précieux paquetage. Son contenu se déversa sur le sol en un grand fracas. Une grande horloge de bois au cadran doré heurta violemment le visage d'une vieille femme qui se tenait accroupie, terrifiée. Le choc l'assomma. Son corps tomba mollement sur le sable tandis que le coffre du meuble explosait à terre, projetant dans les airs rouages et mécanismes. Mais Shark n'était déjà plus là pour contempler son méfait. C'était une attaque éclair. Il avait fait demi-tour et revenait aussi vite que possible vers ses compagnons.

Roq s'élança à son tour. Cela aurait dû être à Jed s'il avait été encore parmi eux. Kirin regarda son remplaçant pédaler vers le convoi. Il était nettement moins rapide et habile que lui. Avec amertume, Kirin réalisa à quel point son ancien compagnon allait leur manquer. Néanmoins, c'était un coup facile. Roq n'eut aucun mal à récupérer l'un des paquets tombés au sol. Un beau trophée, mais encore eût-il fallu qu'il contienne quelque chose d'intéressant.

Puis, Shark revint à la charge. Entre temps, le père s'était ressaisi. Il tenta de lui barrer la route, une expression de haine farouche sur le visage. D'un coup de frein parfaitement maîtrisé, le chef des Fils de Rien dérapa devant lui. Par réflexe, ce dernier recula. Shark en profita pour le frapper d'un coup de couteau sur le haut de la cuisse droite. Cela lui laissa le champ libre pour attraper à la volée un panier d'osier rempli de bocaux.

Tout autour, les villageois commençaient à réagir. Certains possédaient des arcs. Quelques flèches jaillirent, mais aucune n'atteignit sa cible. Deux hommes, dans la carriole voisine, se saisirent de massues et de couteaux et se mirent à courir en direction des Fils de Rien restés sur le monticule.

Avec des gestes simples et clairs, Kirin commanda à Barm et P'tit Léon de continuer à arroser la carriole. De son côté, il délaissa sa fronde pour le lance-pierre. Il était temps d'être plus précis dans ses tirs. Il attendit avec calme que les deux hommes soient suffisamment proches et leur décocha une pierre chacun. La première rata sa cible, mais la seconde toucha l'un des deux hommes, juste au-dessus de l'arcade sourcilière. Son visage se couvrit instantanément d'un flot abondant de sang. Il vacilla, désorienté. C'était suffisant pour effrayer l'autre et gagner un peu de temps. Kirin ordonna à Barm de les couvrir d'un tir nourri. Il y avait peu de chance pour que cela fasse des dommages, car le jeune garçon était aussi poltron que pataud au maniement de la fronde, mais cela contribuerait à les ralentir.

Pendant ce temps, Shark et Roq revenaient avec leur trophée. C'était au tour de Kirin d'y aller. Celui-ci n'aimait pas trop chaparder, mais il aurait été dommage de ne pas tenter un dernier coup. Il s'élança en direction de l'homme blessé à la jambe. Celui-ci se tenait péniblement debout contre le chariot. Kirin avait conscience que c'était une manœuvre de pleutre, mais les autres options étaient trop risquées. Le fils contournait le chariot en se protégeant le visage des jets de pierre. Même s'il était terrifié, il semblait prêt à tenter le diable pour protéger les possessions de sa famille. Mieux valait ne pas s'en approcher. Quant à l'autre côté, il était bloqué par la vieille femme gisant à terre.

Kirin fonça sur le père et lui asséna un nouveau coup de couteau. Il visa la jambe, mais dans le feu de l'action, sa main glissa et il l'atteignit en pleine poitrine. Il sentit la lame s'enfoncer profondément dans sa chair et déchirer ses os. Le père s'effondra dans un cri étouffé, crachant du sang par la bouche. D'un geste brusque, Kirin poussa son corps qui tomba comme une poupée molle sur le sol, soulevant un nuage de poussière. Il jeta un rapide coup d'œil au contenu de la carriole et attrapa un petit coffret de bois sombre fermé d'une serrure de fer forgé. C'était parfait. L'objet devait probablement contenir ce que cette famille possédait de plus précieux. Voilà une performance qui allait rendre Shark jaloux… et Zelda admirative.

En faisant demi-tour, il aperçut le père effondré aux pieds de la carriole, la chemise couverte de sang. Ce n'était pas volontaire, mais Kirin lui avait porté un coup fatal. Son fils se précipita à son secours. Ses yeux emplis de larmes exprimaient l'incompréhension plutôt que la haine. Kirin tressaillit. Son sourire s'envola aussitôt.

Depuis le monticule de terre, Shark observait la scène tout en continuant à lancer des projectiles sur les villageois. Il était temps de se replier. C'était une opération éclair qui ne fonctionnait que sur l'effet de surprise. Il ne fallait pas être trop gourmand, surtout en cas de succès. Cela pouvait monter à la tête et faire prendre des risques inconsidérés. Dès que Kirin aurait rejoint le groupe, il sonnerait la retraite.

Sur le chemin de ce dernier se dressaient les deux villageois qui rebroussaient chemin sous les jets de pierre. L'adolescent dut faire un écart pour les éviter et passa à quelques mètres d'eux. Celui qu'il avait blessé au visage lui lança son coutelas d'un geste rageur. Kirin fit un brusque dérapage pour l'esquiver et posa le pied à terre. La lame se planta dans le sol à quelques centimètres de lui. L'autre homme courait dans sa direction en faisant tournoyer sa massue au-dessus de sa tête. Kirin tenta de repartir aussitôt, mais pris de panique, il força sur le pédalier et sa chaîne dérailla. La situation était critique. Il était à la merci des deux hommes qui avançaient dangereusement vers lui.

Depuis le monticule, les jets de pierres continuaient, mais ce n'était pas suffisant. Pendant quelques angoissantes secondes, Kirin se trouva complètement paralysé par la peur. Il eut la tentation d'abandonner son vélo et de courir vers ses compagnons, mais c'était une mauvaise idée. Les deux hommes l'auraient rattrapé et il aurait perdu son bien le plus cher. Il n'y avait qu'une seule chose à faire : les mettre hors d'état de nuire. Il se saisit de son lance-pierre et tira. L'un des projectiles toucha l'homme à la massue en pleine poitrine, mais celui-ci encaissa le coup avec vigueur. Dans un cri de rage, il se jeta sur Kirin. Ça y était, c'était la fin…

Mais rien ne se passa. Soudain, l'homme chancela, les yeux roulant comme des billes. Une flèche lui avait traversé le crâne entre les tempes. Il fit quelques pas, hébété, puis s'écroula sur Kirin. L'adolescent bascula sur le côté pour l'éviter. Au milieu du chaos, il entendit plusieurs flèches déchirer l'air. Sans chercher à comprendre, il rampa vers son vélo, remit la chaîne en place et monta sur sa selle. Tandis qu'il pédalait, Shark avait dévalé le monticule pour lui prêter main-forte. Mais il n'était pas seul. À ses côtés se tenait Zelda, juchée sur son vélo. Son tir l'avait sauvé.

Les Fils de Rien se regroupèrent là où le terrain accidenté les cachait des villageois. Kirin était encore secoué par ce qu'il venait de vivre, mais ses compagnons n'y firent pas attention. Comme à leur habitude, ils commentaient avec fierté les exploits de la bande.

« P'tain ! T'as vu combien on en a niqué ?

— Deux !

— Et même trois avec la vieille ! Paf l'horloge ! Dans sa face ! »

Kirin avait du mal à réaliser ce qui se passait. Zelda se tenait en retrait, mais elle était bien là, avec eux. Que faisait-elle ici ?

Shark s'approcha de lui et saisit le coffret qui se trouvait dans le panier de son vélo. En l'ouvrant, il découvrit plusieurs bijoux : la croix et l'œil en pendentif de métal doré, une vieille montre à gousset, des bracelets en fer forgé sertis de pierres colorées. Un vrai trésor. Il adressa un petit clin d'œil à Kirin.

« Bien ouéj'. T'es la star du jour... Même si t'as failli t'faire niquer ! »

Une bouffée de chaleur lui monta aux joues. Il se sentait si fier. Il en oublia presque qu'il avait dû tuer pour récupérer le coffret... et qu'il avait frôlé la mort ! Il se tourna vers Zelda. La jeune fille le regardait sans rien dire, de ses grands yeux mystérieux qui la caractérisaient si bien. Elle lui avait sauvé la vie aujourd'hui, comme il lui avait sauvé la vie autrefois. Il voulut dire quelque chose, mais seul un faible gémissement sortit de sa gorge. Récupérant le coffret des mains de Shark, il prit l'un des bracelets et le lui tendit.

« C'pour moi ? Qu'est-ce que t'veux que j'en foute ? », dit-elle d'un air surpris.

Son sourire retomba. Pendant un instant, il s'était imaginé qu'elle allait accepter son cadeau. Il voulait la remercier pour ce qu'elle avait fait... lui montrer son affection... C'était naïf.

« Laisse béton. On l'échangera contre des pièces de rechange pour les vélos, continua-t-elle.

— Mouais, on verra. Ça pourrait plaire à Nice », commenta Shark.

Assis dans les sables du désert, Kirin reprenait des forces en dévorant goulûment une cuisse de lapin rôtie. C'était Zelda qui l'avait apportée. Après ce qui s'était passé le matin, elle était partie chasser et avait rejoint la bande pour leur apporter de la nourriture. Ça n'avait pas été difficile de retrouver leur trace. Elle était arrivée juste à temps pour assister à la fin du Raid et sauver Kirin de quelques flèches bien placées. Elle avait tué l'homme à la massue et blessé l'autre à l'épaule. Cela avait permis à l'adolescent de remettre la chaîne de son vélo et de s'échapper.

Tandis qu'il mangeait, il entendit la jeune fille se disputer avec Shark. Ce dernier lui ordonnait de repartir au campement, mais elle s'y refusait. Elle avait prouvé sa valeur – disait-elle – et voulait accompagner la bande pour la suite du Raid. Ils allaient continuer à piller la caravane et ses qualités d'archer leur seraient d'une indéniable utilité. Le chef des Fils de Rien se retrouva rapidement à court d'arguments et finit par céder de mauvaise grâce.

« C'est bon ! Arrête de m'casser les couilles. Tu pourras faire l'arroseur si tu veux. Mais le chapardage, pas question ! »

La jeune fille esquissa un petit sourire. Kirin se sentit soulagé. Avec elle à leur côté, il était rassuré, prêt à se lancer à nouveau à l'assaut des Vieilles Souches.

La bande ne tarda pas à repartir. Il fallait se dépêcher. Le jour commençait à décliner et les villageois allaient atteindre le Grand Néant, là où les attendait leur funeste destinée.

Quand ils rejoignirent la caravane, celle-ci s'était arrêtée aux abords de la zone de turbulence. Les carrioles étaient disposées en cercle. Celle qu'ils avaient attaquée arrivait à peine pour compléter la ronde. Son paquetage avait été grossièrement refait. Sous un drap blanc parsemé de taches de sang, on distinguait les contours de plusieurs corps allongés : ceux du père, de l'homme à la massue et de la vieille femme qui avait succombé également. Les Fils de Rien restèrent discrets, cachés derrière une crête. Ils observaient, attendant le bon moment pour agir tandis qu'à l'ouest, le soleil disparaissait lentement derrière l'abîme du Grand Néant.

Zohar commanda à plusieurs hommes de décharger la statue du saint qui ornait comme une proue de navire le chariot en tête de convoi. Ils la placèrent au centre du cercle puis dressèrent à ses pieds un petit autel composé d'une tablette recouverte d'une nappe blanche. Zohar y disposa quelques bougies ainsi que plusieurs objets symboles de son culte : la large croix surmontée de l'Œil Sacré, une coupe dorée, un morceau de chaîne. Les villageois plantèrent des torches dans le sol tout autour de la ronde de carrioles. Des hommes vinrent se placer à côté de chacune d'entre elles. Tous étaient armés. Certes, ce n'étaient que des armes rudimentaires – couteaux, massues, fourches, serpes –, mais ils semblaient bien décidés à défendre leurs possessions jusqu'au bout. Sans doute pensaient-ils en avoir besoin dans cet au-delà qu'ils allaient rejoindre en se jetant dans le Grand Néant. Shark grimaça. L'assaut serait bien moins facile que tout à l'heure.

Les villageois allumèrent les torches. Tout d'un coup, la nuit naissante s'illumina de la lumière des flammes. La caravane des Vieilles Souches se transforma en un anneau de feu qui surgissait au milieu des ténèbres.

Quand tout fut prêt, Zohar jeta un regard circulaire sur l'horizon. Il ne savait pas où se cachaient les Fils de Rien mais devinait leur présence.

« Qu'est-ce qu'on branle ? demanda Roq.

— On attend, répondit Shark. Pas la peine de prendre des risques. Finiront bien par bouger. Pouf, un par un, vont s'jeter dans le Grand Néant. On les chopera à ce moment-là. »

Kirin acquiesça silencieusement. C'était une sage décision.

Au centre du cercle, Zohar avait changé de vêtements. Kirin reconnut sa tenue traditionnelle de prêtre. Il portait une robe blanche et une écharpe pourpre tombant sur ses épaules ainsi qu'une longue cape de la même couleur dont l'extrémité traînait dans le sable. Son crâne était coiffé d'une calotte ovoïde et ses doigts ornés de bagues de métal doré luisaient dans le crépuscule. Ses vêtements couverts de taches et de trous trahissaient leur grand âge. Cet apparat contrastait avec le dénuement de ses ouailles, uniformément vêtues de tenues miteuses laissant apparaître leur corps malingre.

Grave et majestueux, Zohar se plaça devant l'autel, tournant le dos au Grand Néant. Aussi docile qu'un troupeau de moutons, les femmes et les enfants du village – ainsi que les quelques hommes qui ne gardaient pas le cercle des carrioles – se regroupèrent devant lui. Il écarta les bras et tous s'agenouillèrent dans la terre battue.

L'atmosphère du lieu changea soudainement. Dans la lumière agonisante du jour, les torches projetaient des ombres mouvantes sur les visages figés. Seul le crépitement des flammes rompait le silence. Il se dégageait de l'assemblée une étrange impression de sérénité funèbre. Même les Fils de Rien en furent troublés. Ils s'arrêtèrent de parler et observèrent sans un souffle.

« Mes très chers frères, mes très chères sœurs », commença Zohar.

Le vieillard parlait d'une voix forte et claire. Son timbre grave et rocailleux témoignait de la longue vie de souffrance qu'il avait menée.

« Nous sommes réunis ce soir pour dire adieu à ce monde qui nous a vus naître. »

Ses paroles résonnèrent dans l'immensité du désert. Shark n'avait jamais été capable de cela, pensa Kirin. Tout ce qu'il savait faire, c'était gueuler… et humilier ceux qui s'opposaient à lui. Zohar possédait quelque chose d'unique. Pour la première fois, l'adolescent admira le vieillard.

« Il y a longtemps, l'Œil Sacré a prêté ces terres à nos ancêtres. Nous y avons vécu, nous les avons cultivées, nous les avons choyées. Elles nous ont apporté la joie, la fertilité, la vie. Elles ont été le témoin des plus belles choses, mais aussi de nos plus grands péchés. Dans son infinie miséricorde, Il nous a envoyé le Grand Néant. Aujourd'hui, Il nous signifie que le temps est venu de lui rendre ce qu'il nous a donné. N'ayez pas peur, mes frères. Nous n'avons que trop vécu en ce monde. Prions une dernière fois ensemble, car bientôt nous serons sauvés. »

Zohar ouvrit les bras une nouvelle fois. D'une voix monocorde, les villageois entonnèrent une prière.

« Pffffff, tas de conneries… », commenta Roq.

La messe dura près d'une heure. De sa voix hypnotique, Zohar lut l'extrait d'un grimoire volumineux dont le papier parcheminé semblait avoir traversé les siècles. Les villageois l'écoutaient en silence, ponctuant parfois ses mots de quelque parole rituelle prononcée en chœur. Ils chantèrent plusieurs fois. Le son de leur voix résonnait dans les oreilles de Kirin comme une litanie funèbre. Elle annonçait leur disparition prochaine. C'était horrible… L'adolescent aurait voulu se lever et leur crier à tous de fuir. Le monde du Grand Néant était noir et pessimiste, mais il y avait encore de l'espoir tant qu'il y avait de la vie. Les Fils de Rien en étaient la preuve ! Zelda semblait ressentir la même chose. Elle restait recroquevillée derrière son vélo, le visage grave. Quant au reste de la bande, ils ne moufetaient pas tellement plus, se permettant à peine quelques timides moqueries.

Quand vint l'heure de la communion, Zohar leva vers le ciel une hostie de la taille d'une assiette. Dans la nuit de ténèbres, elle ressemblait à une lune ronde et pleine. Un par un, les villageois s'approchèrent. Chacun but une gorgée de vin rouge dans la coupe de métal dorée et mangea un morceau de l'hostie que Zohar plaçait dans leur bouche tout en les bénissant d'un geste sur le front. Ils chantèrent une dernière fois puis le vieillard s'adressa à eux :

« Mes enfants, il est temps. »

Lentement, le convoi se remit à bouger, formant bientôt une ligne qui se dirigeait implacablement vers le Grand Néant. C'était le moment d'agir pour les Fils de Rien. Une pluie de pierres commença à s'abattre sur la première carriole. Profitant de l'effet de surprise, Shark s'élança et récupéra sans peine un premier paquet. Puis ce fut au tour de Roq et de Kirin. Ils ne rencontrèrent que peu de résistance. Les villageois se défendaient sans grande conviction. Avec leurs armes rudimentaires, ils tentaient d'effrayer les Fils de Rien mais semblaient avoir perdu toute volonté de combattre.

Zohar hurlait :

« Continuez à avancer ! Ignorez ces fils de chiens ! Quand le Grand Néant les aura dévorés, ils erreront dans les ténèbres éternelles, tandis que nous, mes frères, nous renaîtrons sur les terres-paradis de l'Œil Sacré ! »

Zelda se débrouillait plutôt bien. Très concentrée, elle jetait des pierres avec sa fronde à un rythme effréné. Elle s'arrêtait régulièrement pour aller chercher de nouveaux projectiles, ce qui permettait à Barm et P'tit Léon de tirer sans discontinuer. Elle gardait son arc à portée à main. Il ne lui restait que quelques flèches et elle comptait les utiliser seulement si l'un de ses compagnons était en danger.

Quand ce fut à nouveau au tour de Shark, il manqua de se faire empaler par un villageois armé d'une fourche. Dans un sursaut de rage, ce dernier avait surgi de derrière sa carriole. Shark dut faire demi-tour et revint sur la crête les mains vides. Zelda avait bandé son arc, prête à décocher une flèche, mais ce ne fut pas nécessaire.

Super efficace, pensa Kirin. Elle aurait dû participer aux Raids bien plus tôt…

Il était temps de s'arrêter quelques instants. Il fallait faire une pause pour se reposer et prendre à nouveau les Vieilles Souches par surprise. Kirin tourna les yeux vers le Grand Néant. La première charrette avançait difficilement dans la zone de turbulence. Il ne lui restait plus qu'une vingtaine de mètres à parcourir. À son bord, un couple de vieillards conduits par un homme d'une cinquantaine d'années. Probablement leur fils. Les talonnant de près, suivait une famille. Trois petites filles dont aucune n'avait plus de dix ans. Assises dans la carriole, vêtues de longues robes blanches, elles regardaient le Grand Néant, les yeux vides. Il n'y avait aucune peur sur leur visage. Peut-être avaient-elles été droguées ? C'était cela le plus choquant pour Kirin… Le père marchait devant, menant un poney qui commençait à montrer des signes de nervosité. Derrière, la mère poussait, tête baissée. Il n'y avait aucune force dans ses gestes. Si elle ne s'était pas tenue à l'arrière du véhicule, elle se serait effondrée.

Soudain, il eut une violente poussée. La première carriole s'envola vers le Grand Néant, projetant ses passagers dans les airs comme de vulgaires feuilles mortes. Ils disparurent dans l'abîme noir sans même pousser un cri.

« Qu'ils soient bénis ! », hurla Zohar.

Pris d'un coup de folie, le poney se rua à leur suite. Le père et ses trois filles furent aussitôt avalés, mais la mère trébucha et tomba à terre à quelques mètres du bord. Son hurlement de désespoir déchira le silence. Elle pleurait, refusant d'avancer. Derrière elle surgit l'homme à la fourche qui venait sur la carriole suivante. Il empoigna la femme et la projeta en avant. Puis, il se signa, écarta les bras et se jeta à son tour.

Kirin restait pétrifié devant ce spectacle d'horreur. Il se mit à espérer de toute son âme que Zohar avait raison et que tous les villageois allaient renaître dans le paradis de l'Œil Sacré. Il sentit soudain quelqu'un se serrer contre lui. Zelda lui prit la main, sans rien dire. Ensemble, ils continuèrent à regarder les villageois disparaître un par un. Kirin était envahi d'un sentiment étrange. C'était une des choses les plus terribles qu'il ait vues de sa vie, mais avec Zelda à ses côtés, la scène devenait belle, empreinte d'un indéfinissable éclat tragique.

Le reste de la bande restait-elle aussi silencieuse. Barm tremblait comme une feuille, Roq jouait nerveusement avec sa fronde et P'tit Léon détournait sans cesse le regard. Seul Shark restait debout, impassible. Soudain, il se mit à grogner. Il ne restait plus que quelques carrioles. Il fallait continuer à piller. Zelda se détacha de Kirin et retourna à sa fronde, brisant ce moment intime qu'ils avaient partagé. Les jets de pierre reprirent et le chef des Fils de Rien dévala une fois de plus la crête de terre. De son couteau, il éventra un énorme paquet dont le contenu se déversa sur le sol. À sa suite, Roq et Kirin récupèrent ce qui était le plus précieux.

La bande continua ainsi jusqu'à ce qu'il ne reste plus que trois carrioles. Celle de Zohar était la dernière. Guidée par deux hommes et un cheval, elle transportait le vieil homme et tous les objets de son culte, notamment la grande statue du saint qui se dressait fièrement derrière lui. Dans les ténèbres, son expression rassurante avait disparu.

L'un des deux autres chariots était celui que la bande avait attaqué en premier. À son bord, il ne restait plus que le fils adolescent et sa mère. Le teint pâle et les yeux vides, ils ne semblaient pas plus vivants que les cadavres de leurs proches, gisant derrière eux sous le drap. À leur suite venait un couple de jeunes gens, à peine plus âgés que Kirin ou Zelda. Le garçon tirait une minuscule charrette sur laquelle sa femme était assise. Dans les bras de celle-ci se trouvait un nourrisson qui pleurait bruyamment.

Quand Shark s'approcha pour un dernier chapardage, il se retrouva face à eux. La jeune fille descendit et courut vers lui, emportant son enfant avec elle.

« Mon bébé, je t'en prie. Prends-le ! »

Son compagnon lâcha brusquement la charrette, se précipitant à sa suite. Il tenta d'abord de la retenir, mais elle se débattit et il finit par la laisser avancer. Après avoir hésité quelques instants, il se mit lui aussi à crier :

« S'il te plaît ! Avec vous, il pourra vivre ! »

Depuis la crête, Kirin devinait leur regard implorant et toute la force de leur désespoir. Zelda était aussi choquée que lui.

Depuis sa carriole, Zohar hurla :

« Sacrilège ! Votre enfant doit venir avec vous ! Vous serez anéantis dans les ténèbres si vous vous en séparez ! »

Mais ils ne l'écoutaient pas. Ils continuèrent à supplier Shark.

Le chef des Fils de Rien freina brusquement. Pour toute réponse, il dégaina son couteau et le brandit vers la Lune.

« On est les Fils de Rien ! On n'a besoin d'personne ! »

Il fit demi-tour avec son bicross et repartit sans un regard pour le jeune couple et leur bébé. Les hommes qui accompagnaient Zohar arrivèrent derrière eux et les forcèrent à revenir dans la caravane.

Quand le chef des Fils de Rien revint, vers ses compagnons, Zelda l'apostropha violemment :

« T'as pas d'cœur, Shark ! »

Elle avait les yeux emplis de larmes.

« Quoi ? Qu'est c'tu veux ? C'est qu'un nourrisson. Y nous servira à rien !

— On peut pas l'laisser crever avec les aut' ! »

Ils commencèrent à se disputer. Zelda argumentait avec rage. Elle pleurait presque. Mais Shark restait froid et implacable.

« Les gonzesses… P'tain d'mauvaise idée d'les faire venir au Raid… »

Ce fut la parole de trop. Zelda le gifla. Shark resta interdit quelques instants puis il se jeta sur elle. Il l'empoigna par les cheveux et la jeta à terre.

« Salop' ! »

Le visage de Shark était déformé par la rage. Il avança d'un pas. Barm, Roq, P'tit Léon, tous reculèrent. Ils avaient soudain peur de ce chef tyrannique et coléreux. Pendant quelques instants, tout fut en suspens. Puis Zelda se releva. Cette fois, elle pleurait vraiment. Elle épousseta sa djellaba et se dirigea vers son vélo.

« Shark, regarde… »

C'était le P'tit Léon qui murmurait. Il tendait le doigt vers la caravane. Shark se retourna. Il découvrit avec stupeur que Kirin avait dévalé la crête sur son vélo. Il fonçait vers le jeune couple et leur bébé. Cela ne dura qu'un instant. Avant que quiconque n'ait eu le temps de réagir, Kirin avait récupéré le bébé des bras de la jeune fille.

Après ce qu'il avait fait, il était inutile de retourner vers ses compagnons. Il braqua vers l'est, s'éloignant aussi vite que possible du Grand Néant. Loin derrière lui, il entendit résonner des jurons. Était-ce Zohar qui le maudissait pour l'éternité d'avoir volé l'un des siens ou bien Shark qui le bannissait pour toujours des Fils de Rien ? Il s'en moquait totalement. Il regarda le nourrisson qu'il avait déposé dans le panier de son VTT. Emmitouflé dans un linge, l'enfant hurlait à pleins poumons.

Kirin ne revint au campement que bien longtemps après la fin du Raid. Il avait erré plusieurs heures dans le désert avec le bébé et s'était réfugié dans une maison abandonnée du village des Vieilles Souches. Le nourrisson avait fini par se calmer et s'endormir dans ses bras.

Quand Kirin se montra enfin, ses compagnons l'attendaient silencieux, rassemblés autour du feu. Zelda vint immédiatement à sa rencontre. Il lui confia l'enfant endormi. Sans un mot, elle l'emmena dans la Grand Tente et le coucha sur un petit lit de couvertures qu'elle avait aménagé à côté du sien.

Puis Kirin se dirigea vers Shark. Ce dernier était dans une colère noire. Il lui hurla dessus pendant de longues minutes, sous l'œil terrifié du reste de la tribu. L'adolescent n'essaya même pas de soutenir son regard. Il fixa ses pieds, l'air penaud. Mais quand son chef eut fini, il leva le poing vers le ciel et cria, aussi fort que sa gorge muette le lui permettait. Les Fils de Rien tressaillirent. Le message était clair : il défiait Shark au Jeu du Grand Néant.

Cette nuit-là, Kirin dormit sous la grande bâche à côté des vélos, exactement comme Jed quelques jours plus tôt. Il était épuisé et plongea rapidement dans le sommeil, malgré les sentiments qui l'animaient.

Zelda, Shark, le bébé et même Zohar ou Jed… Les images défilaient en boucle dans son esprit. Parfois, il les haïssait du plus profond de son âme, puis la seconde d'après, il les aimait et aurait sacrifié sa vie pour eux. Ce soir, il avait agi sans réfléchir, poussé par cette rage qui l'avait plusieurs fois sauvé des griffes de la mort. Quand il avait réalisé ce qu'il avait fait, il était trop tard. Shark ne lui ferait plus jamais confiance et Zelda ne lui pardonnerait pas de lui avoir cédé. Et qu'allait devenir l'enfant ? Si Shark refusait de l'intégrer à la tribu, allait-il le jeter dans le Grand Néant ou pire, l'abandonner sous le soleil du désert ?

Il n'y avait qu'une seule issue : le Jeu... Kirin allait perdre, il le savait. Il n'avait aucune chance face à Shark, lui qui n'avait jamais pu s'approcher du bord à moins d'une cinquantaine de mètres. Mais au moins il aurait essayé. Et puis, il préférait être banni plutôt que de continuer à subir la tyrannie de son chef. Il tenta de relativiser. Il avait déjà survécu seul dans le désert alors qu'il était beaucoup plus jeune et nettement moins aguerri. Il était capable de s'en sortir. Qui sait, peut-être retrouverait-il la trace de Jed ? Peut-être feraient-il encore un bout de chemin ensemble sur la route infinie du monde du Grand Néant ?

Les pensées de Kirin tournoyaient avec violence dans son esprit. À mesure qu'il sombrait dans le sommeil, elles se changèrent en rêves tourmentés. Il se voyait pédaler de toutes ses forces vers le Grand Néant, sous le regard impérieux de l'Œil Sacré. Parfois, il luttait contre Shark qui ricanait d'un air moqueur ; d'autres fois c'était Zohar et sa voix hypnotique ou même Zelda qui le menaçait de la pointe de son arc.

Au milieu de la nuit, quand une ombre se faufila sous la bâche non loin de lui, il ne sut pas si c'était un songe ou la réalité. Dans un demi-sommeil, il reconnut Zelda, vêtue de ce t-shirt trop grand pour elle qui laissait voir ses jambes. Elle se pencha sur lui et murmura son prénom dans un souffle. Comme dans son rêve de la veille… Il émit un faible gémissement et tendit la main vers elle. Mais la jeune fille s'était déjà sauvée, glissant comme un chat vers l'entrée de la Grand Tente. Ce n'était sans doute qu'une chimère et Kirin se rendormit aussitôt.

Kirin et Shark sur la ligne de départ. Les Fils de Rien réunis sous les parasols. Le même terrain, malgré le Grand Néant qui avait avancé de presque deux cents mètres. L'histoire se répétait… si rapidement… Mais cette fois, l'atmosphère était lourde au sein de la tribu. Il n'y avait ni encouragements, ni cris de joie. Zelda avait fait taire les Minus avec autorité.

La jeune fille se tenait en retrait, portant le bébé dans ses bras. Depuis hier, elle refusait d'adresser la parole à Shark. Elle n'avait pas eu le courage de parler à Nice ou LN, de peur que celles-ci se rallient à l'opinion de leur chef. Elle s'était volontairement exclue du reste du groupe, se murant dans un silence comparable au mutisme de Kirin. Ce n'était pas anodin et tous l'avaient compris. La situation dépassait la simple rivalité entre deux personnes. Le destin des Fils de Rien se jouait en cet instant.

Sur son vélo, Kirin tremblait de peur. Ses mains moites patinaient sur le guidon. Shark n'avait pas besoin de l'insulter pour le déstabiliser. D'ailleurs, il ne le regardait même pas, comme s'il le jugeait indigne de l'affronter.

Ce fut Nice qui donna le départ. Kirin démarra en trombe. Il s'était attendu à ce que Shark fasse de même, mais celui-ci le laissa filer droit devant en pédalant mollement sur la terre battue. Sa tactique était simple et Kirin la comprit tout de suite. Connaissant ses faiblesses, il allait se contenter d'aller toujours plus loin que lui jusqu'à ce qu'il abandonne. Ce serait une victoire sans risque. Une véritable humiliation pour Kirin.

L'adolescent pédala aussi loin qu'il le put, mais à peine eût-il pénétré la zone de turbulence qu'il sentit monter en lui une panique incontrôlable. Une force invisible pesait sur ses poumons. Comme à chaque fois qu'il commençait à manquer d'air, il n'arriva pas à se maîtriser et freina. En s'arrêtant, il remarqua à peine que ses freins ne répondaient pas très bien. Il avait oublié de les vérifier la veille après le Raid. À ce moment-là, d'autres choses occupaient son esprit… Imbécile, pensa-t-il. Déjà que Shark a une meilleure bécane que toi…

Le chef des Fils de Rien le rattrapa et le dépassa tranquillement. Au passage, il lui jeta un petit sourire narquois. Il prenait son temps, jouant avec ses nerfs. Kirin usa de toute sa volonté pour rester en place. Il avait la tête qui tournait et suait à grosses gouttes. Bon Dieu, ce n'était que le premier tour…

Shark continua à pédaler sur une quinzaine de mètres. Il s'arrêta à une distance raisonnable du Grand Néant – environ vingt-cinq mètres –, mais c'était déjà bien au-delà de ce que son adversaire était capable d'atteindre.

Puis ce fut au tour de Kirin. Celui-ci fit demi-tour et revint vers les Fils de Rien, en soufflant comme un bœuf. Sur la ligne de départ, il leva les yeux vers ses compagnons. Aucun n'osait le regarder. C'était comme s'il portait déjà sur lui le poids de sa défaite. Soudain, Zelda se leva. Elle avait le visage dur, marqué d'une expression qu'il n'avait jamais observée chez elle. Qui aurait deviné qu'elle n'était qu'une adolescente de treize ans ? Elle avait l'air d'une femme, mature et déterminée. Cela la rendait encore plus belle. Kirin sentit son cœur se serrer.

« Kirin, tu peux l'faire. »

Elle parlait d'une voix forte et claire. Il y avait quelque chose de Zohar en elle.

« Pédale plus vite qu'tu peux, plus loin qu'tu peux. Shark t'prend pour un nullos. Tu peux gagner si t'en profites. »

Elle avait raison... Ce n'était pas grand-chose, mais ses paroles lui firent du bien. Il prit soudain conscience qu'elle souhaitait vraiment sa victoire. Et peut-être n'était-elle pas la seule. Il avait vu les yeux terrifiés de Barm, Roq et P'tit Léon quand Shark avait frappé Zelda. Et ceux de LN, Nice ou Zaza quand il lui avait hurlé dessus à son retour au campement. L'enjeu de ce match dépassait celui de sa propre survie.

Kirin rassembla toute sa volonté. Il fixa le vide infini, à une centaine de mètres de lui, prêt à l'avaler comme il l'avait fait avec les Vieilles Souches. Au diable Shark ! Ce n'était pas lui qu'il affrontait. C'était le Grand Néant ! Il prit une large inspiration, chassa toutes les pensées de son esprit et partit en trombe.

Il pédala de toutes ses forces sur la distance qui le séparait de la zone de turbulence. Une fois à l'intérieur, il lutta aussi longtemps qu'il le pouvait contre cette insupportable sensation d'étouffement qui pesait sur lui. Il essaya de contrôler sa panique tandis que d'horribles images jaillissaient dans son esprit : Shark et son sourire méprisant, Zelda et son corps évanescent qui lui échappait sans cesse, Zohar et les Vieilles Souches disparaissant dans le Grand Néant, le bébé qui pleurait à pleins poumons... Puis soudain, ce furent des soldats sans visage qui tiraient par rafales sur les nomades en fuite : sa tribu, sa famille, son père, sa sœur, sa mère... NON ! Il n'arrivait plus à respirer et appuya brutalement sur les freins.

Il y eut un cliquettement de métal. Quelque chose jaillit de sa roue avant. Cela lui érafla le bras et s'envola dans l'atmosphère saturée de poussière. Avec horreur, il comprit ce qui se passait. Ses freins avaient lâché ! Il ne pouvait plus s'arrêter. Il venait de dépasser Shark. Le Grand Néant était à quelques mètres de lui et il était lancé à pleine vitesse ! Il braqua sur la droite et bascula sur le côté pour déraper comme il le pouvait. L'attraction du Grand Néant était puissante et il chuta avec violence sur le sol. En tombant, il fit plusieurs tonneaux en se protégeant le visage et les bras. Son vélo continua à glisser. En un instant, il fut avalé par le vide infini.

Quand Kirin s'arrêta, il leva la tête. Il était à peine à trois mètres du bord… Personne n'était jamais allé aussi loin… Il resta paralysé de peur pendant de longues minutes. Il étouffait et ne sentait plus son corps. Le sable virevoltant dans les airs rentrait par sa bouche et ses yeux. S'il restait plus longtemps ici, il allait mourir, c'était certain. Il ne pensait plus au Jeu ni à son adversaire. Tout ce qui comptait, c'était survivre. Rassemblant le peu de forces qui lui restait, il se mit à ramper vers l'extérieur de la zone de turbulence.

Soudain, il vit un bolide passer près de lui. Sur son vélo, Shark tentait de le battre. Il fit un dérapage contrôlé, mais il était trop proche du bord. En un éclair, il fut happé par le Grand Néant et disparut. Kirin aperçut la carcasse désarticulée de son vélo qui tourbillonnait dans les airs, puis il sombra dans l'inconscience.

Kirin se réveilla des heures plus tard, allongé dans la Grand Tente. Ses compagnons l'avaient secouru alors qu'il avait perdu connaissance. Il avait des bleus et des écorchures partout et bouger le faisait atrocement souffrir. Il mit plusieurs minutes à rassembler ses esprits. Les souvenirs du jeu lui revenaient par flashs. Les freins, la chute puis Shark qui…

Kirin grimaça. Shark… Son compagnon, son ami… Celui avec qui il avait partagé tant de choses… Celui qu'il avait tant haï… Celui qu'il avait tant jalousé… Il n'existait plus. Il ne restait plus de traces de lui en ce monde, pas même son vélo qui avait été avalé avec lui. Il y avait quelque chose de terrible dans cette idée. Mais Kirin ne se sentait pas triste. Quelque part, il avait toujours su que Shark mourrait ainsi, fier et téméraire jusqu'au bout. Il eut un petit sourire. Son ancien chef allait lui manquer…

Il resta longtemps allongé à réfléchir. Que s'était-il passé lors du match ? Ses freins avaient lâché. C'était grâce à ça qu'il était allé aussi loin, jusqu'à un point où Shark n'avait pas pu le battre. Certes, il avait oublié de réviser sa bécane la veille au soir, mais pendant le Raid, tout était en ordre. Était-ce vraiment un accident ? Il avait du mal à le croire. Quelqu'un avait trafiqué son vélo. Et cette personne ne pouvait être que… Zelda.

L'idée s'imposa à lui comme une évidence. Ce qu'il avait pris pour un rêve la nuit dernière avait été bien réel. Elle s'était faufilée sous la grande bâche pendant son sommeil pour accomplir ce sabotage. Il sourit. C'était le seul moyen qu'elle avait trouvé pour le pousser au-delà de ce dont il était capable. Un pari risqué, mais qui s'était avéré payant. Il ne pouvait pas lui en vouloir… Il soupira. Jamais il ne saurait si ses suppositions étaient justes. Il ne pouvait pas le lui demander et s'il le pouvait, jamais il n'oserait. Cela devait rester un secret, enfoui dans le passé des Fils de Rien. Et cela lui convenait parfaitement.

Kirin cligna des yeux. C'était la fin de l'après-midi et un rayon de soleil pointait à travers l'un des trous de la Grand Tente. Une nouvelle époque commençait. Plus rien ne serait jamais comme avant. Cela l'excitait autant que cela l'angoissait. Allait-il devenir le chef de la tribu comme Shark l'avait été ? Il en doutait. Allait-il prendre Zelda pour compagne maintenant qu'il n'avait plus aucun rival ? Il en doutait plus encore. Et à vrai dire, cela ne lui paraissait plus si important maintenant. Il fallait d'abord penser à déménager, car le Grand Néant approchait. Où étaient ces grottes dont Jed avait parlé ? Quelque part au nord-est ? Il l'ignorait. Peut-être pourrait-on le retrouver pour lui poser la question ? Si son ancien compagnon était encore vivant, il devait errer quelque part dans le désert. Ce ne serait pas trop difficile de retrouver sa trace. Jed possédait de nombreux talents et, maintenant que Shark avait disparu, plus rien ne s'opposait à son retour dans la tribu. Après tout, pourquoi pas ?

Kirin finit enfin par se lever. Il avait mal partout, mais il pouvait marcher. Il était tard et le jour commençait à disparaître derrière le Grand Néant. Mais pour une fois, il n'avait pas peur des ténèbres. Au contraire, il avait hâte de rejoindre ses compagnons pour la veillée et de les regarder rire et danser sous les étoiles.

C'était l'heure du dîner. Les plus âgés des Fils de Rien s'affairaient autour feu tandis que les Minus jouaient innocemment. Quand Kirin sortit de la tente en boitillant, tous s'arrêtèrent soudainement. Ils le regardaient comme s'il était devenu quelqu'un d'autre. L'adolescent haussa les épaules et fit comme si de rien n'était. Après un court moment en suspension, chacun retourna à sa tâche.

Nice se tenait à côté du feu, le bébé dans les bras. Penchée sur lui, Zelda jouait avec ses petites mains et le chatouillait gentiment. Celui-ci riait aux mille éclats. Quand Kirin approcha, les deux filles se sentirent un peu gênées. Nice serra l'enfant contre sa poitrine, tandis que Zelda s'adressait à lui :

« T'sais qu'c'est une fille ? Faudrait lui trouver un nom.

— Sa mère… m'a dit… son nom… Elle… s'appelle… Daune. »

Kirin sourit.

MIRRADH

Manuel Le gourrierec travaille depuis des années dans l'écriture de scénarios, et nourrit actuellement des projets plus littéraires. Il réside en Normandie, la terre des hommes du nord, où il combat quotidiennement les éléments hostiles.

Bibliographie

Le couple, les lézards géants,
et l'acceptation,
Anthologie « Histoires Etranges »,
éditions Lominy Books (2015)

L'athéisme, les membres turgescents, et la bravoure,

Anthologie « Nouvelles Héroïques »,
éditions Ragami (2016)

Mona et le Nouveau Monde, Galaxies n°42,
gagnant du Prix Alain Le Bussy (2016)

Ce(ux) qu'on abandonne,
Fantasy Art and Studies n°1 (2016)

MIRRADH

MANUEL LE GOURRIEREC

Le problème avec les nouveaux mondes, c'est qu'ils commencent toujours par être violents et cruels. C'est étrange comme des êtres parfaitement civilisés peuvent faire trois semaines de bateau, et se transformer en bêtes sauvages aussitôt débarqués. Et ceux comme nous qui tentent de rester droits dans leurs bottes se font forcément allumer.

Ma joue crisse contre les cailloux, et je relève péniblement la tête pour voir que l'homme qui m'a fait tomber de mon cheval est en train de fouiller dans mon sac sans se presser. Autour de nous résonnent des cris et des bruits de métal. J'aperçois entre les arbres plusieurs gredins montés sur des chevaux à nous, qui éperonnent et prennent la fuite. Impossible de les rattraper, ceux-là.

Je sors ma dague. Je me relève péniblement, peut-être un peu trop vite car ma vision commence à se brouiller. Je titube en direction du brigand, qui m'arrête d'un geste désinvolte en me lançant de sa voix éraillée :

« Pose ça, mon garçon. »

Je serre un peu plus le manche de mon arme. Je mets un pied devant l'autre, prudemment, en essayant de repérer un point sensible dans sa cuirasse.

« Tu ne vas pas mourir pour deux biscuits et des croquis de femmes à poil ? Maintenant pose ça sinon je t'égorge en te donnant une fessée, et tout le monde saura que t'es mort comme une petite merde. »

Il jette mon sac par terre, comme pour appuyer son propos, et se dirige vers mon cheval. Je n'esquisse même pas un geste pour l'arrêter. Je jette un coup d'œil aux alentours, pour vérifier que mes compagnons sont trop occupés à se battre pour faire attention à moi. Le bandit enfourche ma monture, et m'adresse un grand sourire fait de trous et de dents en métal.

« C'est bien, t'es intelligent. Continue comme ça et t'iras loin. »

Et il part au galop. Je ramasse mon sac et m'empresse de ranger mes croquis pornos, cherchant par où repartir au combat sans que ce soit trop dangereux. L'assaut touche à sa fin, et les derniers duels se finissent dans le sang, mais au final je vois peu de cadavres par terre. Je cherche Dame Velva du regard, un peu paniqué.

La frénésie du début est passée. Les rares personnes qui s'affrontent encore sont exténuées, et mettent leurs dernières forces dans de grands coups d'épée faits pour casser des os plutôt que de tenter une quelconque estocade. Mais toujours pas de trace de notre meneuse.

Je m'éloigne un peu du chemin pour m'enfoncer entre les arbres, croisant subrepticement un groupe de trois bandits qui s'enfuient avec des caisses de nourriture. Je ne leur accorde pas d'attention, et ils me rendent la pareille. En m'enfonçant un peu plus loin je finis par entendre la douce voix de Dame Velva murmurer des insanités.

Je débouche sur notre capitaine allongée sous un cadavre qu'elle a probablement égorgé, à en juger par la quantité de sang dont son armure étincelante est couverte. Elle se débat, gigote, mais l'homme écroulé sur elle est une sorte de géant obèse. Je me précipite pour l'aider, et nous ne sommes pas trop de deux pour bouger le gredin inerte.

Une fois sur pied, Dame Velva arrache un bout de la tunique de sa victime, et se le passe sur le visage pour éponger le sang qui commence à sécher et lui colle les cils. Elle me remercie d'un hochement de menton, et reprend son souffle quelques secondes.

Mais elle n'a pas le temps de le reprendre complètement. Trois bandits font irruption dans notre direction, l'épée au poing. En temps normal j'aurais levé les mains et les aurais laissé passer, mais il est impensable de le faire devant ma dame. D'autant plus qu'elle a déjà brandi sa lance.

« Balvin, me souffle-t-elle, il est temps de faire marcher votre magie.

— Hein ?

— Je ne sais pas, moi, enchantez ma lance, faites tomber la foudre… Faites quelque chose ! »

Je bafouille et me perds en essayant de répondre. Les trois hommes avancent à pas prudents vers nous, l'œil mauvais, en position de parade. Mais l'attaque de Dame Velva est difficile à parer. Elle les prend par surprise en projetant sa lance dans les airs. Comme c'était sa seule arme visible, personne n'aurait pu prévoir un geste aussi inconsidéré.

La pointe vient se planter dans le thorax d'un des hommes, qui est projeté sur le dos. Les deux autres se regardent bêtement, interrogeant leurs propres stupidités, et Dame Velva a déjà tiré son poignard et se précipite sur le brigand le plus proche d'elle. Ils tombent au sol et un bruit de viande transpercée se fait entendre.

Velva roule sur le dos, se désintéressant du pauvre diable à côté d'elle qui presse ses deux mains sur son ventre avec un rictus de douleur, là où un manche en bois ouvragé dépasse, comme un témoin de son échec.

Le troisième homme a eu le temps de reprendre ses esprits. Il fond sur Dame Velva, qui est encore au sol, et abat son épée sur elle. Heureusement, l'armure dévie la lame, qui n'érafle que légèrement ma capitaine sous le menton. Avec une hardiesse que je ne me connais pas, je lance ma dague en direction de l'assaillant, et le rate d'un bon mètre.

Il se retourne vers moi une fraction de seconde, le temps de me jeter un regard qui veut dire « Je finis et je m'occupe de toi », et le temps pour Dame Velva de ramasser l'épée de l'homme qu'elle a poignardé et de s'en servir pour trancher d'un grand mouvement circulaire le pied gauche de celui qui est encore debout.

Le bandit s'écroule dans un hurlement de douleur, son mollet amputé projetant des gerbes de sang. Il tente tant bien que mal de donner un coup d'épée à la responsable de son malheur, mais elle est déjà couchée sur lui, et à cette distance son arme ne lui sert plus à rien.

Les deux combattants roulent dans un sens, dans l'autre, se donnent des coups de coude, s'insultent… Mais l'homme perd trop de sang et bientôt sa force physique, qui aurait pu lui donner l'avantage, l'abandonne. Velva se retrouve derrière lui, et passe ses mains autour de sa tête, voulant sans doute lui briser la nuque. Mais le brigand n'a pas dit son dernier mot. Au moment où elle attrape son menton, il lui mord violemment le doigt, et Velva se voit contrainte de lâcher pour conserver son index. Alors elle passe son bras autour de sa gorge, et commence à l'étouffer.

L'homme donne un coup de tête en arrière, puis deux, puis trois, et finit par briser le nez de ma capitaine dans un craquement atroce. Dame Velva tient bon. Son visage arbore la même grimace que l'homme qu'elle est en train d'étrangler, et son nez gonfle à vue d'œil. Mais son adversaire a jeté ses dernières forces dans son coup de boule, et au bout de quelques secondes qui paraissent interminables, il cesse de bouger.

Elle le fait basculer sur le côté, et se relève péniblement. Elle chiffonne son bout de tunique et le presse sous ses narines pour éponger le sang qui coule. À terre, un seul de ses assaillants gémit encore, celui qui a un poignard planté dans le ventre. Avec un sourire presque désolé, elle récupère son arme, lui arrachant un cri de douleur. Puis elle se rappelle ma présence.

« Vous n'avez pas fait grand-chose…

— J'ai… J'ai lancé un sort pour décupler vos forces. »

Son visage s'illumine soudain, et elle me gratifie d'un grand sourire ensanglanté qui me glace jusqu'au sang.

« C'était donc ça ! Balvin, vous êtes merveilleux. »

Je hausse les épaules d'un air faussement modeste. Les cadavres autour de nous, le fait de la voir couverte de sang, tout ça me met légèrement mal à l'aise. Je m'empresse de récupérer ma dague et sa lance, et nous partons rejoindre le reste du groupe.

Nous trouvons les hommes occupés à traîner des corps sur le bord du chemin, ou à rassurer les blessés. Il ne manque presque personne, mais je n'aperçois aucun cheval, et ça c'est problématique. Dame Velva joue son rôle de capitaine, et essaye de remonter le moral des troupes. Elle les félicite pour la bataille, et ordonne d'enterrer les morts au plus vite car elle veut quitter cette maudite forêt avant la nuit. Elle demande aux blessés légers de passer me voir pour une séance de magie médicinale.

À ces mots plusieurs regards hostiles se tournent vers moi, des yeux perçants accompagnés de bouches crispées. Certains semblent prêts à faire une remarque désobligeante, mais se ravisent, certainement par peur de la réaction de Dame Velva. Cette dernière semble avoir fini son discours, et nous toise dans son armure rutilante souillée du sang de ses ennemis et du sien. Et juste au moment où on se prend à penser qu'elle a fini et qu'on va pouvoir retourner temporairement à une vie normale, elle se sent obligée d'ajouter :

« Bienvenue au Nouveau Monde. »

Le reste de l'après-midi passe vite. Plusieurs hommes avec des vilaines plaies viennent me voir à contrecœur, et j'essaye de les soigner tant bien que mal en murmurant des incantations en yaourt sous leur air inquisiteur.

Le bilan n'est pas fameux. On rassemble les possessions éparpillées et on chiffre les pertes. Il ne nous reste que deux chevaux, et une dizaine de jours de vivres. Nous avons perdu quatre hommes, et un des blessés ne passera sans doute pas la nuit.

Une fois que tous ceux qui ont mis leur fierté de côté sont passés me voir, Dame Velva vient me rendre visite. Elle me fait examiner son nez cassé, son doigt mordu jusqu'à l'os, et son estafilade au menton, que je rince à l'eau claire en entonnant un charabia incompréhensible sur l'air d'une chanson de mon enfance.

« Sacré sort que vous avez lancé tout à l'heure, siffle-t-elle. Je me suis vraiment sentie galvanisée.

— Oh, une broutille. C'est à peine si on peut appeler ça de la magie.

— Vous savez, parfois j'ai l'impression que ma mission ne réussira que parce que j'ai eu le discernement de vous emmener avec moi.

— Je garde un rituel très puissant spécialement pour la fin du voyage. Mais pour celui-là, il faut que vous soyez entièrement nue.

— C'est bien, c'est bien... Mais le combat final va devoir attendre. Avec les pertes que nous avons subies, nous allons devoir faire un crochet pour nous réapprovisionner. »

Elle se lève sans attendre que je lui applique un pansement. Elle portera fièrement ces nouvelles blessures, qu'elle ajoutera à sa longue collection de cicatrices. Velva c'est Velva.

En la regardant repartir au feu, réconforter ses hommes et superviser les enterrements hâtifs, j'en viens à me demander si j'ai fait une si bonne affaire en rentrant à son service. Tout allait bien quand nous étions encore de l'autre côté de la mer et que j'étais l'enchanteur particulier d'une noble haut placée, mais me voici maintenant mage de guerre sur un continent sauvage et à peine exploré, à galérer dans la boue et le froid, à la recherche d'un dragon qui causera très certainement notre mort à tous.

Le soleil se lève avec une pâleur étrange, ce matin. Il baigne la colline sur laquelle nous nous trouvons de sa lumière blanchâtre, qui fait étinceler les gouttes de rosée comme des milliers de petites pièces de métal qui font mal aux yeux.

J'ai peu dormi. Pendant une bonne partie de la nuit, celui de nos hommes qui était mourant a poussé des cris de terreur à l'approche de sa fin. Le raffut n'a cessé qu'après de longues heures, pour des raisons évidentes.

Ce matin, tout le monde fait la gueule. Le crochet que nous a fait faire Dame Velva au sortir de la forêt nous a emmenés droit sur un paysage vallonné dans lequel il est difficile de progresser, surtout maintenant que nous sommes à pied. De plus, tout le monde sait bien que sans chevaux le reste du voyage va se changer en véritable enfer, même si pour l'instant la fatigue ne se fait pas encore sentir.

Il y a quelques jours à peine nous débarquions, frais et dispos, prêts à se farcir tout ce que ce fameux Nouveau Monde avait à nous balancer. Et il aura suffi d'une bande de rustres à peine armés pour mettre un point d'arrêt à notre soif de conquête.

Seule Dame Velva semble garder le moral. Sur un des deux chevaux restants, elle parcourt le campement, inspecte les environs, et veille à ce que tout le monde se prépare en vitesse. Elle nous rappelle sans le vouloir qu'elle n'a pas que ça à faire, qu'elle a un dragon à affronter...

Nous passons le reste de la matinée à marcher en silence. L'étrange soleil blanc monte vers son zénith, mais ne nous réchauffe pas vraiment. Tout dans cette journée respire le froid, tout pue la cendre.

« Selon cette carte sommaire, clame notre capitaine, il y a un hameau tout près. Un peu de courage, messieurs ! »

Sans plainte et sans rancœur, nous continuons. Après tout, il y a quelque chose chez Dame Velva qui force le respect, et ce n'est pas simplement sa destinée de tueuse de dragon. Nous marchons encore jusqu'à ce que le soleil soit au plus haut.

Le paysage est étrange. Au fond, nous n'apercevons que des arbres, de l'herbe, et des collines, mais certains détails clochent. Par là, une écorce qu'on a du mal à reconnaître. Ici, un chant d'oiseau qui nous est inconnu. Des petites choses qui nous rappellent que nous sommes loin de chez nous.

Soudain, la troupe s'arrête, pétrifiée. Je jette des regards inquiets autour de nous, cherchant une menace, jusqu'à ce qu'un lancier à côté de moi me donne un léger coup de coude, et m'indique le ciel du doigt.

Alors je le vois. Ses larges ailes sont déployées, et battent les airs avec un silence inquiétant. Ses écailles grises et irrégulières lui donnent un aspect de statue inachevée. Il vole très haut, sans doute que si je tendais le bras il ne serait pas plus gros que mon pouce, et pourtant il ne fait aucun doute que c'est un dragon immense.

« Ce doit être Alastrom, le grand dragon de pierre, devine Dame Velva. Il est promis à Sire Olaf Odalric. »

Pendant quelques secondes, nous nous abîmons les yeux à contempler cette grande forme grise fendre le ciel blanc. Pour la plupart d'entre nous, c'est peut-être la première fois que nous voyons une de ces créatures en vrai.

Mais le moment de grâce passe vite, et bientôt le dragon de pierre a disparu dans le lointain. J'en entends plusieurs chuchoter qu'ils n'aimeraient pas être à la place de Sire Olaf. Velva nous rappelle gentiment que c'est un tout autre dragon qui nous attend, et nous nous remettons en route.

Moins d'une heure plus tard, nous arrivons au hameau que nous cherchions, ou plutôt ce qu'il en reste. Les toits en chaume sont noircis, les herbes folles poussent dans les rues, et certaines maisons se sont écroulées.

Derrière des fenêtres, on devine bien çà et là des silhouettes qui nous observent, mais tout laisse à penser que l'endroit n'est plus que le sombre reflet de ce qu'il a été. Dame Velva hoche la tête, comme pour noter un fait anecdotique. Elle prend note. Puis elle pousse son cheval sur une petite place centrale, et lance à la cantonade :

« Je suis Velva Verrick, fille de Velmann, capitaine de cette bande. Nous venons du vieux continent car un dragon m'est promis. Nous ne vous voulons aucun mal. »

Timidement, une vieille femme entrouvre sa fenêtre, l'air encore franchement terrifiée. Elle pose les yeux sur Velva comme s'il s'agissait d'une sorte de déesse éblouissante. Après plusieurs années passées au service de ma dame je suis habitué, mais parfois je redécouvre l'effet que peut avoir son armure étincelante sur les gens.

« Bonjour madame, sourit Dame Velva. Ça n'a pas l'air d'être la grande forme. »

La vieille soupire, et lui rend son sourire. Peu à peu, plusieurs fenêtres s'ouvrent, et on voit émerger les visages de plusieurs femmes aux traits émaciés, de vieux hommes, et même de quelques enfants.

« Ce dragon que vous cherchez, commence la doyenne, ce n'est pas Baalrayar par hasard ?

— Non madame. Lequel est-ce ? Veuillez me pardonner, je ne les connais pas tous, et puis au fur et à mesure qu'on colonise, on en découvre de nouveaux.

— Le dragon marchand. Mais bon, si vous voulez mon avis, ses marchés ne sont pas très équitables.

— C'est lui qui a mis votre village dans cet état ? »

La vieille crache par terre avec mépris, et tout est dit. Dame Velva met pied à terre, et ordonne une halte. Elle demande aussi de distribuer des rations de nourriture aux villageois. Je pense un instant qu'on va assister à des étranglements d'indignation, mais tout le monde s'exécute en silence. Comme souvent, Velva nous oblige à être des hommes meilleurs, que nous le voulions ou non.

Elle me fait signe de la suivre, et nous pénétrons dans la maison de l'ancêtre, qui s'affaire presque instantanément à nous préparer une infusion de plantes séchées à l'odeur atroce.

« Ça vous ne connaissez pas, de votre côté de la mer ! Vous m'en direz des nouvelles !

— C'est très aimable à vous, madame. Vous êtes ici depuis longtemps ?

— J'avais douze ans quand mes parents ont fait la traversée. À l'époque, je sais pas si vous savez, mais il y avait des aides pour venir coloniser. J'ai vu le village se construire. C'est beau par ici, vous trouvez pas ? Quand on est arrivés, on a cru qu'on était au paradis.

— Qu'est-ce qui s'est passé ?

— Les putains de dragons, voilà ce qui s'est passé. Il nous faut plus de gens comme vous qui viennent faire le ménage. »

Velva ne la questionne pas plus, peut-être parce qu'elle sent un sujet sensible, peut-être parce qu'elle n'aime pas parler dragons. La veille de prendre le bateau, je me souviens qu'elle était venue me voir dans mon atelier pour me demander conseil. « J'ai peur de merder salement, Balvin », m'avait-elle avoué.

Elle n'avait rien dit d'autre. J'avais essayé de m'engouffrer dans la brèche, de souligner les dangers d'une telle expédition, de lui rappeler qu'on peut parfois faire des petits arrangements avec sa « destinée », que la vraie lâcheté aurait été de ne pas regarder la vérité en face...

Elle m'avait écouté sans rien répondre, se mordant parfois l'intérieur de la joue d'un air songeur, puis elle était allée se coucher. Le lendemain nous embarquions avec la troupe, et c'est presque à reculons que j'étais monté dans le bateau. Nous n'avons jamais reparlé de cet épisode depuis.

« C'est quel dragon que vous cherchez ? », demande finalement la vieille, sur le ton de la conversation.

Velva le lui dit, et la femme hoche la tête d'un air désolé. Ses yeux s'embuent légèrement, peut-être à l'idée de cette belle femme à l'armure brillante qui va au-devant d'une mort certaine. Moi-même, la pensée me noue la gorge encore une fois. Ma capitaine, toujours pétrie d'un optimisme ahurissant, préfère changer de sujet :

« À défaut de nourriture, pouvez-vous nous loger cette nuit ?

— Il y a des maisons vides. Et au pire, on a une grange à la sortie du village.

— Merci. La perspective de dormir au chaud va ragaillardir mes hommes. »

Elle se lève, et vide d'un trait le breuvage que j'ai du mal à renifler sans vomir. Puis elle sort de la maison, et je lui emboîte le pas.

Le reste va vite. Nous nous installons un peu partout, et il y a tant de place dans les habitations vides que personne ne doit s'installer sous la grange. En milieu d'après-midi Dame Velva annonce un quartier libre, puis se retire dans une maison vide pour se reposer.

J'hésite moi-même à aller faire une sieste, mais très vite les hommes forment un cercle et organisent de petites joutes, et je me fais happer par le spectacle. Les costauds se succèdent, torses nus, et luttent pour se faire tomber. À un moment, l'un d'eux me lance même :

« Tu veux essayer, petit magicien ? Je promets d'y aller mollo. »

Je refuse avec un sourire poli, mais ça ne m'empêche pas de m'attirer une moquerie.

« Tu pourrais lancer un sort pour te rendre plus fort, non ? »

Plusieurs hommes éclatent de rire, et je me vois forcé de rire avec eux pour ne pas perdre la face. Au fond je l'ai bien cherché, et puis ce ne sont pas de mauvais bougres.

Ils luttent encore un peu, et puis nous cassons la croûte, puisant dans nos réserves qui sont bien diminuées depuis la distribution de nourriture ordonnée par Velva. L'après-midi touche à sa fin, et nous avons tous presque hâte que la nuit tombe, car elle marquerait la fin de cette journée baignée de lumière blanche désagréable, de ce jour au soleil froid.

Dame Velva finit par sortir de ses baraquements, et nous rassemble tous pour nous donner des instructions. Elle distribue les tours de garde, et conseille de se coucher tôt. Finalement, elle me demande de prendre deux hommes et de tracer un cercle de protection autour du hameau.

Alors que la nuit tombe, je me retrouve donc avec deux compagnons et une charrue à tracer une longue ligne dans la terre, qui fait le tour de l'endroit. Mes acolytes ne se privent pas de me faire sentir qu'ils s'en seraient bien passés, et me laissent la plupart du temps tirer l'engin en lançant des commentaires sarcastiques.

« C'est vrai qu'un sillon dans la terre, ça arrête les dragons, c'est bien connu. »

J'ai envie de répondre que personne n'a aucune idée de ce qui arrête les dragons, sinon il n'y aurait pas autant de gens qui meurent en essayant, mais je suis à bout de souffle à force de labourer. Il fait très sombre quand nous finissons le cercle, et je renvoie les deux abrutis en leur disant que je me débrouillerai tout seul pour les incantations.

Une fois qu'ils sont partis, je m'allonge quelques minutes, à regarder la lune apparaître. Je laisse la fatigue du voyage me rattraper un peu, juste un peu.

Tout est si fou en ce moment. Je repense au temps où j'étais un magicien mondain, et que j'accompagnais Dame Velva à des banquets ou des foires, en impressionnant les gens avec des tours de passe-passe. Il y a quelques semaines à peine.

La nature autour de moi pullule de bruits d'animaux inconnus, et les étoiles dans le ciel ne sont pas à la bonne place. Je me cramponne comme je peux à l'idée qu'un jour, je reverrai le vieux continent.

La nuit tombe violemment, et je finis par prendre la décision d'aller me coucher, plutôt que de rester dehors dans le froid à ruminer. Sur le chemin de mon habitation temporaire, je passe devant la maison de Velva, et ne distingue pas de lumière à l'intérieur. Une autre chose fabuleuse chez cette femme : elle ne gamberge jamais. Elle peut passer sa journée à trucider, ou à gérer une troupe au bord de la crise de nerfs, et une fois couchée, elle dort comme un boulanger satisfait de sa journée.

C'est pourtant une Velva paniquée qui me réveille en pleine nuit.

La joue contre un oreiller fourré de paille, j'esquisse une grimace en entendant crier mon prénom. Je pousse un râle ensommeillé, et je sens une main se poser sur mon épaule et me secouer.

« Mais Balvin, levez-vous, bon sang ! »

J'ouvre les yeux et manque de tomber à la renverse. Dame Velva est plantée devant mon lit, la lance à la main, et mis à part ses bottes, elle est entièrement nue.

« Qu'est-ce que ? Pourquoi…

— Les guetteurs ont aperçu une troupe d'une cinquantaine d'hommes qui se dirigent vers nous, ils seront là d'une minute à l'autre. Nous sommes en sous-nombre, et désorganisés, il n'y a pas une minute à perdre ! J'ai besoin que vous accomplissiez ce rituel puissant, que vous gardiez pour la fin du voyage. Est-ce que je dois enlever mes bottes aussi ? »

Je déglutis péniblement, en évitant de promener mes yeux partout où ils ont envie d'aller. Je me sens soudain plus réveillé, mais mes bafouillages ne cessent pas pour autant. Velva me toise quelques secondes de tout son corps puissant, comme une géante. Puis subitement la magie s'arrête.

Nous entendons les hommes l'appeler dehors, et par la fenêtre nous voyons une petite troupe pénétrer sur la place du village avec des torches à la main. Alors Velva ramasse sa tunique qu'elle avait posée par terre et la passe en vitesse. Le vêtement est trop court pour son physique hors-norme, et ses jambes nues restent à l'air. Elle prend sa lance à deux mains, et sort de la maison d'un pas martial.

C'est peut-être le pire réveil de ma vie. J'entends parler dehors, mais je ne distingue pas les mots prononcés. Après m'être assuré que personne n'avait l'air de se battre, je m'extirpe péniblement du lit et m'habille en vitesse. En m'approchant de la porte, je distingue la voix de Dame Velva, et je suis cueilli par ses paroles :

« … et d'ailleurs voici mon mage de combat. »

Tous les regards se tournent vers moi alors que je passe la tête dans l'encadrement de la porte. Dehors, Velva est au centre de la place, entourée d'une dizaine de nos gars. Autour d'eux, une foule compacte d'hommes en armes aux visages burinés s'est rassemblée pour les entourer, flambeaux à la main. Comme ils n'ont pas l'air belliqueux, je me fraie en vitesse un chemin jusqu'à ma capitaine, tandis qu'elle poursuit ses menaces :

« Alors vous comprenez que même si nous sommes peu, nous sommes valeureux et entraînés. Nous ne partirons pas sans un combat épique, et moi-même je serais déshonorée de mourir sans emporter avec moi au moins une dizaine de péquenots comme vous. »

Elle sourit de toutes ses dents, et écarte les bras en signe de provocation, ce qui remonte encore sa tunique trop courte. Elle pourrait être ridicule à cet instant, mais idiot celui qui penserait qu'elle ne peut pas être dangereuse. Je réalise soudain qu'elle n'a même pas besoin de son armure pour faire son petit effet.

« D'ailleurs, ajoute-t-elle avec malice, Mes guetteurs vont bientôt revenir, alors j'espère que vous aimez vous battre sous une pluie de flèches…

— Vos guetteurs sont morts », la coupe une voix aiguë et métallique.

Tout le monde se fige, y compris les hommes qui nous entourent. Il y a quelque chose dans le timbre des mots que nous venons d'entendre de franchement déplaisant, un ton à la fois imposant et irritant pour les oreilles.

Un homme dans une grande robe de bure s'avance, encapuchonné, dans le cercle. Ce n'est qu'en apercevant ses mains que je comprends qu'il s'agit peut-être d'autre chose qu'un homme. Sa peau est jaunâtre comme celle de quelqu'un de sérieusement malade, et on devine des dizaines de petites veines sombres dessous. Ses doigts sont terminés par des ongles noirs griffus et épais.

Il bascule sa capuche en arrière et nous dévoile un visage à la teinte tout aussi surnaturelle. Ses cheveux sont courts et ses traits réguliers. On pourrait presque le trouver beau si ce n'était cette peau étrange, et ses pupilles jaunes fendues comme celles d'un animal.

« Ils ont commencé à nous tirer des flèches dessus, poursuit-il de sa voix inquiétante, et nous n'avons eu d'autre choix que de nous défendre. Je suis vraiment navré. Et au cas où vous ne nous croiriez pas, nous avons réussi à en garder deux en vie, qui pourront témoigner. »

À ces mots, plusieurs de ses hommes s'écartent pour laisser passer les deux de chez nous qu'il a mentionnés, les mains liées dans le dos. Ils jettent un regard désolé à Dame Velva, et hochent la tête tristement comme pour confirmer toute l'histoire. Elle se contente de presser sa main sur le manche de sa lance.

« Ce sont les villageois qui vous ont dit qu'on était là ? demande-t-elle fermement.

— Quelle importance ? Ne soyez pas trop durs avec eux, ces gens ont des conditions de vie très difficiles.

— Vous êtes venus nous tuer ?

— Ma foi, non, quelle idée ! Et vous ?

— Quelqu'un quelque part est destiné à vous tuer, mais pas moi. Ce n'est pas vous que je cherche.

— À la bonne heure ! Dans ce cas nous allons pouvoir faire affaire. »

Alors seulement je comprends qui est notre interlocuteur. J'essaye de me souvenir du nom que la vieille donnait au dragon marchand, sans succès. C'est Velva qui sans le vouloir me rafraîchit la mémoire :

« Quel marché le grand Baalrayar peut-il bien avoir à nous proposer ?

— Oh, je ne suis pas si grand. Je ne sais pas si vous avez remarqué, mais je suis beaucoup plus petit que mes congénères. J'ai un marché pour chacun de vous. Le vôtre, madame, concerne une cousine à moi que vous chercheriez.

— Vous savez où elle est ?

— J'ai même une carte. »

Avec un sourire terrifiant qui laisse apparaître des dents pointues, il sort de sa robe un parchemin plié en quatre. Dame Velva se raidit, comme si ce bout de papier contenait la clé de son futur. Peut-être que c'est le cas, après tout.

« Qu'est-ce que vous voulez en échange ?

— Oh, rigole-t-il, une broutille. J'ai entendu dire que vous avez avec vous deux magnifiques chevaux, et une armure en métal précieux. »

Je vois un voile de lassitude infinie se poser sur le visage de Dame Velva. Bien sûr qu'elle va accepter le marché. Mieux vaut se diriger à pied vers un endroit précis que de tâtonner à cheval. Et puis quelque chose me dit qu'elle a très bien compris que ce qu'elle ne lui donnerait pas de son plein gré, il le prendrait de force.

« Vous ne pensez pas que je réussirai, souffle-t-elle.

— Je vous demande pardon ?

— Vous ne me donneriez pas la carte qui mène à votre cousine sinon. Pas si vous pensiez que j'avais la moindre chance de réussir à la tuer. Vous ne sacrifieriez pas un de vos congénères contre deux canassons et une armure qui brille.

— Vous autres, vous ne savez pas vraiment ce que sont les dragons. Vous venez vous perdre sur ce grand continent que vous ne connaissez pas, parfois vous venez y vivre. Mais vous ne savez pas qui nous sommes. Pourtant vous êtes ici chez nous.

— Si je meurs, quelqu'un d'autre prendra ma place, vous savez. »

Il hausse les épaules, et semble réfléchir à sa réponse. Je ne peux m'empêcher de m'imaginer que si Velva le pousse trop loin dans ses retranchements, il préférera nous tuer tous et se servir dans nos affaires.

« Dans ce cas, finit-il par déclamer d'une voix enjouée, ça nous fera de la visite ! »

Et il tend le bout de parchemin à Velva avec un sourire complice, en prenant bien soin de garder la bouche fermée pour ne pas dévoiler ses dents inquiétantes. Notre capitaine soupire, et attrape la carte avec un geste agacé. Elle s'adresse ensuite à nos hommes :

« Allez lui chercher ce qu'il veut, et vite ! Je veux qu'ils soient partis dans dix minutes.

— Pas si vite, madame. »

Tous les regards se portent sur le dragon, qui cette fois ne se prive plus de nous montrer ses chicots pointus. Il laisse passer un silence, comme un orateur satisfait de son petit effet. Et alors il nous dévoile enfin le vrai but de sa visite.

« Comme je l'ai dit, se délecte-t-il, j'ai un marché pour chacun de vous. »

Les jours passent comme des oiseaux migrateurs. Tout ce qu'on vit, tous les gens que l'on rencontre ne sont là que pour un temps, et puis s'envolent. Ce Nouveau Monde est-il encore nouveau ? Nous sommes là depuis peu, et pourtant j'ai l'impression de commencer à comprendre comment il marche. C'est notre monde, maintenant.

Aujourd'hui la journée est plus blanchâtre encore qu'à son habitude. Un froid monotone et peu agressif s'est installé progressivement, que l'on ressent plus comme une absence de chaleur. Dans l'air flottent des petits pollens gris clair qui se font malmener par une légère brise. Autour de nous la plaine s'étend à perte de vue.

« On continue tout droit », nous presse Velva.

Je me demande comment elle arrive à se repérer. Il n'y a pas d'arbres autour de nous, même pas de variation dans la végétation. Le sol est tapissé de petites fougères pâles qui nous arrivent aux genoux, sur des lieues à la ronde.

Je suis tellement épuisé que je demande une pause, et Dame Velva nous l'accorde. Les six hommes qui nous restent s'assoient en tailleur, et se partagent un peu de pain et d'eau. Je m'approche subrepticement de Velva, qui est occupée à consulter sa carte.

Le dragon que l'on cherche est au bout de la plaine, j'en suis sûr. Au début j'ai pu croire que la carte était une fausse, mais plus nous progressons, et plus la lumière du jour devient particulière, plus les couleurs s'estompent, comme si nous quittions peu à peu le monde des vivants.

Et puis quelque chose me dit que ce satané dragon marchand ne propose que des marchés honnêtes, c'est bien ce qui le rend redoutable.

Le marché qu'il a proposé à nos hommes était d'ailleurs plutôt bon : une bonne paie, des repas copieux, des femmes, dormir au chaud dans un camp à l'abri… Moi-même j'ai failli me laisser tenter.

Je pense aussi que tout le monde, y compris Velva, a bien compris que les bandits qui nous ont attaqués au début du voyage venaient de la bande de Baalrayar, mais qu'importe, il a fallu faire comme si. Les adieux ont été étranges : Velva, moi, et une poignée d'hommes fidèles qui regardent partir en pleine nuit le reste de notre troupe débauché par un dragon qui promet une vie meilleure.

Dès la première heure le lendemain nous nous sommes remis en route, peut-être aussi pour ne pas rester en tête-à-tête avec les villageois qui nous avaient dénoncés en premier lieu.

Velva se penche vers moi, et me montre un point sur la carte :

« Nous devrions être par là. Si j'ai raison, nous sortirons de la plaine aujourd'hui. »

Sans son armure, elle semble paradoxalement plus dure. Elle est habillée de vêtements rêches et simples, qui lui donnent une allure austère, loin de sa flamboyance passée. J'ai peur qu'elle s'épuise dans sa quête absurde.

« Et ensuite ? Vous avez un plan ? »

Elle réfléchit à sa réponse. Ou alors elle fait semblant, pour donner une fois de plus l'impression qu'elle maîtrise. Nous sommes réduits à moins d'une dizaine, à pied, épuisés, et nous nous comportons comme si nous allions occire un des dragons les plus dangereux que le monde ait jamais porté. Finalement, je ne laisse pas le temps à ma capitaine de répondre :

« Peu importe. Nous vous suivrons jusqu'au bout de toute façon. Venez, laissez-moi inspecter ce nez. »

Elle penche son visage vers moi, doucement. Je passe mes doigts sur ses sinus, sur l'arête de l'os, et elle m'accorde à peine un tressautement de lèvre pour me signifier que c'est douloureux.

« Il a bien dégonflé, et il est resté droit, vous avez de la chance. Par contre vous garderez sans doute une petite bosse… »

Elle lève les yeux au ciel, comme si mes considérations esthétiques étaient des coquetteries. Et après tout, si nous sortons de la plaine aujourd'hui, c'est que nous mourrons peut-être demain. Alors nous cessons de parler, et notre petite halte se change en méditation silencieuse, chacun pensant à ses propres dragons, avant de se remettre en route.

Velva a dit vrai : à la tombée du jour, nous finissons par sortir de cette maudite étendue de fougères et débouchons au pied d'un plateau rocailleux. La pente est rude, et on ne distingue pas vraiment ce qu'il y a en haut, mais on ne peut pas vraiment se tromper, car c'est le seul relief dans le paysage que nous rencontrons depuis notre traversée de la plaine.

Il est trop tard pour commencer l'ascension. Velva ordonne de dresser un bivouac, et bientôt un feu est allumé, qui nous fait à tous un bien fou. Nous nous asseyons autour et finissons sans nous concerter nos dernières rations. Sans que cela soit dit, en faisant un bon repas et en finissant ainsi nous réserves de nourriture, tout le monde accepte implicitement qu'il n'y aura pas de voyage de retour.

Pourtant le repas est plus gai que d'ordinaire. Ceux qui connaissent des poèmes les récitent, Velva nous gratifie d'une chanson de sa région natale, et je me prends même à leur conter un ou deux mythes de l'ancien temps. Nous vidons le peu d'alcool qu'il nous reste, qui ne nous mène pas très loin dans l'ivresse, mais qui nous remonte le moral.

Nous nous couchons assez tard, et pour une fois nous ne nous adressons pas de banalités sur les nuits réparatrices, ou les journées chargées qui nous attendent. Nous dormons parce qu'il le faut bien, parce qu'on ne sait jamais, ou parce que nous en avons envie.

Mais Dame Velva a peut-être envie d'autre chose. Au plus profond de la nuit, je suis réveillé par un mauvais rêve à propos d'un grand dragon blanc, et même si d'ordinaire je serais retourné au sommeil presque immédiatement, cette fois quelque chose m'en empêche.

Autour de moi les hommes sont affalés par terre, emmitouflés dans leurs couvertures, autour du feu qui est maintenant un petit tas de braises. Mais un peu à l'écart du groupe, j'aperçois Dame Velva juchée sur un de nos larrons, effectuant un mouvement de pendule avec ses fesses nues.

Je ne me souviens plus du nom du camarade qu'elle a choisi, mais je sais qu'il pourrait passer pour bel homme. Tétanisé, je pose des yeux écarquillés sur le derrière lointain et imposant de ma capitaine, qui vient frotter sur les cuisses de ce soldat, lui arrachant parfois de petits gémissements.

Je me relève sur un coude, et fais peut-être un peu de bruit, car Velva se retourne brusquement dans ma direction, paniquée. Puis elle m'aperçoit, se détend, et recommence son mouvement de balancier.

« Vous m'avez fait peur, Balvin. J'espère que nous ne faisons pas trop de bruit ? Que nous ne vous avons pas réveillé ? »

Je bafouille un semblant de réponse par la négative, bien incapable que je suis de concevoir la moindre pensée construite dans une situation comme celle-ci. Elle me sourit avec bienveillance, sans quitter ses va-et-vient sur son partenaire qui grogne doucement.

« Rendormez-vous, alors. C'est une journée chargée qui nous attend, demain. »

Et avec cette banalité, elle m'assassine. Je me tourne sur le côté, fébrile, et bien sûr je n'arrive pas à fermer l'œil et profite pendant encore de longues minutes des sons de leurs ébats. Même une fois qu'ils ont fini et que j'entends Velva se lever et retourner s'enrouler dans sa couverture à elle, je reste éveillé.

Mais plus d'une heure plus tard, la fatigue a raison de moi, et je suis cueilli par le sommeil, la tête pleine de tous les reproches que je voudrais adresser un jour à ma capitaine, comme celui par exemple de ne pas avoir choisi le bon partenaire.

Au matin nos hommes sont introuvables. Nous nous réveillons péniblement, Velva et moi, au milieu d'une brume blanche épaisse, qui obscurcit tout. C'est bien simple, nous ne voyons pas au-delà de trois mètres, comme si nous étions pris au piège d'une chape épaisse de nuages. Autour de nous, les couvertures sont étalées par terre, mais les hommes ne sont plus là.

Nous les cherchons pendant une bonne heure, en restant groupés pour ne pas nous perdre, mais nous finissons par nous rendre à l'évidence.

« On dirait qu'il n'y a plus que vous et moi », m'adresse Velva avec lassitude.

Nous nous résignons à tenter l'ascension du plateau seuls. Nous nous attachons chacun au bout d'une longue corde, et commençons à gravir la pente. Dame Velva se sert de sa lance comme d'un bâton de marche, et bien souvent elle est obligée de tirer sur la corde pour m'aider à avancer plus vite. En quelques heures éreintantes nous arrivons en haut, et j'essaye d'engager une conversation essentielle, parce que c'est au fond le dernier moment pour le faire :

« Vous savez, Dame Velva, je voulais vous dire que je ne vous en veux pas pour cette nuit, je comprends. C'était peut-être votre dernière nuit, et... »

Elle me fait signe de me taire d'un geste brusque. Puis elle porte sa main à son oreille, pour me faire comprendre qu'il y a quelque chose à écouter. En me concentrant, je parviens à distinguer des murmures, dans une langue qui m'est totalement inconnue.

« Vous comprenez ce langage ? me chuchote-t-elle. D'où ça vient ?

— Je... Je crois que ça vient de la brume. »

Nous gravissons les derniers mètres et parvenons à un sol plus plat. Mais autour de nous, la brume est plus épaisse que jamais, et les murmures plus audibles. Velva m'attrape la main, brandit sa lance en avant, et m'entraîne à pas de loup en avant.

Pourtant rien ne se passe. Autour de nous, le sol rocailleux ne recèle aucun secret, pas plus que les murmures étranges. Au fond, le vrai secret, peut-être que nous l'avons sous le nez depuis le réveil.

« Mirradh la dragonne blanche...

— Qu'est-ce qui vous arrive, Balvin ?

— Peut-être que ça ne sert à rien de chercher votre dragon dans la brume.

— Pourquoi ?

— Parce que peut-être que votre dragon c'est la brume. »

Nous nous taisons quelques secondes, un peu abasourdis par nos propres déductions. Velva scrute à l'intérieur de moi, comme si elle y cherchait je-ne-sais-quoi. Puis doucement, elle lâche ma main, et se désencorde. Lentement, elle fait quelques pas en avant, tape par terre avec le manche de sa lance, et s'exclame :

« Me reconnais-tu, Mirradh ? »

Ses mots résonnent dans le vide, et sa voix forte semble provoquer des ondulations dans la brume, comme celles qu'on voit parfois à la surface d'un étang. D'un geste assuré, Dame Velva écarte sa tunique pour découvrir son épaule, sur laquelle est tatoué le nom de la dragonne blanche.

« Nous sommes pourtant destinées à nous rencontrer, poursuit-elle. J'ai traversé la mer et fait face à plusieurs déconvenues, et pourtant me voilà, prête à en finir. Tu ne me connais pas, et pourtant tu me connais très bien. »

La brume, comme c'était prévisible, ne répond rien. Pendant un instant elle semble changer de couleur, prendre une teinte plus foncée, mais c'est certainement mon esprit qui me joue des tours.

« Allons, ricane Velva, ne veux-tu donc pas m'affronter ? »

Elle a l'air si confiante, si conquérante, que moi-même je ne l'affronterais pas pour tout l'or du monde. Nous restons suspendus à une réponse qui ne vient pas pendant quelques secondes, et je suis prêt à dire à Velva que nous nous sommes peut-être trompés d'endroit, quand nous entendons soudain un bruit de pas dans la purée blanche.

Nous nous figeons, attendant de savoir à quelle sauce nous allons être mangés. Puis une silhouette se détache de la brume, pour venir à notre rencontre. Il s'agit de l'homme avec lequel Dame Velva a eu un rapport cette nuit, transfiguré. Ses pupilles ont disparu, laissant place à deux globes blancs sans vie. Sa peau a pris une teinte grisâtre, et ses cheveux sont blancs comme ceux d'un vieillard. Ses gestes sont désarticulés comme ceux d'un pantin, la fragilité en moins.

Je suis un instant tenté de lui demander s'il est revenu me hanter, quand émerge à son tour le reste de la troupe. Nos six hommes jadis loyaux viennent se planter en face de nous, armes à la main, avec leurs têtes de poupées de cire. Il n'est pas besoin de préciser que nous comprenons instinctivement qu'ils ne nous appartiennent plus vraiment.

Dame Velva pousse un soupire fatigué, les épaules lasses. Elle réajuste une fois de plus sa prise sur sa lance, un peu machinalement. En fait je crois que je la comprends. Le combat ne cessera jamais. Les ennemis défilent, et qu'on les batte ou non a au fond peu d'importance, ils emporteront toujours avec eux un peu de nous.

Pourtant, Velva fait un effort. Elle se retourne vers moi et m'adresse un sourire naïf qui me fait oublier les pensées noires que j'ai pu lui prêter :

« Dites-moi, il ne vous reste pas un sort ou deux dans votre besace ? »

Je reste immobile, et ne réponds rien. Pas par mauvais esprit, juste parce que rien ne me vient. Ma capitaine fronce les sourcils, et décide de laisser tomber. Elle se retourne vers nos six pantins blanchâtres, et fonce sur eux la lance en avant.

La pointe de son arme vient cueillir son amant d'une nuit juste sous le menton, lui arrachant la mâchoire inférieure et traversant sa gorge. Je me demande un instant si elle a choisi sa première victime au hasard, mais bientôt les autres fondent sur elle et j'ai d'autres choses à penser.

Alors que Velva est occupée à retirer sa lance plantée, un des hommes l'attrape par les cheveux et lui fait basculer la tête en arrière. Alors qu'il lève son épée et s'apprête à frapper, je m'élance dans sa direction avec un cri de bataille de mon cru, et le ceinture au niveau du ventre.

Nous roulons tous les deux. J'aperçois du coin de l'œil Velva qui a récupéré sa lance et qui la plante dans l'œil d'un assaillant, mais je n'ai pas le temps d'en voir plus, car l'homme que j'ai éloigné de Velva est maintenant à califourchon sur moi. Il lève son épée et l'abat violemment, et j'ai juste le temps de bouger la tête pour éviter le coup. J'entends la lame siffler en fendant l'air à quelques centimètres de mon oreille. J'essaye d'attraper ma dague à ma ceinture, mais les cuisses puissantes de mon adversaire m'immobilisent totalement. Il relève son épée et s'apprête à frapper un deuxième coup, le visage fermé, l'air aussi paisible que s'il faisait simplement du jardinage.

Un bruit sourd d'os qui craque nous surprend tous les deux. Une pointe en métal émerge de son sternum, et j'aperçois dans son dos le long manche de la lance de Velva. L'homme jette un regard vide et incrédule à sa poitrine ensanglantée, et s'écroule doucement sur le côté.

« Balvin, mais qu'est-ce que vous fabriquez, bon sang ? »

Quelques mètres plus loin, Dame Velva est couverte de sang, comme à son habitude. Après s'être assurée que son projectile a eu l'effet escompté, elle ramasse une épée sur un corps ruisselant, et fait face à ses deux ennemis restants.

Bien que n'étant plus que l'ombre d'eux-mêmes, les hommes ont conservé leur adresse à l'escrime. Velva enchaîne quelques passes avec eux, mais se retrouve vite débordée à devoir gérer deux épées fondant sur elles, et l'une d'elles passe sa garde et vient la cueillir au niveau du flanc, juste sous l'aisselle.

Ma capitaine fait la grimace, et passe sa main vacante sur sa blessure, pour contenir l'hémorragie. Elle contre-attaque, et parvient au prix d'une deuxième estafilade au bras à trancher la carotide d'un de ses adversaires, qui n'a pas plus de réaction que s'il s'était coupé en se rasant.

Il reste debout, au moins pour un temps. Je me rends compte que Velva faiblit, et que si je n'interviens pas elle risque bien de se faire tailler en pièces. Je tire ma dague, et essaye de me concentrer. Je tente de faire le vide dans ma tête, de visualiser l'endroit où je veux qu'elle se plante tout en oubliant mon bras, et je lance.

Mon arme tournoie, suivant une belle courbe, et vient se planter profondément dans la cuisse de ma capitaine, qui hurle.

« Bordel, Balvin, mais qu'est-ce que vous foutez ? »

Cependant, les deux affreux se figent, sans rien comprendre à la situation. Ils contemplent ma dague d'un air totalement incrédule, comme s'ils essayaient de démêler le fin mot de l'histoire. Alors Velva profite de leur fraction de seconde d'incompréhension, empoigne son épée à deux mains, et décapite un des deux hommes d'un large coup circulaire.

Ne reste que celui dont elle a ouvert la gorge, qui se rue sur elle pour porter une estocade, qu'elle esquive péniblement, et de justesse. Il se retrouve déséquilibré, et elle en profite pour lui donner un puissant coup de pied au genou, lui disloquant la jambe.

L'homme s'écroule, mais ne s'avoue pas vaincu pour autant. Il attrape la cheville de Velva, et tente de la faire tomber avec lui, mais cette dernière a déjà arraché la dague que je lui ai malencontreusement plantée dans la cuisse, et la lui enfonce en plein cœur. Il s'affale mollement, et Velva elle-même titube quelques pas avant d'être forcée de s'asseoir.

Je me précipite vers elle. Elle presse toujours sa blessure au flanc, qui n'en finit pas de saigner.

« Il va vraiment falloir que je me trouve une armure, ironise-t-elle. Je suis désolée pour les grossièretés que j'ai dites à l'instant, Balvin, c'était dans le feu de l'action...

— C'est pas grave. Mais regardez plutôt autour de nous ! »

En effet, dès la défaite de notre dernier adversaire, la brume blanche a commencé à se dissiper à la vitesse de l'éclair. Au-dessus de nous apparaît un ciel bleu comme cela fait une éternité que je n'en ai pas vu. Nous découvrons le reste du plateau rocheux, et pouvons soudain profiter d'une vue imprenable et magnifique sur la plaine environnante.

Ce continent sauvage nous apparaît dans toute son immensité pour la première fois. À l'horizon, nous devinons des reliefs que l'homme n'a peut-être même pas encore visités, où vivent des créatures millénaires qui attendent encore qu'on vienne les affronter. Mais au fond, même si on s'abstient de le dire, il est évident pour tout le monde que nous sommes ici chez elles.

Les dernières volutes de brume se dissipent, tandis que j'aide Dame Velva à se relever. Elle passe son bras autour de mes épaules, en esquissant un rictus de douleur, et inspire profondément cet air qui nous paraît soudain plus respirable. Je prononce quelques formules de soin en lui disant que ça arrêtera les saignements, et atténuera la douleur. J'en profite pour la féliciter :

« Vous avez gagné ! Vous avez occis Mirradh la dragonne blanche. Vous voilà maintenant entrée dans la légende… »

Elle me regarde avec une tendresse un peu triste. Elle ferme les yeux, les rouvre, et me gratifie d'un sourire qui pourrait être celui de ma mère.

« Ne soyez pas stupide, Balvin. »

Et sans dire un mot de plus, nous nous remettons en route. Velva boîte un peu à cause de sa blessure à la cuisse, mais elle ne nous ralentit pas pour autant. Nous arpentons le plateau rocheux bras dessus/bras dessous, comme deux ivrognes.

Mirradh s'est déplacée, voilà tout. Elle nous entraîne plus loin sur son territoire, vers d'autres dragons, et peut-être aussi vers d'autres hommes encore moins scrupuleux. Il convient à nous de la trouver à travers tout ce bordel. Mais pour l'instant la journée est belle, et notre petite victoire se doit quand même d'être savourée.

Velva me confie que mon sort de soin s'estompe vite car chaque centimètre carré de son corps commence à lui faire un mal de chien. Je lui réponds que c'est normal, car c'est un rituel qui est prévu pour être pratiqué sur une personne nue. Elle râle un peu en se demandant pourquoi il faut toujours être à poil avec la magie, puis me dit qu'on recommencera tout à l'heure, parce que pour l'instant elle veut marcher encore un peu.

Alors nous continuons, entraînés par nos propres pas et nos propres ambitions. Nous reprenons cette grande ligne droite que nous avons commencée sur le vieux continent, et qui nous mène toujours plus loin vers les ennuis du Nouveau Monde. Mais ma capitaine a sa lance, et j'ai ma magie, et la journée a somme toute assez bien commencé.

Alors nous marchons, avec la certitude nouvelle que rien ni personne n'est invincible.

LE SANG ET L'ACIER

Xavier a beau avoir voyagé un peu, il s'est vite rendu à l'évidence que la réalité n'était que fâcheusement trop réelle, que les étoiles restaient désespérément hors de portée, et que la science-fiction s'obstinait à ne rester que de la fiction. Aussi, il préfère depuis vagabonder le plus souvent possible vers d'autres mondes, de ceux où l'on trouve des robots déviants, des I.A. un peu trop conscientes, et des humains qui se transcendent tout azimut.

Bibliographie

Allégeance, Nouveau Monde n°6 (2014)
Pyrolepsie, Gandahar n°1 (2014)
Comme le sable dans le vent, Anthologie "Robots", éditions La Madolière (2014)
Sous l'éternel ciel bleu, Anthologie "Éclipse", Les Auteurs underground (2014)
Les enfants d'Avalon, Pénombres n°6 (2014)
Les fleurs oubliées, Gandahar n°3 (2015)
Qu'un pas de plus, Piments et Muscade n°23 (2015)
Quelques perles de trop, les 24h de la nouvelle (2015)
Caver Den, éditions Voy'[el] (2015)
Monologue, AOC n°40 (2016)
Le silence de Shiva, Anthologie "Avenirs radieux", éditions Rivière Blanche (2016)
Robô, Anthologie "Mort", éditions des Artistes Fous Associés, (2016)
Mémoires mortes, Anthologie "Quantpunk", Realities Inc. (2016)

LE SANG ET L'ACIER

XAVIER PORTEBOIS

Une perle d'octets s'était cristallisée sur la neige. Comme un large flocon doré, dans les fractales duquel Laër plongea son regard de longues secondes.

Le synth se releva d'un soupir résigné et balaya de la pointe du pied la neige autour de la trace. La piste qu'il suivait ne pouvait que le conduire à Horatio, aucun doute là-dessus, mais les empreintes dataient déjà de plusieurs jours. Certaines coagulaient sur la pierre noire et lisse du sous-bois, d'autres pendillaient aux branches basses des sapins, effilochées par le vent froid de l'hiver, et les dernières, comme celle-ci, flétrissaient en globules ambrés et cassants sur la neige immaculée. Il avait fait aussi vite qu'il l'avait pu, inquiété par ses messages restés sans réponse depuis plusieurs semaines, mais le temps avait trop dégradé les données qu'elles contenaient pour qu'il pût en tirer quoi que ce soit ; il ne lui restait plus d'autre option que de les remonter, une à une, et espérer retrouver son ami au bout du chemin.

« Crab ! Ne traîne pas ! »

Le bot domestique, une vingtaine de pas en retrait, s'empressa de le rattraper en entendant son nom. Ses trois pattes arachnéennes franchirent les branches nues des buissons où elles s'étaient enfoncées et amplifièrent leurs longues foulées pour rejoindre son maître. Ils escaladèrent ensemble la butte qui leur faisait face, au sommet de laquelle brillait une nouvelle goutte incandescente, ses ultimes octets emportés avec la poudreuse que soufflaient les bourrasques.

Crab s'élança sur les derniers mètres et s'immobilisa après la crête, les pattes raides et tendues, le globe de son œil unique figé sur un point encore invisible. Le bot avait découvert quelque chose.

Laër poussa sur ses talons et se précipita à sa suite. Une petite clairière s'ouvrait devant eux, un cercle brisé de sapins trapus qui ceignaient une masse noire en leur centre, étalée sur la neige comme une rature maladroite. Laër s'arrêta, surpris à sa vue, alors que ses pupilles se creusaient entre ses iris argentés, avides de chaque détail, sensibles au moindre éclat de couleur ou au plus infime contraste. Elles lui révélèrent une image bien trop précise du corps d'Horatio.

Le synth gisait là, étendu sur le flanc, mélange de chair aux reflets métalliques et de bure déchirée. La neige des derniers jours avait couvert les extrémités de ses membres et comblé les plis d'étoffe qui pendaient sur son dos voûté. Laër cilla fébrilement, fouillant un nouveau spectre à chaque battement de paupières, à la recherche du moindre signe vital. En vain : le corps du synth n'émettait plus rien, sinon peut-être un infime halo, à peine discernable du bruit blanc de l'environnement.

Ses lèvres se plissèrent en une moue navrée alors qu'il s'avançait vers ce qu'il restait de son ami.

« Horatio… Je t'avais prévenu que Nao-Radh n'était pas un endroit sûr pour notre espèce. »

Sa voix se perdit sans écho entre les troncs serrés, mais Laër trouva tout de même un peu de réconfort à s'entendre parler.

« Qu'espérais-tu trouver ici ? Ce n'est qu'un terrier d'humains, sans un seul synth avec qui parler. »

Ses derniers mots fondirent dans l'épais silence du sous-bois tandis qu'il rejoignait le cadavre. Des marques de brûlure criblaient la cape, et les polymères de la chair au-dessous n'avaient pas eu le temps de cicatriser, la peau artificielle lardée de cautères et d'ichor séché. Laër posa un genou à terre et finit de contempler les dégâts d'un hochement de tête navré.

« J'espère quand même que tes canaux audio sont toujours actifs, que je ne parle pas juste au vent. »

Sa main se resserra sur l'épaule du corps et le bascula sur le dos. La nuque lâche, la tête se renversa, la capuche tomba sur les épaules, et Horatio adressa au ciel un fin sourire figé de ses lèvres violettes, le regard perdu vers les cimes.

Laër recula d'un bond, un flot de peur répandu dans ses muscles comme une onde électrique.

Par-dessus le visage paisible d'Horatio, son front s'ouvrait sur une plaie béante et noire, exposant aux vents les restes ternes du cerveau de silicone. Les neurones fourmillaient encore d'étincelles laiteuses, mais des rubans d'ichor et d'octets s'écoulaient avec lenteur en nappes visqueuses, là où s'étaient déchirés axones et synapses.

Laër se détourna d'un spasme nauséeux, sans pouvoir chasser de ses rétines l'éclat de l'hémorragie digitale. Depuis combien de jours son ami se vidait-il ainsi de ses mémoires ? Un, cinq, dix ? Était-il déjà trop tard pour le sauver ?

Sa main attrapa le bras d'Horatio et le remonta jusqu'au poignet. Il devait y avoir une sauvegarde disponible ici, mais il ne trouva qu'un anneau brisé, ses strates de silicone éparpillées en larges fractures ouvertes.

L'adrénaline de synthèse libéra ses circuits neuraux de toutes ces questions pour le laisser réfléchir. Laër savait soudain ce qu'il devait faire, et ses lèvres se décollèrent sur un cri devenu évident.

« Crab ! Ici, tout de suite ! »

Le bot, resté en retrait, courut jusqu'à son maître et s'accroupit à ses côtés, posé sur ses pattes comme sur un trépied replié. Laër ouvrit l'une des trousses qui pendaient au flanc du bot et en fouilla le contenu à l'aveugle, jusqu'à ce que le bout de ses doigts fourmille au contact chaud du bracelet de sauvegarde. Il extirpa le lourd anneau et le leva devant lui, posé dans sa paume grande ouverte. Son index effleura les sillons lumineux qui couraient à sa surface, quelques lueurs répondirent à son geste, et il se sentit aspiré vers l'artefact alors qu'une interface s'ouvrait entre eux.

Une myriade de points minuscules, aussi réels que perçus, s'enflammèrent au-dessus du bracelet et s'agglutinèrent en formes abstraites, comme les manifestations hallucinées de leurs échanges. Les symboles qu'ils esquissaient frissonnèrent à l'unisson de Laër quand il lança une à une ses commandes, un goût amer en bouche.

Effacement de la mémoire actuelle.

Le labyrinthe de stries sur les faces du bracelet parurent se creuser alors que les étincelles qui y filaient s'éteignirent en bloc.

Annulation de la synchronisation avec : Laër Arkégène.

L'idée que quelque chose d'invisible venait de disparaître s'imposa toute entière. Comme une présence jamais révélée qui s'effaçait brutalement, comme une pensée jamais formulée qu'il venait d'oublier pour toujours. Laër grimaça à l'idée de se retrouver ainsi nu, sans copie, sans backup. Il était désormais lui aussi à la merci d'une mort définitive.

Il approcha le bracelet du cadavre, hésita une fraction de seconde puis se força à lancer le dernier ordre, d'un geste volontaire de l'index.

Synchronisation manuelle avec : Horatio Arkégène.

Les points s'enroulèrent en une large torsade depuis l'anneau pour plonger dans le crâne et la cervelle brisée. Des ponts de lumière organique se tissèrent entre les neurones à nu et l'hélice toujours plus épaisse, toujours plus serrée, jusqu'à se refermer en une artère où se déversèrent les octets comme autant de globules irisés. Toute la vie d'Horatio défilait là, dans cette passerelle digitale : ses souvenirs, ses pensées, ses idées. Tout ce que la moitié restante de cerveau siliconé contenait encore trouvait refuge dans le bracelet de sauvegarde.

Le canal s'estompa doucement, les derniers fils s'évanouirent en un courant d'air et ne laissèrent au fond du crâne qu'un bloc de silice gelée et inerte.

Laër manipula l'anneau du bout des doigts. Ses yeux plissés scrutèrent le réseau d'entailles qui palpitaient à nouveau, gorgées de milliards de scintillements. Il ne se faisait pourtant guère d'illusions. Malgré toutes les redondances et les copies correctives, il n'avait pu récupérer qu'une portion de la conscience d'Horatio. Une importante partie matérielle de son cerveau manquait et, sans les données qu'elle contenait, impossible de le ressusciter. Au mieux, il ne pouvait que régénérer un nouveau synth basé sur ce qu'avait été son ami – un Horatiogène dont Laër ne voulait pas – ou accepter ses données en lui et fusionner, mais il n'en était pas encore question.

Le plus urgent accompli, le flux d'adrénaline se tarit dans ses veines. Il se laissa tomber à genoux, fesses sur les talons, les épaules lâches, le bracelet soudain trop lourd pour son bras. Il se détourna du regard éteint de son ami, incapable de le supporter plus longtemps, moins triste qu'en colère contre l'absurdité du destin.

C'était absurde de mourir quand on pouvait vivre éternellement.

Il lui fallut plusieurs minutes pour retrouver l'énergie nécessaire au moindre mouvement.

Le bracelet se referma autour de son poignet avec un cliquetis sec. Il souleva le corps désarticulé d'Horatio sans peine, le trouvant moins lourd que sa sauvegarde, et le déposa sur le dos de Crab. Le bot plia sous le poids, oscilla un peu pour éprouver son nouvel équilibre, puis esquissa ses premiers pas vers Nao-Radh.

Laër le siffla pour qu'il attende, le temps d'inspecter les environs. Hélas, il n'y avait pas d'autres empreintes sur la neige que les leurs, la clairière ne présentait guère de signe de lutte, et ses senseurs ne relevaient aucune trace, même poussés au maximum. Le temps avait effacé le moindre indice qu'il espérait trouver.

D'un signe de la main, il indiqua à Crab de reprendre le chemin, et lui emboîta le pas d'une foulée mécanique. Laër se laissa guider à la fois par le bot et ses circuits réflexes, plongé dans ses propres pensées.

Dans le meilleur des cas, il retrouverait le reste du cerveau d'Horatio à Nao-Radh, sans doute emporté comme trophée par son assassin, et il pourrait reconstituer l'intégralité de son ami.

Dans le pire des cas, il pouvait au moins espérer le venger.

*

Les dernières silhouettes noires des sapins, de plus en plus rares, s'écartèrent enfin sur l'horizon neigeux de la plaine où s'entassaient les monolithes de Nao-Radh.

Les cubes métalliques de la cité-État déchue découpaient leurs reflets chromés sur le ciel nocturne. Leurs blocs se superposaient en innombrables terrasses et esquissaient les contours irréguliers d'une gigantesque pyramide aztèque asymétrique. Malgré l'heure tardive, les chalumeaux des ferrailleurs flambaient à tous les étages, le long des échafaudages de fortune, au creux des artères et des ruelles en escaliers. Pareils à des charognards, les viandards étaient revenus désosser l'ancienne cité pour n'en laisser que le squelette. Il était si facile de récolter tous ces alliages inaltérés, et il était bien moins cher de les récupérer que d'en fondre à nouveau.

Leurs propres habitations se greffaient aux monolithes comme des bubons de tôle et de ferraille, agglutinées en hameaux perdus dans l'immensité du lieu. Nao-Radh, à son époque, avait dû accueillir l'équivalent d'une mégalopole ; les humains venus piller le métal et l'électronique ne devaient pas en occuper le trentième.

Sa dernière visite à Horatio datait de plusieurs mois, mais Laër, sûr de ses souvenirs, emprunta les marches régulières des allées sans réfléchir. Les humains occupaient les quartiers vers le centre, là où étaient érigés les chantiers en activité, aussi Laër avança seul avec Crab de longues minutes dans cette banlieue déserte, fantôme discret se glissant entre les murs dévorés depuis longtemps par les chalumeaux. Quelques drones fatigués s'égayèrent à leur passage en bourdonnements erratiques, partis se percher à distance au sommet des poutrelles tordues que les recycleurs avaient délaissées. Une poignée de vieux chats interrompirent leur jeu pour les suivre sur quelques mètres, avant de retourner dans les ombres vérolées pour y traquer les bots sauvages les plus petits.

La neige immaculée crissait sous leur poids, puis les premières traces de bottes en souillèrent la surface, et elle se changea peu à peu en boue liquide alors qu'ils gagnaient enfin les secteurs occupés. La rue fit un angle, derrière lequel les néons crus des premières habitations écrasèrent leur lumière sur les murs irréguliers. Laër se raidit à la première silhouette humanoïde qu'il aperçut. Il allongea sa foulée et se colla aux antiques parois chromées, évitant du plus loin possible les rajouts rouillés qui s'entassaient de l'autre côté de l'allée et où vivaient les pilleurs.

Il avait l'impression d'avoir franchi un mur invisible et de plonger dans un miasme humain. Trop humain. Les cris des manœuvres ricochaient dans la ruelle en échos discordants. L'air était saturé de relents de viande grillée, de sueur et d'égouts mal canalisés. Des feux gras grésillaient dans les ombres des cabanes branlantes. Les regards globuleux des enfants, abrités derrière les rideaux souillés qui fermaient les maisons, transperçaient sa tunique de néolin et le dénudaient en un examen méfiant.

Avec un soupir, Laër ferma un instant les yeux et atténua la sensibilité de la plupart de ses senseurs. Vacarme et chaos reculèrent derrière un voile de coton.

Vraiment, il ne pouvait pas comprendre pourquoi Horatio avait choisi Nao-Radh d'entre toutes les destinations possibles. Les cités abandonnées se comptaient par dizaines dans la région; beaucoup n'étaient pas encore infestées d'humains, et certaines comptaient même de petites communautés de synths où Laër aimait passer quelques semaines de temps en temps. Il lui avait même proposé de partir plus loin, ensemble, jusqu'aux cités orbitales sans atmosphère, mais Horatio avait refusé et préféré rester auprès des viandards, puant la chair et la mort.

Une ombre passa sur son visage à cette pensée. Parlant de mort, les humains pouvaient se montrer assez stupides pour vouloir celle d'un synth.

Laër écarta d'une main le rideau qui fermait la demeure d'Horatio, et un essaim de drones minuscules fila sous son bras comme un nuage de moucherons.

Ses pupilles s'ouvrirent pour compenser la pénombre ambiante à l'intérieur. Les ténèbres fuirent son regard alors que plusieurs rongeurs artificiels s'éparpillaient derrière les tentures polychromes tendues aux murs. En quelques secondes, les bots sauvages avaient tous fui son arrivée, ne laissant derrière eux que le frémissement des draperies.

Laër s'avança, suivi de Crab, et contempla d'un rapide coup d'œil la grande pièce cubique. Quelques tables et sièges accolés aux murs pour tout meuble, une poignée de lumignons en guise d'éclairage, et aucune autre chambre. Pas de cuisine, de douche ou de chauffage. C'était bien là le refuge d'un synth, à quelques détails près : par exemple, un cercle de coussins moelleux et usés occupait le centre où il se trouvait, comme si Horatio avait tenu une réunion.

Laër renifla longuement, surpris par une odeur à peine distincte qui flottait dans l'air, comme un souvenir poussiéreux, fracturé, qui s'effilochait déjà dans les fibres des tentures. Sans qu'il pût le reconnaître avec précision, il discerna un parfum de nourriture qui ne pouvait signifier qu'une chose : des viandards étaient venus ici.

Enquêter s'imposait, mais il devait d'abord s'occuper de son ami. D'un claquement de doigts, il ordonna à Crab de s'approcher de la plus grande table disponible. Il en balaya les quelques breloques qui y traînaient puis y allongea le corps froid d'Horatio, les bras le long du corps, les restes de la bure rajustés comme il le pouvait sur son torse et ses épaules.

Ses mains ne touchèrent pas la chair synthétique du cadavre. Il préférait manipuler le corps à distance, étirant un arc magnétique entre ses paumes pour tourner les membres avec douceur ou éprouver les réactions mécaniques des polymères. Les fibres musculaires des jambes ne réagirent pas, certaines saturées, d'autres grillées sur toute leur longueur. Les couches dermiques autour des plaies au torse ne répondirent pas davantage aux stimuli qu'il tenta à travers tout le spectre énergétique. Horatio avait été blessé juste avant d'être abattu, car il n'y avait pas la moindre trace de cicatrisation entamée autour des lésions. Juste de l'ichor doré et cassant, desséché et vidé du moindre octet depuis longtemps.

Pourtant, la mort ne datait que de quelques jours. S'il s'était inquiété plus tôt, il aurait peut-être pu arriver avant son assassinat.

Laër serra les poings par réflexe, les traits déformés d'un rictus hargneux. Un spasme saccadé traversa le corps d'Horatio comme s'interrompait d'un coup le flux magnétique. Toutes ces brûlures ne pouvaient être que l'œuvre de tirs EMP ; autrement dit, quelqu'un, quelque part à Nao-Radh, possédait une arme dédiée à la chasse aux bots. Ou aux synths.

Laër chassa cette pensée d'un hochement de tête pour pouvoir finir son autopsie. Il rouvrit les doigts et se tourna vers le crâne pour l'inspecter quand le regard du mort l'interrompit dans son geste. Ses yeux flottaient comme de l'argent gelé, immobiles dans leurs orbites creuses, et le transperçaient sans même l'enregistrer sur leurs rétines éteintes. Laër détourna la tête d'un frisson et lui ferma les paupières du bout des doigts. Durant sa longue existence, il avait déjà pu voir des humains mourir par dizaines, de vieillesse, de maladie, de blessures ; il avait vu des synths reconstitués atome par atome et d'autres qui avaient renoncé à vivre pour servir de consciences génitrices à une nouvelle génération. Mais c'était la première fois qu'il devait supporter la vision d'un synth mort, peut-être même mort pour de bon.

Il tourna le dos à la table d'un geste sec. Finalement, mieux valait passer à autre chose. Fouiller le refuge allait lui permettre d'oublier ce regard.

Les tentures ne dissimulaient aucune cachette, et peu d'affaires encombraient le mobilier sommaire. Des disques numériques traditionnels prenaient la poussière dans un coin. Laër ouvrit des jonctions vers leurs données et lista leurs noms d'un rapide coup d'œil, survolant les inscriptions qui s'imprimaient sur sa rétine. Des ouvrages d'Histoire, des guides de réparation dédiés aux bots standards, des manuels d'anatomie synth, rien qui ne le surprenne dans la bibliothèque d'Horatio.

À côté de leurs plaques translucides s'entassaient aussi de gros blocs mous de papier jauni, qu'il mit une petite seconde à reconnaître comme des livres. Du doigt, il lissa les tranches des volumes où s'alignaient les titres avec autant de fontes différentes que bigarrées, et les lut un à un, se résignant d'un grognement à ce mode de transmission séquentiel. Sa bouche s'allongea en une moue aigre quand il comprit qu'il s'agissait en grande majorité de prêches inter-espèces, de pamphlets égalitaires, ou encore de propagande prétendant que les viandards avaient une âme égale à celles des synths. Comme si les humains pouvaient se vanter de posséder une conscience qui survivait à leur chair…

Laër retira son doigt comme s'il venait de toucher quelque chose de gluant. Des religieux avaient dû venir professer leur foi absurde, et tenter de convaincre le seul synth de tout Nao-Radh qu'ils étaient égaux. Peut-être même Horatio avait-il dû supporter les jérémiades de prêtres de l'Incarnation, avec leur conviction aveugle de la supériorité de l'Homme sur le Synth. Il n'avait jamais entendu parler d'incarnats ici, lors de ses précédents passages, mais il songea qu'il fallait vérifier ; de pareils fanatiques auraient très bien pu s'en prendre à Horatio, même si ça n'expliquait alors pas la présence des livres.

Un coup de vent glacial agita le rideau de l'entrée, et quelques flocons blanchirent le seuil. Les cris des ferrailleurs s'engouffrèrent par l'ouverture, déformés par les multiples échos contre les parois galvanisées.

Laër retourna à l'entrée et jeta un œil à l'extérieur, flattant d'une main distraite l'encolure de Crab qui veillait sur le seuil. La ruelle au-dehors serpentait entre les blocs massifs de Nao-Radh et disparaissait au premier tournant, quelques mètres plus loin, mais elle devait forcément mener aux échafaudages de fortune ancrés à la terrasse supérieure. Celle-ci s'élevait une cinquantaine de mètres plus haut, obstruant tout un quart du ciel, sa longue façade projetant une ombre démesurée sur le bas quartier. S'y suspendaient les passerelles des recycleurs, émaillées de lanternes grésillantes qui remplaçaient les étoiles et les points lumineux des cités orbitales.

Nuit et jour, les ferrailleurs se relayaient sur ces grillages pour attaquer le métal des parois de leurs scies, chalumeaux, pieds-de-biche et burins, pour ne laisser d'ici quelques années qu'un squelette d'acier derrière eux.

Laër n'avait pas su trouver de suspect, mais il tenait au moins là des témoins : l'un ou l'autre de ces pilleurs devait bien avoir aperçu quelque chose.

*

Le chantier le plus proche était au pied de la terrasse, un réseau de galeries désaffectées à l'entrée desquelles les lueurs des néons à main des pilleurs oscillaient comme autant d'essaims stroboscopiques.

Laër s'enfonça sous le plafond bas et bombé des souterrains et s'égara parmi les ombres découpées des récupérateurs. Le bruit constant qui parasitait ses senseurs à l'extérieur s'amenuisa ici à chaque pas, étouffé par les mètres compacts d'alliages et de pierres recomposées qui l'encerclaient. Ses pas le conduisirent d'équipes de découpeurs aux fronts luisants de sueur en groupes de gamins geignards, voûtés derrière les chariots à ras de rebuts qu'ils extrayaient des conduits. Il s'enfonça dans les dédales en tout sens jusqu'à ressortir à l'air libre, sans plus d'information : aucun d'entre eux n'avait vu Horatio.

Il traversa un marché agité où les viandards au repos s'égosillaient pour troquer nourriture et matériel. Une fois encore, Laër plissa les yeux et accéléra l'allure, peu désireux de rester ici plus longtemps. Il évita avec dégoût les étals où pendaient les carcasses de gibiers inconnus, et ignora ceux où les marchands vendaient aux enchères des appareils surannés et cabossés, où les réserves de gaz se mélangeaient aux recycleurs d'eau, aux entrailles rouillées de bots désossés, aux composteurs automatiques et aux moteurs oxydés de vieux ventilateurs.

À l'autre bout de la foire, il atteignit le pied d'échafaudages dont il escalada une à une les rampes et dont il longea les murs chromés. Les recycleurs jetaient à son passage un œil méfiant avant de continuer leur sape, les fers à souder taillant des balafres toujours plus profondes dans des traînes d'escarbilles aveuglantes. Ils répondirent à ses questions de gestes vagues, empêtrés dans leurs gants de protection, leurs regards cachés derrière les verres noirs de leurs lunettes renforcées. Là non plus, personne n'avait vu passer le moindre synth.

Une volée d'oiseaux vivants et robotiques s'enfuirent alors qu'il se hissait de la dernière passerelle vers le promontoire qui dominait l'échafaudage. Les coups incessants des marteaux-pilons résonnaient dans le cube sous ses pieds, comme si des spasmes maladifs agitaient tout Nao-Radh, et crevassaient de dédales de fissures les rares bancs de neige que la foule des manœuvres n'avait pas encore piétinés.

Las et sans grand espoir, Laër continua son enquête auprès des humains qui travaillaient ici. Ceux qui enroulaient ou déroulaient les longs câbles d'acier qui pendaient vers les équipes en contrebas, les nacelles chargées d'outils ou de butins, puis ceux qui s'activaient autour des amas de matériaux récupérés pour les trier et les répartir dans les convois de chariots crasseux, prêts à retourner vers les ateliers et les forges.

Laër se détourna du dernier ferrailleur qu'il venait d'interroger, l'abandonnant sans un mot ni un signe de reconnaissance, une ombre poussiéreuse tombée sur ses traits. Le vent ramenait vers la plateforme les exhalaisons fuligineuses des fonderies, agglutinées entre les monolithes de la cité en contrebas. La suie de leurs fumées se posait en stries noires et graisseuses tout autour, lardant les parois blanches de givre de nouvelles escarres là où n'étaient pas encore passés les charognards.

Sa main chassa les fumerolles de son visage, et son regard absent s'attarda sur les bulbes rouillés des ateliers et des habitations éphémères des pilleurs, montés et démontés au gré des chantiers. Il était évident que les humains lui mentaient, l'un après l'autre. Horatio vivait au pied de ce bloc, son refuge presque cerné par les chalumeaux, et Laër ne pouvait croire que personne ne l'avait remarqué récemment. Il avait pu le constater avec amertume en grimpant jusqu'ici : un synth ne passait pas inaperçu à Nao-Radh.

Un crissement désagréable harcela son tympan gauche. Le ferrailleur lui parlait de nouveau.

« Je vous le dis, je l'ai pas vu, votre pote. Je vois pas ce qu'il serait venu faire ici, de toute façon, alors maintenant, barrez-vous et laissez-moi bosser. »

Laër fit face au pillard et l'écrasa d'un regard glacé, une lueur électrique pulsant dans ses pupilles. Il aurait mieux fait de demander aux animaux qui erraient dans la ville ; au moins, eux ne se croyaient pas permis de lui donner des ordres.

D'un geste prompt, ses doigts agrippèrent la barbe crasseuse du viandard et la hissèrent d'un coup sec. L'homme gémit et dut lever la tête ; ses yeux jaunâtres papillonnèrent, fuirent le regard du synth alors qu'il se tordait le cou pour fuir, mais Laër levait déjà sa seconde main, prête à l'enserrer aux tempes pour l'immobiliser.

« Lâche-le. »

La nouvelle voix trancha le vent dans son dos, dominant le bourdonnement sourd des machines et la rumeur grave de la cité. Laër céda à la curiosité et relâcha le pillard, indifférent à ses geignements alors qu'il se retournait. À deux pas de lui s'était avancée une femme, cheveux brunis par la rouille, le nez, les joues et le menton cachés sous un fin masque filtrant gris de poussière. Depuis ses orbites le transperçaient deux yeux cybernétiques, deux billes de métal dont les focales sifflaient à chaque tressaillement du regard.

Laër ne s'étonna pas de ces implants. Elle avait sans doute perdu ses globes d'origine dans un accident de chantier – leur chair était si fragile. Avec un peu de chance, elle avait pu tirer du tragique de sa vie quelque leçon d'humilité. Il ouvrit la bouche pour lui poser la même question qu'à tous les autres, mais elle le prit de court.

« Mon ami t'a demandé de partir, alors tu t'en vas, okay ? Si tu sais parler, tu dois bien savoir aussi nous comprendre, non ? C'est pas très compliqué, comme demande, que je sache. »

Laër avança d'un pas lourd et raide vers la récupératrice. Elle ne céda pas, les poings sur les hanches, et ne broncha pas davantage quand il tendit un index vers ses yeux métalliques.

« L'intelligence ne vous est pas exclusive, répliqua-t-il, et ce n'est pas votre chair ou votre sang qui vous la donne, bien au contraire. Avec de pareils oculaires, tu dois bien savoir combien nos esprits sont indifférents à la matière. »

Laër la laissa chasser son doigt du revers de la main. Le caoutchouc de son masque se déforma, la bouche tordue en une grimace rogue.

« Ne pense même pas à me comparer à ton espèce ! Vous n'êtes que des simulacres : vos veines débordent de sérums synthétiques, pompés par un cœur qui ne bat que quand vous avez besoin. Vous avez des poumons mais n'avez pas besoin d'air, vous avez une langue mais ne goûtez rien ni n'embrassez personne. Vous ne valez pas mieux que toute la ménagerie de bots qui hantent les coins sombres de Nao-Radh… »

L'air siffla à travers les grilles de son masque tandis qu'elle reprenait haleine, les épaules tendues, la poitrine gonflée au rythme de son souffle.

« Alors je te le dis une dernière fois : tu ferais mieux de partir, *biobot*. On a autre chose à foutre qu'aider un tas de ferraille à en retrouver un autre. »

Laër plissa les paupières. Une infime pression lui comprima le front et le plexus solaire, quelque chose de brûlant lui envahit le crâne et la gorge, et ses lèvres s'affaissèrent en un rictus raide. Il laissa la colère ronfler entre ses fibres alors qu'il couvrait les derniers pas qui le séparaient de la ferrailleuse. Elle dut lever la tête pour lui rendre son regard.

« On veut pas t'aider, alors casse-toi, cracha-t-elle derrière ses filtres.

— Si tu ne veux pas m'aider, je peux t'y forcer, tu sais. »

Les mots avaient jailli en rafale, blocs tranchants canalisés par un torrent de rage. Laër leva la main gauche et écrasa sa paume contre le front de la fille. Sans qu'elle eût le temps de réagir, ses doigts se verrouillèrent sur ses tempes comme un étau prêt à faire éclater le crâne.

Les signaux des yeux cybernétiques, codés sous une myriade de couches protocolaires, s'enroulaient dans chacune de ses orbites en un maelström brûlant. Laër devina au creux de sa main les contours frémissants des flux de données qui s'échappaient des prothèses pour s'entortiller autour des nerfs optiques. Il serra les dents et tenta d'en forcer les verrous électroniques, ses assauts jetés comme une fractale de dards acérés, crissant sur les barrières virtuelles jusqu'à en trouver la moindre faille. Une première brèche éclata dans un frisson lumineux, d'autres suivirent en une cascade d'étincelles, puis l'interface tout entière des prothèses céda et s'ouvrit telle une corolle retournée.

La recycleuse n'avait pas eu le temps de retirer son masque ou de crier. Laër, immobile, le bras tendu entre eux, dévidait les mémoires de ses oculaires.

Il devina du coin de l'œil les deux filets de lumière qui coulèrent entre ses doigts et remontèrent son poignet. Ils franchirent le bracelet de sauvegarde, où quelques filaments s'égarèrent à la surface des sillons, puis se torsadèrent le long de son bras jusqu'à remonter l'épaule et s'enfoncer sous son crâne. Les images affluèrent alors, une à une puis par douzaines, par centaines, suite de contours flous, de couleurs imparfaites, de formes ourlées d'aberrations chromatiques et de distorsions locales. Elles s'imprimèrent sur ses rétines en un défilé silencieux, un abrégé saccadé de toute une vie, charcuté en salves aléatoires, décousues, jamais complètes.

Des repas d'ouvriers partagés aux lumières brûlantes de vieux néons, au fond des galeries sombres forées dans les entrailles de Nao-Radh. Une clope fumée sur une terrasse surplombant la ville, le chrome des monolithes embrasé par le coucher de soleil d'un soir d'été. Un accident, un câble ayant cédé, la charge brisant sous son poids libéré un gamin perdu, les bouches des ferrailleurs autour ouvertes sur une cacophonie de cris inaudibles. Une nuit agitée avec un compagnon anonyme, la sueur perlant de son torse à chacun de ses soubresauts. Une ruelle aux marches brunies de neige fondue, tordue entre les rajouts chaotiques des abris et des étals, encore déserte au petit matin.

Cette dernière image se figea un fragment de seconde, ses trames refusèrent de s'effacer pour laisser place au souvenir suivant. Des blocs de pixels se décolorèrent, comme une pellicule ravagée par le feu, et s'ouvrirent en un amas de glitchs en expansion. Le bug prit les contours d'une silhouette, figée dans ce décor figé, le regard encore invisible dans son halo brûlé. Laër sentit qu'elle le regardait, lui, au travers du canevas mnémonique.

Horatio se tenait là, devant lui, immobile, mais de plus en plus grand, comme une surimpression aberrante, ses contours envahissant point par point la mémoire que Laër aspirait. L'image se dégrada encore quand sa voix en traversa le flux, rafales crachantes de fréquences brutes, déchirant le silence de la transmission dans un tonnerre de parasites.

« Laisse-la tranquille, Laër. Relâche-la. Tu la fais souffrir. »

La ruelle flamba en un vaste aplat de pixels brûlés qui s'éteignirent tous ensemble. La déconnexion subite repoussa Laër d'un pas, vacillant, incertain du sol sur lequel il se tenait, l'esprit encore prisonnier du flux mémoriel. La main lui pendait au bout du bras, trop lourde, les doigts encore crispés en une tenaille désormais vide. La pilleuse, elle, était tombée à genoux, la tête plongée dans ses mains, un gémissement douloureux étouffé sous ses gants de protection.

L'odeur de métal chauffé à blanc ramena Laër au présent : la nuit sur le point de se retirer, les étoiles mourantes dans la nouvelle aurore, les trépidations du bloc sous ses pieds, les grincements des armatures rivées sur ses côtés, et les murmures étranglés des pillards autour de lui.

Ses pupilles s'ouvrirent en grand et balayèrent la terrasse d'un coup d'œil circulaire, libérées des images volées aux implants de la ferrailleuse. Une dizaine de ses camarades s'attroupaient autour de lui, certains hésitants à se risquer à secourir leur amie, d'autres le dévisageant de regards noirs, l'air mauvais derrière leurs masques et leurs verres fumés. Les gants crissaient sur les manches des pied-de-biche et des burins, et les flammes des chalumeaux taillaient au sol les silhouettes des pilleurs en ombres menaçantes.

D'autres arrivaient grossir les rangs, et Laër ne pouvait déjà pas tous les surveiller en même temps. Il était seul, isolé, encerclé, et un frisson électrique lui remonta les nerfs quand il se souvint être nu, sans sauvegarde de conscience. Si un synth avait pu mourir à Nao-Radh, un second le pouvait aussi.

Le coude levé comme un brise-glace, il s'élança dans un réflexe et trancha la foule qui s'amassait toujours. Laër compta ses pas et le nombre de foulées qu'il devait encore faire pour fuir le cercle des ferrailleurs, le visage impassible, le regard figé devant lui pour ne croiser celui d'aucun viandard. Il était un synth, il pouvait tuer d'un seul geste, et il ne fallait pas que le moindre humain ne doute du contraire.

Ils s'écartèrent de son passage, le bousculant à peine, ne lui opposant que des injures étouffées et des promesses de vengeance. Il ne les écouta pas, ne les enregistra pas, et maintint sa marche forcée. La terrasse se dégagea devant lui et il en longea le rebord sans ressentir de véritable soulagement : la naïveté de son initiative lui embrouillait trop les circuits.

Sa tentative était vouée à l'échec depuis le début : il possédait trop peu d'informations sur les habitudes d'Horatio, il y avait trop de sites de désassemblage à visiter, trop de témoins rétifs, trop de suspects potentiels, trop d'animosité de la part du moindre viandard. Il avait passé l'essentiel de sa vie à éviter les bouges fétides où ils vivaient, il en payait aujourd'hui le prix, incapable de leur adresser la parole sans deviner le dégoût et la haine affluer en lui comme en eux.

Un crissement désagréable le tira de ses pensées. Inconsciemment, sa main faisait tourner le lourd bracelet autour de son poignet, par à-coups nerveux. Il ralentit sa foulée et ferma à demi les paupières, le regard dans le vague alors qu'il se repliait dans le souvenir de son piratage. Les images dérobées défilèrent à nouveau dans le même ordre chaotique, avec les mêmes altérations et les mêmes saccades, jusqu'à ce que réapparaisse la ruelle boueuse et déserte.

Cette fois, il n'y eut aucun pixel blanchi, aucun accroc dans les trames, aucune voix encodée dans le flux chromatique. Comme si le fantôme d'Horatio avait profité du transfert des données pour s'y superposer.

Laër pouvait sentir le poids de la conscience fragmentée de son ami au bout de son bras. Cette interférence soulevait tant de questions qu'il ne savait pas par où commencer et, s'il avait quelques idées sur le comment, le pourquoi l'interpellait bien davantage. Sans qu'il n'ait le courage de se l'avouer, il écarta son bras, juste de quelques centimètres, pour éviter tout contact avec son flanc, toute éventuelle contamination, comme s'il désirait s'éloigner du bracelet sans pour autant oser le retirer.

Un sifflement lui fit tourner la tête. Un jeune recycleur courait derrière lui, l'air inquiet, la tête plongée entre les épaules. Il ralentit à quelques mètres, les mains levées en signe de paix, puis retira son masque et se confessa d'un chuchotement anxieux.

« Je voulais vous dire, on a bien vu votre pote ici, des fois. Il passait pour nous parler à la fin de nos quarts, et j'aimais bien ce qu'il nous racontait. »

Le sourire sur le visage du garçon laissa Laër espérer un instant, mais une ombre navrée l'effaça presque aussitôt pour ne laisser qu'une moue rembrunie.

« Mais après ce que vous avez fait là-bas, je peux pas vous aider. Désolé. Les autres me le pardonneraient pas. »

Le gamin renfila ses protections et repartit du même trot qu'il était venu, l'abandonnant sur un dernier signe poli jeté par-dessus l'épaule. Laër tendit le bras pour le retenir, mais interrompit son geste, le devinant inutile.

Quelques secondes s'écoulèrent dans le calme, puis il y eut un chuintement à la limite de l'audible. Son corps tout entier se raidit et bondit sur le côté, les circuits réflexes prenant le relais, ses veines soudain gonflées du fluide électrique de l'adrénaline.

Le sol explosa sous ses pas. L'odeur d'ozone et le frémissement magnétique qui souffla sur ses dermes réveillèrent le souvenir d'Horatio et de ses brûlures : on lui tirait dessus avec les mêmes armes, à coup de cartouches EMP.

Une seconde détonation dans son dos ne lui laissa pas le temps de se retourner. Laër brisa son premier élan et s'élança dans une autre direction, cassant sa trajectoire en virages imprévisibles à chaque nouveau tir. Il grimaça tandis que les projectiles bourdonnaient autour de lui, l'un après l'autre ; faire volte-face pour riposter l'obligeait à devenir une cible facile pendant un instant, et chacun de ses sauts le rapprochait dangereusement du bord de la terrasse. Il fallait pourtant qu'il change de tactique s'il ne voulait pas rester un simple gibier.

Un coup de feu retentit, puis son écho. Une bille de lumière bleue grésilla à quelques centimètres de son coude. Laër se replia sur le côté quand il comprit qu'il n'y avait pas pu avoir d'écho. Avant qu'il ne réagisse, le second tir l'atteignit et un feu ionisé lui dévora la jambe droite. Elle se raidit, réduit à un amas de métaux et de polymères inertes, les muscles paralysés, les connectiques saturées d'électricité.

Le poids de son corps bascula sur son membre anesthésié. Laër contempla impuissant le rebord filer sous ses yeux et le vide vertigineux emplir son champ de vision. Il allait tomber, il le savait, et il ne pouvait rien y faire.

Le vide l'attira à lui. Son bras se détendit d'un coup sec et ses doigts se refermèrent là où il se souvenait avoir aperçu une poutrelle de l'échafaudage, un fragment de seconde avant de basculer. Son poing enserra le fer rouillé. La tige ploya sous le choc de son élan. Ses rivets explosèrent, son métal céda dans un gémissement d'agonie, et elle se détacha du reste de l'armature dans une pluie de poussière.

Laër culbuta sur lui-même. Le vent souffla dans son dos, des débris de grillages emportés avec lui sifflaient à ses côtés. Le rebord de la terrasse fuyait son regard, toujours plus loin et toujours plus haut.

Il n'eut que le temps de réduire la sensibilité de tous ses nocicepteurs avant de s'écraser.

L'univers se limita à une sphère de bruit blanc, qui enserrait son corps à l'étouffer et enflait pour contenir tout Nao-Radh en même temps.

Les sons franchirent ses tympans en fréquences crachées une à une, aux crêtes et aux creux tourmentés, avant de se synchroniser et de retrouver leur harmonie. Laër perçut les cris des humains, lointains et affolés, en contrepoids des cliquetis secs et en rafale des débris qui finissaient de pleuvoir autour de lui.

Ses optiques se réactivèrent. Des aplats de couleurs trop vives se croisèrent dans un tourbillon, les contrastes s'y imprimèrent en formes floues puis de plus en plus nettes, jusqu'à ce que le haut échafaudage réapparaisse, entier, massif, éventré en son sommet d'une saignée au bout de laquelle pendaient encore les restes déchiquetés de la poutrelle qu'il avait saisie.

Laër demeura inerte le temps que les connexions se rétablissent entre son crâne et le reste du corps. Ses yeux raclèrent les bords de leurs orbites et balayèrent d'un scan agité la scène qu'il était obligé de contempler : les pilleurs paniqués qui criaient sur les passerelles, qui fuyaient de peur que tout s'écroule, ou qui couraient suturer la fissure qu'il avait creusée.

Un écho de peur résonna plusieurs fois dans ses circuits primaires, encore incapables de formuler une pensée cohérente. Son regard avait accroché les trois silhouettes encapuchonnées au sommet de la faille, indifférentes à l'état de l'armature, et ne parvenait plus à se détacher des armes lourdes qu'elles arboraient.

Un fourmillement désagréable se répandit dans toutes ses fibres. Plusieurs articulations gémirent quand il les plia, certains muscles peinèrent sous la masse devenue écrasante de son corps, mais Laër avait retrouvé le contrôle de ses membres.

La pensée primaire déborda enfin, pareille à une explosion de néons : il fallait fuir et se cacher avant que ses assassins ne descendent.

Il roula sur lui-même, les mains et les pieds enfoncés dans la limaille et les copeaux, se releva sur sa jambe encore valide, et gagna par petits bonds saccadés les ruelles les plus proches.

*

L'eau stagnante éclaboussa les parois métalliques de l'ancienne galerie désaffectée quand Laër s'y effondra avec le corps d'Horatio, empaqueté comme une momie dans une des tentures de son abri. Ses senseurs percèrent une dernière fois les ténèbres et scannèrent le corridor abandonné sans rien y détecter d'anormal. Seuls quelques rats et un couple de bots serpentins s'enfuirent à son arrivée. Rien d'autre, et pas la moindre trace d'activité humaine récente. Ce conduit dans la banlieue de Nao-Radh avait déjà été désossé jusqu'à la moelle, et aucun viandard ne s'aventurerait par ici.

Laër était retourné au logis d'Horatio pour embarquer ce qu'il restait de son ami sur le dos de Crab puis fuir au plus vite. À chaque claudication, il avait réalisé combien il s'était montré inconscient. Imprudent à se montrer parmi les humains, à poser ses questions sans discrétion ni secret, à considérer le foyer de son compagnon comme un lieu sûr.

Maintenant, il était à l'abri. Ici, caché comme un cancrelat dans les ombres humides des bas niveaux de la cité, là où la neige fondue s'écoulait en flaques de boue noirâtre. Des tunnels comme celui-ci, il en avait dépassé des dizaines et des dizaines, tous ouvrant leurs gueules noires au pied des monolithes vérolés par les chalumeaux et les burins. Ses assaillants n'avaient aucune chance de l'y débusquer.

Il se cala contre le mur détrempé et ferma les paupières d'un battement nerveux. Au-dessous, ses yeux s'éteignirent alors qu'il extirpait de ses mémoires son dernier souvenir avant le black out.

La douleur reconstituée resurgit dans tout son corps, à peine atténuée par les filtres mnésiques. En vrai, elle n'avait duré qu'un fragment de seconde, shuntée par les circuits de survie, mais à présent il maintenait le dernier instant de son souvenir, figé devant ses yeux, et elle perdurait comme une note stridente tenue de bien trop longues minutes. Il serra les dents, s'extirpa du crissement constant qui écorchait les bords de sa conscience, et tourna son attention sur les silhouettes encapuchonnées tout en haut de l'échafaudage.

Laër plongea son regard dans les moindres détails qu'il avait enregistrés lors de sa chute. Les capes écarlates, les visages trop propres pour être ceux de ferrailleurs, et surtout les peintures géométriques sur les joues et le front. Il reconnaissait ces tatouages triangulaires, l'héritage tribal d'hacks ancestraux que les viandards utilisaient pour lutter contre la reconnaissance faciale des vieux bots. Les signes avaient perdu leur utilité première depuis longtemps et étaient devenus des symboles, les symboles d'humains en lutte avec les machines et les synths.

Des fanatiques de l'Incarnation. Laër connaissait désormais ses agresseurs et, probablement, les assassins d'Horatio.

Une question demeurait : pourquoi l'avaient-ils tué? De ce que Laër savait, les incarnats prêchaient la supériorité de l'humain, mais n'allaient que très rarement à de telles extrémités. Qu'est-ce qu'Horatio avait pu faire pour s'attirer les foudres de ces mystiques?

Une théorie de mémoires resurgirent ensemble, comme un tout cohérent, une réponse évidente. Des bribes de phrases qu'Horatio avait prononcées lors de leurs dernières rencontres, le cercle de coussins chez lui et l'odeur poussiéreuse de présences humaines qui flottait par-dessus, les livres en papier jauni, ce qu'avait dit le jeune recycleur avant l'embuscade. Et les quelques mots de son fantôme, déchirés dans la tourmente des parasites, avec la pilleuse.

Laër n'avait pas su lire tous ces indices, mais maintenant, il comprenait : Horatio s'était mis à prêcher l'égalité entre leurs races. Il prêtait les livres et non l'inverse, il venait évangéliser les pillards, il recevait chez lui pour leur enseigner sa voie. Les incarnats n'avaient pas pu laisser passer ça. Il n'y avait pas de place à Nao-Radh pour deux religions.

Ses muscles se tendirent de colère et son poing cogna la paroi. L'écho métallique qui inonda le silence couvrit à peine le grognement qu'il ne put contenir en repensant à l'Incarnation. Il en avait croisé quelques membres dans ses voyages : tous abrutis, aveuglés par leurs croyances absurdes, imaginant aux hommes une âme immortelle et reléguant les consciences digitales des synths à de simples logiciels. Impossible de prédire le comportement de pareils déments.

L'ombre d'un sourire mauvais s'esquissa sous ses prunelles électriques : au moins, il tenait désormais une piste sérieuse, et savait quoi chercher.

Son regard se tourna vers l'entrée du tunnel où veillait Crab, replié sur ses trois pattes, son œil unique dardé vers le cercle blanc qui se découpait au bout de la galerie. Laër l'appela d'un sifflement et d'un geste affectueux de la main. Il allait avoir besoin de lui pour la suite de son plan.

Un animal, même d'acier, avait bien plus de chance pour approcher les incarnats que n'importe quel synth.

Le bot demeura immobile à côté de son maître, dans l'attente.

Laër lui fit face en tailleur, s'assura de son assise puis effleura des doigts les contours de son œil. Ils y laissèrent une rangée pointillée de lueurs dorées qui s'étirèrent en un cercle complet sur le métal du bot, puis fusionnèrent en un disque ardent qui recouvrit tout le globe oculaire. Le synth hésita un instant, prit une inspiration silencieuse puis y plongea la main. Il se sentit aussitôt tomber vers l'avant, aspiré par la lumière qui se répandait à travers tout le tunnel et dans le moindre pixel de son champ de vision. Ses pieds et ses mains s'engourdirent, puis ce fut le tour de ses bras et de ses jambes, jusqu'à ce qu'il ne ressente plus rien, rien sinon la chaleur enveloppante de la lumière dans laquelle il plongeait toujours.

Cette dernière se déchira brutalement, tel un voile d'octets interrompus. Elle s'écarta pour ne laisser qu'une vue sombre, mal calibrée, trop rouge et trop brune. Il redécouvrait la galerie désaffectée avec, en premier plan, la silhouette de son propre corps inerte, toujours assis en tailleur, trahi dans les ombres du tunnel par les quelques reflets bleutés qu'accrochaient ses contours.

Il voulut sourire, mais ne put bouger aucune lèvre. Le transfert s'était accompli avec succès. Il occupait désormais le corps de Crab.

Il savait que les premières minutes seraient pénibles, enfermé dans une enveloppe plus limitée, avec d'autres membres, d'autres articulations, d'autres senseurs. Même son esprit se cognait, à l'étroit dans les schémas simplistes des circuits neuronaux du bot. Il lutta pour trouver la voie qui commandait ses pattes, et émit des salves prudentes d'ordres à travers son nouveau corps. Celui-ci se secoua et le monde parut s'effondrer autour de lui. L'œil déformait, écrasait les parois autour de lui dans une vue à l'angle bien trop large, bien trop vertigineux.

Une à une, les pattes bougèrent, et le bot se traîna dans l'eau croupie pour gagner l'entrée du passage. Dehors, la neige tombait désormais en gros flocons silencieux, dont les traînes blanches tranchaient le panorama en lignes obliques qui faussaient les distances. Laër leva le nez et sa pupille s'ouvrit grande sur les tourbillons qui roulaient sous les nuages et se brisaient contre les parois démesurées des blocs de la cité. Il tituba sur une de ses pattes, pris de vertige et de nausée, avant de réaliser qu'il n'en ressentait que des simulacres avortés. Sa propre conscience s'imaginait ces sensations qu'il aurait dû éprouver, le cortex sommaire de Crab étant incapable de les générer lui-même.

Il chassa ces mirages et partit à l'assaut des premières marches. Ses pas butèrent sur les premiers degrés, l'obligeant à baisser le regard et considérer l'un après l'autre les embouts ronds de ses jambes arachnéennes, foulée après foulée. Doucement, il découvrit les capacités inhérentes du bot et apprit à faire confiance aux réflexes mécaniques de la machine même et, quand il atteignit les quartiers habités, le corps de Crab se comportait comme si Crab même le pilotait.

Avec une cadence régulière et un pas qu'il voulait presque flâneur, il atteignit la terrasse d'où il était tombé. Les ferrailleurs avaient ressoudé la poutrelle, de nouveaux grillages remplaçaient les anciens, et aucun signe ne trahissait encore sa chute. Peut-être sa véritable enveloppe aurait elle pu découvrir des traces infimes laissées par ses assaillants, dissimulées dans les spectres invisibles aux humains, mais il ne préférait pas courir le risque. Il scruta donc méticuleusement les alentours de son œil imparfait et abandonna vite l'endroit : la neige, les hommes et le temps avaient tout effacé. Les recycleurs se relayaient à nouveau sur les passerelles suspendues dans le vide, le mur s'enfonçait peu à peu sous les coups de leurs marteaux et de leurs lames, les tas de scories et de limailles s'entassaient de nouveau, prêts pour être ballés par pelletées dans les chariots vers les fonderies et les ateliers. Il n'y avait plus rien à tirer ici.

Il emprunta alors les rues qui descendaient, et celles qui gagnaient les terrasses supérieures. Il longea les échafaudages encore animés et ceux que démontaient les viandards, aux pieds de parois rongées jusqu'aux armatures. Ses pattes foulèrent les bords des étals à même le sol des marchés de bric et de broc, et s'enfoncèrent dans la fange des égouts ouverts qui coulaient en lisière des quartiers habités. Son œil scruta chaque visage, chaque silhouette, sans pour autant apercevoir le moindre tatouage triangulaire, la moindre peinture tribale. Personne ne paraissait se méfier de lui, mais l'Incarnation demeurait invisible.

Laër soupira, un soupir qui resta enfermé derrière les lèvres inexistantes de Crab. La traque s'annonçait longue.

Les triangles sur les tempes et les pommettes de l'homme se gravèrent en ombres noires sur la trame de son capteur, et attisèrent sa vigilance comme une piqûre de taon.

Laër s'ébroua et trotta à distance prudente de l'incarnat, tête basse, empruntant à sa traîne les longues marches basses d'une rue en escalier. Cela faisait trois jours qu'il errait dans les dédales de Nao-Radh, et il était hors de question de laisser passer cette chance.

Après quelques minutes de marche entre les poulaillers branlants qui servaient d'habitats aux viandards, l'homme s'engouffra dans une demeure cubique, aménagée au cœur d'une cavité que les pillards avaient laissée derrière eux. Laër abandonna sa traque, quelques pas avant le seuil, quand il aperçut la femme qui veillait à côté de la tenture écarlate de l'entrée. Un tatouage guerrier lui striait la joue et, malgré l'absence de ses capteurs habituels, Laër devina facilement le gourdin métallique qui saillait sous sa cape usée. Un bot n'était probablement pas le bienvenu là derrière.

Un chœur de voix résonna entre les tôles de ce qui devait être un lieu de prières, leurs échos déformés par le métal et étouffés par le rideau. Laër s'immobilisa, attentif, pour écouter. Il était incapable de déchiffrer leurs paroles, trop diffuses, mais il ne doutait pas pouvoir les analyser une fois de nouveau équipé des circuits neuronaux adéquats.

La sentinelle lui jeta un œil mauvais et lui montra les dents. Il se détourna et reprit sa route d'une allure qu'il voulut sereine, alors qu'il luttait contre la rage sourde que son esprit simulait dans le cortex rudimentaire de Crab. Il voulait entrer : le meurtrier d'Horatio passerait ici, tôt ou tard, c'était une évidence, et peut-être même était-il déjà là, dedans, à vociférer des suppliques imbéciles vers le plafond de rouille ou à se laisser empoisser par des sermons absurdes.

Il chassa d'une pensée son impatience et profita de son détour pour chercher un autre accès à ce qui ne pouvait être qu'une chapelle de l'Incarnation. Il traîna ses longues pattes tout autour du bloc, l'œil plongé vers le moindre début de tunnel, s'engouffrant dans chaque excavation des ferrailleurs. Les lieux avaient été vidés jusqu'à la moelle, mais le mur qu'il longeait n'offrit pourtant aucune ouverture. Il revint sur ses pas, face au rideau rouge sang et à sa gardienne ; là, il piétina sur place, incapable de se résoudre à s'en éloigner de nouveau.

« Eh, toi, le bot ! »

Son œil fixa la femme. Le pan de sa cape s'était écarté et elle pointait vers lui un fragment de poutrelle reconverti en bâton. De nouveau, ses lèvres se retroussèrent en un rictus menaçant.

« Je sais pas ce que t'as comme bug à t'agiter comme ça, mais casse-toi. C'est réservé à la chair, par ici, pigé ? »

Laër pesta sans que sa voix ne puisse sortir de son crâne. Il attirait déjà l'attention, et il lui fallait décider au plus vite avant de se faire chasser. Son corps oscilla d'avant en arrière, déséquilibré, tandis qu'il hésitait entre partir pour revenir une autre fois, et foncer pour découvrir le plus d'informations possible, ici et maintenant.

Le crachat de la femelle qui tomba à ses pattes le décida.

Ses membres se détendirent d'un bond et sa carapace se propulsa vers l'entrée. La gardienne lui aboya dessus alors qu'il la dépassait, son cri se mua en râle, et la vision de Laër bascula brutalement vers l'avant. Une fraction de seconde, l'écran écarlate de la tenture recouvrit le monde, le temps qu'il comprenne qu'elle venait de lui décocher un coup sur le flanc et l'avait envoyé museau en avant vers le rideau.

Le tissu s'écarta et l'intérieur apparut au-delà, murs, plafond et plancher secoués alors que ses jambes claquaient frénétiquement à la recherche d'un équilibre stable. Les voix s'étaient tues, le silence tombé comme de la poix sur l'assemblée assise à même le sol. Tous les visages s'étaient tournés vers lui, hommes, femmes, enfants, tatoués ou non, capuchonnés ou têtes nues. Contre le mur du fond, sur l'estrade de fortune qui dominait la foule, un incarnat aux joues noires de peinture recula d'un pas raide et le désigna d'un doigt tortueux et livide.

Le tumulte revint comme des bulles éclatant à la surface d'une eau marécageuse. Les cris craintifs des enfants, les murmures affolés des mères, les grognements des hommes et, par-dessus la mêlée, les ordres glapis par les anciens. Laër dansa sur place pour embrasser l'unique salle d'un regard circulaire, son œil soudain figé sur un homme, adossé contre un mur, qui déverrouillait un fusil au canon noir et trop large. Ses doigts glissaient déjà dans la culasse une cartouche chromée facile à reconnaître. C'était ce genre de balles qui l'avait visé, et les mêmes qui avaient abattu Horatio.

Quelque chose le frappa dans le dos. Peut-être un projectile, peut-être le gourdin de la sentinelle à ses trousses, peut-être un coup de botte. Laër sentit s'emmêler à la racine de son cortex ses commandes contradictoires, les réflexes de ses pattes parasités par ses ordres contraires et affolés. Il voulut lever le bras pour se défendre. Pour toute réponse, une patte se dressa devant lui, et le bot s'effondra.

Sa carapace roula sur le sol lissé par l'usure. Laër tourna le regard, et son œil se dressa vers le plafond. La silhouette du garde y tranchait une ombre noire à son aplomb. Il tendit le bras, et ne resta devant lui plus que la gueule béante du fusil.

Le grésillement de la charge couvrit le vacarme de la foule, puis une lumière bleutée s'incrusta dans chaque pixel, jusqu'à le calciner.

L'air se pressa sur les nouveaux contours de sa peau déformée. Ses polymères mutèrent, des muscles apparurent, des membres s'évanouirent. Les limites invisibles sous son crâne s'envolèrent et Laër glissa dans des circuits oubliés, peupla des réseaux de neurones inertes, s'épancha dans des émotions redevenues véritables.

Le souvenir de son bot traversa chaque fragment de sa conscience déployée, comme une fractale aux arêtes acérées, comme un millier d'aiguilles qui lardèrent ses pensées à peine reconstruites dans son corps d'origine.

« Crab… »

L'écho du tunnel désaffecté lui répondit, mais ce ne fut pas sa voix qu'il y retrouva. Son cerveau redécouvrit le moyen d'ouvrir les paupières et ses pupilles se dilatèrent en grand, la sensibilité de leurs rétines poussées au maximum pour aspirer tout ce que contenait l'obscurité du tunnel.

Horatio le regardait. Sa silhouette laiteuse se fondait dans le bruit blanc des pixels, ni contre le mur, ni assis dans l'eau croupie, juste là sans y être, incrusté dans la trame de sa vision. Laër voulut tendre la main pour toucher l'apparition, mais ne parvint qu'à plier le coude dans le mauvais sens et se cogner les phalanges contre la cuisse, encore désorienté par son décrochage brutal.

Une fine ligne noire se fendit au bas du visage d'Horatio, mimique simpliste de bouche, et sa voix satura ses réseaux auditifs d'un grésillement saccadé.

« Qu'es-tu en train de faire, Laër ? Qu'essaies-tu d'accomplir qui vaille la perte de Crab ? »

L'intonation oscillait de syllabe en syllabe, incertaine entre la déception et l'indifférence, comme si le canal parasite ouvert entre eux ne parvenait pas à retranscrire ses émotions avec fidélité.

Mille questions se pressaient sous son crâne, mais Laër ne parvint pas à en formuler une seule. Il se trouvait comme conduit, forcé dans la conversation, contraint à répondre à la question de son ami.

« Je refuse de te perdre, Horatio. Je suis sûr que le reste de ton cortex est quelque part ici. Je le retrouverai et te reconstituerai. Entier. Comme avant.

— Et au lieu de ne perdre qu'un ami, tu as aussi perdu ton familier. »

Le synth ne répondit pas. Le souvenir de Crab se creusait comme une ombre noire dans son champ visuel.

« Crois-tu vraiment que cela en valait la peine ? reprit Horatio. Crois-tu vraiment que, quelque part dans Nao-Radh, tu retrouveras les neurones qui me manquent ? »

Le crépitement de sa voix disparut brutalement pour ne laisser qu'un silence lourd et accablant. Laër s'y sentit seul, isolé, obligé de faire face à ses pensées, aux routines qui tournaient en rond à la limite de sa conscience, obligé de plonger en lui-même et de se regarder en face. Le grésillement revint, comme une rafale de grêle sur la tôle d'un abri, emportant en lui la voix d'Horatio qui formula la vérité qu'il n'osait pas encore énoncer.

« Tu ne cherches qu'à venger ma mort. Tu y as déjà perdu Crab, tu pourrais y perdre le reste. Et pourquoi ? Tuer mon meurtrier ne me fera pas revenir, tu le sais bien.

— Eh bien ! je le tuerai quand même ! Je ne peux laisser ta mort impunie, quoi que tu en dises. Je ne peux pas laisser l'assassin d'un synth en vie. »

La blancheur du spectre parut vaciller avec un soupir, s'effacer un instant face à la noirceur du tunnel, mais revint aussi brillante, aussi douloureuse qu'avant.

« Je te le demande une dernière fois, Laër. Laisse ces humains en paix, va-t'en d'ici et régénère ce qu'il reste de moi dans un autre corps. C'est là mon seul souhait. »

Il y eut une pause, un calme, comme si le fantôme espérait enfin entendre l'accord de Laër. La voix de ce dernier explosa soudain.

« L'Horatio que je connaissais n'était pas ainsi, cracha-t-il. Il n'était pas le partisan des viandards. Il n'aurait pas pu me demander ça, lui… D'ailleurs, qui es-tu pour souhaiter, qui es-tu pour m'ordonner ? Tu n'es pas mon ami. Tu n'en es qu'un fragment brisé et incomplet, qui hante je-ne-sais comment mon bracelet. Je ne sais pas pourquoi je devrais t'écouter.

— Je ne suis peut-être qu'une part de lui-même, tempêta le fantôme, mais je serai toujours davantage lui que tu ne pourrais l'être. Et Horatio, crois-moi, aurait voulu que tu laisses nos frères tranquilles. Ils sont trop imparfaits pour que tu les juges. »

Laër ne le laissa pas finir. Il hurla sans que sa voix ne trouve d'écho contre les parois étroites du tunnel.

« Nos frères ? Ils sont autant nos frères que le cancer est celui de la cellule saine. Quoi que tu sois, qui que tu sois, je ne me laisserai pas faiblir. Je trouverai l'incarnat qui a détruit Horatio, et je le détruirai. Je le jure. »

Les aberrations chromatiques s'effacèrent dans un coup de vent, emportées par les reflets métalliques du tunnel, et le fantôme s'éclipsa. Laër se releva, l'eau croupie agitée à chacun de ses gestes maladroits. Un goût amer lui restait en bouche, comme si le fantôme avait laissé derrière lui une impression infraliminale de déception. Laër rejeta le sentiment d'un hochement de tête ; impossible de savoir si ces pensées étaient les siennes, ou si la copie d'Horatio les lui avait injectées au travers de toutes ces interférences.

À cette idée, il dégrafa l'anneau avec rage et le serra dans son poing dressé, prêt à le jeter dans les ombres les plus oubliées de la galerie. Tous ces parasites l'empêchaient d'être lui et lui seul. À chaque apparition il se sentait pénétré, violé dans son propre crâne fracturé.

Il rabaissa pourtant le bras et enferma de nouveau son poignet dans l'anneau de sauvegarde. Il ne pouvait se résigner à perdre le peu qu'il lui restait d'Horatio.

*

Sa jambe était presque guérie. Les circuits réparateurs avaient eu le temps de corriger les réseaux musculaires et neuronaux que la cartouche EMP avait grillés le long de ses os.

Laër gravit sans gêne le labyrinthe d'escaliers et de ruelles qui le séparait de la chapelle de l'Incarnation. Un chemin qui évitait les places bruyantes où la marmaille des viandards pataugeait dans la fange, les courants d'air chauds et nauséabonds qui planaient autour des cantines de fortune des travailleurs, et les cris stridents des vendeurs de rebuts.

Il avait isolé de ses souvenirs les chœurs psalmodiés derrière le rideau écarlate, les avait filtrés pour écarter les distorsions et en détacher les voix, syllabe par syllabe, qu'il se passait désormais en boucle. La haine des synths que contenaient ces prières l'aidait à étouffer les germes de doute et de honte que les paroles parasites du fantôme avaient tenté de faire naître en lui. Il ne pouvait s'autoriser à renoncer à sa vengeance.

En vrai, la tenture était encore plus rouge que ce que l'œil perfectible de Crab lui avait montré. La même femme gardait toujours l'entrée, adossée au mur, sa barre de fer cachée sous sa cape rutilante, impossible à dissimuler à son regard spectrophotographique. Elle l'aperçut et, comme la dernière fois, le menaça de la pointe de son arme.

Laër ne s'arrêta pas, cette fois. Il ne dévia pas sa marche non plus. Il continua droit devant, ses pupilles noires braquées sur la gardienne.

Ses doigts se resserrèrent sur l'embout de l'arme avant que la femme puisse réagir. D'un coup sec de l'épaule, il la lui arracha des mains et l'envoya filer au loin. Le bout de ferraille retomba avec fracas alors que Laër écartait la sentinelle de la paume, sans prêter attention à son regard soudain trop grand et trop humide creusé sur son visage livide.

Le drap rouge tomba de sa tringle dans un bruissement déchiré.

Crab n'était plus là, mais Laër pouvait voir les traces de sa mort, les perles lumineuses de ses octets briller comme des traînées ardentes, étalées par les semelles des viandards. Son regard s'en détacha et prêta attention à la foule qui le fixait déjà dans un silence de mort. Les femmes serraient leurs bébés et leurs jeunes enfants contre elles, les hommes crachaient dans sa direction ou montraient les dents, et le garde, le même que la fois d'avant, armait son fusil avec une vaine discrétion.

Son bot, au travers de sa simplicité, lui avait offert une barrière de salubrité. Laër était à présent forcé de supporter la poix ambiante de la présence des humains : leurs odeurs rances, leurs bruits flasques, leurs mouvements gauches et sans harmonie. Un voile passa une fraction de seconde sur ses prunelles, assez de temps pour qu'il se force à recevoir chacun de ces flux sensoriels comme une suite d'octets, neutres, lisses, immaculés. Les remugles fondirent en formules chimiques dans ses narines, et les grognements se décomposèrent en fréquences combinées.

Une tasse en étain cabossé ricocha sur son épaule sans le faire bouger. Laër tourna à peine la tête, estima la trajectoire, et plongea dans la mêlée. Ses doigts agrippèrent le col de l'adolescent qui venait de lui jeter le gobelet et qui tentait de se cacher après son geste. Le garçon cria, tomba à genoux sous la poigne du synth, abandonné des autres viandards qui s'écartaient d'eux.

Le garde fit feu. Laër n'esquiva pas. Son bras se leva devant lui, et un filet argenté s'étira entre eux pareil à un bouclier. La cartouche le traversa, les mailles frémirent au passage de sa charge électromagnétique, et ne ressortit que comme un bout de plomb lourd et lent.

Laër ne laissa pas à l'homme plus de temps pour réagir et tirer une seconde fois. Le bras toujours levé, un ruban s'échappa d'entre ses doigts et s'engouffra dans les interstices du fusil. Il satura chaque circuit, chaque cellule énergétique du système, jusqu'à en faire céder les sécurités. L'arme explosa dans les mains du garde qui s'effondra sans un cri.

La foule hurla. Les uns piétinèrent leurs compagnons pour gagner la sortie, les autres cherchaient le moindre abri derrière les tables sommaires ou les tentures aux fibres crasseuses pendues aux murs. Laër serra le cou fragile de l'adolescent dans son poing et couvrit le vacarme, la voix poussée au maximum.

« Que personne ne bouge ! Au premier qui sort de cette pièce, je tue votre jeune ! »

L'avertissement fut efficace, même si Laër s'attendait à davantage de lâcheté. Pour une fois, les viandards paraissaient faire preuve d'un peu d'honneur et s'immobilisèrent à son cri, leurs regards braqués sur son otage qu'il dressa devant lui, juste à hauteur pour qu'il ne puisse que tenir sur la pointe des pieds.

« Assis, ordonna-t-il avec calme. Tous. Contre le mur du fond. »

Ils obéirent dans un murmure à peine audible.

« Maintenant, que votre chef s'avance d'un pas. J'ai des questions pour lui, et je ne partirai pas sans réponse. »

Un vieil homme répondit à l'appel. Laër le reconnut aux tatouages complexes de ses joues pour être celui qui se tenait sur l'estrade quand Crab était venu. Il relâcha le garçon qui s'effondra à ses pieds dans un chuchotis soulagé des autres, mais Laër lui écrasa aussitôt la cheville sous son talon, le clouant sur place dans un craquement sec.

« Horatio. Horatio Arkégène. Un synth, même modèle que moi, mon ami. Tué d'un tir EMP en pleine tête, au nord de Nao-Radh, dans la forêt. »

Le vieillard, qui devait être un prêtre pour les incarnats, garda un regard impassible, sans réaction au moindre de ces détails.

« Qui l'a tué ? demanda-t-il d'une voix froide qui ne déclencha qu'un vague haussement d'épaules.

— Personne. Personne n'a pu tuer le synth dont tu parles. On ne tue pas une machine : on l'éteint, on la casse, mais rien d'autre. »

Laër pesa d'un coup sur sa jambe qui maintenait le garçon, et lui arracha un gémissement de douleur. Il avait déjà du mal à supporter la vue des rides de ce patriarche, il n'avait pas envie de souffrir ses sophismes.

« Crois-tu qu'il soit l'heure de faire de la philosophie ? Tu ne devrais pas avoir peur, plutôt ? Peur de subir le même sort que ton garde. »

Il désigna le corps inerte de ce dernier d'un geste du menton. Personne n'avait osé s'en approcher.

« Il n'y a que les fous qui ont peur des machines. »

Nouvelle pression, nouveau cri. Une femme contre le mur se tordit les mains et tendit ses bras, mais ses voisins la retinrent dans leurs rangs quand elle fit mine de se lever. Le prêtre pencha la tête dans sa direction, comme s'il prenait conscience de sa détresse, sans pour autant détourner le regard des yeux métalliques de Laër.

« Ta quête n'a pas de sens, synth, répondit-il d'un air navré. Pas ici, en tout cas. Tu cherches à mettre un nom sur le meurtrier, mais il ne peut être ici : nous ne tuons pas ceux qui ont l'honneur d'être vivant, dès lors nous ne tuons pas.

— Mais vous élisez vous-mêmes ce qui vit et ce qui ne vit pas à vos yeux », répliqua aussitôt Laër.

Simple haussement d'épaules, inclinaison de la tête, sourire sans joie. Laër se détourna un instant de son interlocuteur pour contempler la masse puante de peur des humains, agglutinée au pied du mur. Si les incarnats eux-mêmes ne voulaient pas lui livrer le meurtrier, pourquoi devrait-il se contenter de châtier l'assassin et lui seul ? Il était venu clément, leur offrant une chance d'épargner leurs courtes vies, mais il ne voyait plus vraiment de raisons à pareille mansuétude.

Autant finir de poser ses questions au plus vite, dans ce cas.

« Pourquoi l'avoir abattu en forêt ? Pourquoi pas chez lui ? »

Le prêtre ne parut pas surpris. La mention du bois lui tira un petit rire amusé.

« Je ne saurais dire la vraie raison, mais il pourrait y en avoir tant, tu ne crois pas, synth ? Ton semblable fuyait là-bas. Ou c'est à cet endroit qu'on chasse le gibier. Ou ce n'est pas loin de la décharge de bots. Vraiment, ce ne sont pas les raisons qui manquent…

— Et le cerveau ? L'avez-vous emporté comme trophée ? »

Cette fois, le vieil homme parut étonné avant de comprendre ce qu'il espérait. Sa voix trahit son amusement.

« Pourquoi aurions-nous fait ça ? En quoi un morceau de silice, un vulgaire caillou ferait-il un beau trophée ? Non, si quelque chose manque, c'est qu'il a été détruit. »

Laër ne bougea pas d'un pouce alors que cette vérité embrasait des régions entières de ses circuits. Il poursuivait une chimère, le fantôme d'Horatio l'avait prévenu. Il venait de perdre ce prétexte à sa quête, et celle-ci se révélait soudain, honnête et crue à ses yeux.

Les os du garçon se brisèrent dans un craquement sec sous son poids. L'enfant hurla. Les otages contre le mur crièrent. Laër ne les écouta pas, ne les entendit pas, laissant ses circuits réflexes surveiller leurs trajectoires chaotiques à la périphérie de son champ de vision. Leur tour viendrait. Ses mains se tendirent vers l'avant et attrapèrent la tête du vieillard comme un étau.

Enfin la peur afflua sous ses rides et ses tatouages. Elle lui creusa sa peau blême, dégoulina d'entre ses lèvres, creusa des puits sans fond dans ses orbites, et agita ses bras et ses jambes de spasmes futiles alors qu'il tentait de se dégager. Laër s'approcha jusqu'à ce qu'il devienne tout ce que le prêtre pouvait contempler. Il ne lui offrit qu'un visage de marbre, un visage de machine, au regard calme et attentif.

La silhouette fugitive d'Horatio émergea entre les pixels tourmentés de sa vision. Sa voix spectrale tenta de percer les hurlements paniqués qui résonnaient dans la chapelle, mais Laër n'avait pas envie de l'écouter ni de le voir.

Il laissa sa rage se déverser. Elle balaya les parasites comme l'incendie emporte au loin les cendres et les escarbilles en tourbillon. Les restes d'Horatio disparurent derrière un voile rouge qui occulta chacun de ses sens.

Le crâne du vieil homme explosa. Les cris redoublèrent. Laër ne prononça pas un mot et tendit le bras vers le viandard le plus proche.

*

La neige tombait de nouveau sur la forêt et les troncs noirs des sapins. Elle avait effacé l'empreinte informe où Laër avait découvert le corps d'Horatio, mais il reconnaissait sans peine la petite clairière, en haut de la butte gravie avec Crab. Le silence y régnait toujours, comme à sa première venue. Peut-être était-ce le même silence, la même quiétude qu'auparavant, restée là pour attendre son retour, au petit matin.

L'enveloppe sans vie d'Horatio pesait sur ses épaules, et il la reposa lentement là où il l'avait trouvée. Sur le dos, cette fois, la capuche remontée pour dissimuler la blessure béante qui lui ouvrait le crâne. Il s'écarta à pas lent et léger, comme s'il n'osait abîmer la neige de sa trop lourde présence.

Il se sentait souillé.

Des éclaboussures rouges dont il ne se souvenait pas coagulaient sur ses bras, et ses mains étaient couvertes de sang. Laër se refusait à retourner dans ses mémoires et retrouver les images du massacre qu'il avait commis et aussitôt oublié. Il lui paraissait avoir agi par automatisme depuis, et semblait ne se réveiller que maintenant d'un long rêve poisseux.

Pourquoi était-il venu ici, d'ailleurs ? N'importe quel endroit dans la forêt aurait fait une aussi bonne sépulture pour Horatio, après tout. Peut-être aurait-il même pu l'enfouir dans l'un des plus sombres tunnels de Nao-Radh, dans un souterrain oublié de tous. Peut-être n'avait-il pas choisi lui-même la destination, songea-t-il en louchant sur le bracelet qui pesait toujours à son bras, les stries lumineuses encrassées de caillots de sang.

Il se laissa tomber en tailleur sur un rocher à l'orée de la clairière et ferma les yeux. Derrière ses paupières, ses pensées se déployaient à travers ses circuits avec un calme qu'il n'avait pas connu depuis longtemps. Toute sa rage s'était vidée là-bas, dans un ouragan de violence et de mort, ne laissant derrière elle que des pompes à vide et des veines à sec. Ainsi qu'un reliquat de honte : la honte d'avoir échoué, mais surtout la honte d'avoir agi ainsi, emporté par ses émotions, comme l'aurait fait un humain.

Maintenant, dans le silence retombé derrière sa furie, ses pensées émergeaient l'une après l'autre, limpides, lumineuses et douloureuses dans leur évidence tardive.

Laër avait simplement agi comme si les hommes n'avaient pas de conscience. Comme s'ils n'étaient que des machines imparfaites, incomplètes et amnésiques, incapables de répondre par le vrai, incapables de ne pas nuire à leur environnement, et bonnes pour la casse. Il avait eu cette impression, là-haut, dans la chapelle rouge : celle de nettoyer Nao-Radh, de débarrasser la cité de ses engrenages déficients.

Il leur avait nié leur conscience, comme l'Incarnation avait nié la sienne. Il ne valait tout simplement pas mieux que ceux qu'il avait massacrés.

Un soupir las chassa cette pensée dans un nuage de buée gelée, et Laër sut ce qu'il lui restait à faire, désormais. Il esquissa quelques gestes autour du bracelet, invoquant des nuées de points argentés qui dansèrent autour de l'anneau comme des essaims d'abeilles microscopiques.

Il n'était pas sûr de comprendre comment le fragment d'Horatio faisait pour lui apparaître, mais il savait qu'il avait besoin de flux de données sur lesquels se superposer. Laër laissa donc les routines tourner en boucle et attendit.

Une ombre blanche émergea d'entre les barres noires des conifères. Elle s'approcha par saccades, un peu plus près à chaque clignement d'œil, jusqu'à se tenir entre le corps et Laër.

« Crois-moi, chuchota ce dernier au spectre, juste assez fort pour être entendu, je pensais vraiment tout faire pour te sauver. Je m'imaginais vraiment pouvoir retrouver ton autre moitié et te sauver, sans savoir que c'était une quête vouée à l'échec. »

Le fantôme s'immobilisa, presque invisible en surimprimé blanc sur la neige.

« Et tu en as profité pour, en vérité, suivre une autre voie. Un chemin de vengeance, un chemin de haine, dont je tentais de t'écarter à chaque fois. »

Laër ferma les yeux, repentant, sachant qu'il ne pouvait de toute façon pas chasser l'apparition de son regard. Horatio avait raison.

« Maintenant, continua celui-ci, tu sais ce qu'il te reste à faire. »

Il le savait. Il aurait pu le faire depuis le début, déjà ici, au même endroit. Il aurait pu éviter ce bain de sang, il aurait pu éviter à Crab de mourir, il aurait pu ne jamais avoir recours au bracelet.

Ils étaient compatibles, originaires d'une même conscience, des décennies ou des siècles plus tôt, Laër ne le savait plus vraiment. Il aurait pu accueillir les restes d'Horatio en lui depuis des jours.

Le bracelet se dégrafa dans un clic inaudible, étouffé par la neige dans laquelle il le posa, juste devant lui. Il balaya les commandes en cours d'un revers de la main et lança enfin les ordres qu'il aurait dû jouer depuis longtemps.

Pareils à des lucioles, de nouveaux points formèrent des lignes brisées entre lui et l'anneau. Des filaments se tissèrent entre eux, un maillage de plus en plus dense qui vibrait à chaque souvenir, chaque pensée, chaque émotion d'Horatio.

Laër inspira et accueillit son frère en lui. Ses mémoires se déversèrent sous son crâne par centaines et milliers.

Des paysages inconnus se dessinèrent à ses yeux et il fut capable de les nommer la seconde d'après, alors que les empreintes qui en suivaient les chemins devenaient les siennes. Il contempla la naissance et la mort d'hommes qu'il ne connaissait pas encore, mais qu'il avait toujours eus comme amis. Il eut des pensées qu'il n'accepta pas tout de suite, cherchant l'équilibre entre le Laër qu'il fut et l'Horatio qu'il devenait.

Le bracelet s'éteignit, réduit à un cylindre de métal inerte et froid. Il releva la tête et considéra la neige et la forêt autour de lui comme s'il ne les avait jamais vus. Son regard s'arrêta à peine sur le corps qui y gisait. C'était le sien désormais, pareille à une ancienne mue trop petite et trop usée.

Il se leva et abandonna là bracelet et corps.

Il lui fallait un nouveau nom, mais il le trouverait ailleurs. Pas ici, où trop de sang avait coulé, et où il ne pouvait rien faire pour racheter sa faute.

Le synth marcha droit devant lui, s'enfonçant sous les branches basses du bois.

Quand il ressortirait à la lumière, de l'autre côté, il savait qu'il allait pouvoir commencer une nouvelle vie.

UNE FOIS LE PAPIER
ENFLAMMÉ

Née dans un petit pays européen, Marianne Escher a grandi (surtout) au Québec. Elle a en chantier, outre une thèse de doctorat, une dizaine de nouvelles et un roman. Elle aime les griottes et le cassis, le vieux gouda et le café au lait.

Bibliographie

Dans la ruelle, Brins d'éternité n°42 (2015)

Une robe noire aux manches bordées de dentelle vermeille,
Brins d'éternité n°44 (2016)

UNE FOIS LE PAPIER ENFLAMMÉ

MARIANNE ESCHER

I

Une fois le papier enflammé,
vous ne pourrez plus inverser la procédure.
Le contenu entier du casseau s'enflammera
immédiatement et entraînera l'entrée définitive
du casseau dans le conduit, et ce,
même si vous y avez laissé des objets de valeur.
Soyez certain que vous avez récupéré tous les objets que
vous désiriez garder avant d'enflammer le papier.

C'est la troisième fois que Ben lit cette affiche. La troisième fois qu'il se tient debout dans le petit local aux murs de béton peint, avec comme seule tâche d'enflammer le papier.

La première fois, il y a quatre ans, Ben avait été surpris par le mouvement fluide et immédiat du casseau. À peine avait-il avancé la longue allumette enflammée, pensant vaguement tester la procédure avant de l'exécuter *pour vrai,* que le papier s'enflammait déjà, enclenchant ce qui semblait être un savant jeu de poids et poulies. Un bruissement sec s'était fait entendre, sans doute le papier qui s'enflammait, et déjà le casseau s'enfonçait dans la noirceur, hors de sa portée.

La deuxième fois, fort de sa première expérience du papier s'enflammant subitement, Ben avait fait plus attention. Il était resté longtemps dans le petit local sans fenêtres, assis sur l'unique chaise en plastique éraillé. Il ne saurait dire s'il y était resté une demi-heure ou deux heures, ni à quoi il avait pensé durant ce temps. Mais il se rappelait bien que ses jambes avaient tremblé lorsqu'enfin il s'était résolu à se lever. Il avait dû s'y reprendre à deux fois pour débarrasser l'allumette posée sur la table bancale de son papier gris au sceau officiel. Ses mains étaient faibles et lui répondaient en retard, lui semblait-il.

Était-ce à cause de cette longue attente, lui ayant permis de s'habituer à l'idée de ce qu'il allait faire, qu'il n'avait ensuite pas hésité en approchant l'allumette du papier ? Ben ne saurait le dire. De toute façon, il n'y avait rien à décider la deuxième fois : Rami n'avait rien. Rien que Ben aurait pu regretter d'avoir laissé dans le casseau. Rien qu'il aurait pu prendre et se reprocher ensuite de ne pas l'avoir laissé à la personne morte.

Cette fois, c'est différent. Shana portait toujours un collier, cadeau du *sync* qu'elle avait fréquenté lorsqu'elle était toute jeune, avant même qu'elle n'entre à l'usine. Pendant toute une saison, avait raconté Shana, elle avait rencontré cet homme furtivement, presque chaque semaine. Ils allaient marcher derrière les immeubles délabrés de la rue Joseph, s'embrassaient dans les coins sombres de cafés juste assez louches pour que personne n'y reconnaisse Shana – bien entendu, le *sync* s'arrangeait pour ne pas être reconnaissable. Quatre ou cinq fois, ils s'étaient risqués à aller danser dans des bars à l'autre bout de la ville. Bien vite, la famille du *sync* s'était rendu compte de ses absences et avait coupé court à cette liaison inappropriée. Shana parlait de cette amourette avortée sans trop de regrets – cette relation avait dû, même au plus fort de son infatuation, lui sembler trop invraisemblable pour durer.

Maintenant le collier repose sur le rebord du casseau, sur la petite tablette prévue à cet effet. Quelques pouces au-dessus de l'épaule gauche de Shana, ou plutôt, au-dessus du cocon sous vide qui l'enveloppe, noir et gris, lisse et scellé.

Ben n'aurait qu'à se lever et tendre la main pour saisir la chaînette sertie de gracieuses billes bleues. Il y a droit, après tout. Le fonctionnaire qui l'a mené à la petite pièce de béton lui a bien dit. Il lui a lu, de la voix posée et agréable que semblent posséder tous les *sync* : *en tant que conjoint et héritier désigné de la regrettée Shana Marc, domiciliée au 44589, avenue Hamel, vous êtes en droit de reprendre tous les objets qui étaient sur sa personne au moment de son départ. En vertu de la Loi HY867, ces objets ont été stérilisés suivant la procédure ST147m, et ne renferment aucun germe. Ils sont sans danger.* Bien sûr, Ben ne se rappelle pas des mots exacts. Qui s'en rappellerait ? Il ne comprend pas la moitié de ce charabia que parlent les *sync*, et encore moins les textes légaux qui tapissent les lieux publics. Heureusement, les textes de loi qui concernent les gens comme lui sont résumés dans les petites affiches qui disposent une seule phrase sous chaque image.

Et puis il y a la montre. Il y a deux ans, en revenant de l'usine, Ben était tombé sur un kiosque de Brocante. D'habitude si peu porté sur les dépenses impulsives, cette montre lui avait tapé dans l'œil, et il avait flambé pour l'acquérir la plus grande part de ses économies, durement gagnées à coup d'heures supplémentaires, de maux de dos et de muscles endoloris. Naturellement, c'était un objet inutile. Qui a besoin d'une montre quand les horloges grises du gouvernement affichent l'heure en gros chiffres noirs à tous les coins de rue ? Mais là n'était pas la question. Ronde, dorée, arrimée à un bracelet délicat, la babiole raffinée plaisait à Ben. Lors des jours de soleil, la lumière s'y reflétait, la faisait briller et lancer des éclats dans les quelques lointaines fenêtres. Peut-être que c'était justement l'inutilité de l'objet, son incongruité dans l'environnement de Ben, où tout était utilitaire, rafistolé et élimé, qui lui plaisait. *Pas n'importe qui dans le quartier a les moyens de s'acheter une chose belle de même*, s'était-il dit. En voyant les regards envieux des voisins lorsqu'il leur avait montré, il s'était senti heureux : heureux d'avoir mis de côté sa parcimonie habituelle et pu se montrer désinvolte et raffiné. Avec la montre dans sa poche, il se sentait opulent, audacieux, hardi, même. Il se sentait spécial de posséder un objet aussi rare. Il était fier de la montre. Peut-être un peu trop, d'ailleurs. Tellement fier que Shana lui avait un jour demandé, à la blague, *eille, Ben, tu l'aimes tellement ton joujou, té pas game de me la passer ta montre ?* Shana avait le tour de l'intriquer dans des situations desquelles il n'était pas capable de sortir, en quelques mots. Dit comme ça, il ne pouvait pas vraiment refuser. En refusant, il aurait avoué qu'il tenait vraiment à cette montre, plus que ce que pouvait souffrir sa nonchalance étudiée. Il n'est pas comme le vieux André des ruelles, non. Ce vieillard gris et maigre, empestant le clorol, qui tient à ses bibelots rouillés comme à la prunelle de ses yeux. Qui les déballe avec d'infinies précautions lorsque les enfants l'en supplient, pour aussitôt après les faire disparaître dans de multiples couches de chiffons et boîtes brunies. Non, il n'est pas comme ce vieillard ridicule.

Alors que pouvait-il faire d'autre que de détacher sa montre pour la tendre à Shana ? *Tiens, je te la prête.*

À peine une semaine plus tard, avant que Ben n'ait pu trouver de façon acceptable de lui redemander, Shana était revenue de l'usine en sueur. Cinq jours durant, elle était retournée à l'usine, serrant les dents un peu plus à chaque jour. Chaque jour un peu plus harassée, chaque soir un peu plus en sueur ; seule l'absence de vomissements lui permettait de nier la suite inévitable. Le sixième jour, une équipe de *techs* en combinaisons étanches de plastique orange venait la chercher. Entre le moment où Shana était revenue de l'usine en sueur et celui où elle quittait l'appartement sur la civière des *techs*, plus moyen de lui demander la montre. La lui redemander aurait équivalu à lui crier au visage que la semaine prochaine elle serait dans le casseau, dans un cocon sous vide, et Ben dans la petite pièce en béton, en train de décider ce qu'il reprenait et ce qu'il laissait, sous le regard inquisiteur de la petite affiche. Aussi inutile que cela pouvait l'être, lui laisser la montre paraissait retarder l'inéluctable. Permettait de s'aveugler devant sa fin proche, un tant soit peu.

Avec un peu de mauvaise foi, Ben peut considérer son incapacité à demander la montre à Shana comme de la générosité envers elle, et non comme une incapacité à trouver les mots et intonations et gestes appropriés. Mais maintenant, Shana n'est plus, maintenant elle ne ressent plus rien. Pourquoi ne pas reprendre l'objet alors, avant de faire le nécessaire : allumer le papier, laisser aller Shana à son dernier repos, puis sortir de l'édifice et retourner dans sa chambre étroite, où il pourra se terrer deux jours – deux jours sans travail, presque une fête, n'était-ce de la raison de ce congé – avant d'aller à sa première visite post-mortem obligatoire ? Ce serait la chose intelligente à faire. N'est-ce pas ? Inutile de détruire un objet si rare. Une si belle montre. Tout ce travail qu'il a fait pour la payer ! Toutes ces heures supplémentaires passées au-dessus des machines, la nuque raide, les yeux pleurant dans l'air suffocant de l'usine. Et le collier ! Il n'est sans doute pas en métal précieux, mais Ben est certain d'en obtenir un montant respectable à un kiosque de Brocante. Un an d'ajouts alimentaires, au moins. Toute une année à manger à sa faim. Il pourrait même se permettre un fruit de temps en temps. Une pomme. Ou une poire. Il la découperait méticuleusement, en prenant son temps, en prenant soin de n'en rien perdre, puis la dégusterait lentement, par toutes petites bouchées. Ce serait le soir, après sa journée de travail, alors qu'il n'aurait rien d'autre à faire ensuite que de s'asseoir dans son unique fauteuil pour sentir encore le goût du fruit dans sa bouche. Avec un peu de chance, il pourrait même acheter un peu de jambon. Ben connaît une place – une petite échoppe pimpante, cachée entre deux immeubles fatigués, qui vend des friandises de luxe dans des mini paquets. Et aussi du jambon. Du vrai jambon, que mangent les *syncs* dans leurs demeures de la haute ville.

Mais Shana n'aurait pas voulu ça. Elle aurait voulu emporter ces objets dans son dernier repos, elle n'aurait pas voulu partir dépouillée comme une vagabonde. Ben l'entend lui dire, de sa voix de reproches, de sa voix des mauvais jours : *Ouain, Ben, faque je vois ce que tu voulais dire, quand tu me disais que toi et moi c'était fort. Entre moi et ta panse, ton choix est vite fait. C'est correct, ça va. Laisse-moi, ça va.*

II

Ben ne comprend pas qu'il est devant un mauvais choix. Il ne comprend pas qu'il ne peut pas gagner, quel que soit le choix qu'il finit par faire. Il peut laisser le collier et la montre sur le rebord du casseau, les laisser se détruire en même temps que ce qu'il reste de Shana. Il peut prendre le collier et la montre, les vendre à une Brocante et adoucir ainsi un peu sa misère quotidienne.

Quoi qu'il choisisse, quoi qu'il fasse, à chaque fois qu'il repensera à ce moment, il lui restera dans la bouche un goût amer. Un goût de cendres. S'il reprend le collier, ou la montre, il sera déçu de lui-même. Il s'en voudra, s'accusera d'avoir dépouillé Shana, d'avoir aimé les objets davantage que sa compagne. S'il laisse les objets dans le casseau, ses privations de tous les jours se chargeront de lui rappeler qu'il aurait pu en être autrement. Que si seulement il ne s'était pas encombré de ces scrupules ridicules, il aurait pu se permettre des ajouts alimentaires plus qu'une fois tous les mois. Peut-être même une poire deux ou trois fois par année. À quoi bon un collier à une morte, hein, petit malin ? se houspillera-t-il.

Je connais le dilemme de Ben mieux que lui. J'en vois des dizaines comme lui, chaque mois, dans mon petit bureau situé sur la rue qui sépare la haute et la basse ville. C'est moi qui les reçois pour leurs trois visites post-mortem obligatoires, c'est moi qui les entends bégayer maladroitement leurs dilemmes insolubles. Qui les écoute extraire, péniblement, ces lambeaux d'émotions qu'ils sont incapables de démêler, de formuler, et le plus souvent même de reconnaître.

Moi, je sais, bien sûr. Je sais que Ben est devant un mauvais choix. Devant un choix impossible. (*Choix et contingences*, module de base 4). J'observe par la petite fenêtre sans tain. Je suis dans la pièce adjacente à celle où il tergiverse, et – effet de la fatigue ? – je suis quelque peu porté vers lui. Je compatis avec lui. C'est mon travail de compatir, bien sûr (*Compassion et efficacité*, module obligatoire 3, section A). C'est mon travail de connaître les émotions (Émotion : entre affects et productivité, module 2, section C). De juger ce qui est bon et ce qui est mauvais, de juger la mesure d'ignorance qui est optimale pour chacun (*Moralité et connaissance*, séminaire avancé, obligatoire). Ce qui est inhabituel, ce qui ne fait pas honneur à mon éthique professionnelle (*Déontologie*, cursus permanent), c'est que je ressens une certaine impulsion à sortir de la petite pièce. Aller rejoindre Ben, pour lui dire – lui expliquer dans les mots simples qu'il comprendrait (*Communication différenciée : langage et effet*, atelier pratique) – qu'il est devant un mauvais choix. Qu'il ne peut pas gagner. S'il perd à tous les coups, alors au moins (de grâce !) qu'il s'épargne ce paralysant sentiment de culpabilité qui empoisonnera les quelques années qui lui restent à vivre. *Ce n'est pas ta faute, Ben*, ai-je le goût de lui dire. *Ce n'est pas ta faute, alors ne t'en fais pas.* Naturellement, jamais je ne ferai cela. Je suis plus téméraire que la plupart d'entre nous, mais pas inconscient. Mais je ressens, cette fois davantage que d'habitude, ce qu'il peut y avoir d'inconfortable à maintenir les gens dans un état de non-connaissance.

Les têtes grises de la haute table du Conseil se sont posé la question plusieurs fois, bien sûr, rapports ETHCom à l'appui. Et à chaque Assemblée, depuis que je suis en âge d'y assister, j'entends les mêmes deux-trois trouble-fêtes bien connus entonner le même refrain : *Avons-nous le droit ?* Avons-nous le droit de garder la majorité des gens dans la pauvreté, l'abnégation, le non-savoir ? La faim, la misère, le gris… Question oiseuse, s'empressent de susurrer leurs voisins. Nous *n'avons pas* le choix. Nous n'avons jamais eu le choix. Il n'y a pas assez de ressources, pas assez de main d'œuvre. Pas assez de rien. Puisque l'on ne peut pas se permettre d'offrir à un nombre plus grand d'individus la possibilité de connaître, d'apprendre davantage, à quoi bon leur faire miroiter ce qu'ils n'auront jamais ? Il faut que la majorité travaille : c'est clair et évident. Mathématique. Dans les mines, dans les usines, dans les champs. Il faut mettre à jour le métal, forger les outils. Préparer la nourriture, les médicaments – pratiquement la moitié de notre main-d'œuvre passe dans ces deux seuls secteurs.

Ce qui est certain, c'est que l'époque d'abondance miraculeuse que nos parents décrivent parfois est définitivement passée – si elle a jamais existé de façon aussi éclatante qu'ils le proclament. C'est plus difficile pour eux, naturellement. Ils ont vécu ce temps merveilleux où tout semblait possible. Ce temps fabuleux, comme ils racontent aux enfants le soir, *où-on-pouvait-parler-avec-n'importe-qui, même avec les personnes les plus éloignées, en une seconde, où l'on pouvait choisir entre des centaines d'objets plus prodigieux les uns que les autres, où tout le monde possédait une multitude de vêtements, de meubles, de véhicules splendides, ce temps incroyable où on jetait de la nourriture.* Pour être honnête, parfois ils radotent carrément. Il devient difficile de distinguer le vrai de l'inventé. Dans tous les cas, c'est plus facile pour nous. Nous n'avons jamais vécu ce fameux âge d'or, et personnellement, je ne suis même pas sûr que j'y croie entièrement. Des fois j'ai l'impression qu'à chaque fois qu'ils parlent de cette époque, elle devient un peu plus éclatante, un peu plus spectaculaire, un peu plus copieusement truffée de choses miraculeuses et inexplicables.

Comme dit papa, « au final, on fait ce qu'on peut ». Il est plus facile pour Ben de rester dans l'inconnu. Évidemment, il n'est possible d'influencer les masses avec une marge de succès appréciable que si les gens ignorent qu'ils sont influencés (*Communication différenciée*, cours élémentaire). On ne peut donner à tous l'accès aux antidotes, non plus (STATMED, *Rapport annuel*). Déjà pour nous, les ressources sont à peine suffisantes. Et il est nécessaire de garder une continuité dans le gouvernement (*Continuité et espoir*, conférence obligatoire 32). Il est nécessaire que nous puissions compter sur plusieurs années de vie. Comment pourrions-nous assurer une gestion efficace, garantir l'ordre de la société, en étant à chaque fois incertains de vivre passée la semaine d'après? Comment pourrions-nous trouver en nous-mêmes les ressources nécessaires pour être *généreux, rationnels*, en *pleine possession de nos capacités*, si nous devions vivre dans un réduit étroit et laver notre linge dans un évier écaillé comme le fait Ben ? Ce n'est simplement pas possible. Pas maintenant. Chacun doit faire ce qu'il peut. À sa place. En changer est un luxe qu'on ne peut pas se permettre. Il y a tant à faire.

III

On peut soulever la bâche noire, mais peu le font. Ce n'est qu'une bâche de plastique noir tendue par-dessus le véritable cocon sous vide, qui est transparent. En dessous se trouve Shana, enveloppée par l'épais plastique qui adhère à son corps presque nu, recouvert seulement de la chemise verte de l'hôpital. Son visage est pâle, mais ne semble pas si différent de la Shana qui houspillait Ben, quelques jours plus tôt. Ben a l'impression que d'un moment à l'autre, elle lèvera sa main pour écarter le plastique qui recouvre son visage, s'assoira et lancera à Ben de sa voix rauque : *Qu'est-ce que t'as à m'regarder comme ça ?*

Mais non. Ben sait bien que Shana est morte. Shana était morte dès ce soir où elle est revenue, toussant, de l'usine.

*

Ça doit bien faire trois heures que Ben est assis dans la petite pièce. Il a le regard hagard, des cernes sous les yeux. J'augmenterai le nombre de visites post-mortem à quatre. Ben est un bon travailleur, il ne faut pas le perdre.

Enfin, il prend l'allumette et l'enfourne brusquement dans *l'endroit approprié*, puis la laisse tomber sur le sol. Sans s'arrêter, sans même voir l'entrée fluide du casseau dans le conduit, il vire sur ses talons, pousse la porte, sort rapidement de la pièce.

J'attends que Ben ait quitté l'édifice, qu'il ait monté les trois escaliers, suivi les cinq couloirs marqués par des flèches jaunes et franchi la porte d'entrée avant de tirer vers moi le levier noir.

Le casseau arrive jusqu'à moi. Je note sur le formulaire prévu à cet effet, objets appartenant à l'État, laissés par l'endeuillé : « montre – datant probablement de la fin du XXe siècle, ronde, environ 2,5 cm de diamètre, métal ». C'est un bel objet. Ben a montré du goût en le choisissant – qui aurait cru, de la part d'un tel rustre ? Je prends la montre, la dépose délicatement dans le compartiment capitonné prévu à cet effet, dans la petite valise que je remettrai ce soir au Centre, où reposent déjà une demi-douzaine d'objets semblables : deux bracelets, une bague, quelques breloques plus ou moins écaillées. Je n'indique pas le collier sur le formulaire. C'est un collier de famille, après tout. Ally sera contente. Que de remontrances j'ai dû essuyer pour l'avoir « égaré » !

www.ingramcontent.com/pod-product-compliance
Ingram Content Group UK Ltd.
Pitfield, Milton Keynes, MK11 3LW, UK
UKHW041954190726
13854UKWH00005B/1954

9 791095 442080